소년의 강

소년의 강

이강원 장편소설

도서
출판 바람꽃

내 오래된 소년 알라딘에게

차례

항아의 눈물

나는 눈을 떴다. 들판 위였다. 넓고 진하게 팬 노란색 길이 가운데로 뻗어있고 양편으로는 유록색 새끼 길들이 늘어서 있었다. 길은 다시 연두색으로 갈라졌다. 부챗살처럼 갈라지고 마냥 갈라지고…… 들판은 온통 길뿐이었다.

여긴 어딜까. 난 어디서 왔지.

기억나는 게 없었다. 기분이 이상해졌다. 영문 모를 섬뜩함이 온몸을 훑고 지나갔다. 나는 유록색 길에 서서 아득한 들판을 응시했다. 어딘가에서 이곳으로 온 게 틀림없었다. 저 길들을 보면, 어떤 근거나 정황을 따지기도 전에 이미 내 의

---

[1] 내드름: 시작 가락을 일컫는 말. 드름은 가락이란 뜻이고 내드름은 내는 가락이란 뜻이다. 변미혜 외, 『국악용어사전』 p.28, 민속원, 2012.

식은 이 사실을 감지했다. 어딘가로 가야 한다는 것마저도 운명처럼 여겨졌다.

소실점이 움직였다. 조금씩 커졌다. 거칠거칠, 숨소리 같은 게 가까워지면서 들판이 흔들렸다. 나는 길 한쪽으로 가 엎드렸다. 설핏 냄새가 스쳤다. 야릇한 냄새는 금세 사라져버리고 들판은 더 요동했다. 나는 떠밀렸다. 무작정 굴렀다. 어느 순간 붕 떴다 싶었는데, 몸을 채 가누기도 전에 곤두박질쳤다.

차르르…… 얼핏 그런 소리를 들은 것 같았다.

주위에는 나와 같은 것들이 꽉 차 있었다. 나는 놀랍고도 반가웠다. 발딱 일어났다. 어질어질했다.

— 요 녀석, 이슬이구나. 여긴 어떻게 왔어?

— 조금 전까지 들판에 있었어요. 갑자기 흔들렸는데…….

어질머리 때문에 말을 잇기 어려웠다. 이상하기도 했다.

— 아저씬 이슬이, 아니에요?

물었지만 아저씨는 웃기만 했다. 얼른 대답이나 하라는 듯 눈을 끔벅였다.

— 어, 그러니까 들판에서요. 뭐가 움직이는 것…….

말하면서도 나는 나와 같은 것들을 기웃거렸다.

— 뭐, 들판? 이놈아, 벌레한테 안 먹히려고 버둥거리다 떨어졌잖아. 허긴 난초 씨보다 작은 네 녀석한텐 목서 잎도 들판이었겠지. 엄청나게 넓은 들판이었을 거다.

아저씨 말에 모두 웃어젖혔다.

– 어마, 이 냄새. 진짜 달에서 왔구나.

할머니 하나가 다가오며 말했다. 메마르고 쪼글쪼글한 손으로 내 살갗을 문질렀다.

나는 왠지 주눅이 들었다. 몸을 옹송그렸다.

– 항아[2]는 여태 울고 있나 봐요?

아주머니 하나도 나를 콕 찍었다. 그 손을 자기 코에 대더니 맞네, 했다.

– 제 육신을 부르는 모양이지 뭐.

– 산이 된 지가 언젠데 아직도 그러고 있을까.

나는 이제 말똥말똥 쳐다봤다. 그들이 하는 말을 알아들을 수 없었다. 내게서 난다는 냄새도 딱히 맡아지지 않았다.

– 항아는 신이었단다. 하늘에 살고 있었지.

할머니가 운을 뗐다.

– 활잡이 남편 예를 따라 지상으로 내려왔다더구나. 하늘로 돌아가려고, 예가 구해놓은 불사약을 몰래 마셔버렸대요. 그때 하필 예가 쏘아 맞힌 태양 하나와 부딪히고 말았다지 뭐

---

2) '항아'는 여러 문헌에 상상을 더해 만들었다. '항아'에 관한 이야기는 중국의 『산해경』에 처음 보이고, 『여씨춘추』, 『회남자』, 『영헌』, 『수신기』, 『습유기』, 『문심조룡』 등에 등장한다. 우리나라에는 『춘향전』, 『숙향전』, 『소대성전』과 김시습의 「취유부벽정기」, 이규보와 허난설헌의 시 등에 보인다.

냐. 그래서 넋은 달로 가고 육신은 신림으로 떨어져 버렸다는 거야. 달로 간 항아는 지금도, 흰 무지개 깃털 옷에 조개 장신구를 하고 아름다운 옷을 입고 있는[3] 제 육신을 그리워하며 눈물을 흘린단다. 네가 그 증거 아니겠니.

— 목소리도 그때 잃어버렸다지 않아요.

— 여와[4]가 숨겼다면서. 나도 누구에겐가 들은 것 같아.

— 여와가 왜요?

— 글쎄…… 이 늙은이도 소문만 들었어.

— 가엾어라, 그래서 소리도 못 내고 눈물만 흘리는구나.

아주머니들도 아저씨도 보태었다. 내게로 다가와 큼큼거렸다.

그제야 나도 내게서 나는 냄새를 어렴풋이 맡을 수 있었다. 아까도 이런 냄새가 났던 게 떠올랐다.

— 네가 여기 온 것도 곡절이 있을 테지. 이 세상에 사연 없는 치들이 어디 있겠어. 그건 관계에서 오는데, 관계는, 너랑 나랑 이렇게 만났듯이 바로 인연에서 비롯되는 거야. 세상은 상상할 수 없을 정도로 복잡하고 거대하단다. 네가 그걸 안다

---

3) '白蜺嬰茀, 胡爲此堂?', 『초사』, 「天問」 p.115에서 인용, 굴원 지음·권용호 옮김, 글항아리, 2015.
4) 여와女媧: 중국 창세신화에 나오는 신으로 인간을 창조하고 인간을 위해 악기 생황笙簧을 만들었다.

면 이 관계와 인연이란 게 얼마나 소중한지도 자연 깨닫게 될 거다.

아저씨가 부드러운 목소리로 말했다. 모두 숙연해졌다. 나도 왠지 경건한 마음이 들었다.

– 만나서 반가워. 난 영롱이라고 해.

자태만큼이나 맑은 얼굴로 영롱이가 말했다. 손을 내밀었다.

– 우리도 물이야, 이슬 너처럼. 하지만 온 곳은 다 다르단다. 난 사슴벌레가 싼 오줌으로 있다가 이 샘으로 왔어. 얘는 저기 소나무 이파리에서 떨어졌대.

자기와 자기 옆에 있는 물을 소개했다.

– 난 사다새 똥 속에 있다 왔어.

– 난 남생이 침 속에 있다가 나왔는데.

– 영롱아, 할머니는 오랫동안 땅속에 있다 나오셨대.

– 저기 아주머니는 여러 곳을 돌아다녔다고 하시던데. 얼마 전에 명사산인가 하는 곳에서 선인장 속에 있다가 구름이 되어 공중으로 날아올랐대. 그러다가 비로 떨어졌다고 하시더라.

– 어, 아저씨도 비로 오셨대. 벌꿀에서 온 애도 있던데, 저기.

너도나도 재잘거렸다.

– 맞아. 풀과 나무에서도 오고, 땅속에서도 올라오고, 구름

속에 흩어져 있다 비나 눈으로 내려오기도 한대. 인간이나 짐승들이 싼 똥오줌도, 그것들이 흘리는 피와 땀과 눈물도 다 우리 물이래.

웃으면서 영롱이가 정리했다.

할머니가 그런 영롱이를 대견스럽게 바라봤다. 어르듯 말했다.

— 이 애 말마따나 우리 물은 이 생명에서 저 생명으로 흐른단다. 하나도 빠뜨리지 않고 모든 생명 속을 흐르지. 바다로 가기 위해서야.

— 바다?

나는 할머니 말을 흉내 내었다.

— 바다는 위대하단다. 이 세상의 모든 목숨을 태어나게 하는 곳이거든. 그래서 예부터 바다를 생명의 원천이라고 하지 않던.

할머니에 이어 아저씨도 한 마디 한 마디에 힘을 주어 말했다.

— 바다로 갈 수 있을까요, 아주머니.

— 암, 가고말고. 우리한테는 하백 어른[5]이 있잖은가. 나도 학수고대하고 있다네.

---

5) 하백河伯: 강의 신, 물의 신.

아저씨 물음에 할머니가 갑자기 젊어진 목소리로 대답했다. 얼굴까지 붉혔다.

나는 바다로 가고 싶지 않았다. 내가 온 곳으로 돌아가고 싶었다. 나는 정말 달에서 왔을까. 달은 어디 있지. 할머니 말대로 나는 항아가 흘린 눈물이 맞나. 전에는 그럼 무엇이었지.

— 아저씨, 아저씬 물이 되기 전에 무엇이었어요? 난 이슬 되기 전에 뭐였는지 모르겠어요.

— 그건 알아서 뭐 해, 어차피 바다로 갈 건데.

별 시답잖은 놈 다 보겠다는 듯 아저씨가 눈을 삐딱하게 내리깔았다. 구멍을 빠져나갔다. 할머니도 떠났다. 아주머니와 다른 물도 나갔다.

나는 그들을 피하려다 부딪혔다. 얼결에 구멍을 통과했다.

아주머니가 손을 흔들면서 바위틈으로 들어갔다. 계곡물을 만난 할머니는 많은 물을 거느리고 아래로 내려갔다. 사다새 똥이었다는 물이 노랑할미새 앞에서 환호성을 질렀다. 다람쥐꼬리에 붙은 채 간지럽다며 웃는 아저씨를 보고 있을 때였다. 돌멩이 틈바구니에서 버들치가 솟구쳤다. 지느러미를 휘저으며 내게로 다가왔다. 나는 기겁해 돌아섰다. 하필 구구리 앞이었다. 구구리가 아가리를 벌렸다. 내가 수억만 배 커져도 다 들어갈 만큼 커다랬다. 나는 속절없이 그 속으로 빨려들었다.

– 잘 가, 나중에 바다에서 만나자.

영롱이가 소리쳤다. 내가 끝으로 본 것은 바위를 휘돌아 흐르는 영롱이의 뒤통수였다.

1장

신림

1

정치성은 전화기 화면을 노려보다 종료를 눌렀다. 놈의 아내 연락처를 찾았으나 저장되어 있지 않았다. 아닌 게 아니라 통화해본 기억도 없는 것 같았다. 그는 전화기를 책상에 내려놨다.

오른쪽 목으로 통증이 일었다. 뻣뻣해지면서 결려왔다. 그는 의자에 앉은 채로 고개를 왼쪽으로 약간 젖혔다. 오른손 엄지 뿌리로, 통증 부위를 아래에서 위로 천천히, 밀듯이 주물렀다. 어깨를 늘어뜨리고 안으로 밖으로 돌렸다. 고개도 도리도리했다. 삼사 분 정도 반복하고 나자 조금 나아졌다. 물리치료를 받을까 고민하면서 그는 오트밀색 콤비 재킷을 집어 들었다. 그보다는 오늘 중으로 담판을 짓는 게 먼저인 것 같았다. 대책 없이 두어 달씩이나 기다리다니, 자기가 생각해도 미련한 짓이었다.

밖으로 나오자 이른 봄바람이 할퀴듯 얼굴을 때렸다. 그는 머리칼을 쓸어넘기며 G90에 올랐다. 안전띠를 매고 시동을 걸었다.

인갱이[6]는 여기 평창동에서 남쪽으로 자그마치 백팔구십 킬로미터나 떨어진 곳에 있었다. 달려가 소식을 전하면 무어라 할까. 그는 오동나무 속살 같은 조여생의 얼굴을 떠올리며 가속페달을 밟았다. 공연을 함께하자고 청할 때마다 머리통을 젓던 놈. 이번에는 그 반대일 것이다. 환하게 반기면서 악수를 청할 것이다.

그는 생소병주笙簫竝奏 제안을 기회로 여겼다. 소원해진 관계를 회복할 기회. 굳이 먼 길을 나서는 까닭이었다. 자기 제안을 단지 제스처로 받아들일지라도 일단 시도는 해 봐야겠다 싶었다. 제 놈이 무슨 권리로 요양원에 가라 마라 참견이며, 남이야 각방을 쓰든 합방을 하든 까락까락 따지고 들던지. 지금 생각해도 놈에게 화가 나지만 이쪽에서 먼저 대범하게 화해를 청하는 것도 나쁘지 않아 보였다.

---

6) 인갱이: 충남 부여군 부여읍 현북리에 있는 마을 이름으로, 백제시대의 절터 '임강사지'가 있는 곳.

세 시간 가까이 걸려 인갱이에 당도했다. 그는 빈터에 차를 세우고 나왔다. 버릇처럼 신림[7]을 먼저 봤다. 크고 작은 봉우리들이 울근불근 늘어선 산. 항아가 가장 우아하고 아름답게 보이는 곳은 여기뿐이라며 놈이 가리켜 보이던 산자락.

인갱이를 찾았다고, 강을 건너자마자 '항아 길'이란 이정표를 따라 산길을 올라가면 아름다운 항아를 만날 수 있을 거라고, 아직 그 아름다움의 중심이 어딘지는 찾지 못했으나 조만간 도달할 수 있을 거라며 오래전 장황하게 써 보내왔던 놈의 편지가 떠올랐다. 그는 피식 웃었다. 세상에 신이 어디 있으며 없는 신이 어떻게 산이 될 수 있단 말인가. 처음 편지를 읽었을 때처럼 별 감흥 없이, 약간은 냉소적으로 신림을 올려다보다 갈대밭으로 접어들었다.

집으로 바로 가지 않고 양수장 쪽으로 내려갔다. 인공구조물로 된 데크로 들어섰다. 4대강 정비사업 때 새로 조성된 자전거도로로 사부작사부작 걷기에 좋았다. 그는 남쪽으로 내처 걷다 무심코 돌아다봤다. 골재채취선이 강 건너편에 그대로 있었다.

은청을 채집하러 왔을 때였나. 저녁별이 뜨기 시작하고 더

---

7) 신림: 상상으로 만든 산. 전북 정읍시에서 남쪽 입암면으로 지날 때 내장산 서래봉 능선 일부가 여자의 옆모습으로 보이는데 그 모습을 염두에 두었다.

러는 떠나고 있었던가. 저것을 두고 놈과 논쟁했던 일이 생각났다. 무슨 말을 주고받았는지는 기억나지 않았다. 식사를 준비하다 말고 서쪽 하늘을 올려다보던 놈의 아내만 불쑥 떠올랐다. "어마, 항아가 개밥바라기를 삼켰어요. 어떻게 한꺼번에 삼킬 수 있지. 볼 때마다 신기하다니까…… 오동실도 저렇게 순식간에 수장되었다면 나도 덜 슬펐을까요. 슬퍼할 시간도 여유도 없었을 테죠. 한데, 우리 집은 날마다 조금씩 물에 잠겨갔어요. 물을 밟고 들어가면 손쉽게 건져 올릴 수 있을 것처럼 방구들이 오래오래 물속에서 꿈틀거렸죠. 오동꽃잎들이 주변에서 뱅글뱅글 돌았어요. 꼭 슬로비디오를 보는 것 같았어요." 느짓느짓 말하던 사람. 그는 그녀가 용담댐 공사로 집을 잃은 수몰민이라는 사실을 그날 알았다. 자기가 댐 근처 읍에서 독주회를 열었던 것도. 공연장에서 놈과 앙코르곡을 함께 연주했던 것도.

몇 발짝 가지 않았는데 데크가 끝났다. 두어 채의 집과 비닐하우스가 있는 곳에서 그는 돌아섰다. 산자락이 조금씩 여자의 옆모습으로 변해가는 모양을 바라보면서 걷노라니 그새 양수장을 지나고 있었다. 그는 강 가운데 자그마한 섬과 마주쳤다. 왕버들 가지가 치렁거리는 섬 바닥에는 송곳 같은 싹이 파랗게 돋아나고, 암록갈색 물이 흐르는 듯 마는 듯 느시렁대는 섬 주변으로 페트병이며 스티로폼이 물결 따라 출렁거렸다. 팔뚝만 한 물고기 두 마리가 뒤집힌 채 그 사이를 둥둥 떠다녔다. 모래톱에 앉은 새들이 물고기 사체를 멀뚱멀뚱 쳐다보다 인기척에 훌쩍 날아올랐다.

전에 왔을 때보다 강 쪽 갈대밭이 비좁게 보였다. 집 쪽 밭에는 갈대 사이에 다문다문 억새도 자라고 있었다. "자전거도로가 막고 있어서 이쪽은 아예 강물이 못 올라와. 조만간 억새로 뒤덮이고 말겠지." 하던 놈의 말이 들리는 듯했다. 쌀쌀해서일까, 게도 보이지 않았다. 그는 강 쪽 갈대밭으로 내려갔다. 늘어진 비닐을 발로 걷어내고 둑에 섰다. 가장 굵어 보이는 줄기를 꺾어 이파리를 떼어내고 마디를 잘랐다. 입김을 불어 넣었다. 소리는 고사하고 픽픽 바람만 빠졌다. 그는 놈의 생황을 떠올리며 고개를 갸웃했다. 갈밭으로 줄기를 되던지고 말라비틀어진 풀과 새로 난 싹으로 지저분한 오솔길로 접어들었다.

마당도 비죽비죽 돋아난 새싹과 묵은 풀들로 너저분했다. 작두펌프가 있는 우물을 지나자 길게 뻗은 처마 오른편 아래로 아궁이와 부뚜막이 보였다. 그는 왼편 방문 앞에 섰다. 두드렸다. 두어 번 더 두드리다 문손잡이를 돌렸다. 아무도 없었다. 강 쪽으로 난 창문 아래에는 책상이 붙어있고 앞에 의자 두 개가 놓여있었다. 그 너머로 희덕수그레한 천에 덮인 침상이 보였다. 침상 건너편 욕실 문은 빠끔 열린 채였다. 욕실 벽을 따라 싱크대가 길게 놓이고 가스레인지 위에는 주전 자가, 조리대에는 아이보리색 머그잔이 하나 뒹굴었다. 전과 별반 달라 보이지 않았다.

하늘빛을 받은 강물이 푸르다 못해 괭했다. 흰 구름이 물속 에서 뒹굴고 산자락도 내려와 어룽어룽 흔들렸다. 배 턱이 휑 해서 보니 나룻배가 보이지 않았다. 건너편에도 없었다. 이제 는 제 와이프 차로 다니는 모양이군, 생각하며 그는 목서 아 래로 가 섰다. 놈은 저 신림 어디에 있을 게 분명했다. 여태도 아름다움의 중심이란 걸 찾아 헤매는 중인가 보았다. 가능한 일이 아니라는 것쯤은 이제 알만도 할 텐데 왜 그러고 다니는 지 답답했다.

그것은 젓대 선생이 옮겨준 병이었다. 놈이 도림을 떠날 때 알았다. 삼십팔 년 전, 입학하게 될 대학교 기숙사로 가던 날 아침이었다. 아버지가 운전하는 차에 앉아있던 그는 가로 수와 함께 뒤로 밀려 나가는 놈을 봤다. 아버지가 차를 세웠 다. 창문을 내리고 "우리 치성이도 지금 기숙사에 가는데 뒤 에 타거라." 하자 "괜찮아요. 전 지금 인갱이에 가는 길이에 요." 말간 얼굴로 놈이 사양했다. 그는 종잡을 수 없는 기분으 로 놈을 흘겨봤다. '저 자식, 정말 가네. 아무 말이나 믿는 등 신 아냐. 거기가 어딘 줄 알고 무작정 나서지……? 아냐, 신림 에 항아가 정말 있을지 몰라. 그래도 그렇지, 제깟 게 무슨 수로 찾느냐고.' 그런 것 말고도 많은 생각들이 오갔다. 돌이켜 보면 질투나 시기심이라 할 것들. 거기에는 또 다른 무엇이 있었다.

아름다움이란 관점에 따라 다 다르다는 걸 이제는 안다. 연주가 안정적이고 균형을 유지하면서 시종 조화로울 때 사람들은 거기서 보편적인 아름다움을 느낀다는 것도 잘 안다. 한데 나는 아름다움을 찾아 방황해본 적 있나. 그것의 중심에 대해 생각해본 적은? 아름다움이 관점에 따라 다 다르다고 보는 건 내 나름대로 숙고한 후에 내린 결론인가…… 그는 고개를 흔들었다. 애석하게도 어느 것 하나 자신할 수 없었다.

물과 함께 있을수록 두려워지니 이상하지. 물은 다스리는 게 아니라는데. 애인의 가슴을 만지듯 정성을 다해야 하는 무엇이라는데 말이야. 뜬금없이 이상하의 말이 떠올랐다. 생각난 김에 전화를 걸었다. 일이 많아 퇴근이 늦어질 것 같다고 했다. 그는 형과 식사하려던 생각을 접고 전화를 끊었다. 주머니에서 펜과 메모지를 꺼내었다. 한쪽 의자에 앉아 건너편 의자에 종이를 펼치고 펜을 들었다.

'오는 가을에, 금강하구에서 연주회가 있을 예정이야. 생소병주 요청이 들어왔는데 너와 같이하고 싶어서 여러 번 전화했어. 메모 보는 대로 연락 바란다.'

끝에 날짜와 자기 이름을 쓰고 메모지를 접었다. 도로 폈다.

헤어진 여자가 자꾸 전화질을 해와 얼마 전에 바꿨는데 잊어버리고 있었다. 혹시 몰라 그는 자기 전화번호를 밑에 적어 넣었다. 내친김에, 너 진짜 핸드폰 장만 안 할래? 갈겨썼다.

고민하던 일을 해결하고 나니 홀가분했다. 오늘은 요양원에도 가볼까. 지난달에는 공연 연습 때문에 못 갔는데 그 전달에는 왜 못 갔지. 짚어보다 그는 생각을 털었다. 요양원은 여기서도 백이십여 킬로미터나 더 남쪽으로 내려가야 했다. 오늘 꼭 가야 할 만큼 노모가 위독하지도 않았다. 해도 기울어 가고 있었다.

연주 요청이 들어왔을 때 처음부터 놈을 염두에 둔 것은 아니었다. 중·고등학교 시절을 빼고 함께 공연장에 서본 것도 네댓 번이 다였다. 사실 그는 놈과의 연주가 버거웠다. 놈은 언제나 악보를 제대로 보지 않고 연주했다. 악보대로 불지도 않았다. 정간보든 오선보든 막 다뤄도 되는 무슨 종이때기처럼 여기는 것 같았다. 음표에도 저마다의 희로애락이 있다나, 역사가 있다나 흰소리를 늘어놓으며 악보에는 없는 음들을 주저리주저리 매달아 정신 사납게 불어대는가 하면 엄연히 표기되어 있는 음표마저 생략해버리기 일쑤였다. 악보대로 연주하려고 필사적으로 애쓰는 그는 놈과 연주할 때마다 인내가 필요했다. 마치고 나면 안도의 한숨을 쉴 정도였다. 함에도 놈의 생황 연주에는 장점이 많았다. 자기의 단소 소리를 한 차원 높은 곳으로 끌어 올려주는 격조. 아름답고 풍성하게 만들어주는 배음背音. 예민한 자기 소리가 극단으로 치닫지 않도록 중심을 잡아주는 힘. 오직 놈의 소리에서만 느낄 수 있는 천진난만함.

다 떠나서 놈과 정식으로 견주어보고 싶었다. 이제야말로 자기가 놈보다 위라는 걸 만천하에 보여줄 때가 되었다고 확신했다. 사람들이 '초야의 명인'이니 '난장의 달마'니 떠받들어도 놈은 한낱 장바닥을 떠도는 풍각쟁이일 뿐이다. 솔직히 놈과의 화해는 다음 문제였다.

방으로 들어갔다. 책상 위에 메모지를 올려놨다. 돌아 나오려는데 찜찜했다. 왜 그럴까 둘러보다 그는 손끝에 묻은 먼지를 내려다봤다. 책상 위에도 자기 손자국이 선명하게 찍혀있었다. 다시 보니 전화기가 놓였던 책상 귀퉁이도 비어있었다.

놈이 자기 일을 가지고 훈계하기 전까지만 해도 여기에 자주 들락거렸다. 만나던 여자와 헤어졌을 때나 새로 만난 여자를 자랑하고 싶을 때. 함께 공연하자고 청할 때나 자기 공연을 으스대고 싶을 때. 무엇보다 나경이나 한 회장이 자기를 노골적으로 멸시한다고 느낄 때 그는 이곳을 찾았다. 올 때마다 집 안은 깨끗했다. 하늬 씨를 그만 부려 먹으라고 놈에게 농담할 만큼 정갈했다.

교수님, 며칠 전에 TV에서요. 한 음반업자가 자기가 직접 겪었다는 이야기를 들려주었는데요. 어느 날, 깊은 산속에서 길을 잃어버렸대요. 헤매다 밤이 되었는데 어디선가 아련하게 음악이 들려오더래요. 그러자 캄캄하던 밤하늘이 영롱한 별들로 가득 차더라나. 소리를 따라갔을 거 아니에요. 헐, 자기가 찾던 분이었대요. 녹음하자고 졸라도, 소리는 결코 저장할 수 없다며 거절하던 분이 바위에 앉아서, 음반으로 만들기를 그토록 소원하던 바로 그 음악을 불고 있더래요. 녹음했죠. 돌아오자마자 동료들에게 들려주려고 전화기를 작동했는데, 헐, 가끔 산짐승이나 새 소리만 들릴 뿐 음악은 도무지 들리지 않더래요. 하도 이상해서 동료들이랑 다시 찾아갔는데…… 있었게요, 없었게요?

뜬금없이 연주기획자의 말이 떠올랐다. 있었을 것 같진 않은데, 하던 그의 대답에 왜요? 하며 호기심이 가득한 얼굴로 되물었다. 연주자가 그곳에 있었다면, 자기가 나한테 퀴즈 낼 필요가 있을까? 그가 반문하자, 역시 교수님은 명석하세요. 암튼 조여생 선생님이 파트너라니 기대가 돼요, 말했다.

참, 그 사람이 연주하던 악기는 뭐였을까. 음악은? 들을 때는 시큰둥했는데 궁금해졌다. 그는 골똘히 생각하다 문턱에 걸터앉았다. 손에 묻은 먼지를 비벼 털고 신발을 신었다.

강바람이 어둑발을 부려놓으며 집 뒷산으로 올라챘다. 목서 이파리들이 거뭇거뭇 흔들리고 펌프와 함지박도 실루엣

만 남았다. 그는 몸을 곱송그렸다. 구중중해지는 마음을 다독이며 저녁 바람에 서걱대는 묵은 갈대들, 그 옆으로 난 호젓한 길을 따라 허위허위 내려왔다.

거무레하게 일렁이던 강물이 돌연 솨, 물결을 일으켰다.

"아름다움은 어쩌면…… 물의 기억일지 모르겠다는 생각이 들어."

그는 자기도 모르게 돌아다봤다. 갈대들만이 어룽어룽 바람에 뒤채고 집도 목서도 윤곽조차 희미했다. 미친놈. 그는 두런거리며 차에 올랐다. 시동을 걸었다. 조금 전 그 환청은, 자기가 마지막으로 찾아왔을 때 놈이 하던 말이었다는 게 생각났다. "우리 여생이는 엄마보다 물이란 말을 먼저 배웠단다. 물을 가리키며 일렁, 일렁 그랬지." 뜬금없이 놈의 어머니 말도 떠올랐다. 별난 녀석, 하면서 말꼬리를 숨기던 목소리가 노래하듯 들렸다.

언뜻 올려다본 신림 위에는 별 하나가 떠 있었다. 별은 사금파리처럼 이편을 노려보다 홀연 사라졌다.

2

신열이 약간 나지만 컨디션은 괜찮았다. 신하늬는 현관문을 나서며 마스크를 썼다. 층계참에 보관해둔 자전거 열쇠를 끌렀다. 바구니에 인쇄물과 여벌 외투가 든 가방을 넣고 승강기를 탔다. 헬멧을 쓰고 손에 장갑을 꼈다. 밖으로 나오자 쌀쌀했다.

강변의 모래톱이 더 넓어진 듯하고 바람도 없는데 물결이 일었다. 그녀는 속력을 냈다. 강을 건너 오른쪽으로 돌았다. 신동엽 시비 앞을 지나 남쪽으로 달렸다. 답사팀을 만나기 전에 인갱이에 가볼 생각이었다. 대개 일주일에 한두 번은 들여다보는 편인데 감기몸살로 한참이나 못 갔다. 빈집 혼자 적적할 것 같아 마음이 급해졌다.

용머리산 중턱에 벌써 진달래가 피어있었다. 야라가 있을 때는 집에서도 피었다. 진달래는 멀찌감치 떨어져서 봐야 예뻐요, 핀잔하면 가끔 이렇게 호사를 누릴 때도 있어야죠, 하며 꺾어간 꽃가지들을 병에 꽂아 거실 탁자에 올려놨다. 이쪽에서 봤다, 저쪽에서 봤다 해가며 다시 꽂고는 했다. 그녀는 몇 가지 꺾어갈까 싶어 자전거를 세웠다가 내처 달렸다.

갈대밭에도 새싹이 돋아나고 있었다. 묵은 이파리들 사이로 삐죽삐죽 올라온 싹이 유달리 새파랬다. 그녀는 목서 아래에 자전거를 세웠다. 의자에 앉았다. 장갑과 헬멧을 벗어 맞은편 의자에 놓고 마스크도 벗었다. 호흡을 깊게 해 바람을 들이마셨다.

강물은 푸른 하늘을 보듬은 채고, 다채로운 농담으로 어우러진 산자락은 강물 속에서도 제법 입체적으로 보였다. 흰 구름 몇 조각도 강물 속에서 흘렀다. 모든 것은 흐른다. 흐르지 않으면 썩는다. 저 강물처럼. 그러니 진리는 딱 하나뿐이다. 모든 것은 흐른다는 것. 변한다는 것. 흐름은 아름다움의 다른 이름이라고 야라는 종종 말했다. 그녀는 '난조鸞鳥[8]'가 간당거리던, 이제는 텅 빈 배 턱을 내려다보다 일어났다.

펌프에 마중물을 부었다. 손잡이를 잡고 위아래로 올렸다 내렸다 하며 두어 바가지 더 부었다. 손잡이가 무거워지는가 싶더니 시원하게 물이 쏟아졌다. 그녀는 함지박을 씻어내고 새 물을 받았다. 물통에도 채워 들고 가 솥에 부었다.

방문을 열자 먼지기둥이 보얗게 일었다. 그녀는 안으로 들어가 커튼을 젖히고 창문을 열었다. 웬 종이 하나가 바닥으로 떨어졌다.

정치성의 메모였다. 공연 일로 여러 번 전화했다가 연락이 안 돼 다녀간 모양이었다. 그녀는 책상 귀퉁이를 쳐다봤다. 전화기만 없애고 여태 해지를 안 했구나, 기억해냈다. 통장에서 매달 요금이 빠져나가는데도 모르고 있었다니.

---

8) 난조鸞鳥: 조여생이 타고 다니던 나룻배의 이름. '난조'는 정재서 역주 『산해경』에 나오는 새로, 생김새가 꿩 같은데 오색의 무늬가 있다. 절로 노래 부른다. 이것이 나타나면 천하가 태평해진다. p.81, 240, 269 외 여러 곳에 나온다. 민음사, 1999.

너 진짜 핸드폰 장만 안 할래? 그녀는 맨 아랫부분을 되풀이 읽었다. 짜증 섞인 정치성의 목소리와 소리 없이 웃는 야라의 표정이 금방이라도 어우러져 한 선율로 흐르는 것 같았다.

두 사람의 생소병주는 아름다웠다. 여리여리하고 까칠한 듯 예민한 정치성의 단소 소리가 뼈대고 속이라면 영롱하고 풍성하고 넓은 야라의 笙 소리는 살이고 밖인 듯했다. 그녀는 달 밝은 밤 목서 아래 앉아서, 강 가운데 뜬 난조의 양 끝에 앉은 두 사람을 홀린 듯 건너다보곤 했다. 난조는 생소笙簫가 만들어내는 양탄자 같았다. 양탄자는 두 소리를 타고 금방이라도 신림으로 날아오를 것처럼 건들거렸다.

그녀는 메모지를 들고나와 아궁이 앞에 앉았다. 휴대전화기를 꺼내어 메모지에 적힌 번호를 입력하고 통화를 눌렀다. 받지 않았다. 다시 시도해도 마찬가지였다.

'안녕하세요, 신하늬예요.'

문자에 인사말만 입력했는데도 가슴이 먹먹해졌다. 그녀는 침을 삼키고 무심코 목소리까지 가다듬었다.

'남편은 이 세상에 없답니다. 떠난 지 삼 년이 훌쩍 지났네요. 처음 얼마간은 당혹스럽고 경황이 없어서 소식을 전하지 못했어요. 나중에 전활 드렸더니 없는 번호라고 하더군요. 다른 번호는 알지 못해서 기다리고 있었습니다. 문자 보는 대로 연락해주세요.'

몇 번을 읽어보고 보내기를 눌렀다. 정치성의 번호를 전화기에 저장한 뒤 메모지를 아궁이에 던졌다. 일이 끝나는 대로 전화를 해지해야겠다고 생각하며 그녀는 방으로 들어갔다.

침대보를 걷어 우물가에 갖다 놨다. 침상이며 책상과 의자들을 걸레로 훔치고 방바닥을 닦았다. 마른걸레를 찾아 들었다. 싱크대 아래 수납 칸을 열었다. 비어있었다. 물끄러미 내려다보다 그녀는 아, 짧게 한숨을 쉬었다. 악기들을 집으로 갖다 뒀다는 걸 깜빡 잊고 있었다.

문득 인갱이에 처음 왔던 날이 떠올랐다. 나직한 산 아래는 온통 갈대밭이었다. 그 속에 오두막이 있었다. 방 하나와 옆에 붙은 쪽방, 밖에 불을 땔 수 있는 부엌 겸 아궁이가 전부인 기와집. 집 위에 간신히 비를 가릴 수 있는 변소. 그녀는 낯선 풍경에 입을 다물지 못했다. 초가지붕이 아니어서 다행이라는 생각밖에는 들지 않았다. 속도 모르고 야라는 이렇게 말했더랬다. "니어, 아름다운 인갱이에 오신 것을 환영합니다."

이제는 정리해야 하지 않을까. 한쪽은 엉거주춤하고 다른 쪽에서는 정리하는 게 좋겠다고 하고. 그녀는 양쪽 생각 속을 왔다 갔다 하며 빨래를 해 널고 묵은 갈대를 한 아름 베어다 아궁이 앞에 내려놨다. 뒤껼에서 장작도 가져왔다. 갈대 한 주먹을 아궁이에 넣고 라이터로 불을 지폈다. 불꽃이 일었다. 타랑타랑…… 야라의 푸념처럼 들렸다. 마음먹은 대로 笙이 소리를 내주지 않는다며 투덜거리던 목소리. 그녀는 불꽃 위에 장작을 얹었다.

가버린 사람을 붙들고 있다고 돌아오겠느냐며 엄마는 통화할 때마다 걱정했다. 맞는 말이라고 인정은 하면서도 매 순간, 무엇을 하고 있든지 간에 떠오르는 사람을 어찌할 수 없었다. 수를 놓을까. 예전에 수놓아 쓰던 침대보를 생각하며 그녀는 궁리하기 시작했다. 난조에 앉아 笙을 부는 야라. 난조를 타고 달로 오르는 그를 수놓아 태운다면 말끔히, 말끔히는 아니더라도 편안하게 쉬도록 보낼 수 있을까. 그런 걸 소지燒紙라고 하던가……. 그녀는 빨랫줄에서 팔랑이는 흰 옥양목 침대보를 건너다봤다.

야라를 찾지도 못했는데 그가 쓰던 것은 다 없애야 했다. 망자의 것은 태우는 게 좋다고, 그리해야 가야 할 길로 잘 갈 수 있을 거라며 시부모님도 친정 부모님도 달랬다. 한사코 고집을 피우자 나중에는 화를 내었다. 그녀는 두 개의 악기만은 따로 챙겼다. 차에 넣어뒀다가 엄마가 가시고 난 뒤에 집에 갖다두었다. 이제 악기들마저 보내야 한다고 생각하니 가슴이 에여왔다.

부지깽이로 아궁이에 남은 불씨를 두드려 껐다. 방문과 창문을 단속했다. 빨래들이 날리지 않도록 집게로 몇 군데 더 고정해두고 그녀는 집 주변을 한 바퀴 돌아봤다. 자전거에

올랐다.

이따 만나게 될 답사팀은 고등학생들로 구성된 문학 동아리라고 했다. 고등학생이라는 말을 들은 순간 그녀는 얼굴을 붉혔다. 통화를 끝내고도 한참이나 거실에 부동자세로 서 있었다. 나직하게 탄식했다. 야라의 고환 아래 흉터가 또렷하게 떠올랐다. 미안해요, 하던 그의 말이 그제야 이해가 되었다. 아이를 낳을 수 없다는 말이, 낳고 싶지 않다는 게 아니라 실제로 낳을 수 없다는 말이었다는 것을 그가 떠나고 난 지금에야 알아들은 것이다. 눈물이 났다. 가끔 이렇게 아무런 맥락도 없는 것들이 서로 호응할 때가 있다. 호응하면서 이해의 지평을 확, 넓혀줄 때면 이상하게 가슴이 미어지면서 눈물이 났다.

그녀는 철제울타리 바깥쪽에 자전거를 세웠다. 신동엽 시비를 오른쪽으로 한 번, 왼쪽으로 한 번 돈 다음 비에 새겨진 '산에 언덕에'를 소리 내어 읊었다.

"그리운 그의 얼굴 다시 찾을 수 없어도 / 화사한 그의 꽃 / 산에 언덕에 피어날지어이 // 그리운 그의 노래 다시 들을 수 없어도 / 맑은 그 숨결 / 들에 숲속에 살아갈지어이 // 그리운 그의 모습 다시 찾을 수 없어도 / 울고 간 그의 영혼 / 들에 숲속에 피어날지어이"

전부터 해오던 버릇이었다. 의식일 수도 있었다. 시의 어느 구절을 읽든지 야라를 말하는 것 같았다. 자기 마음을 속속들이 짚어내는 것 같았다. 어느 날 낱말 하나하나에 의미를 담고 있는 자신을 발견하곤 얼마나 놀랐던지.

왜 시 전체를 새기지 않았을까. 낭송할 때마다 의문이 들었다. 시에는 조사 하나도 굉장히 중요하다던데 어떻게 두 개나 되는 연을 빼버렸을까. 피치 못할 사정이 있었을까. 그녀는 비석에는 없는 '쓸쓸한 마음으로 들길 더듬는 행인아 // 눈길 비었거든 바람 담을지네 / 바람 비었거든 인정 담을지네'를 넣고 다시 읽었다. 낭송하고는 '다시'가 '다사'로 잘못 조각돼 있는 곳을 우두커니 바라다봤다.

안녕하세요, 하는 소리에 돌아섰다. 만나기로 한 답사팀이란 걸 알고 그녀도 고개를 숙였다. 성인 남자가, 자기는 인솔 교사고 동아리 학생들은 모두 고등학교 이삼 학년들로 구성돼있으며 자기까지 모두 아홉 명이라고 소개했다. 아침 일곱 시 삼십 분에 금강하굿둑 철새조망대 인증센터에서 출발해 성당포구 인증센터를 거쳐 강경에서 점심을 먹고 오는 길이라고 부연했다.

"여기까지 오십사 쩜 팔 킬로미터를 달려왔어요. 얼어 죽는 줄 알았어요."

헬멧을 벗으며 한 학생이 말했다. 엉덩이 아파요. 다리 아파요. 손 시려요. 오늘 부여에서 자는 거 맞죠? 투정들이 대단했다.

"배고파요, 선생님."

키가 껑정한 학생이 배를 쥐어짜듯 구부리며 말했다. 그녀는 웃고 말았다. 조금 전 인솔 교사가 강경에서 점심을 먹고 오는 길이라고 말했던 게 생각나서였다.

"빨리 끝내달란 말이죠."

하자 한 사람도 빠지지 않고 예, 큰 소리로 대답하고는 와르르 웃었다.

그녀도 웃으면서 준비한 자료를 들었다. 금강의 발원지와 금강을 둘러싼 댐과 보와 배수갑문에 대해 먼저 말했다.

"민물과 바닷물이 만나는 곳을 기수역이라고 하지요? 금강에 하굿둑이 생기면서 그런 강어귀가 다 사라져버렸어요. 그때부터 물고기들이 강으로 올라오는 게 힘들어졌죠. 농어, 전어, 은어, 황복 등등 많았는데 특히 이쪽 지역에는 우어, 정확히 말하자면 위어葦魚가 참 많았다고 해요. 이삼 월쯤부터 강을 거슬러 올라와서 여름에 갈바탕에 알을 낳는 물고기라 갈대고기로도 불렀답니다. 알에서 태어난 어린 물고기는 바다로 가서 가을과 겨울을 지내고 다음 해에 성어가 되어 자기가 태어난 이곳으로 올라와요. 은어처럼. 하지만 이제는 자취를 감추고 말았죠. 보湺까지 생기면서 강의 생태계가 제대로 작동하지 못하고 있거든요. 물고기는 말할 것도 없고 수초도 수목들도 마찬가지예요."

집중해서 듣는 학생, 그렇지 못하는 학생, 아예 딴 데로 눈길을 두는 학생도 있었다. 시비 뒤에서 매화 향이 들렸다. 그녀는 숨을 크게 들이마셨다가 내쉬었다.

"신동엽 시인이 여러분 나이 정도에 지으신 시를 낭송해드리고 싶은데, 괜찮을까요?"

몇자 학생들이 좋아요, 했다.

그녀는 신림 쪽을 응시하며 침을 삼키고, 천천히 '백마강변'을 낭송했다.

"오돌개 붉게 매달린 뽕가지 저치고 나서니 / 후련하게 열리는 백사장 / 말없이 누워있는 흰 거구(巨軀) // 한복판이다 나는 눕는다 / 하늘처럼 터져나가는 가슴…… / 무서웁도록 푸른 하늘에 한 쪼각 떠가던 / 새하얀 구름 부서져가고 / 발밑에 금강을 터더부덕거리다[9]"

빵! 자동차 경적이 들렸다. 그녀는 낭송을 멈추었다.

승용차가 두 대나 서 있었다. 앞의 회색 승용차 운전자는 차창문을 열어둔 채고, 뒤 검은색 승용차의 운전자는 이쪽으로 고개를 쑥 내밀고 있었다. 지금 뭐 하는 거냐며 퉁명스럽게 따졌다. 답사팀의 자전거 몇 대가 도로를 점령하고 있었다는 것

---

9) 신동엽 「백마강변(白馬江邊)」 부분 인용, 『신동엽 시전집』 p.574, ㈜ 창비, 2013.

을 알게 된 인솔 교사가 부리나케 그쪽으로 달려가 양해를 구했다. 학생들도 자전거를 끌고 한쪽으로 비켜 세웠다. 그녀는 안전에 대해 자기가 무심하게 대처했던 게 미안해졌다.

앞차가 창문을 닫으면서 아래쪽으로 움직였다. 뒤차도 갔다. 그녀는 시를 인쇄한 종이를 가방에서 꺼내어 인솔 교사에게 건넸다.

"계속하시죠. 해설사님 덕분에 '백마강변'이 그렇게 어린 나이에 씌었다는 걸 알게 됐어요. 얘들아, 마저 듣자."

그녀는 처음부터 다시 낭송했다. 마치자마자 한 학생이 물어왔다.

"선생님, 근데 백마강은 어디에요?"

"요 앞에 흐르는 강이 백마강이지. 그렇죠, 해설사님?"

인솔 교사가 동의를 구하는 투로 물어왔다. 질문한 학생 대신 정말로 궁금해요, 껑정한 학생이 장난스럽게 외쳤다.

"금강도 지역에 따라 부르는 이름이 참 많아요. 여기 부여에서는 흔히 백마강, 백강, 백촌강, 사자강, 고성진강 등으로 부르는데요. 특히 고성진강은 고려 후기의 학자 이곡의 '주행기舟行記'에도 나와 있어요. '죽부인전' 배웠지요? 그걸 쓴 분이에요. 그분 아드님이 이색이고요. 서천군 한산면에 문헌서원이 있는데, 돌아가는 길에 들러보는 것도 좋을 것 같네요…… 그 '주행기'에 보면 '기축년 오월에 진강鎭江 원산에서 한밤중에 배를 타고 흐름을 거슬러 올라, 북쪽 고성古城에서 정박했다'고 쓰여 있어요. 여기서 진강은 금강을 말하고요. 고성은 여러분도 지나왔을 텐데, 현재 부여읍 현북리에 있는 아주 작은 마을 이름이에요. 그 앞을 고성진강으로 불렀다고 해요. 백마강이 시작되는 지점이죠."

나이 든 사내가 지나갔다. 음식점에 가는 줄 알았는데 시비 뒤 몇 그루의 매화 사이에 섰다. 그녀는 계속 이었다.

"백마강은 백제에서 가장 큰 강이라는 데서 유래한 이름이라고 해요. 말 馬 자가 전에는 크다는 뜻으로도 쓰였다고 하거든요. 그러니까 백마강은 여러분이 지나왔던 고성진에서부터 이따 우리가 가게 될 백제보 있죠. 거기 조금 못 미쳐 강 건너편에 천정대가 있는데, 아, 천정대에 대해 아는 사람?"

아무도 손들지 않았다. 그녀는 계속했다.

"삼국유사 기록에 따르면 백제시대에는 재상을 선출할 때 바위에 후보자의 이름을 적어 놓아두었대요. 이름 위에 도장이 찍힌 사람을 임명했다고 전해지는 바위로, 정암사로도 불렀다고 합니다. 백마강은 그러니까 고성진에서부터 천정대 앞까지 약 사십 리, 십육 킬로미터를 지칭해요. 지금은 부여군을 통과하는 강을 일반적으로 백마강이라 부르죠."

"야, 지금까지 저는 백마강을 내내 흰말 강으로 알고 있었어요."

한 학생이 뒤통수를 긁으며 말했다. 누군가 나도, 하자 모두가 웃었다.

"자, 다시 달려가 볼까. 해설사님, 이제 어디로 가죠?"

인솔 교사도 웃으며 물었다.

"백제보 인증센터가 목표지점이잖아요. 그 전에 들를 곳이 몇 군데 있어요. 일단 신동엽 문학관부터 가볼까요."

그녀는 들고 있던 자료를 가방에 넣고 마스크를 썼다.

"선생님, 우리도 시인처럼 백마강변에 누워보고 싶어요."

흰말 강으로 알고 있었다는 학생이 청했다. 표정이 무척이나 진지했다.

"야, 아까 오면서 못 봤어. 엄청 드러웠잖아. 쓰레기도 많고."

껀정한 학생이 귀찮다는 투로 반대했다. 다른 학생들도 그 학생에 동의한다는 듯 자전거 쪽으로 걸어갔다.

"좋아. 추우니까 눕지는 못하겠지만 물이 얼마나 더러운지, 쓰레기가 얼마나 많은지 눈으로 직접 확인해볼까. 자전거에서 본 거랑 걸으면서 살펴보는 거랑은 다를 거 같은데."

그녀는 인솔 교사의 말에 앞장섰다. 화장실을 지나쳐 둑 아래로 내려갔다. 인라인스케이트장을 지나면서부터 물비린내가 풍겨오기 시작했다. 버드나무 가지들이 아침과 또 달라진 모습에 넋을 빼앗긴 그녀는 공연히 옷깃을 여몄다.

3

사람 얼굴을 한 능선이 눈에 들어왔다. 산이 저런 모습으로 보일 수 있다니 신기했다. 매주 고속도로를 통해 서울과 지방을 오르내리다가 오늘은 시간적 여유가 있어 벼르고 국도로 올라가던 참이었다. 잘했다는 생각이 절로 들었다. 이상하는 능선을 확인해가며 부여 읍내로 들어섰다. 군청 로터리를 통과하고 약 일 킬로미터쯤 직진하자 백제대교가 나왔다. 다리를 건넜다. 왼편으로 보이는 정자를 지나쳤다. 상가와 관공서와 학교를 지나자 편도 이 차선이었던 도로가 일 차선으로 줄어들었다. 한참을 달렸지만 사람 얼굴을 한 산은 사라지고 없었다. 그는 계속 갈까 되돌아갈까 고민하다 유턴했다.

다리를 건너자마자 오른쪽으로 들어섰다. 자전거들이 여기저기 흩어진 채 차로를 막고 있었다. 녹색 철제울타리 안에는 육중한 비석이 있고 비석 주변에는 여남은 사람들이 모여 있었다. 그들과 약간 비켜선 곳에 쉰 남짓 돼 보이는 여자가 사람들 앞에 서서 뭔가를 말하는 중이었다. 그는 차 창문을 열었다.

"한복판이다 나는 눕는다 하늘처럼 터져나가는 가슴……."

따뜻하고 동그란 목소리가 봄 하늘로 퍼졌다. 둥그덕 덕 덕 둥그덕 덕, 별안간 맥박소리가 들려왔다. 너무도 생경했다.

그는 자기 가슴에 손바닥을 얹고 눈을 감았다.

"무서웁도록 푸른 하늘에 한 쪼각 떠가던 새하얀 구름 부서져가고 발밑에 금강을 터더부덕거리다"

빠앙! 클랙슨 소리에 눈을 떴다. 뒤에 승용차가 한 대 와 있었다. 학생 몇이 자전거 쪽으로 달려가고 어른 남자가 이쪽으로 다가왔다. 미안하다며 고개를 수그렸다. 그는 괜찮다고 말하고는 차도를 따라 천천히 움직였다.

여자가 '인갱이'라 쓰인 자전거 바구니에서 종이 뭉치를 꺼냈다. 외까풀인 듯한 두 눈에 평범한 코와 입술. 질끈 묶은 머리칼과 머리를 지탱하기에는 조금 가느다랗고 긴 목이 위태로워 보였다. 정해놓은 혹은 정해진 기준에 따르자면 예쁜 얼굴은 아니었다. 백육십삼사 센티미터쯤 되는 키에, 날씬하기보다는 볼륨이 없다고 봐야 할 몸매였다. 그런 사람에게서 무어라 표현하기 어려운 아우라가 흘렀다. 온화하면서도 차가워 보이는 상반된 분위기. 그는 칠팔십 미터 정도 직진하다 도로변에 차를 세웠다. 밖으로 나와 비석 뒤편 매화나무 사이로 들어섰다.

주변에 걸린 현수막들로 보아 신동엽 시인의 기념비인 모양이었다. 소나무에 둘러싸여 있어도 비석은 외로워 보였다. 여자도 그랬다. 그는 자기가 무슨 생각을 하는지도 모르는 채 여자의 목소리에 귀를 기울였다.

학생 하나가 자기는 지금껏 백마강이 흰말 강인 줄 알고 있었다고 하자 여자가 살구꽃처럼 웃었다. 마스크를 썼다. 어른 남자가 여자를 해설사님이라 불렀다. 이제 어디로 가느냐고 물었다. 백제보 인증센터로 가기 전에 들를 곳이 있다며 여자가 시가지 쪽을 가리켰다. 관광해설사, 숲해설사, 생태해설사, 문화유산해설사, 역사해설사…… 그는 여자에게 맞을 법한 명칭들을 생각해봤다. 그 어느 것도 아닌 것 같고 모두 다인 것도 같았다. 그들이 우르르 강둑으로 내려갔다. 앞장 서가는 여자의 옷자락이 바람에 나부꼈다. 한 마리 파란 잠자리 같았다.

그도 차에 올랐다. 강둑을 따라 달렸다. 일 킬로미터나 갔을까. 왼편 수로 가운데에 제진기除塵機가 눈에 들어왔다. 제진기는 쓰레기 자동처리기로, 스크린에 걸리는 수초나 비닐 같은 이물질들이 배수펌프로 들어가는 것을 막는 장치다. 대개 강으로 나가는 최종 배수로에 설치한다. 하천에 흘러드는 쓰레기들의 양은 엄청나게 많고 무거워서 사람이 처리하기에는 한계가 있다. 무엇보다 그것들을 제때제때 제거해줘야 하천의 침수와 농작물의 피해를 막을 수 있다. 여기서 스크린은 싱크대나 화장실 배수구에 씌우는 망 같은 것을 말한다.

시야가 탁 트인 농로를 달리면서 보니 오른편 널따란 갈대밭 사이로 자전거도로가 나 있었다. 왼편에는 제법 크게 형성

된 마을이 보이고 마을 앞에는 하수처리시설이 있었다. 그는 하수처리시설을 지나 소가 수십 마리나 들어있는 축사와 방울토마토가 자라는 비닐하우스를 따라 조금 더 내려갔다. 야트막한 산 아래에 배수장이 보였다. 주변 풍경이 낯설지 않았다. 그는 둑 한쪽에 차를 세우고 나왔다.

새 배수장은 말할 것도 없고 예전 것도 자기가 설계한 것은 아니었다. 혹시 양·배수장 관리원 교육차 왔었나. 홍수가 나서 출장 왔었을까. 기억을 더듬어가며 그는 배수장 앞을 서성였다. 강변으로 내려갔다. 강 가운데 널따란 하중도에는 갯버들 강아지가 푸르노릇하게 올라오고 풀들도 새파랬다. 일견 아름답게 보였다.

물은 직선으로 흐른다. 낮은 곳으로 흐른다. 깊은 곳을 먼저 채우고 흐른다. 계곡이나 하천 주변의 환경에 따라 구불구불 흐르는 것처럼 보일 뿐이다.

강 가운데 저리 쌓인 토사물(하중도)을 두고 그대로 보존해야 한다는 사람들은 이 사실을 간과하는 듯싶다. 강에 저런 섬들이 많아지는 건 그만큼 강바닥이 두꺼워지고 있다는 증거다. 더불어 강의 수위도 높아졌다는 말이 된다. 강물이 많아진 게 아니라 토사물이 쌓여 높아진 것이다. 수위가 높아진 상태에서 홍수라도 난다면 섬도 강 주변의 것들도 다 물에 휩쓸려가고 말 것이다. 그는 그제야 기억해냈다. 입사 초년생

때였다. 금강지구에 잠깐 근무하던 무렵 본사로 가기 전에 출장 왔던 곳이었다. 큰비로 이 일대가 물에 잠겨 강 건너에서부터 배를 타고 왔었다. 그는 새삼스러운 심정으로 주변을 둘러봤다.

비닐이며 플라스틱 같은 것을 태운 흔적들이 여기저기 많았다. 덜 탄 채로 바람에 날려 늪으로 가고 강기슭에서도 펄럭거렸다. 농로를 넘어 하우스들 주변에서도 뒹굴었다. 심심찮게 볼 수 있는 풍경이었다. 하천 주변만이 아니었다. 들판이고 산이고 주택가고, 우리나라 어디에서나 흔했다. 그는 언젠가 텔레비전에서, 내 고장에 쓰레기 소각장이 웬 말이냐는 피켓을 들고 시위하는 사람들을 봤다. 내 고장에 쓰레기 소각장 건설은 안 되고 이렇게 아무 데나 버리고 태우는 것은 괜찮다는 것인지. 물에 떠내려온 비닐이나 쓰레기들이 롤러에 끼면 갑문이 제대로 작동하지 못한다는 사실을 아는지 모르는지. 웬만하면 쓰레기를 안 만들고 안 버리는 게 먼저 아닌지. 그는 씁쓸해지는 마음을 추스르며 차로 돌아왔다.

농로 오른편으로는 갈대밭이 계속 펼쳐졌다. 강폭도 더 넓어졌다. 그는 모퉁이 길을 돌았다. 이번에는 왼편에 갈대밭이 나타났다. 능선은 어느새 사람의 옆모습으로 바뀌어있었다. 서북쪽으로 머리를 두고 이쪽을 내려다보고 있는 모습은 정결한 여신과 다르지 않았다. 그는 양수장 앞에 차를 세우고 나왔다.

간간이 자전거 행렬이 지나갔다. 좀 전에 신동엽 시비에서 만났던 여자와 학생들이 떠올랐다. '인갱이'라 쓰인 자전거에서 종이 뭉치를 꺼낼 때 보이던 여자의 옆모습과 지금 저 능선의 모습이 어딘가 닮은 듯했다. 고성진, 천정대, 백제보 인증센터…… 여자가 말하던 지명들이 불쑥불쑥 떠올랐다. 인갱이도 지명일까. 그곳은 어딜까. 고성진은 어디지. 그는 궁금증을 다독이며 강을 바라다봤다. 자전거도로로 들어섰다. 양수장을 뒤로 돌아가면서 보니 산 중턱에 토출수조가 있고 수조와 연결된 용수로가 산을 따라 왼쪽으로 죽 이어져 있었다.

몇 발짝 더 내려가자 인공구조물로 만든 덱이 나왔다. 햇빛을 받은 강물에 잔물결이 일었다. 그는 눈이 부셔 약간 찡그리면서 남쪽으로 내려갔다. 십 분이나 걸었을까. 덱은 끝나고 몇 가구 되지 않은 작은 마을이 나왔다. 시멘트로 포장된 도로가 남쪽에 자리한 양수장과 용수로를 덮어 만든 농로로 죽 이어졌다. 그는 자전거를 타고 올라오는 무리에 한쪽으로 비켜섰다. 강기슭에서 도란도란 말소리가 들렸다. 돌로 된 축대에 빨간색과 검은색 파라솔이 보이고 그 아래에 두어 사람이 앉아 어두운 물에 낚싯대를 드리우고 있었다. 주변에 비닐봉지와 라면봉지가 팔랑거렸다. 소주병 몇 개도 구르고 낚싯줄과 납덩이들도 모다기모다기 뒹굴었다.

더 내려가 볼까 하다 돌아섰다. 마을을 지나쳐 올라오다 보니 오른쪽 산비탈에 진달래가 피어있었다. 붉고 처연한, 정이가 좋아하던 꽃이었다. 언젠가 출장 갔다 오는 길이었을 것이다. 그는 진달래를 한주먹 꺾어 병실로 들고 갔다. 꽃다발을 받아든 정이가 별안간 표정을 일그러뜨렸다. 이 추운 겨울에 어떡하려고 나왔어, 철딱서니 없기는! 두런거렸다. 정이의 기억은 한겨울에 멈춰있는 모양이었다. 자기가 입원한 겨울만을 기억하는 듯했다.

사십오 년 전에 만난 처녀. 네 심장소리는 이상해, 왜 둥그덕 덕 덕둥그덕 덕 울리지. 엇박자로 뛰어. 나는 두근두근 그러는데, 하던 첫사랑. 정이가 떠난 지도 벌써 이 년 육 개월이나 되었다. 그는 다시금 여자를 생각했다. 미안한 마음보다, 정이가 여자를 보내줬을지도 모르겠다는 생각이 문득 들었다. 여자가 혼자인지 아닌지는 염두에 두지도 못한 채였다.

어깨를 폈다. 가슴을 내밀고 턱을 들었다. 보폭을 넓게 하고 조금 서두는 듯 걸었다. 감정이 일 때마다 하는 버릇이었다. 그는 양수장을 돌아 다시 갈대밭 앞에 당도했다. 아까는 못 봤는데, 야트막한 산 중턱에 집이 한 채 있었다. 파란 기와 지붕이었다. 빨랫줄에는 이불 같은 천이 펄럭거리고, 오른쪽에 수형이 빼어난 나무도 하나 있었다.

실례를 무릅쓰고 올라간 집에는 주인이 없는 듯했다. 그는 빨랫줄에서 팔락이는 흰 천을 바라보다 주뼛주뼛 나무로 갔다. 상록수였다. 긴 타원형으로 된 진녹색 이파리가 두꺼우면서도 반질반질했다. 가느다란 가지 새로 옅은 녹갈색의 싹이 돋아나고 있었다. 그는 사철나무나 동백이랑 비슷하면서도 다르게 생긴 이파리를 손끝으로 만지다 코를 대봤다. 아무 냄새도 나지 않았다.

해발 이삼백 미터나 될까 한 능선이 한눈에 들어왔다. 근처에 높은 산들이 없어서인지 우뚝했다. 여자의 옆모습을 한 정상은 여기서부터 족히 오륙 킬로미터는 떨어져 있었다. 코를 이루는 산정을 중심으로 북으로는 이마와 머리, 남으로는 입과 턱과 목으로 이어졌다. 새가 날갯죽지를 활딱 펼치고 있는 모양으로도 보였다. 단아했다. 정결하고 기품도 있어 보였다. 그는 나무 아래에 놓인 의자 하나에 걸터앉았다.

이 집에서부터 도로까지는 약 백오십 미터 정도 되는 갈대밭이 펼쳐져 있었다. 농로와 자전거도로 아래쪽도 갈대밭인데 강변까지 이삼백 미터는 되는 것 같았다. 폭이 육칠백 미터쯤 되는 강을 건너면 바로 산이었다. 산은 서북쪽에서부터 곧게 내려와 남으로 휘어졌다. 강과 나란히 가다 다시 서쪽으로 굽어 도는 것 같았다.

드넓은 공간은 적요했다. 텅 비어 존재감마저 희박해 보였다. 투명한 햇살 때문일까. 현실은 탈각되고 과거의 무엇이,

짐작하지 못할 어떤 것들이 무구한 세월 동안 응집해온 듯했다. 그는 아득히 멀고 오래된 곳에 와있는 기분에 젖어 들었다.

강바람이 불어왔다. 바람은 연방 아래 갈대밭에서부터 도로를 거쳐 위쪽 갈대밭으로 올라왔다. 묵은 갈대들이 나실나실 흔들리면서 소리했다. 친근하면서도 낯선 소리는 퍽 느슨했다. 율동적으로 피어나면서 집을 지나쳐 뒷산으로 올라갔다. 이내 집으로, 갈대밭으로, 강으로 불어 내렸다. 소리 맞은 강물이 꿈틀거렸다. 커다란 새가 솟구치듯, 여자가 시부저기 하늘로 날아오를 듯, 물속에 든 산도 함께 굼실거렸다. 표현할 길 없는 감정이 일었다. 여기엔 누가 살까. 저 산의 모습을 흠모한 사람이 집을 지어 살게 되었을까. 고독할 것 같았다. 고독마저도 애잔하고 아름다워 보였다. 그는 이 생각 저 생각으로 하염없이 호아가다 신동엽 시비에서 만난 여자에게로 돌아왔다. 팅기듯 일어났다. 차에 오르자마자 내비게이션에 백제보 인증센터를 입력했다.

2장

항아

1

날라리가 수룡음水龍吟[10] 정간보를 자기 앞으로 당겨 중여음中餘音을 불었다.

"황黃‒ 중仲 태太‒ 임淋 황黃‒ (쉬고), 중仲‒ 임林 중仲‒ 임林 황潢‒ 임林‒ 중仲 황黃‒ 임林 중仲‒"

악기를 내렸다.

"조여생, 이게 악보대로 분 거야. 지금은 정음을 내는 게 중요하다고 몇 번이나 말했어? 네 생각 따위는 나중에 넣어도 된다니까. 자, 다시."

---

10) 〈수룡음水龍吟〉, 가곡 중 계면조 평롱·계락·편수대엽까지의 반주 선율을 기악곡으로 변주하거나 한 곡씩 독립하여 독주·병주 혹은 관악합주로 연주한 곡명.

조여생은 첫마디부터 새로 불기 위해 취구에 입을 댔다. 황의 지공을 눌렀다. 숨을 불어넣자마자 삑사리가 났다. 정치성이 풋, 웃었다. 날라리가 험상궂은 얼굴로 지청구를 했다.

"손가락을 벌려야지. 더 쫙. 그 기다란 손가락은 이럴 때 써 먹는 거야, 인마. 어디 멋 부리는 데 쓰라고 있는 줄 알아."

지공에 대고 있던 그의 손가락을 거칠게 떼어냈다. 벌려서는 하나하나 갖다 붙이듯 지공에 다시 났다. 오른손 검지를 잡아 관대 안으로 쑥 밀어 넣었다. 불어보라고 눈짓했다.

그는 왼손 중지와 오른손 중지로 황과 임을 닫아 소리를 만들었다. 열어 소리를 막았다. 날라리의 말을 입증하듯 소리가 한결 정교해졌다.

날라리가 피아노로 단소 선율을 연주하기 시작했다. 피아노의 음색은 비어있는 것 같았다. 텅 비어서 소리가 어디서 나는지 알아내지 못할 정도였다. 가볍고 경쾌하다는 게 아니라 속이 투명하게 들여다보이는 느낌이 든다고 할까. 이쪽을 향해 고개를 끄덕이는 날라리의 눈 속도 그랬다. 그는 입매를 다듬은 뒤 다시 생황의 취구에 갖다 댔다.

"황중――― 황 중― 황, 임중―――― 중임― 태, 황――"

소리가 자꾸 주춤거렸다.

"이놈아, 물고 있으면 어떡해. 쏟아야 소리가 되지…… 더, 더, 좀 더 역동적으로. 허, 생기 있게 쏟아내라고. 날것으로,

날것 몰라?"

날라리가 이럴 때면 긴장을 풀 수 없었다. 신경이 곤두서고 기가 질리고, 주눅까지 들었다. 손가락도 마음껏 벌려지지 않았다. 힘만 들어갔다. 숨마저 원하는 대로 쉬기 어려웠다. 그는 쏟아져 나오는 피아노 음에 싸울 듯 들이대며 자기 음을 벼렸다.

"그게 아니잖아. 비밀스런 느낌이 나도록 해야지. 신비롭게, 미스테리오소misterioso. 허어…… 왜 자꾸 소리를 좁히지. 계속 벽에 부딪히는 것처럼 들리잖아. 좀 풍성하게 불 수 없냐? 악보에 쓰인 대로, 그대로 불란 말이다."

노래하듯 이르는 날라리의 요구에, 그는 숨을 한 번에 들이마시지 않고 베어 먹듯 마디마디 마시면서 지공을 누르고, 소리를 내었다. 체로 걸러내는 것처럼 숨을 내쉬며 소리를 꺼내었다. 넓게 찢어 벌린 손가락으로 다수굿하게 지공을 덮고 또 뗐다. 숨을 세게 뱉거나 약하게 뱉었다. 그제야 소리가 시나브로 넓고 풍성하게 들리는 것 같았다.

"그래, 그거야."

허밍 하듯 날라리가 말했다.

음이 더해질수록 그는 자기가 피아노 소리를 이기려 한다는 걸 알았다. 이러면 힘이 들어갔다. 힘이 들어가면 소리가 빈약하고, 소리가 빈약하면 날카로워지기 일쑤였다. 손가락도 뻣뻣해졌다. 손끝도 아팠다. 아는지 모르는지 날라리는 피아노 치는 것에만 열중했다. 자질구레한 장식음들은 모두 쳐내버리고 오직 제 음만을 내는 날라리의 소리는 차라리 뼈대 자체였다.

"더, 더, 더!"

리드미컬하게 소리쳤다. 피아노의 속도와 음색을 고스란히 닮은 목소리였다. 그는 자기의 손가락에 점점 더 힘이 들어가는 것을 느꼈다. 공기를 들이마셨다가 뱉어내는 입에도, 마음에도 차고 시린 힘이 들어가 쑤시듯 눌렀다.

날라리가 치성에게 눈짓했다. 치성이 단소를 들었다. 지공에 손가락을 가볍게 올리고, 입술을 바르르 떨면서 취구에 갖다 대었다. 이내 분명하면서도 정확한 음들이 쏟아져 나왔다. 단소 선율을 치던 날라리가 피아노를 멈췄다.

정치성의 소리는 단정했다. 비집고 들어갈 틈조차 찾기 어려웠다. 그는 숨을 깊이 들이마시며 소리를 내보냈다. 내쉬며 단소 소리에 생황 소리를 얹었다. 얹으면 얹을수록, 문득문득, 말로 표현하기 어려운 무엇에 걸려 숨이 막혔다. 입술마저 마비되는 것 같았다.

"이런 놈을 봤나…… 여생아 인마, 너무 딴딴하게 말잖아. 느슨하게 풀어야지. 그렇게 하면 소리가 죽지 어디 살겠어."

날라리가 또 잔소리했다. 그럴수록 소리는 더 땍땍거렸다.

그는 피로가 몰려왔다.

"자자, 그만! 잘했어, 정치성. 앞으로도 지금처럼 불 것."

만면에 웃음을 가득 피우며 말하는 날라리에게 치성이 애매하게 웃어 보였다.

전부터 음악선생을 좋아하고 존경하는 학생들 쪽에서는 젓대, 싫어하는 쪽에서는 날라리로 불렸다. 항상 칭찬을 듣는 치성은 날라리를 존경하고 흠모했다. 당연히 젓대로 불렀다. 그는 선생이 좋거나 싫지 않았다. 그냥 선생과 날라리가 잘 어울려 보여 그리 부를 뿐이었다.

"비유하자면, 단소는 꽃 피는 소리고 젓대는 열매 맺는 소리. 피리는 겨울바람 소리요, 날라리는 흙의 소리지. 생황은 어떠냐. 바로 싹트는 소리, 봄의 소리야. 모든 것을 열어젖히는 소리가 생황의 소리라고. 양극단을 포용한 뒤에 나오는 소리, 모든 소리의 가운데. 한데 조여생, 그렇게 가늘고 떼꼰떼꼰한 소리로 무엇을 열고 어떻게 중심을 잡을래. 자고로 소리가 너무 예리하고 차면 아무것도 품을 수 없어요. 맑은 물에 고기가 못 사는 것과 같은 이치야."

날라리는 여러 악기를 다룰 줄 알았다. 우리 악기는 물론이고 서양악기까지 못 다루는 악기가 거의 없었다. 지난여름 방학 때였나. 연습실에 왔더니 책상 위에 바순이 놓여있었다. 바순의 음역은 4옥타브 가까이나 되었다. 낮은음은 부드럽고 중후한데 고음으로 갈수록 음산하게 들렸다. 생황이 고음과 저음 모두 세상을 향해 밝고 화사한 우주의 세계를 선물한다면, 바순은 고음에서만큼은 정반대의 것을 토로하는 것 같았다. 개구부가 둘 다 하늘을 향해 있으면서도 소리의 색깔은 그토록 서로 달랐다. 그는 생황의 소리를 더욱 아끼게 되었다. 저 하늘 어딘가에서 영롱하게 퍼져 내리는 듯한 소리가 말할 수 없이 사랑스러웠다. 함에도 그는 악기에 제 가슴을 다 열어 보이지 못하고 있었다. 아득한 거리감에 두려움을 느끼는 때가 많았다.

"생황은 농현도, 요성도, 퇴성도 원하는 대로 하기 어렵지. 대신 여러 음을 한꺼번에 낼 수 있잖아. 그게 생황의 묘미란 건, 조여생 너도 알지. 아는 놈이 왜 그걸 제대로 못 살리지."

"울화통만 크잖아요."

그는 오동나무 통을 툭 튕기며 불퉁거렸다. 날라리가 웃었다. 어실력없다는 듯 그의 머리통에 알밤을 먹였다.

"너희도 알다시피 생황은 세상에서 가장 오래된 악기다. 갑골문자에 나오는 걸 보면 정말 여와가 만들었는지 몰라."

다 아는 이야기를 중언부언하는 걸 보니 오늘도 해 떨어지기 전에 집에 가기는 틀린 것 같았다. 그는 그때까지도 날라리의 칭찬에 한껏 고무되어 있는 치성을 바라다보다, 학교 밖 개천에서 건들거리는 갈대들로 시선을 옮겼다.

"꼬꼬지 옛날부터 신림에는 항아가 산다고 전해오지."

날라리가 목소리에 힘을 실어 말했다.

신림이라면 여기 도림에서부터 백 킬로미터도 더 떨어진 곳에 있는 산이다. 지도에서나 봤을 뿐 한 번도 가보지 못했다. 거기에 항아가 있다니. 그는 노르레한 갈대들과 어둑해지는 앞산에서 시선을 거두었다. 날라리의 얼굴에도 노란 어둠이 깃들어 있었다.

"신림에서 강을 건너면 인갱이라는 곳이 있는데 그곳에서라야 항아의 모습을 완벽하게 볼 수 있다고 해."

"인갱이?"

그는 인갱이를 발음해봤다. 정다우면서도 고적하게 들렸다. 옛날이야기를 서리서리 품고 있을 것 같은 이름이었다.

"항아가 불사약을 마시다 한 방울 떨어뜨렸는데 거기서 목서나무가 자란다고도 하고."

"선생님, 목서나무도 인갱이에 있어요?"

"글쎄다, 목서 향으로 샤넬NO.5라는 향수를 만든다니 냄새가 아주 좋은 모양이지."

자신 없는 목소리로 날라리가 얼버무렸다.

"인갱이는 온통 갈대밭으로 둘러싸여 있대요. 갈대 속에는 항아의 눈물이 들어있다고 하고 봉황의 목소리가 들어있다고도 전해오는데, 여와가 만들었다는 생황이 바로 그곳에서 탄생했다는 거야. 생笙은 사물이 생겨나는 형상을 상징하며, 황簧은 아름다움이 그 안에 포함되어 있어서 생황[11]이라 한다는 건 너희들도 알지. 아무튼 아주 오래전부터 그곳을 찾아 너도나도 떠났다고 하더라만, 돌아온 사람은 나도 본 적이 없어서……."

"선생님도 가보려고 하셨어요? 그러니까 인갱이에……."

치성이 옆구리를 치는 바람에 그는 하던 말을 중단했다. 먼 어느 곳을 여행하듯 어리바리해진 날라리의 얼굴로 잠깐 쓸쓸함 같은 게 스쳤다.

"조여생, 너라면 어떡하고 싶냐."

"말도 안 돼."

치성이 먼저 탄식했다. 한심하다는 투였다. 학교에서 가장 모범생이고 공부도 잘하고 잘 생겼을뿐더러 집도 부자인 치성으로서는 그런 허망한 꿈을 꿨다는 날라리가 이상해 보이는 모양이었다. 치성이 그러거나 말거나 그는 날라리가 가깝게 느껴졌다. 태평소 본연의 모습을 본 것 같은 기분마저 들었다.

---

11) '笙以象物生之形, 簧則美在其中, 故謂之笙簧', 『역주 예기집설대전』, 「명당위」 p.330에서 인용, 진호(원) 편·정병섭 옮김, 학고방, 2013.

2

회색 중절모를 쓴 아버지가 구두칼로 밤색 단화에 발뒤꿈치를 넣고 일어섰다. 엄마가 옷솔을 들었다. 얇은 비둘기색 재킷을 솔로 문지른 뒤 손바닥으로 판판하게 쓸었다. 흠, 아버지가 헛기침하자 엄마가 옷솔을 거두며 재미있게 놀다 오시라고 인사를 했다.

"재미있게 놀기는? 이것도 공부여, 견학 몰라."

아버지가 꾸짖듯 대꾸했다. 현관을 나섰다. 정치성도 뒤따랐다. 마당으로 나가자마자 아침 햇볕이 물총처럼 내리쏘았다. 그는 이마에 맺히는 땀을 훔치며 대문을 나섰다. 새 차도 궁금하고, 조여생이 나와 있는지도 궁금했다. 그는 놈을 데리러 갈까 하다 검고 번질번질한 그라나다 쪽으로 먼저 갔다.

아버지의 비서 이상하 형이 차 옆에서 기다리고 있었다. 그는 인사를 하는 둥 마는 둥 차 주위를 한 바퀴 돌았다. 두 바퀴째 돌고 있을 때 교련복에 교련 모자를 쓴 놈이 다가왔다. 아버지와 형에게 꾸벅 인사를 했다.

그는 아버지 뒤에 앉고 놈을 형 뒷자리에 앉혔다.

"조여생이구나? 난 이상하야. 치성이한테서 얘기 들었다. 생황이란 악길 끝내주게 분다며?"

형이 먼저 반갑게 알은 척을 하자 놈이 모자를 올리고는 손으로 상고머리를 쓱 빗었다. 쑥스러운 모양이었다.

차가 출발했다. 형이 에어컨을 켜고 차 창문을 닫았다. 새 차 냄새가 물씬 풍겼다. 그는 큼큼거리며 차 안 여기저기를 살폈다. 대한민국에서 최고로 비싼 차라고 했다. 뉴코티나보다 근사한 것은 당연했다. 실내도 넓고, 품위 넘치는 장식은 물론이어서 전체적으로 굉장히 고급스러웠다. 라디오 소리도 더 선명하게 들리는 것 같았다. 그는 우쭐한 기분을 숨기지 못해 연방 배실거렸다.

단소와 대금도 새것으로 바꾸고 싶었다. 악기도 사람 같아서, 귀하고 소중하게 다뤄야 친해지고 오래 사귈 수 있다고 젓대 선생은 늘 강조했다. 그는 그 말을 곧이곧대로 믿지는 않았다. 첫인상이란 게 있었다. 처음 봤을 때 어색하고 불편한 감정이 들면 시간이 지나도 거의 바뀌는 것 같지 않았다. 지금 불고 있는 악기들이 그랬다. 그래서 이번 겨울방학에 오죽으로 직접 만들어야겠다고 결심했다. 쌍골죽이면 더 좋을 텐데, 기대하며 그는 놈을 힐끗거렸다.

가버린 꿈속에 상처만 애달파라. 아~ 아~ 못잊어 아쉬운 눈물의 그날 밤[12]……

'상아의 노래'가 차 안을 달구는 것 같았다. 그가 형, 하고

---

12) 〈상아의 노래〉 중 일부, 채풍 작사·김희갑 작곡, 유니버살, 1968.

부르려는데 놈이 먼저 입을 열었다. 그 바람에 에어컨을 세게 커달라는 부탁을 놓쳐버렸다.

"이 노래는 원래 이미자 씨가 부르기로 했대요. 한데 리나 박이라는 분이 취입했다가 나중에 지금 부르는 송창식 씨가 녹음했다고 하더라고요. 아, 상아는요. 항아와 같은 인물이에요. 아니 여신이에요."

"그래. 야, 음악공부하려면 그렇게 시시콜콜한 것까지 알아야 하는구나. 골치 아프겠는걸."

형이 말했다.

"왜 아니겠나. 자고로 세상 이치는 다 장바닥에 있잖은가."

아버지도 거들었다. 그는 아버지의 말이 무슨 뜻인지 이해하지 못한 채로 놈을 째려봤다. 왠지 놈보다 자기가 한 발 뒤처진 것 같은 기분이 들었다.

형이 도청 근처 작은엄마라는 여자 집 앞에 차를 세웠다. 안으로 들어갔다. 그는 눈살을 찌푸렸다. 아버지의 뒤통수를 노려보다 놈을 흘겨봤다. 무심한 얼굴로 앉아있어도 속으로는 온갖 상상을 다 할 것이었다. 그는 형이 차 문을 열고 건네주는 찬합과 봉지를 받아 놈과 자기 사이에 팽개치듯 놓았다.

수리미 냄새가 몽실몽실, 환장하게 했다. 갑자기 배도 고픈 것 같았다. 그는 놈의 눈치를 살피며 보자기를 풀었다. 찐 감자와 구운 수리미, 설탕가루를 듬뿍 뿌린 토마토가 찬합 세

개에 가득가득, 얌전하고 맛깔스럽게 들어있고 봉지 속에는 콜라와 환타도 몇 병이나 되었다. 그는 찐 감자와 수리미를 꺼내어 아버지와 형에게 먼저 드렸다. 놈에게도 내밀었다가 고개를 흔들어서 말았다. 그는 감자 두 알을 먹고 콜라를 마셨다. 수리미를 찢어 입에 넣었다. 이내 침이 고였다. 몇 번 씹지 않았는데 짭조름하고 고소한 맛이 입안에 가득 퍼지면서, 갸름하고 귀염성 있는 작은엄마가 떠올랐다. 너부데데한 엄마의 얼굴이 그 위에 겹쳐졌다.

오실 땐 단골손님 안 오실 땐 남인데 무엇이 안타까워 기다려지나[13]…… 썩을, 왜 지달리고 지랄이여, 지랄은…… 노래를 하는지 주정을 하는지 알 수 없는 엄마의 목소리가 귓속을 파고들었다. 고개를 한쪽으로 비틀어 쳐들고 다 풀린 파마머리를 손가락으로 헤치는 엄마. 게슴츠레한 눈으로 쳐다보며 너는 내 아덜이여이. 내 아덜 맞지야? 하며 두텁고 꺼끌꺼끌한 손으로 포옹해 올라치면 그는 엄마의 아들인 게 너무 싫었다. 아버지의 아들인 것도 짜증 났다. 그런 날은 집에서 나왔다. 마을 안길을 어슬렁거렸다. 놈의 집 앞을 지날 때면 어김없이 노랫소리가 들려왔다. 꽃피는 사월이면 진달래 향기 밀익는 오월이면 보리 냄새[14]…… 놈의 엄마 목소리는 얼굴만

---

13) 〈단골손님〉 중 일부, 임영일 작사·이인권 작곡·조미미 노래, 1971.

큼이나 청아하고 부드러웠다. 그는 그 앞에서 한참이나 알짱
거리곤 했다.

졸다가, 깨다가, 졸다가 깼다. 아버지와 형이 지하수 관정
에 대해 이것저것, 알아들을 수 없는 용어를 써가면서 말하고
있었다. 언뜻 재건국민운동이란 말이 귀에 들어왔다. 마을 너
머에 있는 금강저수지도 그때 만든 거라고, 그 운동이 해체되
면서 지하수 관정사업을 시작했다고 아버지가 말했다. 사장
님 혜안이 어디 가겠어요, 하는 형의 말에 아냐, 시국이 어수
선해. 뒤죽박죽돼가고 있는 것 같아. 아버지의 대꾸가 이어졌
다. 그러곤 조용했다. 뭐가 뒤죽박죽일까 생각하다 그는 다시
잠속으로 빠져들었다.

커브 길을 돌자 높고 거대한 둑이 보였다.

"어 참, 대단하다. 이 대청댐도 다목적댐이야. 댐만 있는 게
아니라 수력발전소, 오, 저 아래가 발전손가 보다."

"아빠, 작년에 칠보댐에 갔을 때도 다목적댐이라고 하셨잖
아요."

"칠보에 있다고 칠보댐인 줄 아는구나. 정식 명칭은 섬진
강댐."

형이 정정해줬다.

---

14) 〈산 너머 남촌에는〉 중 일부, 김동환 시·김동현 작곡·박재란 노래, 1965.

"그래, 섬진강댐은 우리나라에서 최초로 건설한 다목적댐이지. 1920년대 중반에 완공됐다고 하더라. 그때는 운암댐으로 불렸다지 아마. 그러다 1960년대에 더 크고 높게 다시 만들었는데, 그때 수몰된 마을 사람들이 계화도로 많이 이주했단다. 아무튼 여기 대청댐도 섬진강댐이랑 비슷한 기능을 하는 모양이구나. 어떠냐, 댐의 위용을 보니까 일 인당 국민소득이 일천육백 달러라는 걸 실감하겠지. 우리나라도 선진국으로 진입할 날이 머지않았어."

아버지가 감탄조로 말했다. 차를 세우게 했다. 모자를 고쳐 쓰면서 밖으로 나갔다. 그도 놈과 함께 아버지 옆으로 가 섰다.

"저게 본댐이구나. 수문이 중심축과 주변에서 서로 요동하는 힌지로 돼 있을 거다. 물을 내려보낼 때 드럼에 와이아로 뿔를 감아서 수문을 들어 올리는 방식이지. 두레박처럼. 저런 걸 라디알게이트라고 하는데 우리나라에서는 처음으로 이 댐에다 건설했단다. 한마디로 첨단기술을 적용한 아주 멋진 사례 아니겠냐."

"여기서 볼 때는 그냥 문 같은데. 그치, 여생아."

"허허, 세상은 쉴 새 없이 움직이고 있어요. 고정돼 있는 건 아무것도 없어. 그러니 두 눈 부릅뜨고 살펴야 해."

그는 아버지 말을 알아들을 수가 없는데 놈은 예, 하면서 고개까지 끄덕거렸다.

"요 아래로 가면 조정지댐이 있을 거다. 본댐의 홍수조절을 도와주는 댐이지. 거기는 아마 로라게이트로 돼 있을 거야. 그래서 이 대청댐은 라디알게이트와 로라게이트를 동시에 볼 수 있는 곳이란다."

"라디알게이트는 어떤 거고 로라게이트는 뭐예요, 아빠?"

"아 그렇지, 너희들한테는 생소하겠구나."

아버지가 느티나무 아래로 가 섰다. 그도 놈과 함께 아버지를 따라갔다.

"에 또, 게이트는 문을 말한다는 건 알겠지. 여기서는 수문을 말하는 거야. 아, 자네가 좀 설명해주겠나. 게이트에 대해서는 자네가 박사 아닌가."

마침 형이 올라왔다. 차를 주차장에 세우고 오느라 늦은 모양이었다. 얼굴은 발갛게 익고, 머리칼도 땀에 젖어 이마에 딱 달라붙은 채였다.

"음, 게이트는 홍수조절과 방류, 토사배출, 취수, 수리 등 여러 목적으로 설치해. 단순히 문을 열었다 닫았다 하는 기능에서부터 수량조절기능까지 다양하지. 형식도 여러 가진데, 롤러게이트는 물의 압력을 보㬰로 전달하고 롤러에 의해서 물의 하중을 가하는 수문이야. 와이어로프나 스핀으로 감아올리지. 두 가지 말고도 롤러, 힌지, 슬라이드, 밸브형식들이 있어. 그것들은 또 다양한 모양으로 파생되고. 어, 레디얼

게이트는 방사형 구조고 표면은 대개 곡선이야. 그 곡선의 중심축에서 회전할 수 있게 돼 있는데…….'

아무리 기계공학과 출신이라고 해도 게이트만 공부하지는 않을 텐데…… 그는 속으로 감탄하면서 낯선 억양으로 말하는 형을 바라다봤다.

"우리나라에 댐이 언제 생겼는지 아는 사람?"

"백제시대요. 김제 벽골제가 처음으로 축조됐다고 배웠어요. 서기 330년 비류왕 27년에요."

그는 형의 질문에 잽싸게 대답했다.

"지금 규정으로 봐서는 벽골제를 댐이라고 할 순 없겠지만 제언堤堰 즉 둑을 축조하면서 적용했던 수준측량水準測量 기법은 지금 봐도 상당히 높은 수준이라고 해. 수준측량, leveling은 토목공사에서 쓰는 용어야. 지구상의 여러 점의 고저 차이를 관측하는 것을 말해. 기준면은 평균해수면이고. 그러니까 평균해수면에서 시작하는 표고에 의해서 기준면이 결정되는 거지. 백두산이나 한라산의 높이도 다 이 평균해수면으로 정하는 거야. 우리나라는 인천 앞바다의 평균해수면을 기준으로 수준원점을 정하는데 인하대학교 캠퍼스에 있어. 표고는 26.6871미터. 어쨌든 그 대단한 기술을 백제시대에도 썼다는 거지. 특히 고대의 토목공사로서는 상상할 수 없을 정도로 대규모였다고 해. 야, 치성이 공부도 잘하는 모양이구나."

형의 칭찬에 그는 해죽 웃었다.

"공대 기계공학과 출신이래. 우리 아빠 비서인데, 이것저것 설명해줄 게 있어서 특별히 오라고 하셨대."

놈에게 속삭였다.

입을 벌린 채 형에게서 시선을 떼지 못하고 있던 놈이 갑자기 이쪽으로 머리통을 들이댔다.

"있지, 지금 막 생각난 건데. 우리 몸에 있는 점 말이야. 그건 삼시랑할매가 터럭을 만들려다 잘못해서 튄 걸 거야. 음모와 겨드랑이털로 쓸 건데, 주머니에 싸려던 걸 깜빡 잊어버리고 말았거든. 주근깨나 검정 사마귀도 그렇게 생겨났을걸. 사람들이 한꺼번에 너무 많이 생겨나니까, 피곤해서 졸아버렸을 거 아냐. 우리 대한민국만 가지고 말한다면 전후 세대한테 점이 많은 이유지. 특히 오팔 년 개띠. 형도 오팔 년 개띨 걸. 저기 관자놀이 점 봐봐."

놈이 형의 얼굴을 가리키며 킥킥댔다.

"또라이 새끼, 난 또 뭐라고."

그는 놈의 머리통을 밀어냈다. 귀를 후볐다. 놈의 대가리 속이 의심스러웠지만 빠개어 확인할 수 없는 게 무척 아쉬웠다.

왜? 하며 묻는 형에게 그는 아니에요, 고개를 흔들었다.

"형, 오팔 년 개띠죠?"

기어이 놈이 물어버렸다.

어떻게 알았느냐며 환하게 웃는 형과 놈을 번갈아 보다 그는 뒤통수를 긁적였다. 아닌 게 아니라 형의 왼쪽 관자놀이에는 새까맣고 큼지막한 점이 한 개 있었다. 표정에 따라 점도 같이 움직이는 게 신기하긴 했다.

네 사람은 댐 주변을 천천히 걷다가 물 홍보관으로 자리를 옮겼다. 홍보관에는 우리가 물을 사용하게 되기까지의 과정을 소개한 안내문이나 그림 같은 것들이 많았다. 댐의 구조나 기능에 대한 것도 설명하고 있었다. 그는 작년에 섬진강댐에서는 건성으로 보아 넘겼던 수몰지역의 옛날 사진들 앞으로 가 섰다.

사진들은 대청호의 과거라 제목이 붙은 커다란 액자에 전시되어 있었다. 그는 마을길을 달려 나오는 아이들이 찍힌 흑백사진 하나를 먼저 봤다. 맨 앞에 선 아이가 발로 공을 잡은 풍경이었다. 그다음 사진은 소녀들이 물을 긷는 장면이었다. 둥글고 높은 벽에 '단기 四二九四년 十月 二十九日 오영(물통에 가려져 다음 글씨는 보이지 않았다)'이라 쓰인 우물에서 두레박으로 물을 긷는 단발머리 여학생들과 물지게를 진 채 고무쓰레빠를 신고 순서를 기다리는 여학생, 우물 벽에 기대어 서서 이편을 바라보는 털신 신은 어린 여자아이. 우물 바닥에는 함석으로 만든 물통 두 개, 바께쓰와 요강이 놓여있었다. 바닥은 온통 빙판이었다. 우물 너머에는 베어낸 지 얼마 안 됐을 나무의 밑동이 덩그렇게 남아있고, 그 위의 집은 무너지기 직전이었다.

저들은 다 어디로 떠났을까. 여기 물은 왜 저들을 내쫓고 말았을까. 그는 문득 젓대 선생의 말이 생각났다. 인갱이에는 항아의 눈물이 든 갈대가 자란다던 그 말이.

"형, 혹시 이 댐에 모인 물이 다 항아의 눈물이에요?"

"응, 항아? 그게 누군데?"

놈의 질문에 형이 되물었다.

그는 웃고 말았다. 사실은 놈을 비웃었다. 자기는 방금, 이 물은 항아가 흘린 눈물일 리 없다고, 아무리 신이라 해도 댐에 찰 만큼 흘릴 수는 없다고, 과학적으로도 근거가 없는 엉터리라고 결론을 내리고 난 참이었다. 역시나 놈이 자기보다 머리가 좋을 리 없었다.

홍보관에서 나오자 형이 댐 하류 쪽으로 차를 몰았다. 조정지댐을 돌아보고 강을 건넜다. 음식점들이 여러 군데 많았다. 거의 민물생선 매운탕이나 붕어찜을 하는 곳인데 딱 한 군데 돈가스를 파는 레스토랑이 있었다. 그는 레스토랑을 가리키며 아버지를 불렀다.

못 들었는지, 아버지가 강촌이라는 식당 앞에 차를 세우라고 했다. 안으로 들어갔다. 자리에 앉자마자 놈에게 뭘 먹고 싶으냐고 물었다. 빠가사리 매운탕이오, 놈이 대답했다. 지난봄에 경연대회에 나갔을 때 젓대 선생이 사준 매운탕이었다. 그는 놈을 흘겨봤다. 생선이라면 무조건 싫었다. 돈가스를 먹고 싶었다. 하지만 아버지는 자기가 부르는데도 이곳으로 들어왔다. 다른 사람 의견은 묻지도 않고 놈의 의향대로 주문해 버렸다.

"음식은 사람의 손맛과 물맛으로 결정되지. 여기는 물맛이야 좋을 테지만 손맛은 어떨라나. 풍수가 훤한 걸 보니 손맛도 어지간하겠지."

아버지가 물수건으로 입 주변을 훔치며 말했다.

"풍수란 말 그대로 바람과 물이야. 즉 기氣의 흐름을 말해. 물은 땅속으로 흘러 들어가 생기를 만들어내지. 생기는 만물을 생성하고, 또 생기는 땅속에서 나와 바람을 타고 여기저기로 흩어지며 자연의 여러 기운과 만난다네. 그랬다가 구름으로 올라가잖나. 구름은 다시 비가 되어 내리고. 그게 바로 풍수 아니겠어."

아버지 말에 형이 고개를 끄덕거렸다.

"결론을 말하자면 물과 바람이 바로 만물을 만들어내는 근원이지."

"어, 만물의 근원은 지수화풍이라던데……?"

뜬금없이 놈이 나섰다.

"허허 이 녀석, 천문과 자연에 대해 궁금한 게 많은 모양이구나."

아버지가 기특하다는 표정으로 놈을 바라봤다.

"여생아, 너도 냇가랑에 가면 돌이나 자갈들을 많이 볼 게다. 물이 큰 돌을 만나면 그만큼 크고 넓게 돌고 자갈돌을 만나면 딱 고만하게 돌지 않던. 바람도 마찬가지고. 그렇게 물과 바람이 도는 곳에는 항상 크고 작은 변화가 생기는 법이야. 풍수는 그런 이치를 말한단다."

말을 마친 아버지가 물로 입을 가셨다. 놈을 바라보는 표정이 너무도 편안했다. 동생들 앞에서나 짓는 표정이었다.

맥이 풀렸다. 매운탕도 맛없고 얘깃거리도 맛없었다. 그는 흰 밥만 숟가락으로 퍼 입속에 욱여넣었다.

"조여생, 아까 항아라 그랬지. 그게 누군데 그렇게 관심이 많아?"

형이 물었다. 형의 반응이 반가운 듯 놈이 입에서 밥알이 튀어나오도록 열성적으로 말했다. 항아는 여신인데 불사약을 마셨다는 둥, 넋은 달로 가고 육신은 신림으로 떨어져 버렸다는 둥, 눈물과 목소리는 인갱이의 갈대 속에 들어있다는 둥, 갈대 속에는 또 목서 향이 들어서 그것으로 만든 악기를 불면 향기가 퍼진다는 둥…… 그는 젓대 선생이 했던 말에 제멋대로 보태어 말하는 놈이 한심스럽기 짝이 없었다.

"아, 달 속에 산다는 선녀. 계수나무랑 토끼랑 산다는 선녀 말이지. 그러니까 아까 상아의 노래에 나오는 상아도 항아란 말이었구나."

그리 결론을 내린 형이 젓가락을 놓았다. 냄비에는 국물도 없었다. 놈의 밥그릇에도 밥풀 하나 붙어있지 않았다.

푸른 하늘 은하수 하얀 쪽배에 계수나무 한 나무 토끼 한 마리[15] …… 느닷없이 노래가 떠올랐다. 집에 돌아올 때까지, 집에 와 씻고 난 뒤에도, 자려고 누웠는데도 가기도 잘도 간다. 서쪽 나라로…… 머릿속을 잠식해 들었다.

3

"아, 추워. 우리가 잘 못 안 거 아냐."

정치성이 투덜거렸다. 조여생은 눈을 끔적이며 입술 위에 검지를 갖다 댔다. 숨소리까지 다 들릴 지경으로 적막해서 아주 작은 소리도 천둥만큼이나 크게 들리는 판이었다.

"아침부터 이게 뭐냐고. 점심때도 지났잖아. 배고파 죽겠단 말이야."

짜증 섞인 목소리로 치성이 속닥였다. 자기가 이 오죽 숲

---

15) 〈반달〉 중에서, 윤극영 작사·작곡, 1924.

을 알아내고 또 먼저 오자고 했으면서 이제는 빈손으로 돌아
가자고 성화였다. 얼척이 없었다. 그는 눈을 흘기고는 살금살
금, 눈이 쌓여 푹푹 빠지는 대숲 사이를 걸어 나갔다. 밖에서
는 별것 아니게 보이던데 안으로 들어올수록 끝도 없이 길고
넓었다. 그는 털모자를 꾹 눌렀다. 벙어리장갑 낀 손을 점퍼
주머니에 쑤셔 넣었다.

"야, 여기. 여깄어!"

사람은 보이지 않고 어디선가 목소리만 자그맣게 들렸다.

"어디?"

그도 속삭이듯 물었다.

"여기…… 아까 지나쳤던 데. 낫이랑 놨던 데 말이야."

간첩이 접선하는 게 이럴 거야. 그는 상상하며 빙긋 웃었
다. 최대한 발소리를 죽여 걸었다.

치성이 가리킨 나무는 쌍골죽이 맞았다. 검지 굵기만 했다.
단소나 생황 만드는 데나 쓸 수 있을까, 대금으로는 어림없었
다. 치성이도 실망했는지 입을 꾹 다물었다.

그는 톱을 찾아들었다. 밑동에 댔다. 자르려다 치성을 불
렀다.

"수건 얻다 뒀어, 있어야겠는데?"

"왜?"

"소리 나잖아."

아. 짧게 탄성을 지르더니 치성이 수건을 가져와 내밀었다.

그는 왼손으로 나무를 잡고, 오른손에 든 수건으로 톱을 덮어 잡고 밑동에 댔다. 미끄러워 제대로 썰리지 않았다. 톱 잡은 손에 힘을 가했다. 그제야 조금씩 톱밥이 부서져 나오기 시작했다. 톱날 소리는 걱정했던 것보다 작았다. 대신 나무꼭대기가 자꾸 휘청거렸다.

"조여생, 또 있어. 저건 되게 굵어."

거의 다 잘라가는 중이었다. 그는 치성의 말을 듣는 둥 마는 둥 우듬지를 올려다봤다. 간신히 붙어있는 쪽을 단번에 잘랐다. 나무 넘어지는 소리에 치성이 달려왔다. 허겁지겁 붙잡았지만 나동그라지고 말았다. 쏴르르, 파도가 치면서 눈밭은 난장판이 돼버렸다. 두 사람은 누가 먼저랄 것도 없이 귀를 막았다. 둥그렇게 눈을 뜨고 서로를 바라다봤다.

조용했다. 그는 막고 있던 손을 슬그머니 뗐다. 그새 눈을 꾹 감은 치성을 흔들었다. 치성이 눈을 떴다. 헤벌쭉 웃으며 손을 내렸다.

"되게 굵다니까. 대금 만들기에 충분하겠어."

"좋아, 이번엔 네가 자를래?"

치성의 눈이 똥그래졌다. 그럴 줄 알았다는 듯 그는 어깨를 들썩이고는 다시 톱을 들었다. 치성이 말한 곳으로 갔다.

다 베어 넘기는 동안 무사했다. 잔가지들을 쳐내고, 매끈해진 대나무를 동강 내 끈으로 묶을 때까지도 괜찮았다. 한 묶음씩 들고 둘은 누가 먼저랄 것 없이 안도의 한숨을 내쉬며 웃었다. 이제 이곳에서 빠져나가는 일만 남았다. 그는 앞장섰다. 아까보다 느긋하게 걸었다. 활보할 수는 없어도 일부러 소리를 죽이려고 하지는 않았다. 치성이도 마찬가진 것 같았다. 나무 뭉치를 잡은 손을 축 늘어뜨린 채 배고프다며 허적허적 걷는 품이 그랬다.

사륵…… 사, 사륵. 느닷없는 소리에 두 사람은 동시에 섰다. 마주 보고 눈알을 굴렸다. 귀를 기울였다. 잘못 들었나. 치성이 조그맣게 두런거렸다. 그는 계속 가야 하나 말아야 하나 고민했다. 주저주저, 걸음을 떼지 못했다. 가슴마저 팔딱거렸다.

사, 사륵…… 사륵, 사륵……. 소리는 아까보다 더 가까운 곳에서 났다.

"여기다 그냥 놓고 가자."

치성이 걸음을 멈추고 속삭였다.

"어떻게 베어낸 건데?"

그는 되물었다.

"들키면 어떡해."

거의 울듯이 속삭이며 치성이 손에 든 것을 살그머니 내려놨다. 점퍼를 여몄다. 금방이라도 달아날 태세로 자세를 취했다.

다시 소리가 들렸다. 몇 발짝 앞쪽이었다. 그는 절망한 표정으로 치성을 봤다. 긴장했는지 치성의 이마에 땀방울이 맺혀있었다.

"덮치자."

"뭐라고?"

치성이 되물었다. 그는 덮치자고 힘주어 말하면서 대나무 뭉치를 내려놨다. 소리 나는 곳으로 다가갔다. 이쪽에서 움직이면 저쪽도 움직이고 이쪽에서 멈추면 상대편도 조용했다. 오기가 생겼다. 그는 소리 나는 쪽으로 성큼성큼 걸어갔다.

"푸드덕! 아악!"

셋은 동시에 비명을 질렀다. 그는 뒤로 물러나며 엉덩방아를 찧었다. 치성이도 귀를 막고 주저앉았다. 꿩도 눈 속에 제 대가리를 처박은 채였다. 가까이 가도 꿈쩍하지 않았다.

꿩이라니…… 그는 넋을 잃고 봉황을 바라다봤다. 붉게 빛나는 벼슬. 날리는 머리털. 목덜미를 휘감은 검푸른 깃털. 상서로운 기운을 품은 붉은 등. 하얗고 노라면서도 파란 곁날개. 찬란하게 뻗어 내린 푸른 꽁지 깃털들. 가슴과 배를 감싼 불그레한 솜털과 갈색으로 곧고 힘차게 뻗은 두 다리.

봉황이 날아올랐다. 하늘 높이 검붉은 부리를 쳐들고 훠이 훠이 날았다. 수염을 날리며 유유히 대밭을 떠나는 봉황을, 푸른 하늘로 솟구쳐 오르는 봉황을 그는 하염없이 올려다봤다. 크고 아름다운 노랫소리가 오래오래 허공을 맴돌았다.

"얼른 나가자. 얼어 죽을 것 같아."

치성이 호들갑스럽게 재촉했다. 그래, 가자. 그는 멍청히 선 채로 대꾸했다.

오죽 숲에서 어떻게 빠져나왔는지 그는 알지 못했다. 어떻게 버스를 갈아타고 집으로 돌아왔는지 기억하지 못했다. 잠을 자려고 누웠어도 자기가 왜 누워있는지 깨닫지 못했다. 가슴속에는 오직 봉황뿐이었다. 봉황의 자태와 아름다운 노래뿐이었다.

다음 날 아침, 그는 치성에게 갔다. 나눠 가졌던 쌍골죽을 내밀었다. 받을 생각도 하지 않고 치성이 눈만 끔벅끔벅했다.

"대나무로 만든 생황이 아니라 갈대 줄기와 박으로 만든 竽을 불고 싶어. 여와가 만들었다는 악기를 불고 싶다고."

"그래서, 인갱이를 찾아가겠다고…… 대학은?"

실망스러운 기색을 역력히 드러내며 치성이 물었다.

"이제 대학 같은 건 의미 없어."

치성의 눈이 휘둥그레졌다. 그럴 만도 했다. 작년 가을에 한 음악대학의 경연대회에서 두 사람은 생소병주로 장원을 했다. 특기 장학생으로 입학할 예정이었다. 며칠 뒤에 기숙사에 함께 가기로 약속도 해놓은 상태였다. 서울에 있는 그 대학은 가장 우수한 인재들만 모이는 곳이었다. 한마디로 아무나 들어갈 수 있는 학교가 아니었다.

"어딘지도 모르고, 아무도 못 찾은 곳이라잖아. 너 지금, 세상에서 가장 미련한 짓을 하고 있다는 거, 알기나 하냐?"

"아무도 못 찾았을 뿐 없는 곳은 아니잖아. 난 찾을 거야. 찾을 수 있어."

그는 집에 돌아와 짐을 꾸렸다. 옷 몇 벌 넣은 배낭과 악기 든 가방, 그게 다였다.

3장

인갱이

1

방에서 나오는데 마담이 불렀다.

"별실에서 손님이 기다리고 계셔."

말하고는 누가 기다리느냐고 물을 새도 없이 앞서갔다.

정치성은 대금 가방을 어깨에 메고 마루에 걸터앉았다. 자기가 거쳐 온 방과 방에 있던 손님들을 되작여가며 보기 흉하게 나달거리는 운동화를 꿰찼다.

별실에는 한 회장이란 사람이 앉아있었다. 좀 전에 일행 앞에서 해금재비와 함께 노래 몇 곡을 연주했다. 청주 잔을 든 채 흡족한 표정으로 감상하던 모습이 떠올랐다. 그는 문을 열고 서서 찾으셨느냐고 물었다. 대답 대신 한 회장이 손을 까

불었다.

그는 방으로 들어갔다. 앉고도 몇 숨이나 지난 뒤였다.

"마담이 그러던데, 음대생이라고? 혹시 고학생인가."

넌지시 건너다보며 한 회장이 물어왔다.

아무리 들어도, 이 년 가까이 물리게 들었어도 고학생이란 말은 적응이 되지 않았다. 자존심이 상했다. 이렇게 만든 아버지에게 화도 났다. 그는 건성으로 되물었다.

"휴학 중입니다만, 무슨……?"

"허허, 기다리는 법부터 배워야겠구면."

핀잔하듯 한 회장이 말했다. 표정만으로는 부른 의도를 짐작하기 어려웠다. 딴생각 같은 것은 없어 보였지만 일은 언제나 예상치 못한 곳에 있었다.

"어떤가, 날마다 술꾼들에게 둘러싸여 피리 부는 게 괜찮은가."

말투가 점잖은 척 꽤 거만하게 들렸다. 요정에서 일한다고 깔보나. 그는 기분이 상해 흠, 헛기침했다. 솔직하게 말하자면 이곳 '세이재洗耳齋'는 나쁘지 않았다. 조여생이 기생하는 중국집보다 깔끔하고 보수도 많았다. 연습한다 생각하면 이보다 좋은 데가 없었다. 또 팁 말고 가욋돈을 손에 쥘 때도 있었다.

"대금 부는 솜씨가 제법이던데, 아버지는 뭘 하시나?"

"사업을 하셨는데 부도를 맞아 충격으로 돌아가셨습니다."

"저런…… 형제들은?"

"제 밑으로 여동생과 남동생이 있습니다."

"자네가 벌어서 식구들 입에 풀칠하는 모양이지."

"아닙니다. 어머니는 칼국숫집에서 일하시고, 여동생은 엊그제 여상을 졸업하고 취직했습니다. 남동생은 아직 고등학생이라서……."

의도를 파악하느라 그는 한 회장의 물음에 꼬박꼬박 대답했다. 놀랍게도 후련해졌다. 지금까지 누구에게도 자기 집에 대해 시시콜콜 말해본 적이 없었다. 말할 일도 없고 말하고 싶은 생각도 없었다. 자기 속사정을 아는 사람은 조여생뿐이었다.

"공부를 계속하고 싶은 생각은 없나?"

그걸 말이라고 하십니까? 하마터면 그 말이 튀어나올 뻔했다. 그는 입술을 깨물었다. 어깨를 으쓱그렸다. 고개를 푹 꺾었다. 울컥해지는 마음을 들키고 싶지 않았다.

"학교 성적도 좋다고 하던데 우리 집에 와서 가정교사 해보려나?"

기어이 눈물을 떨구고 말았다. 수강 신청을 포기할 것을 결정한 날, 시위하는 학생들마저 먼 나라 사람들처럼 호사스러워 보이던 날, 어머니가 주머니에 넣어준 돈을 들고 무작정

거리로 나간 날, 막걸리 한 잔 마시고 길바닥에 널브러진 날, 학교 선배가 알선해준 이 세이재에 대금 하나 달랑 메고 들어와 시험연주를 하던 날. 그런저런 날들이 어제인 듯 떠올랐다. 그는 주먹으로 눈두덩을 눌렀다.

"고등학교 이학년이야. 약대를 가고 싶다는데 성적이 형편없어. 자네가 적임자로 보여 내, 마담한테 부탁했네."

다시 생각해보니 과외는 불법이었다. 얼마 전에도 제의가 들어왔지만 어쩔 수 없이 거절해야 했다. 그는 낙심해진 얼굴로 한 회장을 봤다.

"그거 불법 아닌가요. 걸리면……."

"허허, 자네가 왜 그런 데 신경 쓰고 그러나. 복학해야지. 안 그런가."

복학이라는 말에 그는 어금니를 물었다. 일 년 반이라는 시간을 오직 복학만을 바라며 지내왔다. 졸업하고 나면 유명 연주단체에 들어가서 편안하게 연주할 수 있기를 간절히 기다렸다. 독주자가 최종목표지만 그건 정말이지 꿈에 불과할지도 몰랐다.

그는 자기 집에서 기숙하기를 원하는 한 회장에게 좀 더 지내본 뒤에 결정하겠다고 대답하고 별실을 나왔다.

소식을 들은 마담이 침울한 표정으로 고개를 끄덕였다. 대뜸 그 친구한테 연락해보라고 했다. 언젠가 무슨 일인가로 마담과 중국집에 갔을 때 마침 방에서 악기 소리가 들렸다. 마담이 반색했다. 그는 우쭐해져서 자기 친구라고 소개했다. 친구가 부는 건 생황이고, 대금도 단소도 잘 분다고 자랑했다. 그날 이후로 마담은 얼굴도 본 적 없는 조여생을 가끔 입에 올리곤 했다. 그는 고개를 흔들었다. 제멋대로 연주하는 놈을 해금이나 장구재비가 선뜻 받아들일 것 같지 않았다. 그들에게 욕먹고 싶은 생각은 추호도 없었다. 다 접어두고라도, 이곳에서 연주 말고 따로 했던 일이 들통날까 봐 켕겼다.

며칠 지나지 않아 마담이 서둘고 나섰다. 친구를 만나봐야겠다고 했다. 몇몇 사람을 면담해봤지만 곱상한 자기에 비하면 어림없다며 은근히 치켜세웠다. 연주가 곱상하다는 건지, 자기 얼굴이 곱상하든 건지 애매하게 들리는 말투였다. 그는 하는 수 없이 마담과 함께 중국집으로 향했다. 수강 신청도 해야 하고 고등학교 교과서도 들여다봐야 했다. 한 회장이 다른 사람을 쓸지 모른다는 조바심도 일었다. 이건 내가 소개하는 게 아니야. 만일에 놈이 일을 저지른대도 나와는 상관없는 일이야. 마담이 저러는 걸 보면 자기가 책임지겠다는 말 아니겠어. 그는 마담에게 다짐을 받아내야겠다고 마음먹었다. 그나저나 놈에게 어떻게 입단속을 시키지. 한편에서는 다른 고민이 고개를 내밀었다.

상아회관에 놈은 없었다. 배달 중이라고 주인이 말했다. 마담이 기다릴 겸 뭐라도 먹자고 하자 그는 간짜장 곱빼기를 주문했다. 짜장면이란 걸 처음 먹어보는 듯 마담이 미간을 잔뜩 찌푸려 세로 주름을 만들었다. 젓가락으로 면발 한두 개를 집어 높이 들었다. 허공에서 찰랑대는 면발을 어찌할 줄 몰라 쩔쩔매다 혓바닥을 쑥 내밀었다. 이빨로 겨우 잡고 잘강잘강 씹어가며 입속으로 밀어 넣었다. 그가 곱빼기 한 그릇을 다 먹고 물로 입안까지 가시는 동안 마담의 짜장면은 불어나 처음보다 더 그득해져 있었다.

반 그릇도 못 비우고 마담이 담배를 꼬나물었다. 맛있게 몇 번을 빨았다. 불씨가 남은 꽁초를 엄지와 중지로 잡고 튕겼다. 꽁초가 빙그르르 돌았다. 포물선을 그리며 날았다. 열어둔 창문 밖으로 나가떨어졌다.

"어라, 섰네. 섰어."

면발을 꼬던 주인이 손까지 멈추고 감탄조로 말했다.

"이거 왜 이래. 내가 빠는 놈은 다 서."

마담이 쌀쌀맞게 대꾸했다. 무안했던지, 주인이 벌겋게 달아오른 얼굴로 이편과 창밖을 몇 번이나 번갈아 노려봤다.

철가방을 든 놈이 들어섰다. 홀 안이 꽉 찬듯했다. 빨갛게 언 볼을 씰룩이며 놈이 손을 내밀었다. 그도 놈의 손을 맞잡았다.

"어머, 자기와는 딴판이네. 기도 같아."

마담이 짜장면 그릇을 밀어내며 돌연 애교 섞인 목소리로 반겼다.

그는 어이가 없어 웃고 말았다. 주인도 피식피식 웃음을 흘리고, 헬멧을 벗어 내리는 놈도 덩달아 웃었다. 철가방을 주방 앞에 내려놓고 옆으로 와 앉았다.

사실 자기와 놈의 키는 엇비슷했다. 한데도 딱 벌어진 어깨와 둥글넓적한 얼굴 때문에 사람들은 놈을 훨씬 크게 봤다. 눈썹 뼈가 도드라지고 눈 밑이 오동통 부풀어있어서 그런지 인상이 약간 독특했다. 코도 긴 편이었다. 그는 놈을 오동나무 속살을 한 달마 같다, 생각하곤 했다. 다시 봐도 마담이 말하는 기도 같지는 않았다.

"요즘 세상에 누가 그런 델 가요."

마담의 말을 마저 듣지도 않고 놈이 씨월였다. 다물려던 마담의 입이 도로 벌어졌다. 안 그래도 자기 때보다 조건이 여러모로 파격적이어서 약이 오르던 그는 불쑥 화를 내고 말았다.

"이 새끼가 근데, 세이재가 무슨 니나놋집인 줄 알아?"

젓대 선생의 말에 혹할 때부터 알아봤다. 인갱이를 찾겠다고 나서다니, 그 무슨 뜬구름 잡는 짓인가 했다. 얼마 지나지 않아 중국집에서 배달하고 있다는 연락이 왔을 때는 그러면 그렇지…… 한심스러웠다. 자기가 퍽 대단한 연주자라도 되는 양 거들먹거리는 꼴이라니. 그는 이제 놈을 기생집으로 보내버리고 싶었다.

"어이 달마, 밤마다 그놈의 피리소리 나도 이젠 지긋지긋해."

그는 놀라 돌아다봤다. 눈길이 마주치자, 작업대 바닥에 면발을 탕탕 치던 주인이 한쪽 눈을 찡긋 감았다 떴다.

"아 진짜, 그렇게 부르지 말랬잖아요. 내가 왜 달마예요."

"달마를 달마라 부르지 그럼 뭐라 부르나. 그건 그렇고, 이제 뜰 때도 됐어. 내 진작 말하려고 했는데 마침 기회가 왔군."

손도 안 대고 코 푼다는 말이 이런 건가 보았다. 그는 마담도 자기 마음과 다르지 않다는 걸 금방 알아챘다. 연방 입을 벙그리는 게 그랬다. 한쪽 볼을 실룩거리며 웃는 게 그랬다. 기분이 좋을 때면 마담은 꼭 저렇게 어벙한 표정을 짓곤 했다.

'야 조여생, 세이재에서 피리를 불다 보면 말이지, 가끔 호텔로도 불려가는 일이 있을 거야. 물론 동성끼리 그러는 게 꺼림칙하겠지만 상상외로 대가가 커서 괜찮을걸. 알아 인마, 벨트 푸는 일이 쉽겠냐. 하지만 풀기만 하면 그 벨트로 끈을 만들 수도 있을 거야, 내 선임자들처럼. 나? 아냐, 인마. 난 한 회장 앞에선 안 그랬어.'

말하고 싶은 걸 참았다. 참으며 그는 여태도 웃고 있는 마담을 쳐다봤다. 입술을 꾹 닫고 앉은 놈을 봤다. 따로 단속할 필요는 없을 것 같았다.

대문 위에 '洗耳齋세이재'라는 현판이 붙어있었다. 안으로 들어서자 처마마다 빨간 등불을 매단 기와집이 여러 채 나타났다. 불이 켜진 방도 꺼진 방도 모두 비현실적으로 보였다. 문을 열어준 사내가 '매화실'이라 쓰여 있는 방으로 안내했다. 이상하는 쭈뼛거리며 신발을 벗고 올라갔다. 기전부장이 방 아랫목에 앉고 부장 양옆으로 두 과장이 앉았다. 그는 다른 신입 문용태와 함께 윗목에 무릎을 꿇고 앉았다.

"편히 앉아. 몸과 마음이 편해야 즐겁게 일하지."

부장의 말에 그는 책상다리로 바꿔 앉았다. 편안하게 앉았어도 어색했다. 텅 빈 가운데를 두고 서로 마주 보고 앉는 것에는 좀처럼 익숙해지지 않았다. 자기 속을 훤히 내보이는 것 같아 불편하고 긴장도 되었다.

이윽고 문이 열렸다. 사내 둘이 푸짐하고 정갈하게 차린 상을 들고 들어와 방 가운데 놓고 나가자 한복 입은 여자들이 차례로 들어왔다. 나붓이 고개를 수그리면서 자신들을 소개했다. 부장과 과장들 사이로, 문용태와 자기 사이로 끼어 앉더니 잔에 술부터 따랐다.

"알다시피 자네들은 특별공채였다는 걸 명심해. 그래서 이렇게 근사한 곳에서 환영해주고 싶었던 거야. 어때, 마음에

드나?"

부장의 말에 그도 문용태도 고개를 주억거렸다. 앞으로 잘 해보자고. 부장이 말했다. 과장들도 서로서로 도와가면서 열심히 하자는 취지의 덧붙였다.

건배, 하며 부장이 원샷을 했다. 잔을 비우자 여자들이 젓가락으로 음식을 집어 짝꿍의 입에 넣어주었다. 그는 시선을 어디에 둬야 할지 몰라 허둥대다, 옆에 앉은 여자가 옆구리를 지르는 바람에 깜짝 놀라 고개를 들었다.

"어이 이상하. 자네, 그 어려운 문제를 어떻게 풀었나. 출제한 사람 위신도 세워줘야지 말이야. 지금부터 예의주시할 테니 그리 알라구."

자기가 시험문제를 출제했다며, 부장이 칭찬인지 경고인지 모를 말을 했다.

그는 머리를 긁적거렸다. 유체역학流體力學에 관한 문제였다. 유체역학에는 베르누이 방정식이나 파스칼의 원리, 연속 방정식 같은 여러 공식이 있는데, 그중에서 '베르누이 방정식'을 물에 적용해 설명하라는 문제였다. 베르누이 방정식은 유체가 흐르는 속도와 압력, 높이의 관계를 수량적으로 나타낸 식이다. 간단하게 말하자면 유체의 속력이 증가하면 압력은 감소한다는 것이다. 개천을 흐르던 물이 갑자기 좁아진 수로를 만나게 되면 더 빨리 흐르는 이치를 말한다고 할까. 풀면서도 야, 이렇게 멋진 문제를 낸 사람이 누굴까 궁금했었다.

"부장님, 여기까지 와서도 일 얘기예요? 아휴, 우리 신입 분들 얼마나 따분할까…… 어때요, 분위기도 잡을 겸 일단 저희 세이재 명물부터 만나보셔야죠."

언제 들어왔는지 마담이라는 여자가 한껏 교태를 부리며 청했다. 부장의 대답이 채 끝나기도 전에 건넌방 문이 열리고 발 너머로 세 사람이 들어왔다. 해금, 장구, 대금과 처음 보는 악기를 각기 제 앞에 놓고 앉았다.

정치성이 떠올랐다. 몇 달 아르바이트했던 회사의 사장 아들이었다. 사장을 두고 한동안 말이 많았다. 시류를 제대로 읽지 못해서 부도가 나고 급기야 망하고 말았다는 소문이 대부분이었다. 세컨드를 잘못 만난 탓이라는 말도 돌았다. 어쨌든 사장은 몸까지 망가져 입원했다가 병원에서 사망했다는 소식을 나중에야 들었다. 그는 졸지에 음대를 그만두게 되었다는 사장 아들을 생각하며 '재비'들의 연주를 들었다.

해금 소리가 애간장을 녹였다. 녹은 간장마저 다 긁어낼 듯 오비작거렸다. 그는 불콰해신 눈으로 여자 해금 연주자를 건너다봤다. 활을 쥔 오른손이 하얗게 움직였다. 움직일 때마다 소맷자락도 함께 하늘하늘 나부꼈다. 소리도 나부꼈다. 그는 해금 소리에 맞춰 '상아의 노래'를 속으로 흥얼거렸다.

외로운 여인인가 짝 잃은 여인인가 가버린 꿈속에 상처만 애달퍼라……

치성이 친구란 녀석이 이 노래에 얽힌 뭔가를 말해준 것 같았다. 오팔 년 개띠 맞죠? 맑고 싱그러운 목소리만 귓가를 맴돌 뿐 도무지 이름이 떠오르지 않았다.

해금재비의 연주가 끝나자 젊은 사내가 대금을 들고 장구 치는 사람을 향해 고개를 끄덕였다. 이내 온유하고 그윽한 선율이 방 안을 흘렀다. 부드러우면서도 조금은 외롭게 출렁이더니 어느 순간 너울너울 절정을 향해 치달았다.[16] 그는 무춤, 뒤로 물러나 앉았다. 눈을 끔벅거렸다. 그렇지 않아도 이름이 막 생각난 참이었다. 진짜 조여생이었다. 반가운 마음과 외면하고 싶은 심정이 교차했다. 까닭을 알 수 없었다.

녀석이 대금을 내려놨다. 처음 보는 악기를 두 손으로 보듬었다. 마담이 생황이에요. 환상적이라니까요, 했다. 나무 같은 통에 대나무를 꽂아 만든 생황은 생김새만큼이나 소리도 오묘했다. 아름답다고 말하기에는 무척이나 신비롭고 고요했다. 이상하게 고요했다.

이 풍진 세상을 만났으니 너의 희망이 무엇이냐. 부귀와 영화를 누렸으면 희망이 족할까[17]…… 출처는 분명 발 너머인

---

16) 〈상영산上靈山〉, '상영산'은 《영산회상靈山會上》의 첫 번째 곡.
17) 〈희망가〉 일부, 작사·작곡 미상, "부귀와 영화를 누릴지라도" 이하도 같은 노래에서 인용함.

데 그보다 멀었다. 무척 멀었다. 아득히 먼 어느 곳에서 그윽하게 다가왔다가 시나브로 멀어져가는 소리. 그제야 녀석이 생황을 잘 분다고 하던 치성이의 말이 생각났다. 그는 약간 센티한 기분으로 소리에 취했다.

담소 화락에 엄벙덤벙 주색잡기에 침몰하랴, 부장이 고래고래 소리를 지르자 과장들도 가세했다. 부귀와 영화를 누릴지라도 봄 동산 위에 꿈과 같고 백년 장수를 할지라도 아침에 안개로다. 푸른 하늘 밝은 달 아래…… 나중에는 문용태까지 합세했다. 벌게진 얼굴을 왼쪽으로 오른쪽으로 돌려가며 지르듯 노래했다. 젓가락까지 두드려댔다.

생황 소리는 끝난 지도 모르게 끝나고, 다시 이어지는 듯하다 조용히 사라졌다. 녀석이 악기를 앞에 내려놓으며 미소 지었다. 내내 뚫어지게 보고 있던 그는 어색한 나머지 고개를 돌려버렸다. 마침 부장이 외투 주머니에서 봉투를 꺼내었다. 어머 어머, 부장니임. 마담이 호들갑스럽게 인사하며 그것을 받아 발 너머 장구재비에게 전달했다. 그는 여태도 젓가락을 두드려대는 문용내를 공연히 찔벅거렸다.

"얘들아, 슬슬 시작해볼까."

마담이 손뼉을 치며 말했다. 연주자들이 물러났다. 마담도 나가자 사이사이에 끼여 앉았던 여자들이 일어났다. 상을 한쪽으로 밀쳐 자리를 넓히고 방 가운데에 의자를 하나 놓았다.

부장 옆에 앉았던 여자가 치마저고리를 벗었다. 속옷마저 벗어버렸다. 그는 술이 확, 깼다. 도대체 어쩌자는 거야? 중얼거리며 일어나다 엉덩방아를 찧었다.

의자에 벌거벗고 앉은 여자의 유두에 과장이 술을 흘렸다. 다른 과장이 유륜乳輪 아래에 잔을 바짝 대고 흘러내리는 술을 받았다. 받은 술을 부장에게 건넸다. 또 받아 동료 과장에게 건네고 또 받아 신입 문용태에게 건네고…… 그도 받았다. 받아 상에 내려놨다.

"이상하, 어서 들어?"

부장의 재촉에 그는 마지못해 잔을 들었다.

"언제나 패기 있게. 건배!"

부장이 외쳤다. 과장들도 지화자, 화답했다. 건배 제안치고는 너무 웃겼다. 그는 풋 웃어버렸다. 웃었지만 술은 마시지 못했다. 속이 울렁거리고 토할 것 같았다. 과장이 쓸데없이 점잔뺀다며 나무랐다. 짝꿍 여자더러 입을 벌리게 하고 술을 부으라고 했다. 그는 어지저지 삼켰다. 되올라오는 것을 침과 함께 다시 꾹 삼켰다.

문용태 옆에 있던 여자도 옷을 벗었다. 의자에 걸터앉았다. 살갗이 유난히 하얘 새빨간 유두가 무르익은 산딸기만큼이나 도드라져 보였다. 허리도 잘록했다. 누군가 그 여자의 사타구니 바로 아래에 술잔을 갖다 댔다. 다른 누군가가 좁고 깊게 팬 가슴골에 술을 따랐다. 골을 떠난 술이 단숨에 배꼽을 지나 숲에 당도했다. 수풀을 적시며 흐르던 술은 음핵으로 대음순으로 소음순으로, 동굴로 핥듯이 흘러내렸다. 술잔으로 또르르 떨어졌다. 간혹 음핵에 가 닿은 술은 둥글고 넓은 대음순 밖으로 갈라지며 물돌이 했다. 이내 한 곳에서 만나 깊고 어두운 동굴 아래를 지나 흘렀다. 기다리고 있던 술잔으로 떨어졌다. 사람들이 그것을 주거니 받거니 하면서 마셨다. 왜 저렇게 마셔야 하지. 얼마나 많은 사람이 저럴까. 동굴에 날달걀을 집어넣었다 빼내기도 한다던데, 괄약근을 조이고 붓펜으로 글씨도 쓴다던데 모두 사실일까. 불과 몇 초 사이에 머릿속은 수많은 생각들로 바글거렸다. 갑자기 욱, 헛구역질이 올라왔다. 그는 손으로 입을 틀어막았다. 다른 손바닥을 펴 자기에게 오는 잔을 뿌리쳤다. 손사래를 쳐도 부장인지 과장인지가 고개를 잡아 젖혔다. 입을 벌리고 술을 부었다.

밖으로 튀어나왔다. 화장실로 달려갔다. 바닥에 쭈그리고 앉아 변기를 끌어안았다. 머금었던 술을 뱉자마자 속이 뒤집혔다. 먹은 것들이 쏟아져 나왔다. 그는 눈을 질끈 감고 변기 안으로 깊숙이 고개를 쑤셔 박았다. 토했다. 토 냄새가 역겨워 또 토했다. 위액까지 쏟고 나자 세상이 빙글빙글 돌았다. 그는 벌게진 눈으로 일어났다. 물로 입안을 헹구고 어지럼증이 가시기를 기다려 밖으로 나왔다.

"야, 여기에도 별이 뜨는구나."

중얼거렸다. 왜 서울 하늘에는 별이 보이지 않을 거라 단정하고 있었지. 자기가 생각해도 이상했다. 그는 부옇고 흐린 별을 올려다보다 어지러워 고개를 내렸다.

"박 검사장요, 아까 그 예쁘장하게 생긴 사람 말이죠?"

"그래, 자기를 찾더라니까. 요 앞 호텔에 가 있으면 바로 뒤따라갈 거래."

"호텔요? 전 잘못한 게 없어요. 있대도 여기서 말하면 되지, 왜 호텔까지 들먹이죠."

녀석과 마담이었다. 불빛이 희미한 곳에 서서 둘이 얘기하고 있었다. 그는 비틀비틀 그리로 걸어갔다.

"따로 하고 싶은 말이 있는 모양이지 뭐. 잘 해드려, 공연히 딴지 걸지 말고."

마담이 돌아섰다. 동백실 쪽으로 바쁘게 걸어갔다.

"나 참, 별일이네. 정말 잘못한 게 없는데……."

그는 혼자 중얼거리며 서 있는 녀석을 불렀다. 다가가 어깨에 손을 얹자 녀석이 반갑게 인사를 했다.

"야, 이런 데서 만나게 될 줄…… 아까는 상황이 아닌 것 같아서 기회를 찾고 있었어요. 축하드립니다, 형님."

축하 운운하는 녀석의 말에 그는 겸연쩍게 웃었다.

녀석을 보자 다시 치성이가 생각났다. 둘은 어려서부터 함

께 악기를 배우기 시작했다고 들었다. 샌님 같던 치성이와는
달리 이 녀석은 시원시원하고 거칠 것이 없어 보였다. 눈빛도
맑게 빛났다. 그는 새삼스러운 마음으로 녀석을 바라다봤다.

"요즘도 치성이와 연락하며 지내세요?"

그는 고개를 흔들었다.

"며칠 전에 만났는데…… 가끔 만나요."

"그렇구나. 잘 지내고 있지. 참, 지금 어딜 가야 하는 모양
이던데?"

"그러게요, 저도 잘 모르겠어요. 요 앞 호텔이라는데."

"얼른 가 봐. 검사장 나리를 기다리시게 해서는 안 되지."

그는 녀석의 손을 잡고 쓸었다.

"조만간 치성이랑 같이 만나요, 형님. 아 참."

녀석이 흰색 남방 주머니에서 펜과 메모지를 꺼내었다. 치
성이 아르바이트하는 곳이라며 전화번호를 적어 건넸다.

그도 명함을 주었다. 인사 대신 녀석의 어깨를 다독였다.
고개를 갸웃거리며 돌아서는 녀석이 왠지 안쓰러워 보였다.
그는 자기의 짐작이 틀렸기를, 녀석한테 상처가 생기지 않기
를 기도했다. 가고 싶지 않은 저 방으로 들어가야 하는 자기
와 원하지 않을지도 모르는 것을 받아들여야 하는 녀석의 심
정은 다를 것 같지 않았다.

3

"힘 빼야지. 무슨 일이든 힘이 개입되면 어려워지는 거야. 긴장하지 말고. 자, 나 좀 볼래."

검사장이 나긋나긋 말했다.

조여생은 당혹감에 눈을 감았다 치떴다. 눈치도 없이 눈물이 비어져 나왔다. 어린아이 대하듯 사랑스러운 미소를 띠며 검사장이 손을 내밀었다. 그는 뿌리치고 돌아섰다. 희고 빈약한 검사장의 손이 양어깨를 잡았다. 이내 돌려세웠다. 그는 어쩔 줄 몰라 고개를 수그렸다.

"자기가 악기에 입술을 대는 순간 숨이 멎는 줄 알았어. 악기가 꼭 나 같아서. 내가 자기 입술을 맞이하는 것 같아서."

그의 귓불에 입술을 바짝 대고 검사장이 고백했다. 이글거리는 눈동자로 응시했다. 응시한 채로 넥타이를 끄르고 와이셔츠 단추를 풀었다. 바지를 내리고 속옷마저 벗어버렸다. 그는 번들거리는 검사장의 맨몸에서 다시 돌아섰다. 검사장이 뒤에서 그의 점퍼를 벗겨 방바닥으로 던졌다. 앞으로 와 바지 벨트를 직접 풀고 팬티까지 내렸다. 그가 팬티를 도로 올리자 한숨을 쉬었다.

"자기야, 나 급해. 제발……."

애원했다. 그의 팬티를 한쪽 발로 내렸다. 달래듯 고개를 끄덕였다. 어깨를 잡고 밀었다.

그는 침대로 나가떨어졌다. 내처 일어나려는데 검사장이 위에서 목을 죌 듯 끌어안으며 눌렀다. 이마에서 볼로, 귓불에서 입술로, 목덜미로 어깻죽지로 가슴팍으로, 아래로 더 아래로…… 뜨거운 혀로 지지듯 훑어 내렸다.

힘을 빼라고 했다. 힘을 빼라고. 그래야 아프지 않다면서 일으켜 세웠다. 등 뒤로 와 허리를 잡았다. 그는 엎드린 채로 입술을 깨물었다. 검사장의 신음을 들었다. 사정하는 것을 느꼈다. 순간 거짓말처럼 자기의 자지가 부풀어 올랐다. 그도 검사장의 손에 잡힌 채로 사정이란 걸…… 했다.

"자기, 처음이구나? 영광인데."

검사장이 귀에 대고 소삭거렸다. 뒤에서 가슴팍을 쓸어안았다. 젖꼭지를 오래오래 비틀듯 쓰다듬었다.

"처음은 언제나 설레면서도 긴장되지. 덕분에 내게는 성찬이었어. 고마워, 자기."

발기되다니. 사정하다니. 그는 혼란스러웠다. 호텔로 와야 했던 상황도, 자기가 동성 앞에서 옷을 벗어야 했던 상황도, 검사장의 손에서 빳빳하게 일어서는 자기의 그것도. 자기에게 동성애적 기질이 있다는 사실도 충격이지만 아무런 사랑도 느끼지 못하는, 아니 역겹고 수치스러운 상황에서도 발기할 수 있다는 사실에 그는 경악했다.

수많은 불빛이 창문으로 들어왔다. 그는 전광판에서 명멸하는 글자들을 눈으로 읽었다. 인갱이를 찾겠다고 떠나오지 않았다면 지금쯤 다니고 있을 대학의 이름이었다. 후회 같은 게 밀려왔다. 미련인지도 몰랐다.

대학은? 대학이 무슨 의미가 있어. 아무도 못 찾은 곳을 너라고 찾을 것 같으냐. 등신아, 세상에서 가장 미련한 짓을 하고 있다는 거 알어? 아냐, 난 찾을 수 있어.

하지만 찾지 못했다. 정치성 말대로, 세상에서 가장 미련한 짓을 저질렀는지 모르겠다고 생각하며 그는 산에서 내려왔다. 헤매다니다 서울까지 왔다. 손에 철가방을 들고 오토바이를 탄 애들이 지나갔다. 마침 배가 고파 들어간 상아회관 한쪽 벽에 '배달맨 구함'이라는 종이가 붙어있었다. 그는 짜장면을 먹다 말고 종이를 가리켜 보였다. 아래위를 훑어보던 주인이 숙식도 제공하는데 그 비용은 따로 계산하면 돼, 했다. 그렇게 시작된 일이었다. 요정으로 흘러들 거라고는 상상도 하지 못했다.

검사장이 말보로를 빼물었다. 눈으로 지포라이터를 가리켰다. 그가 담배에 불을 붙여주자 깊숙이 한 모금 빨았다. 이쪽을 향해 길게 연기를 내뿜었다.

"그만 가봐. 부르면 재깍 달려온다…… 명심할 것."

명령했다. 말투 어디에도 얼굴 어디에도 표정 하나 묻어있지 않았다.

켜놓은 텔레비전에선 3김을 포함한 정치활동 피규제자 14명을 해금한다는 뉴스가 나왔다. 이 회사 저 회사에서 노동조합을 만들려고 준비위원회를 결성하고 있다는 소식도 전했다. 부산 사하구 하단동과 북구 명지동 사이 2천4백 미터를 막는 낙동강하굿둑 공사가 차질 없이 진행되고 있다는 멘트와 함께 공사 현장이 화면에 가득 찼다. 이어서 시위하는 학생들과 방패와 곤봉을 든 전경들이 화면에 나타났다.

그는 돋아나는 소름을 쓸었다. 팬티를 꿰차고 바지를 입었다. 벨트를 매는 둥 마는 둥 옷을 입었다. 외투를 걸쳤다. 구석에 처박힌 생황 가방을 찾아들었을 때 검사장이 꽁초로 새 담배에 불을 붙이고 있었다.

"먹고 살게 해줬더니 보따리 내놓으라네. 참…… 은혜도 모르는 순 무식한 것들. 민주? 자유? 그게 지네 애인 이름이야 뭐야. 넋 나간 놈들."

검사장이 혼잣소리하는 걸 들으며 그는 돌아섰다. 방문을 닫을 때 '순간의 선택이 십 년을 좌우합니다' 광고 문구가 귀청을 때렸다.

호텔 문을 나서자 밤바람이 낯바닥을 후려쳤다. 그는 걸었다. 새벽이 올 때까지 어딘지도 모를 곳을, 발바닥에 열이 나도록 걸었다. 아무것도 보이지 않았다. 세상에는 오직 발기한 자기의 자지뿐이었다. 불 켜진 간판에도 불 꺼진 간판에도, 길바닥에서 나뒹구는 쓰레기까지도 모두 자기의 그것처럼 보였다. 그는 밟았다. 부풀어 죽지 않는 그것을 밟고, 이겨 밟으며 헤매 다녔다.

눈을 들었을 때는 세이재 앞이었다. 그는 문을 밀쳤다. 안으로 들어섰다. 돌아 나왔다. 마담의 따귀를 올려붙인다고 해결될 일이 아니었다. 이런 것도 마담의 역할이겠구나 하는 깨달음만이 가슴팍을 긁었다. 그는 공중전화부스를 찾았다. 정치성이 가정교사를 하는 집으로 전화를 걸었다. 마침 녀석이 받았다.

"물어볼 게 있어. 지금 갈 테니 기다려."

대답을 들을 것도 없이 그는 먼저 전화를 끊었다.

서둘러 걸었다. 삼청동 산길로, 부암동으로, 세검정으로, 홍제천을 따라 올라 평창동으로. 그는 고급주택들이 늘비한 거리로 들어섰다. 크고 호화로운 이 층짜리 주택 앞에 섰다. 호흡을 가다듬었다. 초인종에 손가락을 댔지만 누를 수 없었다. 따진다고 일어났던 일이 사라지겠어. 혹시 놈한테는 이런 일이 없었을지도 모르잖아. 그런저런 생각들만 머릿속을 채워 들었다.

시린 공기에 놀라 그는 사방을 두리번거렸다. 날이 밝아오고 있었다. 신문 배달부가 달려가고 우유 배달원이 옆집 문에 걸린 자루에 우유를 집어넣었다. 딸그랑딸그랑 종을 울리며 지나치던 두부 장수가 수상하다는 표정으로 일별했다. 통금이 해제된 지도 벌써 이 년이 돼 가는구나. 뜬금없이 비집고 든 생각에 그는 허탈하게 웃고 말았다.

아무 곳에서나 악기를 불었다. 어떤 날은 몇 시간이나 불어도 천 원짜리 한 장 걸려들지 않았고, 어떤 날은 한 시간 만에 만 원을 벌기도 했다. 그는 그 돈으로 먹을 것을 사고 여관에 들어가 잠을 잤다.

아무리 헤매어도 인갱이는 나타나지 않았다. 아는 사람도 만나지 못했다. 그는 지쳐가는 자신에게 물었다. 찾아서 뭘 어쩌려고? 항아는 상상의 신일뿐이야. 더구나 봉황의 소리라니, 어떻게 갈대 줄기에서 그런 소리가 나겠어? 또 다른 자신은 말했다. 항아의 눈물이 봉황의 소리를 만드는 거야. 인갱이 갈대에 그 소리가 들어있다고 했어. 소리 속에는 분명 목서 향도 들어있을 거야. 향기를 머금은 봉황의 소리는 세상에서 가장 아름다울 거라고 확신해. 인갱이만 찾으면 돼.

언제부턴가 움직이는 것은 모두 봉황으로 보였다. 마당을 돌아다니는 닭이 봉황인 줄 알고 들어갔다가 주인에게 혼쭐이 났다. 거위한테 팔뚝을 찍혔다. 장끼를 쫓다가 개골창에 빠져 팔이며 종아리에 타박상을 입었다. 우아하고 도도하게 걸어가는 보르조이를 잡아채다 개 주인이 파출소에 신고하는 소동까지 벌어졌다. 그는 유치장에 갇혔다. 뜬눈으로 지새웠다. "부르면 재깍 달려올 것. 자유? 민주? 넋 빠진 것들." 검사장의 말이 밤 내 옥죄어왔다. 밖으로 나왔을 때도 그 말은 사라지지 않았다. 그는 달렸다. 유치장에서, 검사장에게서 멀리 더 멀리.

드디어 강변에 당도했다. 그는 넓디넓은 갈대밭에 섰다. 강 건너편에는 그러나 눈 덮인 밭과 논과 비닐하우스들뿐이었다. 사방을 둘러봐도 신림은 고사하고 산봉우리 하나 보이지 않았다. 그는 알 수 없는 분노에 휩싸였다. 상실감에 주저앉았다.

솟구치는 눈물을 주먹으로 훔치던 그때였다. 먼발치에서 무엇인가 튕기듯 달려갔다. 허연 눈밭을 내닫는 그것은 쓸쓸하면서도 아름다웠다. 상서로운 기운을 품은 등, 하얗고 노란 털, 찬란하게 뻗어 내린 목덜미, 가슴과 배를 감싼 불그레한 솜털과 연한 갈색으로 곧고 힘차게 뻗은 다리.

그는 무작정 쫓아갔다. 그것이 강둑으로 가면 그도 강둑으로 올라갔다. 갈대밭으로 내려서면 그도 내려섰다. 산비탈로 가면 그도 산비탈을 오르고, 서면 그도 섰다. 조급해졌다. 얼른 붙잡아 아름다운 소리를 듣고 싶은데 일정한 거리를 유지할 뿐 그것은 결코 가까이 다가오지 않았다.

"소리해. 소리하라고."

그는 소리쳤다.

"네 소릴 듣고 싶다니까?"

"크르릉!"

날벼락에 그는 우뚝 섰다.

개였다. 노란 털을 치켜세우고 표독스러운 표정으로 노려보는 개. 대가리를 바짝 치켜들고 뾰족한 이빨을 드러내며 위협하는 들개.

놈이 다가왔다. 그는 얼결에 한 발짝 뒤로 물러났다. 놈이 더 가까이 왔다. 그가 두 발짝 물러나자 놈은 세 발짝이나 다가섰다. 훅, 돌진해왔다. 그는 아무거나 집어 들었다. 후려쳤다. 삭동가지는 놈의 몸통에 닿자마자 부러져버렸다. 그는 다급하게 한쪽 발로 놈의 대가리를 올려 찼다. 핑그르르 나가떨어지는 것 같던 놈이 달려들었다. 어깻죽지를 할퀴었다. 그는 주저앉을 듯 피하면서 어깨를 잡았다. 넘어졌다. 돌멩이를 움켜쥐었다. 던졌다. 돌멩이를 맞은 놈이 잠깐 비틀거렸다. 이내 앞발을 쳐들고 들이닥쳤다.

문득 여기가 어딘지 알 수 없었다. 이 개는 왜 자꾸 덤벼드는지 이해할 수 없었다. 그는 무서워졌다. 한번 들기 시작한 무섬증은 주체할 수 없을 정도로 극심하게 심장을 압박해왔다.

"죽어! 죽어! 죽어! 야 새꺄, 죽으라고. 얼른 뒈지라고!"

고래고래 소리를 질렀다. 주먹을 날렸다. 발뒤꿈치로 찍고,

찍다 넘어졌다. 비비적거렸다. 그는 놈의 대가리를 후려잡았다. 모가지를 눌렀다.

계속해서 달려드는 게 들개인지 검사장인지 알 수 없었다. 자기를 물어뜯는 게 들개인지 세상인지 혼란스러웠다. 눈을 희번덕거리며 다가오는 놈이 개인지 봉황인지 헷갈렸다. 뚝 뚝 떨어지는 핏물이 자기 것인지 놈의 것인지도 구별이 안 됐다. 그는 중심을 잡으려고 눈에 힘을 주었다. 초점은 잡히지 않고 세상만 돌았다. 어지러워 두 손으로 땅을 짚었다. 땀과 핏물이 눈 속을 파고들었다. 따가웠다. 고개를 흔들었다. 아무리 흔들어도 자꾸만 따가워지고 이제 눈앞마저 흐렸다.

놈이 대가리를 치켜들었다. 길고 날카로운 이빨을 다 드러내고 으르렁댔다. 그는 비척거리며, 비척비척 달려드는 놈에게로 기어갔다. 오른쪽 다리에 체중을 실어 놈을 걷어찼다.

얼핏 올려다본 하늘은 새파랬다. 하늘이 파래서 바람이 불었다. 바람이 불어서 눈이 쏟아졌다. 쏟아지는 눈발을 헤치고 개가 덮쳐왔다. 그는 삽을 붙들고 나동그라졌다. 비탈 아래로 강물이 흘렀다. 번들번들, 세상을 훑듯 흘렀다. 훑이는 세상으로 어둠이 밀려들었다. 밀려오는 어둠 속으로 그는 하염없이 떨어져 내렸다.

4

인간이었다. 땅바닥에 널브러져 있었다. 개골창 쪽으로 몸통이 처박히듯 달라붙어, 그 자리에서 약간만이라도 움직였더라면 골로 갔을 것이 틀림없었다. 가슴팍이 오르락내리락하는 걸 보면 숨은 쉬는 듯했다. 투박한 외투와 바지가 눈과 흙으로 뒤범벅되어 지저분하고, 양말이며 신발도 낡고 허름했다. 팔다리도 아무렇게나 늘어져 있었다. 이마며 볼때기와 주둥빼기도 긁히고 터지고 찢어져 피가 엉겨 붙은 채였다. 영락없이 어디서 한바탕 쌈박질하고 온 몰골이었다. 눈 오는 소리에 잠을 설쳤다가 새벽녘에 깜빡 졸았는데 그때 왔나, 몸뚱이에 새로 눈 맞은 흔적은 없었다. 얼마나 중요한지는 몰라도, 한쪽 팔로 배낭을 꽉 보듬고 있었다. 틈으로, 글쎄 젓대가 빠끔하게 이쪽을 내다봤다. 이 인간이 무작정 온 게 아니구나. 나는 부르르 몸을 떨었다.

여기에 인간이 새로 온 지 얼마 만인가. 한 사오 년은 되지 싶다. 이렇게 말하면 난조鸞鳥 녀석이 또 뚱할 것이다. 한 움큼도 안 되는 이물을 한껏 치켜세우고 그건 아저씨 셈법이잖아요, 신경질을 부릴 테지. 그래, 나도 뭐 배胚 같지도 않은 어린 녀석을 헷갈리게 하고 싶진 않으니 인간들 셈법으로 해봐야겠다. 그러니까 한 사오십 년 동안은 인간이라곤 한 놈도 찾아오지 않았다. 사실 한 두어 놈이 다녀갔던 것 같기는 하다. 게나 물고기 잡으러 오는 인간들 말고 악기 부는 놈을 말하는 거다.

처음 하루 이틀은, 아니 일이 년은 이놈의 인간들이 이제 악기를 불지 않기로 했나 생각했다. 笙은 차치하고라도, 젓대를 불려면 내 청이 필요할 테고, 단오 즈음에는 어중이떠중이들이 몰려들어 내 줄기를 베어내곤 했으니까.

호숫가 푸른 숲속 아늑한 곳에 내 님이 머무는 것도 아니라오…… 가만히 생각하면 아득히 먼 곳이라 허전한 이내 맘에 눈물 적시네[18]

하, 이놈의 노래가 또 들뜨게 만드는군. 어제 저녁참에, 아니 지난가을에 횃불을 들고 몰려와 내 안에 사는 게들을 동이에 쓸어 담던 인간이 나불대던 노래다. 한 인간이 최신곡이지. 참 고상하네, 하자 그 옆에 있던 인간이 넌 세월 가는 줄도 모르냐. 작년에 나온 노래여, 했다. 최신곡이든 구닥다리 노래든 그 뒤로 틈만 나면 내 안에서 울려댄다. 나는 인간들의 행동을 대부분 증오하지만 단 한 가지, 이 노랫소리만큼은 그럴 수 없다. 이 세상 모든 악기는 죽은 것으로 만들어진 것인데 인간의 노래는 산 것, 그야말로 살아 꿈틀거리는 것만의

---

18) 〈아득히 먼 곳〉 중에서, 이응수 작사·구창모 작곡·이승재 노래, 지구레코드, 1984.

소리 아닌가. 나는 인간의 노랫소리에 달빛마저 흔들리는 것 같은 착각을 하면서 들었다. 잘 부르는지 못 부르는지는 내 알 바 아니고, 노랫소리에 인간들이 게 잡이나 물고기 잡이라는 사실을 잠시 잊어버렸다.

노래가 채 끝나기도 전에 누군가, 강 하구에 둑을 쌓고 있다는 말을 꺼냈다. 인간들 마음대로 물길을 여닫을 수 있도록 문까지 만든다는 거였다. 물길을 다른 쪽으로 돌려 흐르게 하는 게 아니라, 며칠 전(몇 년 전)에 만들었다는 댐인지 하는 것처럼, 아예 강물을 가두어 자기들이 필요할 때만 열어 쓰겠다는 말이었다.

막는다는 말은 말 그대로 무엇인가를 앞으로 나가지 못하도록 한다는 뜻일 것이다. 그렇다면 노래한다는 것은 무엇을 말하는가. 그야 목에서 굵고 가늘거나 넓고 좁거나 맑고 탁한 소리가 높고 낮고 길고 짧게, 부드럽고 딱딱하고 차고 따뜻하게, 기쁘고 슬프고 우울하고 행복하게 천지사방으로 흐르고 퍼지게 한다는 의미일 것이다. 어떻게 하나의 몸에서 막는 것과 흐르고 퍼지는 것이 동시에 나올 수 있을까. 노래하는 저 목소리와 내 속에 사는 것들을 잡아채고 더군다나 물길을 막는다는 저 무지막지한 손은 별개일까.

나는 아직도 눈을 뜨지 않고 있는 인간을 물끄러미 내려다봤다. 귀밑에는 솜털이 보송보송했다. 짙은 듯 수려하게 뻗은 눈썹과 둥근 콧방울과 얇지도 두텁지도 않은 모양새로 길게 찢어진 입술이 섬세하거나 오목조목하지 않은 것으로 보아 사내아이지 싶었다. 어깨며 팔다리의 골격도 튼실해 보였다. 벙거지를 뒤집어써서 머리통 생김은 짐작할 수 없어도 목이 굵고 짧은 걸 보니 배낭 속의 젓대와 잘 어울렸다. 나는 어떤 모가지를 한 인간이 피리 따위를 제대로 불 줄 아는지 경험으로 알고 있다. 무슨 근거로 장담하느냐고 대든다면 할 말은 없지만, 이치를 따지고 자시고 할 필요도 없다. 아무리 호기심을 갖고 열심히 분다 해도 모가지가 길면 숨이 나오는 데 더딜 것이다. 숨을 길게 내쉬기도 어려울 테고, 당연히 가락을 내는 데도 수월하지 못할 것이다. 그러니 목이 짧은 인간들보다 소리를 내는 것이 배는 힘들지 않겠는가.

― 얼마나 싸돌아다녔는지 얼굴색이 젓대 같네요.

목서가 속살거렸다. 그래서 보니 얼굴색이 정말 말이 아니었다. 검다 못해 누르푸르딩딩했다. 숨은 고르게 쉬고 있는지 모르겠으나 지쳐 보였다. 상처도 가벼워 보이지 않았다. 나는 슬슬 걱정되었다. 그만 일어나야 할 텐데. 저리 누워있다간 동사할지도 모르는데…….

그러자 거짓말처럼 인간, 아 참 저런 인간을 청년이라 부르던가, 소년이라 부르던가. 아리송했다. 나는 지금까지 우리네처럼 완전한 자연으로서의 인간은 만나본 적이 없다. 덜 자란 인간, 이기적이면서 미개하고 지혜롭지 못한 인간만 보아왔다. 지네들 스스로 어린아이로 부르든 소년으로 부르든, 청년 아니면 늙은이로 부르든 내게는 다 똑같은 '인간'일 뿐이었다. 청년은커녕 소년에도 미치지 못하는 철딱서니 없는 것들끼리 뭐 그리 복잡하게 줄을 세워가며 부르는지 원.

인간이 눈을 떴다. 여기가 어디지? 하는 눈초리로 내 쪽을 돌아보기에 나는, 여긴 인갱이란다. 괜찮으냐? 마침 불어오는 바람에 내 말을 실어 보냈다. 그러나 이놈의 인간은 내 말은 귓등으로 흘려버리고 눈만 끔벅거렸다. 일어났다. 배낭을 자기 앞으로 끌어안고서 모든 걸 처음 보듯 사방을 두리번거렸다.

"어, 신림이다!"

나는 하마터면 이 인간을 보듬을 뻔했다. 목소리가 하도 청명해서였다. 우아해서였다. 사내놈 목소리를 그리 말해도 될지 모르겠으나, 그런 것 따위는 나중에 따질 일이었다.

인간이 일어나다 미끄러졌다. 다시 일어나 배낭을 지는 둥 마는 둥, 개가 눈 내린 들판을 질정머리 없이 뛰어다니듯 개골창을 벗어나 내게로 달려들었다. 꺾이고 부러진 내 줄기들 속을 헤집고 다니더니 대뜸 강변길로 올라섰다. 몸이 아작나 버린 줄 알고 걱정했던 게 속이 상할 정도였다.

— 얼러리여? 호랭이 물어가네!

놀라고 자시고 할 겨를이 없었다. 상소리부터 나오는 걸 탓할 수도 없었다. 물론 내가 뱉은 욕이었다. 몇 년 전에, 인간들이 말하는 대로 치면 수십 년 전에 몰려왔던 무리 중 한 늙은 여자 입에서 나왔던 거다. 나는 그게 욕이라는 사실을 본능적으로 알았다. 욕은 욕이되 대개는 악의 없이 혼잣말로, 지금 내가 한 것처럼 체념하듯 내뱉는 소리라는 사실도 그때 알았다.

인간이 배 턱으로 내려갔다. 말뚝에 감긴 밧줄을 풀더니 난조 바닥에 던졌다. 너무 오래돼서 선체에 물이 새지는 않을까 걱정했지만, 인간은 막무가내로 난조에 올라탔다. 강으로 나가려고 버르적거렸다. 이걸로 끝이면 안 되었다. 몇 년 만에 인간을 만났는데, 악기 가진 인간인데 아니 될 말이었다.

— 다시 올 거지. 이 녀석아, 笙……

나는 냅다 소리부터 질렀다. 바람소리를 들었으련만 녀석은 빼꼼 쳐다보고는 그만이었다.

하긴 갈대인 나나 목서나 인간의 말을 알아듣기는 해도 그들의 말을 할 줄은 모른다. 아무리 오랜 세월을 함께해오고 있다 해도 인간들 또한 이쪽 말을 알아듣는지는 몰라도 할 줄은 모르는 것 같았다. 이건 정체성의 문제이지 소통의 문제는 분명 아닐 것이다. 갈대나 목서로, 강으로, 날짐승이나 길짐승, 물짐승으로 기질이 다 다르고, 그런 기질이 곧 저마다의 정체성을 의미한다면 말이다. 그리 생각하자 의문이 들었다.

뿌리 가진 우리가 뿌리 없는 날짐승이나 길짐승들과도 별 거리낌 없이 소통하는데 왜 인간은 우리나 날짐승과는커녕 똑같은 길짐승과도 통하지 못할까.

― 기다려봅시다. 느낌이 괜찮아요. 저렇게 신림을 단번에 알아보는 인간은 몇 년 만에 처음이잖아요.

목서가 달랬다. 얼었다 풀어진 소리가 어찌나 그윽하고 부드럽던지 나는 더는 소리 지를 엄을 내지 못했다.

― 어마, 젓대가 아니라 생황이에요. 죽관으로 만든 모양인데 통에서 다 빠져나가고 하나만 남았나 봐요. 어마…… 저걸 어째!

감격에 겨운 목소리로 목서가 연거푸 탄성을 질렀다.

어느새 내 안에서도 굼틀굼틀 이야기가 들려왔다. 아버지가 들려주신 이야기. 아버지의 아버지에게서 들었다는 이야기, 여와가 박통에 내 줄기를 꽂아 笙을 만들었다는 이야기가.

나는 인간들이 나와 함께 하는 소리를 잊어버린 줄 알았다. 잊어버린 줄 알고 포기했는데 인간이 나타났다. 내 줄기 속에 들어있을 항아의 목소리, 목서의 향기를 담은 소리는 이제 저 인간에게서 새로 태어날 것이다. 내 봄의 소리가 온 세상으로 퍼져나갈 것이다.

항아의 얼굴이 갑자기 환해졌다. 눈이 부셨다.

5

어찌나 소란스럽던지 난조鸞鳥는 잠에서 깨고 말았다. 새벽 댓바람부터 시끄럽게 굴기는…… 투덜거리다 난데없이 삼판으로 뛰어드는 것 때문에 휘우뚱, 중심을 잃고 말았다. 바위 턱에 부딪힐 뻔했다. 물까지 뒤집어썼다. 짜증이 확 몰려왔다.

이런, 사람이라니. 난조는 부리나케 짜증을 숨겼다. 반가움만을 드러내며 선체를 똑바로 세우려 해도, 어떻게 표현해야 할지 몰라 연거푸 되똥거렸다.

말뚝에 묶인 신세로 지나온 수십 년의 세월이 바람처럼 스쳤다. 한데 이놈은 아무것도 할 줄 모르는 모양이었다. 밧줄을 잡고서 이리 기웃 저리 기웃 시간만 허비하고 있는 꼴이 그랬다. 난조는 이제 갑갑증을 이기지 못하고 몸을 뒤틀었다.

─ 야야, 우선 몽깃돌부터 치우고. 그다음에 노를 들어야지.

몇 번이나 순서를 일러줘도 이놈의 사람은 삿대를 잡는다, 도로 내려서 뱃머리를 민다, 뺑뺑이만 돌았다. 바짝 긴장되었다. 그렇다고 자기 손으로 할 수 있는 게 전무하니 사람이 얼른 몽깃돌을 빼내고 자기를 강으로 밀고 나가기를 기도할 수밖에 달리 방법이 없었다.

─ 몇 년 동안 갑갑했을 것이여이.

갈대 아저씨가 너털너털 웃으며 주절댔다. 마침 불어오는 바람도 컬컬해 더 수선스럽게 들렸다. 난조는 아저씨에게 눈을 흘기고는 다시 사람을 바라봤다.

사실 아저씨 말이 맞았다. 다만 몇 년이 아니라 몇십 년이 맞았다. 난조는 아직도 갈대나 목서의 말을 전부 다 알아듣지는 못한다. 지금처럼 날짜를 따질 때는 헷갈리기까지 했다. 전에 자기를 만들어줬다는 주인은 그랬다. 사람의 일 년은 갈대 아저씨나 강 어른 셈법으로는 하루쯤 되는 것 같다고.

아주 오래전 어느 날 난조는 눈을 떴다. 새파란 하늘이 눈에 들어왔다. 무언가 밑판 아래를 선득선득 스치고 바람이 불 때마다 또 다른 어떤 것이 고물 쪽을 때렸다. 나는 갈대란다, 그것이 말했다. 저 인간이 너를 만들었어. 난조라고 이름까지 지어주더라, 하면서 분주하게 오가는 무엇을 가리켰다. 겨우 배라고 만들어낸 꼬락서니라니. 물에 뜰라나 몰라, 하면서 혀까지 찼다. 난조는 갈대의 말을 곰곰이 생각해봤다. 저 인간이 나를 만들어줬다. 나는 배고 난조라는 이름도 있다. 한데 갈대 저는 내가 마음에 안 든다? 난조는 갈대에 덤벼들었다. 마음뿐이었다. 자기 혼자서는 움직일 수 없다는 사실을 깨달은 순간 하늘이 시커메졌다. 갈대도 자기 스스로 움직이는 것 같진 않았다. 자기와는 다른 어떤 것이 있는 듯했다. 난조로서는 그게 무엇인지 오랜 세월이 지나고서야 알 수 있었다.

"난조?"

난조는 자기 귀를 의심했다. 사람이 뱃전에 쓰인 글자를 손으로 짚어가며 발음하는 것이었다. 말라버린 갈대 줄기며 풀들을 걷어내다 말고 부르튼 입술을 옆으로 길게 뻗어 난, 하더니 입술을 쫑긋 오므리며 조? 하고 끝을 약간 높여 불렀다. 목소리가 굵으면서도 맑디맑았다. 연방 자기를 쓰다듬는 손길이 간지러워 난조는 끄덕끄덕 뱃머리를 흔들었다.

— 그래그래, 난 난조야. 첫 번째 주인이 지어준 이름이지. 나는 너를 저기 강 건너 신림 아래까지 데려다줄 수 있어. 아직 가보진 못했지만, 바다까지도 갈 수 있다구.

— 허허, 이제는 허세까지 부리는구나. 이놈아, 나잇값을 해.

아저씨가 또 참견했다.

아저씨를 향해 비쭉 뱃머리를 돌리던 난조는 그만 강으로 미끄러졌다. 출발! 사람이 큰 소리로 외치면서 손바닥으로 옆댕이를 탁, 친 것이다. 멀미 기운을 느꼈다. 사람이 삿앗대로 강바닥을 밀면서 노래까지 부르자 난조는 정신마저 몽롱해졌다.

강 가운데로 나아갈수록 인갱이의 풍광이 제대로 보였다. 갈대밭 너머 빈집과 집 오른편에 서 있는 목서는 여전히 근사했다. 집 뒤 변소도 봐줄 만했다. 예상대로 갈대 아저씨 풍채는 위풍이 당당했다. 예전과는 비교할 수 없을 정도로 넓어져 있었다. 아저씨 품으로 들어와 사는 방게와 더펑게들도 무척 많아진 것 같긴 했다. 수초 새에 사는 숭어며 농어, 전어, 은어, 복, 동자개, 뱀장어, 종어, 우여(위어)들도 많고, 그것들을 노리는 새들도 날마다 시끄럽게 굴었다. 특히나 물고기들이 갈바탕에 산란하는 철에는 모두 예민해졌다. 제 알을 잃지 않으려는 어미 물고기와 호시탐탐 알을 노리는 새들 때문에 아저씨마저 시끄럽다며 스솨스솨, 어찌나 위세를 부리는지 잠을 못 잘 지경이었다. 한데도 사람들이 고무 통이며 쓰레받기와 빗자루를 들고 바탕에 들어오면, 좌우당간 인간들이란 요사스런 짐승이여. 조심해야 혀, 하고는 입을 다물어버렸다. 사람들이 횃불을 높이 쳐들고 게들과 물고기들을 싹쓸이할 때는 잔뜩 움츠리고 있는 일이 다반사였다. 작년 가을까지도 그랬다. 그러면서도 자기는 부자라고 주절거렸다. 그런 아저씨가 못마땅해도 난조는 지금껏 숨죽여 지내왔다. 조금이라도 대거리를 할라치면 쥐도 새도 모르게 삼이고 고물간이고 눛좇에 자기 뿌렝이를 얹어놓는 통에 옴짝달싹도 할 수 없게 만들어버렸다. 이 사람이 여기 살게 된다면 아저씨를 당해낼 수 있을 텐데.

사람의 눈은 어딘가로 향해 있었다. 신림이란 걸 난조는 단박에 알았다. 이 사람도 저리로 갈 모양이구나. 그래서 아저씨가 이놈아 筌 만들어야지, 소리쳤던가 보다.

옛 주인들도 대개 신림으로 갔다. 첫 번째 주인은 난조가 아주 어렸을 때 노를 저어 강을 건넜다. 강기슭에 자기를 혼자 놔두고 산길로 들어갔다. 다시는 오지 않을 것처럼 가놓고선 몇 달 만에 돌아왔다. 입성은 그대로였지만 그 사람이 그 사람인지 알아볼 수 없을 정도로 달라져 있었다. 날마다 목서 앞에 서서 신림만 봤다. 해가 저물어 아무것도 분간할 수 없을 때까지 서성이다가 어느 날 뚜덕뚜덕 의자를 하나 만들었다. 목서 아래 놓고 앉아 하루를 보냈다. 한 달을 보냈다. 계절이 바뀌고 목서꽃도 지고, 인갱이의 온갖 것들이 사위어 갈 무렵 강으로 내려왔다. 자기를 버려두고 강물을 헤엄쳐갔다. 신림으로 들어간 뒤론 다시 내려오지 않았다.

두 번째 주인은 뱃전에 글자를 새로 써줬다. 글자 옆에 뭔가를 그려 넣었다. 갈대 아저씨가, 그것도 인간들이 사용하는 또 다른 글자라고 말할 때야 난조는 제 몸에서 꿈틀거리는 '鸞鳥난조'를 뚫어지도록 쳐다봤다. 두 번째 주인은 꽤 오랫동안 살았다. 그때만 해도 신림으로 가는 사람들이 드물지 않아서 사공으로 밥벌이를 할 수 있었다. 난조도 심심치 않았다. 그러다 어느 날 그도 헤엄쳐갔다. 강 건너편에서 오뚝이가 되어 이쪽을 건너다보더니 홀연 산길로 접어들었다. 난조는 그날 뱃전에 부딪는 강물 소리에 오래오래 뒤척였다.

세 번째 주인은 무척이나 다정했다. 여기저기 쑤시고 아픈

곳을 땜질하고 갈아주고, 거의 새로 만들어주다시피 했다. 그 주인만은 자기 곁을 떠나지 않을 줄 알았다. 어찌나 애지중지 하던지 난조는 자기가 혹시 사람의 후신이 아닐까 착각할 정도였다. 하지만 그 주인 역시 신림으로 가버렸다. 주인이 불던 笙의 소리는 꿈꾸게 했다. 분명 악기에서 나오는 소리인데 악기 어디에서 나는지, 난조는 주인의 볼때기와 손가락과 갈대 줄기와 박통을 하나하나 추어가며 살펴도 도무지 알아낼 수 없었다. 주인이 악기를 불 때면 은근하고 상쾌한 기운이 사방으로 퍼졌다. 강물도 목서도, 심지어 인갱이를 지나는 바람조차도 멈추고 들었다. 밀고자[19]라니, 이렇게 낭창거리는 노래로 밀고하는 놈 봤어? 갈대 아저씨가 으스대곤 했다. 밀고자가 뭐예요? 궁금해 물어도, 네가 알아서 뭐 할 건데? 거드름까지 피웠다. 대답마저 회피하기에, 내 드러워서 다시는 안 물어본다. 난조는 속으로 욕을 해대고 말았다.

네 번째와 다섯 번째 주인은 잠깐 머물렀다. 그들은 신림으로 가지 않았던 것 같다. 강물을 따라 내려간 뒤로 소식이 없으니 아마도 바다라는 곳으로 가지 않았을까. 그리 생각할 때면, 난조는 바다는 어떤 곳일까 궁금해졌다.

---

19) 토마스 불핀치/최혁순 옮김 『그리스·로마신화』 p.76, '당나귀 귀가 된 미다스 왕' 참조, 범우사, 2000.

강 중간쯤에 다다르자 신림의 정수리가 더는 보이지 않았다. 대신 신림의 다리(나무)들이 가까워졌다. 수많은 종류로 빽빽한 다리들은 모두 우람하면서도 도도했다. 난조는 이제 신림의 살갗을 들여다볼 수 있을 정도로 가까이 다가갔다. 고마웠다. 이런 느낌은 도대체 얼마 만인가. 이 마음을 누가 알까. 찰싹찰싹 제 몸을 간질이는 물살에 난조는 몸을 배배 꼬았다. 사람 탓이었다. 순전히 이 사람 탓이었다. 갈대 아저씨는 왜 사람한테 사람이라 안 하고 인간이라며 욕할까. 아무리 생각해도 아리송했다.

피멍 든 손으로 사람이 배낭을 열었다. 난조로서는 처음 보는 것들을 꺼내었다. 하나는 사람의 손바닥보다 훨씬 큰 종이 수십 장이 여러 개의 고리에 묶여있었다. 다른 하나는 주둥이가 길고 둥글면서도 까맣고, 몸통은 하야면서도 길고 가느다랬다. 막대기 같았다. 사람이 종이 다발을 펴고 그 위에 막대기를 휘둘렀다. 금세 까만 것들이 만들어졌다. 가만 보니 자기 뱃전에 쓰인 것과 같았다. 글자들이었다. 난조는 신기하고 놀라워 글자들을 써가면서 읽는 사람과 그의 목소리를 쫑긋하며 듣보았다.

"나는 소리를 따라왔다. 담담하고 은근한 담채화 소리를. 나는 어둠을 찾아왔다. 밝음만으로는 도저히 불가능한 그림을 그리는 어둠을. 언제부턴가 세상에는 밤이 사라져버렸는데, 어둠을 잃어버린 지 오래인데, 이제 오지는 어디에도 없다고 생각했는데 여기가 바로 오지다.

나는 이곳이 '인갱이'라 확신한다. 갈대랑 강물이 만들어내는 오묘한 소리, 항아의 목소리가 분명 여기 있을 것이다. 개가 나를 데려다준 걸까. 기분이 이상하다."

어느 결에 난조는 신림 앞에 당도했다. 사람이 짐칸 뚜껑을 열고 종이 다발과 막대기를 안에 넣었다. 출발할 때와는 반대로 노를 먼저 놓은 다음 상앗대를 들었다. 상앗대로 강바닥을 짚은 뒤에 그것을 고물에 놓고 기슭으로 어기적어기적 걸어 내렸다. 그런 다음 밑에 몽깃돌을 단단히 박았다. 줄을 끌고 가 말뚝에 묶었다.

— 돌아올 거지?

난조는 이 사람이 자기랑 있어 주면 좋겠다고 생각하며 물었다. 몸에서 향취가 났다. 세 번째 주인처럼 상쾌하면서도 은은했다.

— 돌아올 거다. 짐칸에 공책을 넣어두는 걸 보면 모르겠냐.

— 하지만 다 떠나버렸잖아요.

— 떠나지 않는 것은 없단다. 머지않아 너도 떠날 거야.

강 어른 말에 난조는 시무룩해졌다. 신림으로 걸어 올라가는 사람을 걱정스럽게 올려다봤다. '항아 길'로 접어드는 발걸음이 가벼우면서도 힘찬 게 왠지 불안했다.

6

집은 사람이 자드락길로 접어드는 모습을 내려다봤다. 자기를 본 것이 틀림없는 걸음걸이였다. 가슴이 퉁탕거렸다. 무겁게 짓누르고 있던 불안감이 싹 가셨다. 올 거라고, 꼭 올 거라고 그간에 수없이 자기를 안심시켰으면서도, 막상 난조鸞鳥에서 내려 말뚝에 밧줄을 묶는 그가 자기를 알아보지 못했을까 봐 마음 졸인 것도 사실이었다.

빈집인가? 하면서 그가 우물쭈물 다가왔다. 그려, 나는 오랫동안 비어있었단다. 대답하느라, 집은 그와 함께 들어오는 바람에 먼지를 일으켰다. 정말 빈집인가 본데. 그가 다시 중얼거렸다. 고개를 쑥 내밀고 이곳저곳 기웃거렸다. 집은 조마조마했다. 내려앉은 한쪽 서까래를 올려다보고 찢어진 문풍지로 고개를 돌리는 그에게 보지 말라고 소리쳤다. 파르르 떨어도 그는 기어이 다가와 방문을 열어젖혔다. 오사허네, 집은 두런거리며 누르팅팅해진 문풍지를 모지락스럽게 흔들었다.

그가 움직일 때마다 방바닥 장판이 들멍들멍했다. 나무 침상에 그대로 놓인 채 말라비틀어진 하눌타리색 이불이며 베개, 푸르칙칙한 옷가지들도 바람에 할랑거렸다.

희누런 벽을 따라 놓인 잡동사니들을 이리저리 들추고 살피던 그가 밖으로 나갔다. 주위를 한 바퀴 둘러보고는 변소로 올라갔다. 변소에서 내려와 목서한테 갔다.

집은 그의 탄성을 놓치지 않았다. 그리로 가는 사람이면 다 내는 소리였기에 그런가 보다 하면서도, 대체 얼마나 째지게 좋으면 저럴까 궁금하기 짝이 없었다. 모두 목서 앞이라야 항아가 가장 아름답게 보인다고 감탄했다. 감탄하는 사람들은 대개 머물렀다. 목서 앞을 떠나지 못하고 말았다는 게 맞을 듯싶었다. 그도 거기 붙박인 채 움직일 줄을 몰랐다.

언젠가 목서가 그랬다. 처음 왔던 인간이 자기를 베어내고 움막을 지으려 했다고. 목서는 가만히 있지 않았다고 했다. 꽃을 피웠다고. 꽃향기에 취한 사람은 그만 그곳을 포기하고 지금 이곳에 터를 잡은 거라고. 그 뒤로 수수 천(수수 만) 동안 비어있다가 웬 사람이 와서 겨우 집 모양새를 갖추어 지은 거라고. 목서의 말은 사실일 가능성이 컸다. 갈대지붕으로 볏짚지붕으로 하세월을 지내오다, 관세음보살을 찾던 중늙은이가 기와지붕으로 치장해준 다음부터는 볼 만하게 되었다는 것을 집도 기억하고 있었다.

인갱이는 외진 곳이라 했다. 읍내에서 겨우 이십 리 정도밖에는 떨어져 있지 않다고 전 주인들은 말했지만 그게 얼마나 먼 거리인지 집으로서는 짐작할 수 없었다. 앞으로는 강이 흐르고 양쪽과 뒤는 산이었다. 집은 강에서 산 쪽으로 한참이나 올라와 있었다. 강까지는 온통 갈대밭이었다. 어쩌다 흐릿하게 난 강변길을 걷는 사람이 있다 해도 대개는 산 아래 집을 알아채지 못하고 지나가기 일쑤였다.

집은 기도하기 시작했다. 이 사람이 머물게 해달라고. 내 힘으로는 어떻게 할 수 없으니 이 기도를 듣는 누군가가 도와달라고. 그의 걸음걸이에 따라 삐거덕 삐거덕 기도했다.

그가 방바닥에 가방을 내려놓았다. 이불을 걷어내고 헌 옷가지들이며 베개를 주섬주섬 들어냈다. 나무판에서 뒹구는 밥그릇이며 주전자와 냄비 등속을 떼어내었다. 집은 늙은 몸을 가누느라 몸서리쳤다. 너무도 오랫동안 함께 붙어 지내온지라 그릇들이 떨어져 나갈 때마다 제 살갗이 벗겨지는 것 같은 통증을 느꼈으나 참았다.

들고 나간 것들을 우물가 감은바닥에 가지런히 놓은 그가 다시 방으로 들어왔다. 삐걱거리는 서랍을 겨우 열고 안에 든 것들을 꺼내어 밖으로 내갔다. 손을 탈탈 털고 들어와 방 안을 둘러봤다.

"에이, 쓸 만한 게 아무것도 없잖아…… 허당."

말했다.

집은 그가 열어젖히는 방문에 기대어 소리쳤다.

─ 허당이라고. 아이고, 엄니! 고것이 내 이름이여?

아니나 다를까 그가 고개를 끄덕거렸다. 두어 번이나 끄덕거리며 확인까지 해줬다.

"허당 맞아. 그래도 쓸 만하게 고치고 필요한 건 새로 만들면 되겠어. 여기서는 날마다 항아를 볼 수 있잖아. 저 나무도 목서가 분명해. 이건 횡재야, 횡재라구."

집 아니 허당은 감격스러웠다. 자기가 하는 소리는 기껏해야 사람이 여는 문짝에 기대어 덜거덩, 하거나 이불 같을 것을 들출 때 들썩, 하는 정도였다. 그때마다 사람들은 문짝이나 이불만 멀뚱멀뚱 쳐다봤다. 한마디로 자기한테 얹혀살면서도 자기의 존재를 의식조차 하지 못하는 것 같았는데 이 사람은 생긴 것처럼 마음도 매끄롬한 모양이었다.

— 이봐유, 목서님. 나헌테 허당이래유, 허당.

제 기분에 취해, 허당은 그가 창틀을 흔들고 두드리고 미는 소리에 기대어 바락바락 환호성을 질렀다. 드디어 자기도 이름이란 걸 갖게 된 것이다. 지금까지 쥐방울만 한 나룻배에도 있는 이름이 자기에게만 없다는 것이 그토록 속상할 수 없었다. 이제부터는 갈대나 목서에게서 이보시오 허당, 불리게 될 것을 생각하니 가슴이 벌떡벌떡 뛰었다.

아무리 기다려도 소식이 없었다. 허당은 연통을 있는 대로 벌리고 창문 귀를 곧추세웠다. 그의 손을 빌려 방문도 재차 활딱 열어젖혔다.

— 눈치코치 없다는 걸 어찌 알았을꼬. 허당…… 딱 맞습니다그려.

갈대 말이었다. 영락없이 비웃는 투였다. 목서도 간드러지게 웃는 걸 보니 허당은 자존심이 뭉텅뭉텅 잘려 나가는 기분에 사로잡히고 말았다.

목서와 갈대는 늘 자기를 따돌렸다. 난조마저도 강과만 친했다. 허당은 서운하고 분한 마음에 끙, 그가 궤짝 드는 소리에 기대어 강짜를 났다. 빗장쇠를 잡아당기자 철커덕, 소락빼기까지 질러댔다. 속이 왼통 시원해졌다.

笙은 추레했다. 반질반질 윤나던 황갈색 박통은 칙칙하고, 갈대관도 히마리가 없어 보였다. 오랫동안 빛을 보지 못하고 소리를 내지 못해서 그런가 보았다. 그가 요리조리 笙을 살피는 동안 허당은 제게 머물렀던 사람들을 두서없이 떠올려 나갔다. 처음으로 움을 파고 갈대지붕을 엮어 자기를 만들어준 사람, 나룻배에 '난조'라고 이름을 붙여준 사람, 의자를 만들어 목서 아래에 놓은 사람, 날이 날마닥 염불 외던 늙은 중 그리고 笙을 불던 사람을. 그 사람이 불던 笙의 소리는 어째 가을 같았다. 포요롬한 하늘로 떠도는 가을바람 같았다. 쓸쓸하다 못해 허랑한 그 소리가 다시 들려오는 것 같아, 허당은 다르르 떨었다.

7

나경이 옆구리를 살짝 쳤다. 정치성은 모른 체했다. 이따가, 한 회장의 찻잔에 찻물이 반쯤 남을 때를 겨누고 있었으므로 그는 나경의 신호를 무시하고 구부려 앉은 다리 한쪽을 살짝 폈다 접으면서 고개를 수그렸다. 나경이 다시 옆구리를 찔렀다. 돌아보자 째려봤다. 그는 가만히 있으라고 눈을 한 번 껌벅거리고는 계속 한 회장의 찻잔을 주시했다.

"엄마 아빠, 드릴…… 말씀이 있어요."

당돌하게도 나경이 먼저 나섰다.

"죄, 죄송합니다. 제가 일을 저질렀습니다. 죽여주……."

나경이 먼저 말할 거라고는 예상하지 못했던 그는 당황스럽게 자백을 시도했다. 다음 말이 나오지 않았다. 얼굴만 벌겋게 달아올라, 고개를 더 푹 수그리고 말았다. 정말로 죽을 죄인지 모르겠다는 생각이 스쳤다.

"엄마 아빠, 저…… 임신…… 그러니까 전…… 선생님, 오빠를 사랑해요."

나경의 말에 사모님 아니 나경 어머니가 찻잔을 던지듯 상에 내려놨다. 금방이라도 나경의 머리채를 잡아챌 듯이 다가앉았다. 시뻘게진 얼굴에 야멸찬 기운마저 감돌았다. 그는 눈을 꾹 감았다 떴다. 쫓겨나기 아니면, 아니면…… 다음은 상상이 안 됐다.

"나경이 너, 다시 말해봐. 지금 임신이라고 했니? 정 선생 애를 임신했다고? 이봐요, 정 선생. 어떻게 이런……."

"허어, 언성 높인다고 이미 일어난 일이 없어지나."

한 회장이 나경 어머니의 말을 막았다. 목소리가 침착한 듯 싸늘했다. 다리를 바꿔 반가부좌를 했다. 남은 찻물을 입안에 털어 넣었다. 오래 머금고 있다가 조금씩, 목울대를 움직여가 며 삼켰다. 찻물을 다 삼키는 동안 한 손으로 왼쪽 발목을 쓸 기만 할 뿐 숨도 쉬는 것 같지 않았다. 눈마저 감은 채였다.

그는 환영한다는 말을 기대하지는 않았다. 잘했다는 말도 원하지 않았다. 그냥 한 회장의 본모습을 빨리 보고 싶었다. 기생집에서나 하던 버릇을 감히 얻다 써먹느냐고 삿대질을 해가며 욕지거리를 하든지, 그 드러운 몸뚱이를 내 딸한테 들 이댔느냐며 멱살을 잡고 따귀를 올려붙이든지 그것도 아니 면 찻상을 들어 방바닥에 던지면서 당장 꺼지라고 고래고래 소리를 질러대든지…… 한편으로는, 어쩌면 저게 본모습일 지 모르겠다는 생각이 들었다. 지금까지 그는 한 회장의 다른 모습은 본 적이 없었다.

일이 이토록 커질 줄 몰랐다. 동생도 가르치라는 나경 어 머니의 말을 듣고 이 층으로 올라가던 길이었다. 문득 이 집 이 마음에 들었다. 제 방으로 들어가는 나경의 뒤태가 그날따라 섹시해 보였다. 그는 잠깐 나경의 어깨를 쓰다듬었다. 가만히 있었다. 안으려 들자 예상외로 척 안겨 왔다. 그 뒤로 몇 번 몰래 나경의 방에서, 자기 방에서 그랬다. 임신이라니, 상상해본 적도 없었다.

죽을죄라면 죽을죄였다. 붉으락푸르락 요동치는 나경 어머니 얼굴처럼, 정처 없이 떠도는 제 마음을 어찌할 줄 몰라 그는 눈물을 흘리고 말았다. 나경이 자기 손으로 눈물을 닦아주었다. 그의 팔에 제 팔을 감아왔다.

"가관이구나!"

급기야 나경 어머니가 쏘듯 말하곤 방을 나가버렸다. 한 회장만 여태도 눈을 감고 앉아, 무슨 생각을 하는지 말이 없었다. 지금이 기회였다. 그는 본능적으로 느꼈다. 풍요로움을 앞으로 계속 누리게 될 기회. 지금 한 회장도 뭔가를 계산하고 있는 게 틀림없었다.

"책임지겠습니다. 저도 나경이를…… 사랑합니다…… 아버님."

그는 채 정리되지 못한 기분으로 고백했다. 아버님이라니, 너무 앞서나갔다 싶었으나 오히려 자기가 한 회장을 선점했는지도 모르겠다고 생각했다. 정말로 나경을 사랑하는 것도 같았다. 아니면 어떤가, 이제부터 사랑하면 되지 않겠는가.

임신한 지는 얼마나 됐냐. 둘이 정말 사랑하냐. 시간을 두고 생각해보기로 하자. 저녁식사 시간이라고 가정부가 알려 올 때까지, 다리가 저리고 마려운 오줌 때문에 거의 미칠 지경이 될 때까지 앉아 기다리던 그는 한 회장의 말에 고개를 발딱 치켜들었다. 눈이 마주쳤다. 네 속을 내 알지, 하는 눈빛이었다. 기회였다. 기회를 함부로 버릴 수는 없었다. 그는 한 회장의 눈을 힘겹게 마주 봤다.

보름이나 지난 어느 날 한 회장이 불렀다. 자네 어머니를 좀 만나 뵈어야겠네, 했다. 그는 자기도 모르게 한숨을 쉬었다. 무슨 일이냐며 당황스럽게 묻는 어머니에게 나쁜 일은 아니니 걱정하지 마시라고 귀띔했다. 짐작은 맞았다.

나경이 애를 낳을 때까지 휴학하기로 했다. 혼인신고는 하되 예식은 그녀가 학교를 마친 뒤에 하는 게 좋겠다고 했다. 자기 짐들을 모두 옮기라 했다. 아무래도 좋았다. 계속해서 학비도 걱정하지 말라지, 군대도 빼줄 수 있다지, 연습실도 따로 마련해준다지. 거기다 어머니와 동생들까지 돌봐주겠다고 했다. 그로서는 손해 볼 게 전혀 없었다. 손해라니, 천우신조였다. 그는 불안해하는 어머니에게 역정을 냈다. 이런 기회는 다시 오지 않을 거라고, 자기를 봐서라도 이제 칼국숫집엔 나가지 말라고.

짐을 옮기고 난 뒤였다. 가정부가 우편물을 건넸다. 조여생에게서 온 편지였다. 인갱이를 찾았다는 내용이었다. 그는 편지지를 손에 든 채 방 안을 서성거렸다. 먼지를 뒤집어쓴 기억들이 떠올랐다. 젓대 선생과 눈동자를 빛내며 선생의 말을 듣던 놈, 항아 이야기와 오죽 숲을 빠져나가던 꿩이.

상아회관과 꾀죄죄한 몰골로 철가방을 들고 들어서던 놈의 모습이 오랫동안 잔상으로 머물렀다. 지금 가고 있어. 기다려. 꼭두새벽에 걸려왔던 전화, 그 전화를 다른 사람이 받았더라면…… 문득 요정 세이재가 네온처럼 찰랑거리며 지나갔다. 그때로부터 아주 멀리 와 있는 기분이 들었다.

그는 웃었다. 입술 한쪽 끝을 올리고 볼을 씰룩이며 눈동자를 둥글렸다. 자기 과거에서 세이재는 지워버려야겠다고 마음먹었다. 그날, 젓대 선생이 항아 이야기를 할 때도 그랬지만 이제 인갱이 같은 것도 싹 잊어야겠다고 결심했다.

8

강이 아니라 바다였다. 온통 흙탕물이었다. 비는 그칠 줄 모르고 쏟아지고, 벌써 당도했어야 할 대왕포는 까마득히 멀었다. 이상하는 걸쳐도 소용없는 비옷을 입고 배에 앉아, 흙탕물에 떠내려오는 수박덩이들을 건너다봤다. 배추포기도, 솥과 빗자루도 둥둥 떠 흘렀다. 구린내가 나는가 싶었는데 자전거가 물살에 휩쓸려 지나갔다. 닭도 개도 허우적거리며 내려갔다. 비닐에 휘감긴 버드나무가 뿌리를 하늘로 쳐들고 쏜살같이 지나갔다.

"이봐요, 차질 없이 도착하겠죠."

두려움이 든 목소리로 과장이 물었다. 키잡이는 대꾸도 하지 않은 채 쏟겨오는 LP가스통과 부딪치지 않으려고 안간힘을 썼다.

그도 두려웠다. 수문을 막아서 강이 범람한 건 아닌가. 벌써 여러 번째 생각하는 중이었다. 그게 맞다고 하더라도 자기로서는 어찌할 도리가 없었다. 도리가 없으면서도 되풀이되는 생각에 두려움은 더 커졌다. 덮치듯 출렁대는 물살은 더럽고 어리어리했다. 세상이 아래위로 뒤틀려 보였다. 중심을 잡기도 어려웠다.

배를 댈 만한 곳이 마땅치 않은 모양이었다. 한참이나 위아래를 살피던 키잡이가 뾰족하게 바위가 올라와 있고 그 옆에 소나무가 선 둔덕으로 다가갔다. 겨우 올라가 소나무 둥치에 줄을 묶었다.

배에서 내리자마자 일행은 지사로 갔다. 직원 하나가 전화기를 든 채 인사를 했다. 짜장면을 주문하던 중이라며 의향을 물어오자 과장이 식사 전이라 말했다. 음식이 오기를 기다리는 동안 일행은 지사장과 직원들에게서 강수량과 현지 상황에 대해 들었다. 이어 과장과 지사장이 대책을 논의하러 회의실로 들어가고 그와 동료는 지사 직원들과 사무실에 말없이 앉아있었다. 사실 대책이란 더는 비가 오지 않는 것 말고는 거의 없다는 걸 모두 알고 있었다.

그와 지사 직원이 짜장면 그릇들을 꺼내어 탁자에 막 내려놓았을 때였다. 주민들이 들이닥쳤다. 손에는 삽과 괭이들이 들려있었다. 그는 왈칵 무서워져 한쪽으로 비켜섰다.

"시방 먹을 것이 목구녁으로 넘어가남?"

주민 하나가 소리를 질렀다. 삽으로 철가방을 내리쳤다. 자루가 부러지면서 삽날이 사무실 바닥으로 데구르르 굴렀다. 철가방에 기습당한 플라스틱 그릇들이 쪼개지면서 나뒹굴었다. 벽과 바닥, 책상과 의자가 순식간에 짜장면으로 뒤범벅돼버렸다.

"우리 논은 어쩔겨. 무수는, 수박은 어쩔 것이냔 말여?"

"그렇게 배수장 문을 열라고 헐 때 열었어야지, 이 양반들아."

"논배미 쓸려간 것도 억울헌데 집까지 넘어갔어. 당신네 집이 넘어갔다면 가만히 있겄어."

"농사꾼이라고 얕보는 모냥인디, 잘못 본겨. 잘못 봐도 한참 잘못 본겨."

이미 무기가 된 연장들을 들고 이리 치고 저리 밀려다니며, 너도나도 왁자지껄 떠들었다.

"이러지들 마세요. 저희도 아저씨들과 똑같이 눈 한번 못 붙였잖아요. 이제 겨우 밥 한 끼 먹으려는데, 너무하잖습니까."

지사 직원이 억울함을 호소했다.

"뭣이여, 너무 혀?"

노인 하나가 곡괭이를 집어 던지며 직원에게 달려들었다. 창으로 날아간 괭이는 유리를 부수고 밖으로 나가떨어졌다. 빗줄기가 안으로 쏟아져 들어왔다. 빗물에 금세 불어난 면발과 짜장 양념들로 난장판이 된 바닥은 찐덕찐덕 달라붙고 미끈덩거려 걷기조차 어려웠다. 그는 땀내와 비린내와 짜장면 냄새가 역겨워 사뭇 침을 삼켰다.

지사장과 과장이 주민들을 어르고 달래어 회의실로 데리고 들어갔다. 그는 지사 직원들과 함께 빗물이 들어오는 창문을 함석으로 막고 그릇들을 치우고 바닥을 닦아냈다. 세상사 오리무중이구나. 자기도 모르게 든 생각에 진저리를 치며 아직도 어수선하고 너저분한 사무실에 우두커니 섰다.

조금 전까지도 보이던 천변의 수박밭과 땅콩밭이 사라지고 없었다. 단무지 무밭도 없어져 버렸다고 중년 남자가 고함치듯 말했다. 남자의 말이 끝나기 무섭게 배수장 너머 논둑 상부의 토사가 쓸려 내렸다. 연거푸 둑이 세굴되고 함몰하면서 논바닥으로 물이 몰려들었다. 물은 아래위가 뒤바뀌면서 왔다. 구르듯 돌돌 말려서 왔다. 뻣뻣이 서서 왔다. 불이 지나간 자리에는 재라도 남지만, 물이 지나간 자리에는 아무것도 남지 않는다던 선배들의 말은 사실이었다. 입사 삼 년 차인 그는 마침내 물의 위협을 실감했다. 금방이라도 세상을 삼킬 것 같은 물 앞에 무릎이라도 꿇고 싶은 심정이었다.

논바닥도 못자리에서 오십 센티미터 이상이나 물에 잠긴 상태였다. 벼 이삭이 영글어가는 시기였다. 물을 빼내고 논바닥을 말려야 할 때였다. 물에 잠겨있는 시간이 길면 길수록 벼가 회생할 가능성은 희박했다. 기계로 물을 뿜어 올리고는 있어도 강의 외수위가 너무 높고 그나마 풀이며 쓰레기들이 스크린에 엉겨 붙어 소리만 요란할 뿐 제대로 작동도 되지 못하는 상황이었다.

"야 이상하, 정신 차려. 배수장 펌프를 풀가동하란 말이야."

어느 결엔가 웅크리고 있었던가 보았다. 과장이 지르는 소리에 그는 깜짝 놀라 일어났다.

"가동하고 있습니다. 한데 쓰레기와 갈대들이 스크린에 걸려서 자꾸 채입니다. 물이 제대로 빠져나가지 못하고 있어요."

기어이 제방마저 허물어지기 시작했다. 토사가 너욱 깊이 쓸리면서 위에서부터 아래로 도미노처럼 무너져 내렸다. 순식간에 강과 둑의 경계가 사라졌다. 논밭의 경계도 사라졌다. 보이는 것은 전신주와 가로수뿐 세상은 붉고 누런 물이 으르렁대는 바다로 변해버렸다. 일행이 할 수 있는 일은 철수뿐이었다.

그는 새벽까지 전전반측하다 일어났다. 씻는 둥 마는 둥, 먹는 시늉만 한 뒤 배수장으로 들어섰다. 펌프모터를 인양하는 천정주행기중기 지지대 아래쪽까지 정확하게 물때가 묻어있었다. 간조임에도 바닷물 수위가 높아져 강물이 좀처럼 빠져나가지 못해 생긴 현상이었다. 배수장 앞쪽에는 쓰레기들도 엄청나게 밀려와 있었다. 그것들을 다 치워내고 배수장 문을 연다 해도 일대는 모두 갈대밭이었다. 갈대를 수장하지 않고 물을 빼내기란 거의 불가능했다.

과장에게 그대로 보고했다. 과장은 지사에 연락하고, 지사는 마을 이장에게 전달했다. 이장과 마을 사람들이 배수장 앞으로 모여들었다. 그도 사람들과 함께 쓰레기를 먼저 치우고 갈대에 달려들었다. 아침부터 점심때가 지나도록 일일이 낫으로 갈대의 대가리를 쳐내어 물속으로 쑤셔 넣었다. 눈을 뜨고 있기에도 지극히 어려웠다. 위태로운 적이 한두 번이 아니었다. 자칫 미끄러지면 그냥 물속으로, 갈대처럼 처박힐 수밖에 없는 여건 속에서 일행은 묵묵히 그 일을 반복했다.

"야, 드뎌 꽃바우가 뵈느만."

마을주민 하나가 모처럼 느긋한 억양으로 말문을 열었다.

주민의 시선을 따라 그도 눈을 들었다. 배수장 너머로 커다란 바위 머리가 나타났다. 흙탕물을 뒤집어쓴 바위 주변에는 꽃들이 다닥다닥 달라붙어 있었다. 나리 같았다. 원래는 새빨 갰을 텐데 지금은 검불그죽죽했다. 꽃들이 많아서 꽃바위인가 생각하고 있는데 마을주민이 들려준 이야기는 전혀 달랐다.

백제 시대에 군졸과 살던 한 후궁이 당나라군과 싸우다 죽 었다는 이야기가 전해오는 바위였다. 그때부터 꽃바위 혹은 치마바위로 불리게 되었다고 했다.

"후궁이 저토록 붉은 나리로 피어난 모양이군요."

그는 모처럼 활기차게 물었다.

"그나저나 강은 왜 막고 그런대유."

대답 대신 누군가 따지는 것도 아니고 안 따지는 것도 아닌 말투로 물어왔다.

"물이라는 게 막는다고 막어지남. 아, 물은 지절루다가 흘 러야 물이제."

강물을 확보하지 못하면 농업용수도 공업용수도 형편없이 모자란다며, 과장이 금강배수갑문 만든 이유를 여러 번 설명 했다. 고개만 까딱일 뿐 그들은 좀처럼 수긍하려 들지 않았다.

"그려두 고것은 아니지유."

누군가 혼잣소리를 했다. 그 말에 그들의 진정한 의중이 담 겨있음은 말할 나위도 없었다.

뭐라 표현하기 어려운 기분으로 그는 마을 사람들의 전송 을 받았다. 비닐이 벗겨져 뼈대만 남은 하우스를 지나 비닐과 단무지 무들과 수박덩이들이 한데 뒤엉긴 채로 흙탕물 속에서 나뒹구는 천변을 푹푹 빠져가며, 짓이겨진 땅콩밭을 걸어서 겨우 배에 올랐다. 여전히 붉고 거대하게 흐르는 물살을 가르며 강으로 나갔다.

비는 그치고 검은 구름 새를 가르며 햇빛이 싸하게 번졌다. 별안간 강물이 불타올랐다. 그는 불에 휩싸인 물을 바라다봤다. 내가 한 일, 배수갑문 설계에 참여한 것은 과연 바른가. 무심코 든 생각에 놀랐으나 놀랄 일이 아니었다. 하굿둑을 막아서 강이 범람했다는 말은 사실이었다. 비단 설계하는 선배들의 뒷시중이나 들었을 뿐이어도 둑 막는 일에 자기가 일조한 것은 사실이었다.

어디선가 소리가 들려왔다. 음악 같기도 하고 아닌 것도 같았다. 붉은 강물을 다 가져갈 것처럼 격렬한데도 중심이 어딘지 알 수 없는 텅 빈 소리였다. 그는 주위를 둘러봤다. 자기가 탄 배는 강 가운데 떠 있었다. 마을은 다 멀었다.

"와, 되게 이상하네. 과장님, 저거 악기소리 맞죠."

"강바닥에서 들려오는 것 같아. 우렁우렁…… 요상하게 들리는데."

동료의 말에 과장이 익살스럽게 대꾸하는 소리를 들으며 그는 눈을 감았다.

"저기 보세요. 저 아래쪽에, 아까 갈대를 베고 왔던 데요.

양수장 근처 말이에요. 그 앞에 배가 한 척 있지 않아요. 거기서 나는 거 아닌가."

동료가 어딘가를 가리키는 것 같았다.

그는 눈을 감은 채 소리를 좇았다. 소리는 무척 멀게 들렸다. 아득히 먼 어느 곳에서 고요하고 몽롱하게 다가왔다가 멀어지기를 되풀이했다. 설마…… 그는 중얼거렸다. 세이재에 있어야 할 조여생이 이 근처 어디에 있을 리 만무했다. 거기를 그만뒀더라도 여기까지 왔을까. 녀석 말고도 생황 부는 사람은 많을 것이다. 아니 생황 소리라 단정 지을 수도 없었다. 그는 이런저런 생각으로 골몰하다 졸았다. 지루하고 곤고한 하루가 저 소리에 다 묻히는 것 같았다. 어머니가 등을 토닥이며 들려주던 자장가처럼, 소리는 긴장했던 몸을 한없이 풀어지게 했다. 그는 녹작지근해진 몸을 뱃전에 기댔다.

소년의 강

4장

1

방조제 아래 드넓은 주차장에는 관광버스가 수십 대나 서 있었다. 승용차도 헤아릴 수 없이 많았다. 조여생은 어리둥절한 기분으로 주차장을 건너다보다 잇따라 몰려드는 사람들에게 밀려 횡단보도 한쪽으로 비켜섰다.

멀리서 봐도 둑은 거대했다. 위로는 사 차선 자동차도로가 강 건너 군산까지 죽 뻗어있고, 강폭의 반을 차지한 스무 개나 되는 갑문도 위용을 자랑하듯 우뚝했다. 머잖아 양쪽 지역을 연결해 철로가 개설될 거라는 얘기도 있었다.

초등학교 육학년 때 그는 도림에서 이쪽 지역으로 수학여행을 왔었다. 맨 먼저 월명공원에 올라갔다. 파도에 금방이라도 휩쓸려갈 것 같은 섬들을 구경하고 서해방송국으로 갔을 것이다. 그런 다음 연락선을 타고 이리로 왔던가. 크고 넓고 높은 바위산을 뚫고 치솟은 제련소의 굴뚝. 굴뚝을 뚫고 나오며 포효하는 새하얀 연기. 온통 갈대밭이었던 늪을 지금의 장항으로 만든 사람은 일제강점기 때 일본인이었다는 선생님의 설명을 들으면서 그는 굴뚝을 봤다. 그때껏 멈추지 않은 뱃멀미로 구역질이 올라와 몇 번이고 침을 삼키면서 올려다봤다. 돌아가는 길에도 그는 어지러워 갑판에 기대어 섰다. 중심을 잡은 것은 오로지 굴뚝뿐인 것 같았다. 어디서 받았는지 기억나지 않는 연필 몇 자루를 손에 쥔 채 하늘로 치솟은 회색 굴뚝을 마냥 응시했었다.

예전 것은 허물어버리고 십사오 년 전에 새로 세웠다는 희고 붉은 줄무늬 굴뚝이 멀리 보였다. 굴뚝은 이제 상징뿐인 듯 초라했다. 반면에 둑과 갑문은 산뜻했다. 준공한 지 몇 년이나 지났건만 너무도 산뜻해 인재人災임에도 결코 인재로 보이지 않았다. 인재인 줄 모르고 서울에서 부산에서 제주에서까지 구경 오다니. 사람들이 타고 온 차들이 주차장을 가득 메우다니. 그는 혼란스럽고 서글픈 마음으로 둑과 갑문과 그쪽으로 줄지어 가는 사람들을 바라다봤다.

입춘 바람에 현수막들이 펄럭거렸다. 둑과 갑문 건설을 반대하는, 이제는 시효가 지나도 한참이나 지나버린 구호들 말고도 '정치성 대금연주 ○○○○ 년 ○○ 월 ○○ 일 ○○ 군민회관'이라 쓰인 현수막이 중간에서 펄럭거렸다. 그는 횡단 보도를 건너자마자 그리로 갔다. 녀석의 공연은 끝난 지 한 달이 다 돼 가고 있었다.

이번 공연에는 네가 꼭 게스트로 나오면 좋겠어. 녀석이 전화로, 찾아와서까지 부탁했어도 그는 거절했다. 이기적인 놈이라고 화를 냈다. 다 너를 위해서야. 친구 부탁인데도 거절하기냐? 막말까지 했다. 단소와 생황이 언제나 조화롭게 어우러지는 건 아닌 것 같아. 그리고…… 아무래도 난 무대 체질이 아닌가 봐. 그리 말하고 그는 입을 다물었다. 언제부턴가 무대에 서는 게 조심스러웠다. 제대로 소통이 되지 않는 사람 앞에 있는 것처럼 답답하고, 화려하게 꾸며놓은 정원에 들어선 것처럼 더넘스러웠다. 육중한 무언가가 '무대'와 '현실' 사이를 단단하게 가로막고 있는 것 같았다. 그러면서도 지금처럼 녀석의 공연 현수막을 마주할 때면 설명하기 애매한 기분이 들었다.

강 하구로 가면 笙을 만드는 사람이 있을 거라는 말을 들었다. 강 이쪽에도 건너에도 그런 사람은 없었다. 알 만한 사람도 만나지 못했다. 笙이 뭐냐고 되묻는 사람들을 뒤로하고 그는 해변 솔숲으로 들어섰다. 자그마한 플라스틱 바구니 하나를 앞에 놓고 핫팩을 꺼내었다. 손바닥에 판판하게 펴고 반창고로 손바닥과 팩을 감싸듯 고정했다. 이렇게 쌀쌀한 날에는 느닷없이 입김을 불어 넣으면 악기의 떨판이 떨어져 나가 소리를 낼 수 없었다. 따뜻하게 해줘야 했다. 손가락도 곱아들어서 지공을 편안하게 누르기도 어려웠다. 몸통을 나무나 구리로 만든 생황은 아래에 구멍을 뚫어 따뜻한 물을 넣고 연주할 수 있게 돼 있는데 박통으로 된 이 笙에는 그런 게 없었다. 처음에는 통에 천을 덧대거나 가죽을 덮고 불기도 했다. 고민 끝에 이 방법을 생각했다. 될수록 얇은 팩을 쓰고는 있어도 맨살로 통을 잡을 때와는 여러모로 불편하고 둔했다. 손가락이 유달리 긴 게 다행이라면 다행이었다.

처음 보는 악기라며 수군거리는 사람들 앞에서 그는 '섬집 아기'[20]를 불었다. 서너 마디를 연주할 때쯤부터 사람들이 더러 따라 불렀다. 그는 '떠나가는 배'[21]로 이어갔다. 단소와 생황이 언제나 조화롭게 어우러지는 건 아냐. 녀석에게 했던 말을 곱씹으며, 봄날 꿈같이 따사로운 저 평화의 땅을 찾아, 가는 배여, 가는 배여 그곳이 어드메뇨. 강남길로 해남길로…… 숨을 들이마시고 내쉬었다. 지공을 눌렀다 떼었다 하며 계속음을 만들어나갔다. '새야 새야 파랑새야'[22]를 시작할 때쯤 아주머니 하나가 바구니에 지폐 한 장을 놓았다. 또 다른 사

20) 〈섬집 아기〉, 한인현 작사·이흥렬 작곡, 1950.
21) 〈떠나가는 배〉, 정태춘 작사·작곡, 1983.
22) 〈새야 새야 파랑새야〉, 전래민요.

람도 놓았다. 하나하나 쌓여가는 지폐를 보자 가슴이 종이돈처럼, 정치성의 공연 현수막처럼 자꾸 할랑거렸다.

문득 소리가 앙상해지는 것 같았다. 취구로 들어가던 숨 한 가닥이 밖으로 새어 나가는 느낌이 든다고 할까. 온전히 들어가지 않은 숨이 겉돌며 소리를 거칠게 만드는 것 같다고 할까. 그는 오른손 검지 끝을 살살 돌려가며 바람길을 살폈다. 손끝에 와 닿는 감촉에는 별다른 이상이 없었다.

연주를 마치자마자 악기부터 살폈다. 윤관(閏管, 벙어리관) 아래 공명통에 미세하게 금이 가 있었다. 자세히 봐야 겨우 표가 나는데도 밖으로 나는 소리가 평소와 그토록 달라지다니 믿기지 않았다.

다 가고 오직 한 사람이 남았다. 노인이었다. 무슨 미련이 있는지, 그가 손바닥에서 핫팩을 떼어내고, 손바닥과 손가락을 주무르고, 매무새를 가다듬고, 악기를 거꾸로 들어 취구로 들어간 침을 털어낼 때까지 서서 응시했다. 가방에 넣을 때까지도 그대로 서 있었다. 혹시 이 악기를 접해본 분일까. 그렇지 않다면 저렇게 나를 쳐다볼 까닭이 없지 않아.

"거시기 뭣이냐, 조까 만져봐도 될랑가 모르겠네."

뜻밖이었다. 수줍고 조심스럽게 청하는 노인에게 그는 선뜻 笙을 꺼내어 내밀었다.

"이 악기를 아세요, 어르신?"

놀랍게도 노인이 고개를 끄덕였다.

"젊어 한때는 좀 불고 그랬지……."

회한에 젖은 목소리로 두런거렸다. 다가와 악기를 보듬어 들었다. 행여 부서질까 저어하며 오른손바닥으로 통을 안고 왼손가락 끝으로 살금살금 통이며 관들을 쓸었다. 쓸 때마다 웃을 듯 말 듯 표정을 일그러뜨렸다. 주름진 이마와 검버섯 핀 감노란 얼굴, 홀쭉하게 팬 볼과 주름투성이인 목. 구부정한 어깨와 헐렁한 옷소매 밖으로 드러난 앙상한 팔. 흔하디흔한 시골 노인이었다. 약간은 가늘고 기운 빠진 목소리가 노인의 외양과 무척 닮아 보였다. 문득 나도 나이 들면 저렇게 누군가에게 고백할까 생각하자 그는 한없이 쓸쓸해졌다.

"어르신, 그럼 만드는 분도 알고 계시겠네요."

반갑게 다시 여쭈었다. 일부러 씩씩하고 활달한 목소리를 만들었다.

노인이 기드렁한 얼굴을 가로저었다. 느짓하게 몇 번 더 쓸어보고는, 아쉬워도 어쩔 수 없다는 얼굴로 악기를 건넸다.

"떠났지. 다 떠나고 없어…… 내 알기로는 장인匠人 이씨라고 딱 한 사람 남았는데, 물뿌렝이 사는데 시방까장 목숨이 붙어 있을랑가…… 붙어 있드래도 맹글기는 에로울 것인디."

말하곤 돌아섰다.

그는 노인의 뒤통수에 대고 몇 번이나 절을 했다. 하구에 없으면 상류 쪽으로 가보자 생각했었다. 확신해서는 아니었는데 용케도 노인에게서 정보를 얻게 되었다. 가라앉았던 기분이 조금 부드러워지는 것 같았다.

다시 길을 나섰다. 네다섯 번이나 버스를 갈아타고 그는 물뿌랭이에서 가장 가까운 읍내에 당도했다.

'내 고향을 돌려주세요. 용담댐 반대', '고향에서 내쫓기느니 차라리 죽음을 달라', '물은 흘러야 한다', '댐은 환경파괴범 우리 모두 막아내자', '정치성 대금연주 ○○○○년 05월 06일 저녁 7시 ○○군민회관', '우리의 고향을 찾아주세요'

수몰 지역 읍내 광장에서, 댐 건설을 반대하는 현수막들 속에서 그는 녀석의 공연 현수막도 발견했다. 강 하류에서 봤던 것과 같은 공연인 듯했다. 지난번에 찾아왔을 때 전국투어 리사이틀이라고 했던 게 떠올랐다. 재벌인 장인과 약사 아내, 귀엽고 똑똑하다는 딸. 자기에게는 없는 것들을 녀석은 다 갖고 있었다. 이상했다. 전에는 무심코 지나쳤는데 요즘엔 자꾸 신경이 쓰였다. 그는 현수막 아래에서 오래 서성였다. 서성이다 버스 정류장으로 갔다.

신림보다 몇 배나 더 높은 산 아래에, 노인이 말한 물뿌랭이가 있었다. 마을 뒤에는 강이 시작되는 샘이 있다고 했다. 그는 마을을 지나쳐 계속 올라갔다. 계곡을 따라 깊숙한 곳으로 한참을 더듬어가자 정말로 작은 샘이 나타났다. 크고 작은

돌담 속에서 샘물이 말갛게 흔들렸다. 물속에 든 하늘과 구름도 찰랑거렸다. 그는 조롱박으로 물과 하늘과 구름을 떴다. 솔잎을 따서 박에 띄웠다. 물맛이 싸하면서도 상큼했다.

물어물어 장인 이씨 집을 찾았다. 바자울을 밀치고 마당으로 들어섰다. 여든도 훌쩍 넘었을 노인 하나가 마당가에 쭈그리고 앉아 이편을 건너다봤다. 그가 찾아온 용건을 말하자 고개를 살래살래 흔들었다.

"치운 지 오래 되았소."

말하곤 하던 일을 계속했다. 들어오라는 말도, 가라는 말도 없이 저녁나절이 되도록 허리를 잔뜩 구부리고 앉은 채로 마당가를 기었다. 호미로 땅을 파고 몇 개의 종이뭉치를 벌렸다 오므렸다 해가며 안에 든 씨앗들을 뿌리고 흙을 덮어나가기를 반복했다.

사위는 어느새 어둑해졌다. 그는 당황스러운 얼굴로 마당 가운데 서서 바자울과 바자울 너머 고샅을 건너다봤다. 빨간 양철지붕으로 된 헛간 앞에 호미를 던지는 장인을 봤다.

상인이 허리를 샂히고 일어났다. 옷자락을 털며 우물가로 기듯 갔다. 옷소매를 걷어붙였다. 원래는 흰색이었을 지저분한 고무신과 양말을 벗고 바짓가랑이를 말아 올렸다. 찬물로 발을 씻고 양말을 빨고 신발을 닦아 신었다. 세수까지 했다.

"봐도 쇠양 없을 것인디."

두런거렸다. 따라오라는 듯 손짓하며 마루로 올랐다. 한쪽에서 뒹구는 걸레 같은 수건으로 얼굴을 닦았다. 뼈와 가죽뿐인 길쭉한 손으로 벽에 붙은 스위치를 눌러 불을 켜고 방으로 들어가 앉았다. 그도 방으로 따라 들어갔다. 바랑을 내리고 안에 든 것들을 꺼내어 방바닥에 놨다. 일별하고 난 장인이 갈대 줄기를 하나 집어 들었다. 이리저리 돌려가며 살폈다.

그는 자기가 소지하고 있던 笙도 꺼냈다. 인갱이 골방에서 발견한 뒤로 여태 불어온 그것을 장인 앞에 놓으며 말했다.

"이것처럼 만들어주십시오."

순간 장인이 손으로 눈을 훔쳤다. 쇠리쇠리한 듯 笙을 똑바로 보지 못하고 고개를 틀었다. 들고 있던 갈대 줄기를 다시 살피다, 이편을 건너다봤다.

"잉갱이서 왔소?"

하도나 놀라워 그는 눈을 둥그렇게 떴다. 겨우 고개를 주억거렸다. 잉갱이가 인갱이냐고, 인갱이를 아시느냐고 떠듬떠듬 여쭈었다. 대답이 없자 소리를 키웠다.

"혹시 어르신도 거기 사셨습니까."

묵묵부답. 장인은 방바닥에 놓인 악기를 몇 번이나 흘깃거리다 갈대 줄기를 내려놨다. 笙을 집어 들었다. 두 손으로 보듬고 이리저리 돌려가며 살피더니 취구에 입을 대고 불었다. 오른쪽 검지로 윤관 아래를 더듬다 박통을 어루만졌다. 도로 내려놨다.

"너머 오래 돼놔서 통에 금 간 걸 막어두 제 소리내기는 어려워. 요 관이 잉갱이서 난 갈대라 버틴 거여. 잉갱이 갈대는 달브제. 암, 결이 달버."

말하곤 뒤뚱뒤뚱 일어나 나갔다. 장도리를 들고 들어왔다. 느닷없이 박통을 내리쳤다. 상대방 생각 따위는 물어보지도 않고 관을 빼냈다. 그것들을 하나하나 두드려 부수었다. 관이 깨질 때마다 떨판이 바닥으로 떨어졌다. 소리가 빠져나오는 듯 다르르 다르르, 울었다. 울다 허공으로 사라졌다. 너무도 급자기 당한 일이라 어떻게 제지할 짬도 낼 수 없었다. 그는 소리를 잡을 듯 연방 손만 휘저었다.

장인이 악기 파편들을 소쿠리에 쓸어 담았다. 그것을 들고 부엌으로 가, 아마도 아궁이에 쏟고 나오는 모양이었다. 다시 방으로 들어와 앉았다. 마른 갈대 줄기를 하나씩 들어 불빛 가까이 올렸다. 뚫을 듯 들여다봤다. 갈대관을 놓고 박을 들었다. 무게를 재보는지, 손바닥에 놓고 위아래로 둥개둥개 반복했다. 그는 쌓여가는 궁금증을 안은 채 장인의 행동들을 유심히 관찰했다.

"목서 열매가 안 보이네. 없었소?"

"열매가 열리는 걸 한 번도 못 봤습니다만, 목서에도 열매가 열리는군요?"

처음 들어보는 소식에 그는 목소리를 키우고 말았다. 평소보다 두세 음이나 높다는 사실도 인지하지 못한 채 놀랍군요, 보태어 말했다.

이렇다 저렇단 말도 없이 장인이 선반에서 지승그릇을 내렸다. 뚜껑을 열고 봉지 하나를 꺼내 관대 옆에 놓았다. 방 안이 금세 은근하고 그윽한 목서 향으로 가득 찼다.

장인은 날이 채 밝기도 전에 움직이기 시작했다. 씻고, 밥을 먹는 둥 마는 둥 헛간으로 내려갔다. 제대로 열리지 않는 문을 억지로 밀고 안으로 들어섰다. 따라 들어간 그는 낯설고 컴컴한 공간에 눈이 익기를 기다렸다. 뒤따라온 바람이 먼지를 일으키며 안을 휘돌다 장인이 열어젖히는 덧창문으로 빠져나갔다.

내부는 모두 흙바닥이고 흙벽이었다. 복잡하고 어수선한 것이 작업장인가 보았다. 오랫동안 묵어 지내왔나 틀이고 나무판이고 연장들이고 간에 먼지가 쌓인 채였다. 작업대인 듯한 나무판 한쪽에는 몽당초들이 뒹굴고 세숫대야만 한 질그릇에는 끌과 드라이버와 송곳 같은 연장들이 잔뜩 들어있었다. 골동품으로나 내다 팔아야 할 선풍기와 라디오가 창문 아래에 놓여있고 그 아래로 가야금이나 거문고를 만들다 말았는지 넓고 기다란 나무판들이 열넷 개 세워져 있었다. 낮은 통나무 위에 놓인 바구니에는 굵기가 다른 묶음실이 수십 개나 뒹굴었다.

장인이 연장 그릇을 밖으로 내갔다. 마룻바닥에 쏟았다. 마른걸레로 끌며 송곳들에 묻은 먼지를 애벌로 닦아 한쪽에 놓은 다음 새 걸레로 다시 닦았다. 그도 장인을 따라 했다. 닦은 것들을 그릇에 담아 작업장에 갖다 두고, 걸레를 빨아 들고 들어가 기다란 나무판으로 된 작업대를 닦았다. 장인이 구멍이 여러 개가 뚫린 기계를 닦아낸 다음 기름칠을 했다. 스위치를 눌렀다. 위잉 휭…… 먼지가 날리면서 기계가 작동하자 이쪽저쪽을 살피고는 전원을 껐다.

언제부턴가 장인의 몸에선 빛이 나는 것 같았다. 홀쭉하게 꺼진 볼에서도 움푹 들어간 눈에서도, 갈대 줄기를 든 손에서도 푸르노릇한 빛이 감돌아 흘렀다. 그는 헤아릴 길 없는 마음으로, 두근거리는 가슴으로, 처분만 바라는 사람처럼 조신하게 장인 앞에 앉았다.

장인이 기다랗고 둥근 철사 솔로 갈대 줄기 속 마디를 파내고, 속을 파낸 관마다 지공을 뚫는 동안 기다렸다. 관대 아래에 얇은 놋쇠 띨판을 내는 동안 기다렸다. 박속을 일일이 긁어내어 매끄럽게 다듬고, 박의 갸름한 쪽을 잘라내고 거기에 나무를 덧대어 취구를 만드는 동안 기다렸다. 공명통이 된 박통에 관들을 꽂고, 바람이 새 들어가지 않도록 녹각 태운 것과 밀(꿀벌의 집을 끓여서 짜낸 기름)과 목서 열매를 찧어 넣은 아교풀로 통과 관의 틈을 막을 때까지 기다렸다. 깨지지 않도록 끈으로 박을 조이고 묶을[23] 때까지 기다렸다.

그는 장인이 숨을 들이마시고 내쉬기를 되풀이하면서, 마을 앞으로 펼쳐진 산과 논밭과 길을 내려다보다 생각난 듯 운지해가며 조율하는 모습을 지켜봤다. 장인은 자주 눈을 감은 채 당신이 내는 소리를 들었다. 더러 고개를 끄덕였지만 저을 때가 훨씬 잦았다. 그럴 때는 숨조차 쉬는 것 같지 않았다. 안으로 들어가 빛나는 눈빛, 파르레하게 그늘진 광대뼈, 얄포름하면서도 쓸쓸하게 움직이는 어깨를 하고, 고독한 자만이 지을 수 있는 표정으로 지공을 누르고 주름진 입술을 오므려 취구에 대었다. 마냥 소리의 시종始終을 응시했다.

선들바람이 부는 봄날 아침, 그는 마당을 돌다 새파란 것들을 발견했다. 상추와 쑥갓과 호박 그리고 박의 싹이었다. 파란 떡잎 두 장이 바람에 바르르 떨었다. 뭉클한 모습으로 첫 세상을 맞이하는 어린 것들을 보고 있노라니 자기도 모르게 가슴이 해낙낙해졌다.

드디어 장인이 笙을 내밀었다. 그새 더 폭삭 늙어 반짝임만 남은 장인, 만지면 부스러져 수많은 별이 되어 강으로 흐를

---

23) 송혜진 글, 강운구 그림 『韓國樂器』 중에서 「笙簧」 제작부분 일부를 차용함. 悅話堂, 2001.

것 같은 장인에게 그는 큰절을 올렸다. 갈대 줄기처럼 말라비
틀어진, 구릿빛으로 빛나는 손으로 장인이 그의 손을 맞잡았
다. 감긴 듯 뜬 얄브스름한 눈자위에 이슬이 맺힌 듯싶었다.
기어이 볼을 타고 흐르는 장인의 눈물을 뒤로하고 그는 물뿌
랭이를 떠나왔다.

새로운 악기를 들고 읍내로 갔다. 광장에 섰다. 고향을 만
난 듯 소리가 환하게 피어났다. 사람들이 몰려들었다. 신기한
눈으로 바라보는 그들을 마주 보며 그는 하늘을 향해 입김을
불어 넣었다. 세령산을 시작했다.

"(내쉬면서)林둘셋, (들이마시면서)無둘 林, (내쉬면서)潢둘
셋, (들이마시면서)仲둘셋, (내쉬고)林無둘셋, (들이마시고)林둘
셋, (내쉬고)仲둘 太, (들이마시고)黃둘셋, (내쉬고)仲둘 黃, (들
이쉬고)仲둘셋…… (들이마시고)仲둘 太, (내쉬고)黃[24]……"

한 여자가 눈에 들어왔다. 맨 뒤에 서서 호기심이 가득 든
눈동자로 자기를 응시하는 여자. 긴 생머리를 반만 묶고 하얀
원피스에 분홍색 카디건을 걸친 여자. 소박하고 따뜻하고 환
한 표정으로 이편을 보는 여자. 그는 와락 몸을 뒤쳤다.

검사장이 길고 얇은 손가락으로 자기 가슴팍을 움켰다. 엉
덩이를 밀착해왔다. 얼굴을 귓불에 바짝 대고 숨을 쉬었다.

---

24) 〈세령산細靈山〉 중 초장 일부. '세령산'은 《영산회상靈山會上》의 세 번째 곡.

입술을 덮쳤다. 목덜미로 가슴팍으로, 검사장의 입술이 미끄러졌다. 그는 간지러우면서도 징그러워 한 발짝 물러났다. 검사장의 눈이 번들거렸다. 무섭게 쏘아봤다. "처음 봤을 때부터 자기를 갖고 싶었어. 조금만 참아." 검사장의 말을 들은 순간 "잘 해드려, 공연히 딴지 걸지 말고." 당부하던 마담의 말이 떠올랐다. 그는 딴지 거는 게 어떤 것인지 알지 못했다. 잘 해드리는 게 어떤 건지 알 수 없었다. 민주가 무엇인지 자유가 무엇인지도 잘 몰랐다. 그는 마냥 허둥댔다. 머리채를 잡고 발악하는 개에게서 헤어나고 싶었다. 목덜미를 할퀴고 등짝을 할퀴고 가슴팍까지 후벼 파는 개의 손톱에서 벗어나고 싶었다. 숨을 헐떡거리며 살려줘. 아 살려줘, 사정하는 들개를 다만 후려치고 싶었다.

그는 소리를 멈추었다. 자기가 떨고 있다는 사실을 깨달았다. 그때처럼, 검사장이 절정의 순간에 울부짖었을 때처럼 자기의 아랫도리가 흥분으로 부풀어 오른 것을 느꼈다. 이럴 수는 없었다. 이런 일은 전에 없었다. 그는 충혈된 눈으로 여자를 노려봤다. 싱그럽고 맑은 눈으로 자기를 보는 여자를 쏘아봤다.

2

객석 뒤쪽에 조여생이 있었다. 잘못 봤나 싶어 다시 봤다. 놈은 굵고 짧은 목과 넓고 힘 있는 어깨를 곧추세우고 앉아있었다. 둥글넓적한 얼굴에 짙고 윤기 흐르는 눈썹은 언제 봐도 도드라졌다. 부지불식간에 압도당하는 기분이 들었다. 정치성은 어깨를 움츠리며 자진모리 우조 仲 본청으로 넘어갔다.

"淋－淋(혀 치고) 沖(급히 꺾어 내리고)－, 淋(잔물결 일렁이듯 흔든다)－, 쉰 다음 沖(끌어내리다 다시 올리고)－, 淋－沖, 林仲－[25]……"

그는 대금을 내렸다. 박수가 요란하게 쏟아지는 객석을 향해 일어나 절을 했다. 장구재비의 손을 잡고 다시 절했다. 놈이 환한 얼굴로 화답하는 게 보였다. 역시 너다운 연주였어, 라고 말하는 듯했다. 문득 놈을 골탕 먹이고 싶었다.

퇴장했다. 대기실에 서서 재청이오, 외치는 소리가 들리기를 기다렸다. 전에는 얼른 자리를 뜨고 싶을 때가 많았지만 오늘은 아니었다. 놈을 골려주고 싶은 생각이 간절한 만큼 앙콜, 외치는 소리도 절실해졌다. 절실한 것을 알듯 재청이오.

---

25) 〈서용석류 대금산조〉 짧은 산조 '자진모리' 계면 林본청 시작 부분, 황규일 채보, 은하출판사, 1988.

앙콜, 환호하는 소리가 연주회장을 가득 메웠다. 그는 옥색 두루마기 자락을 펄럭이면서 객석으로 나갔다. 마음을 공글리며 마이크를 잡았다.

"감사합니다, 여러분. 어, 지금 객석에는 제 불알친구가 와 있습니다. 연락도 없이 찾아와서 저도 놀랐습니다. 친구도 저처럼 악기를 부는데, 함께 연주해도 될까요. 여러분께서 성원해주신다면 놈도 좋아할 겁니다."

연주회장이 터져라, 박수가 들렸다. 그는 놈에게 손짓했다. 한참을 머뭇대던 놈이 생황을 안고 무대로 올라왔다. 그는 먼저 악수를 청했다. 나직하게 '칠갑산'[26] 어떠냐고 물었다. 갑자기 생각난 노래였다. 앙코르곡으로는 대개 '산 너머 남촌에는'을 불곤 하지만 오늘만큼은 왠지 놈한테 쪽팔릴 것 같았다. 안다는 듯 놈이 고개를 끄덕거렸다.

장구재비가 장단을 시작했다. 그가 먼저 대금을 불었다. 아낙네야 베적삼~ 하는데 놈이 소리를 넣기 시작했다. 헐거웠다. 뿌리도 없고 뼈도 없는 소리가 천지사방에서 들려오고 사방천지로 뻗어나갔다. 그러다 점점, 대금 소리를 감싸는가 싶더니 장구 장단까지 보듬어냈다. 그는 전보다, 전이 언제인지 기억나지는 않지만, 더 대범해지고 더 분방해진 놈의 소리에

---

26) 〈칠갑산〉, 조운파 작사·작곡·주병선 노래, 1989.

맞춰 제 음을 부느라 진땀을 흘렸다. 아는지 모르는지 놈의 소리는 마냥 춤을 추었다. 여기저기서 환호성이 들려왔다. 박수와 노래로 객석은 어느새 난장을 방불케 했다.

애써 표정을 관리하며 그는 분장실로 들어갔다. 옷을 갈아입는 내내 나경이 떠올랐다. 엊그제였다. 유산이래. 그녀가 전했다. 자기를 똑바로 보지도 않고 말했다. 전부터 무슨 일이든 먼저 말하는 적이 드물었다. 묻는 말에 묵묵부답이거나 단답형으로 대답하는 게 습관인 사람이 이번 일에는 간담이 서늘했던 모양인지 표정마저 흐트러졌다. 미안했다. 화도 났다. 어쩌다 그녀와 살을 맞대고 살게 되었는지, 자기 일이면서도 남의 일처럼 이해가 안 됐다.

누구도 이토록 뻣뻣한 사람과 함께하고 싶지는 않을 것 같았다. 그도 나긋나긋한 여자랑 살고 싶었다. 자기에게 보조를 맞춰주는 여자랑 살고 싶었다. 처음부터 그랬던가, 회상해봤지만 기억나지 않았다. 아니 가정교사로 들어갔을 때부터 그녀에게서는 표정의 변화를 볼 수 없었던 것 같았다.

그 여자 그만 만나. 첫 번째 들통 났을 때 그녀가 말했다. 두 번째 때는 오늘부터 각방 쓰자, 했다. 이번에는 임신까지 한 몸으로 그가 쓰던 물건들을 모두 거실로 내어놓으며 쏘아붙였다. 앞으론 내 눈에 안 보였으면 좋겠어. 그는 보란 듯 자기 옷가지들을 들고 지하 연습실로 내려갔다. 방바닥에 던졌다.

책도 베개도 내동댕이쳤다. 울화통이 터졌다. 이혼 생각이 간절했지만 한 회장이 앞을 막았다. 그녀 뒤에 버티고 선 크고 높고 화려한 배경. 재벌 사위라는 자리를 감히 박차고 나올 용기가 없었다. 그는 빈털터리였다. 빈털터리에게 자지는 개털일 게 뻔했다.

숙소 앞 음식점에서 놈이 기다리고 있었다. 고기 한 점 들어있지 않은 두부김치를 앞에 놓고 벌써 소주 한 병을 반나마 비운 상태였다. 그는 자리에 앉자마자 놈의 잔에 술부터 따랐다. 콜라와 제육볶음을 주문했다. 밥도 달라고 했다.

"정치성 명인님, 전국투어 대단해요."

비아냥대는 소리로 들리지는 않아도 순간적으로 신경질이 치올랐다. 연주회장에서도 사실 놈에게 분풀이하고 싶었다. 게스트로 와달라고 그토록 사정해도, 자기는 무대 체질이 아니라며 극구 거절하던 놈이 무슨 심보로 여기까지 왔는지. 혹시 실수라도 지적하려는 건 아닐까, 앙코르곡을 함께 연주하는 내내 더 스트레스를 받고 말았다. 놈처럼 술이라도 마실 줄 알면 얼마나 좋을까. 거나하게 취해서 할 소리 못할 소리 마구 지껄여대고 나면 후련할 텐데. 그는 콜라 한 잔을 단숨에 들이켰다.

"부럽다야."

"뭐가 부러운데?"

"재벌 장인에 우아하고 돈 잘 버는 약사 아내에다…… 미루라고 했지, 네 딸 말이야. 착하고 예쁜 데다 공부도 잘한다며?"

"인마, 그딴 게 나와 무슨 상관인데. 지네들끼리 잘 살라고 해. 난 내 연주가 영혼을 울린다는 소릴 듣고 싶을 뿐이야."

고백하고 말았다. 의도한 것은 아니었다. 사실은 너보다 더 잘하고 싶어, 라는 말이란 걸 놈이 모를 리 없었다.

"이미 넌 그렇게 하고 있잖아. 다 자기가 불고 싶은 대로 불면 되는 거지."

놈이 손사래를 치면서 말해도, 놈의 소리를 상기할 때마다 매번 꿀리는 기분이 드는 건 어쩔 수 없었다. 그는 밥과 제육볶음을 입에 넣었다. 쓰고 달고 매운 데다 느끼하기까지 했다. 질겅질겅 씹다가 꼴딱 삼키고 다시 콜라를 들이마시자 놈이 소주와 콜라를 새로 주문했다.

옆에는 악기 가방이 두 개나 있었다. 하나는 24관 생황일 테고 다른 하나는 예전 게 아니었다. 새로 장만한 거냐고 묻자 놈이 실실 쪼개기부터 했다. 느리적느리적, 가방을 옆 상위에 놓고 지퍼를 열었다.

"인갱이 갈대관으로 만든 거야. 어때, 아까 그 소리 좋지 않대? 전에 불던 것도 인갱이 갈대로 만든 거라고 했잖아. 대나무하고는 질이 달라. 부드러우면서도 힘 있고 순하면서도 단단하고. 거기다 향기까지 나거든. 죽관과는 비교가 안 돼요."

자랑하더니 또 등신같이 쪼갰다.

그는 놈에게서 빼앗듯 생황을 가져왔다. 예전 것은 너무 오래되고 지저분해 보여서 관심도 없었는데 이번 것은 새치름하면서도 단아한 게 여간 귀엽지 않았다. 관도 오죽과 비슷하게 굵었다. 오죽처럼 단단해 보였다. 냄새가 나는 것도 같고 안 나는 것 같기도 했다. 젓대 선생 말이 정말 맞는 거야 뭐야. 그는 중얼거리며 악기를 잡았다.

"내가 왜 갈대관으로 만든 笙을 좋아하는지 모르지? 바로 중심을 잡아주기 때문이야. 극단으로 치우쳐서는 세상을 살기 어렵듯이 말이야, 이 笙을 연주할 때도 마찬가지 아니겠어. 봄의 소리, 부드러운 봄의 소리, 싹이 트는 봄의 소리를 내려면 내가 중심에 서야 해. 그렇지 않으면 어림없더라고……어때, 착 안기지?"

철학이나 공부한 듯 설레발을 치는 놈을 무시하고 공명통을 보듬었다. 나무로 만든 것보다 약간 작은 듯했다. 다시 보니 관도 죽관보다 좀 가늘어 보였다. 그는 휴지로 지공과 취구를 여러 번 닦고 입술을 댔다. 입김이 미처 들어가기도 전에 생황이 울었다.

"야, 너 그거 아냐. 내가 인갱이를 찾겠다고 했을 때, 우리 아버지가 말이야."

놈이 말을 중단하더니 술잔을 기울였다.

분명 갈대관이었다. 함에도 대나무관으로 만든 것과 소리가 별반 다르지 않았다. 오히려 더 부드럽게 들렸다. 정말 갈대관일까. 그는 미심쩍은 마음으로 놈에게 악기를 돌려주었다.

"탐험가라도 허겠다는 것이여 이눔아, 하면서 어찌나 화를 내시던지……."

놈이 말했다.

그가 술안주는 고기가 좋다니까? 해도 놈은 두부에 김치를 얹어 입에 넣었다. 잘근잘근 깨물었다. 언제부턴가 놈은 고기도 생선도 먹지 않았다. 도라도 닦냐, 비웃듯 물을 때마다 그냥…… 하면서 웃기만 했다.

뜬금없이 세이재가 생각났다. 연이어 마담이 떠올랐다. 그는 피식 웃고 말았다. 이 홍양이가 빨았는데 제깟 게 안 서고 배겨? 하던 그 여자는 지금 어디서 뭘 하고 있을까. 할망구가 되어가겠지. 제 버릇 개 못 준다고, 어디 허름한 뒷골목에서 는실난실 젓가락이나 두드려대고 있을 거야. 내 동정을 뺏어간 늙은이는 죽었을까. 염치없는 늙은탱이. 가만…… 그 여자도 다시 엎으러진 거 아냐. 불현듯 작은엄마라는 여자가 떠올랐다. 작은엄마와 마담이 포개졌다. 이내 떨어졌다. 연달아 포개지고 떨어지며 단소 끝에 젓가락을 댔다. 간드러지게 두드렸다. 비가 오면 생각나는 그 사람, 언제나 말이 없던 그 사람, 사랑의 괴로움을 몰래 감추고[27]…… 자기네 십팔 번 노래를 불어달라고 성화였다. 새로 만난 여자가 웃었다. 어쩐지 출신이 궁금하더라니, 비웃었다.

"야, 혹시 이상하한테 내 연락처 줬냐?"

그는 말쑥한 이상하의 얼굴을 상기하며 물었다.

"이상하?"

"왜 우리 아버지 비서였던 형 말이야. 대청댐 같이 갔었잖아."

"아, 그 형. 내가 줬나…… 글쎄?"

"세이재에서 안 줬어?"

"세이재? 아, 세이재. 준 것 같아. 근데 거기서 형 만난 걸 네가 어떻게 알아?"

"딴 얘긴 안 했지?"

"딴 얘기 뭐?"

"아니 뭐…… 안 했지?"

"이 자식이 근데……."

놈이 의심쩍은 눈초리로 쳐다보며 말끝을 흐렸다.

그도 놈을 쳐다봤다. 두 달 가까이나 있었으면서 한 번도 호텔로 원정을 가지 않았다는 건, 자기 경험으로 봐서는 있을

---

27) 〈그때 그 사람〉 중에서, 심수봉 작사·작곡·노래, 1978.

수 없는 일이었다. 한데 왜 그것밖에 안 있었지, 궁금해졌다. 그러자 놈이 한 회장 집으로 전화를 걸어왔던 새벽이 떠올랐다. 누군데 그렇게 놀라나? 묻던 한 회장과 친군데요, 갑자기 지네 엄마가 위독하시다고…… 나가봐야 할지 모르겠어요, 둘러대던 자기 목소리도 생각났다.

"연습실로는 꽤 괜찮은 곳이었을 텐데, 세이재 말이야."

그는 슬쩍 떠봤다.

"그래? 거긴 딴지 거는 놈들이 너무 많던데. 그분 앞에서는 이거 불어라, 저건 싫어하신다, 그거 불면 작살난다…… 눈 똑바로 뜨지 마라, 무조건 복종해라……."

"아 됐어, 그만해."

더는 듣고 있기 거북했다. 절대 딴지 걸지 말 것. 무조건 복종할 것. 원정을 나갈 때마다 마담이 단속하던 말이었다.

"야, 정치성. 내가 인갱이를 어떻게 찾은 줄 아냐. 개 때문이야, 들개. 그 자식이 건드리지 않았다면 아마 찾지 못했을걸. 이 악기도 만날 수 없었겠지…… 인마, 그래서 내가 지금 너한테 고맙다고 하는 거 아니냐. 개를 만나게 해줘서 고맙다고."

놈이 이쪽을 뚫어지게 쳐다보면서 말했다.

들개 운운하는 놈의 말을 어떻게 받아들여야 할지 난감했다. 진짜 개를 만났다는 것인지 아니면 개만도 못한 인간을 만났다는 것인지. 그걸 왜 자기 덕이라고 하는지…… 그렇다고 물어볼 수도 없어 그는 입맛만 다셨다.

"아, 아까 하던 말이 뭐였지. 아이 자식……."

놈이 하던 말이 무엇이었는지 그도 한참을 생각했다. 휴, 안도의 한숨을 쉬었다. 일단 세이재 이야기는 아니었던 것 같았다.

"아, 아버지…… 암튼, 그래도 나는 아버지한테 큰절을 올렸지. 우시는 엄마를 뒤로하고 나오는데, 야, 하늘이 왜 그리도 파래. 가슴 한쪽에 멍이 들기 시작하는 거야. 하필 그때 너랑 느네 아버질 만난 거지. 아버지가 차에 타라고 하셨을 때, 인갱이를 찾아갈 거라고 씩씩하게 대답은 했지만, 네 말대로 세상에서 가장 미련한 짓을 하는 건 아닌가 싶은 생각에 내내 두려웠어. 가끔은…… 우리 엄마 아버지가 떠오르면 말이지, 네가 부럽더라고. 솔직히 말해서, 어느 부모든 당신 자식이 너처럼 살길 원하지 않겠냐."

"이 자식이 근데…… 야, 새꺄. 그렇게 부러우면 네가 데리고 살어. 그러면 될 거 아냐."

연짱 부어대더니 취했나. 횡설수설하는 놈의 말에 신경질이 났다. 그는 세상에서 생선 비린내가 제일 싫었다. 그다음이 주사酒邪였다.

"너 그날, 네가 꼭두새벽에 전화했던 날 인마, 내가 얼마나 맘졸이면서 기다렸는지 알아. 의뭉스럽게 쳐다보던 한 회장을 너도 봤어야 해. 저…… 아랫것을 내려다보듯 하던 눈초리를 너도 봤어야 한다고, 새꺄."

그는 여전히 그런 눈으로 자기를 보는 한 회장과 나경을 떠올리다 열을 내고 말았다. 이내 후회했다. 지금은 이따위 말을 할 타이밍이 아닌데. 아무리 빨개둥이 친구라도 함부로 속을 내보이는 게 아닌데 싶어 기분까지 잡쳤다.

속도 상했다. 열불이 났다. 부글거리는 속을, 그렇다고 뒤집어 까 보여줄 수도 없었다. 보이는 것이 다는 아니라고 백번 천 번 말해봐야 무슨 소용 있겠는가. 눅진한 지하실에 처박혀 처량 맞게 피리를 불어야 하는 자기 신세를, 놈이 상상이나 할까. 그는 빈 콜라 잔에 소주를 따랐다. 단숨에 들이켰다. 미쳤어? 놈이 소리쳤다.

금세 얼굴이 화닥거렸다. 눈알도 따가워졌다. 세상이 어리어리해 보였다. 다른 사람은 몰라도 놈은 알았다. 자기가 술을 마시고 나면 온몸이 충혈되고 두드러기까지 돋는다는 것을. 다 깰 때까지 몸살로 끙끙 앓는다는 것을. 몸살에서 깨어나고도 한참 동안 연습은커녕 축 늘어져 버린 채로 지내야 한다는 것을.

바람이 얼굴을 스치는 걸 보니 밖으로 나온 모양이었다. 업혀, 업히라고. 얼핏 그런 소리를 들었다. 몇 호냐고? 놈이 다 그치듯 묻는 것 같았다.

"아, 씨발. 좆같은 세상이야. 안 그러냐?"

대답 대신 그는 말했다. 한데 나오는 소리는 도무지 자기도 알아들을 수 없었다. 그냥 웅얼웅얼…… 한없이 구시렁대는 소리였다. 그는 바닥에 침을 뱉었다.

아! 목을 잡고 주저앉았다. 통증이 휘감아왔다. 술이 확 깨 버릴 정도로 생생했다.

"왜 그래, 어디가 아픈데?"

놈이 어깨를 잡으며 걱정스럽게 물어왔다. 그는 놈의 손을 휙 걷어냈다. 아, 씨발! 세상이 왜 이리 좆같은지 정말 알 수 없었다.

3

사람들의 박수에 연주자가 잔잔하게 웃으면서 고개를 숙여 보였다. 이내 다른 악기로 바꿔 들었다. 좀 전 것보다 관의 개수가 적은 듯했다. 공명통도 나무로 된 것 같지 않았다. 소박하고 단정한 모양새만큼이나 영롱한 소리가 허공으로 퍼졌다. 하늘에라도 닿은 듯 신비하고 말갛게 퍼져 오르며 세상을 저녁 해로 물들였다. 하늬는 오동꽃처럼 애절하면서도 달콤한 소리[28]를 좇아 눈을 감았다.

오동실에 오동나무는 지천으로 많았다. 읍내로 이사 나오면서 가장 속상하고 슬펐던 건 마당가에 핀 오동꽃을 더는 볼 수 없는 일이었다. 아버지의 할아버지가 고도古都에서 가져와 심었다는 오동나무. 그래서인가, 해마다 봄이 되면 꽃은 쉼 없이 냇가로 흩날렸다. 봄 봄 봄…… 정자천을 따라 흘렀다. 연주자가 부는 소리에서도 자꾸만 오동꽃이 날리는 것 같았다. 그녀는 슬며시 눈을 떴다.

아이의 볼을 어르듯 연주자의 두 손이 공명통을 감싸 안은 채였다. 기도하는 것처럼 악기를 높이 들어 올렸다. 개구부를 빠져나온 소리가 하늘을 향해 간절하게 퍼져나갔다. 그녀는 연주자를 골똘히 바라다봤다. 오동나무 속살을 닮아있었다. 얼굴도 목덜미도 손가락도, 소매를 걷어붙인 팔뚝도. 가끔 오른손 검지를 빙글빙글 돌렸다. 소리에 맞춰 율동하는 것처럼 보였다. 가슴이 뛰었다. 다시 오동실로 갈 수 있다면, 오동꽃을 볼 수 있다면…… 그녀는 그리움에 다시 눈을 감았다.

똑같은 일이라도 타의에 의해 움직여야 한다면 고통이 따르게 마련이라고, 그건 사람의 본능이라고 짐을 싸면서 아버지가 말했다. 우리에게는 아무 선택권도 없구나. 속수무책으로 떠밀려 나다니 이게 말이나 되냐. 삼사 년 전이었다. 오동

---

28) 〈북두칠성 하나 둘 셋 넷〉, 여창가곡 계면조 평롱平弄.

실에서 떠나올 때 하소연하던 아버지는 지금 읍내인쇄소에 계시다. 증조부가 시작해 조부가 이어받고 이제 아버지가, 자의가 아니라 타의로 기름 냄새에 인상을 찌푸리며 윤전기를 돌리고 있다. 그녀는 아버지가 오동실을 얼마나 사랑했는지 잘 안다. 밭가에 늘어선 오동나무들을 보며, 백금에 보석 놓은 왕관을 준다 해도 흙냄새 땀에 젖은 베적삼만 못하더라,[29] 흥얼거리시던 아버지를 기억한다. 그런 아버지의 손에는 언제나 괭이나 삽 아니면 낫이 들려있었다.

그녀는 오동실이 물에 잠기던 때를 기억했다. 물살은 조용히 쉼 없이 밀려들었다. 방구들과 지대석만 남은 집들로, 시멘트 고샅길과 마을 앞을 지나던 아스팔트 도로로, 변소와 동네 우물로, 시정의 느티나무 밑동과 베어 넘긴 오동나무 둥치로 물은 집요하고 끈질기게 스며들었다. 마침내 오동실의 모든 것이 물에 잠겼다. 기어이 거대한 댐 속에 갇히고 말았다. 그곳에 마을이 있었다는 것을 증명하는 것은, 오래오래 댐 물 위를 떠다니며 개개풀어지던 똥과 연보라색 오동꽃들이었다.

문득 조용했다. 그녀는 눈을 떴다. 그 많던 사람들은 어디 갔을까, 광장에 서 있는 사람은 이제 몇뿐이었다. 모금 바구니에 돈을 넣고 싶었다. 쑥스러운데 어떡하지? 걱정됐다. 얼

---

29) 〈마음의 자유천지〉 중 일부, 손로원 작사·백영호 작곡·방운아 노래, 1955.

마를 넣는담? 고민하고 있을 때였다. 핀을 풀고 머리칼을 매만지던 그녀는 동작을 멈추었다. 연주자가 이편을 보고 있었다. 멍한 눈빛이었다. 초점이 없는 듯 보였다.

다시 보니 약간 우수에 깃들어 있었다. 간절하게 무엇을 호소하는 듯했다. 은근히 뜨거워지는, 점점 달아오르는, 어느새 강렬해진 눈빛으로 가슴을 두드렸다. 가슴속으로 들어왔다. 가슴속을 뚫고 지나갔다. 자기의 무엇이 연주자에게로 쑥 빠져나가는 것 같은 통증을 느꼈다. 그녀는 자기도 모르게 한 발짝 내디뎠다. 격하게 소용돌이치는 가슴을 두 팔로 감싸 안고, 어느새 투명하고 말개진 연주자의 눈동자를 마주 바라봤다.

흠, 헛기침했다. 뒤돌아섰다. 그녀는 핀으로 머리를 묶고 깊게 숨을 들이마셨다가 뱉었다. 밤색 숄더백을 열고 만 원짜리 한 장을 꺼냈다. 다시 숨을 들이마시고 내쉬면서 돌아섰다. 걸음을 옮길 때마다 블라우스 소맷자락이 팔랑거리는 게 신경 쓰였다. 플레어스커트가 나풀거려 손으로 잡고 걸었다. 구두 소리가 하도 커 무릎마저 구부리고 걸어야 했다. 모금 바구니에 지폐를 놓는 손도 떨려왔다. 그녀는 연주자의 시선을 느끼며 발개진 얼굴을 들지도 못하고 돌아섰다. 몇 걸음 옮기다 말고 거의 뛸 듯이 걸어 나왔다.

두근거리는 가슴에 손을 얹었다. 무심코 하늘을 올려다봤다. 초저녁별이 떠 있었다. 사실은 저건 별이 아니다. 바보야,

저건 금성이야. 행성이라고. 항성과 행성은 다르다니까? 오빠가 고쳐 말해줘도 어린 그녀는 아냐, 별이야. 개밥바라기별이란 말이야, 우기곤 했었다.

"하늘에 뭐가 묻었어요?"

화들짝 놀라며 그녀는 소리 나는 곳을 돌아다봤다. 연주자였다. 재색 야상점퍼를 입고 양쪽 어깨에 악기 가방을 하나씩 메고 있었다. 짓궂은 표정으로 하늘을 올려다봤다.

"아, 개밥바라기."

웃으면서 이편으로 고개를 내렸다.

개밥바라기라고 말해주는 연주자에게 그녀는 호감을 느꼈다. 어쩌면 지난봄에 처음 봤을 때부터 그랬는지 모르겠다고 생각했다.

"조여생입니다. 지난봄에도 봤는데…… 그렇죠?"

조여생이 손을 내밀며 말했다.

그녀는 자기 앞에 와있는 크고 넓은 손바닥과 길쭉하면서 곧은 손가락들을 바라다보다 고개를 끄덕였다. 다시 보니 손가락 끝이 모두 동글동글했다.

"신하늬예요."

그녀도 오른손을 내밀었다. 그가 어찌나 힘주어 잡던지 자기도 모르게 손가락 끝을 구부렸다. 그 바람에 그의 손을 꽉 쥔 셈이 되어버렸다.

숱 많은 머리칼이 건강해 보였다. 목도 굵었다. 이목구비도 큼직하고 시원스럽게 생겼다. 아까와는 다르게 눈에서 풍기는 기운은 푸르면서도 온화했다. 여기저기 자유롭게 돌아다니는 사람의 눈빛을 닮아있었다. 봄에 왔다가 여름을 건너뛰고 가을과 함께 다시 온 사람. 그녀는 옅게 한숨을 쉬며 손을 빼내었다. 몸피를 옹송그렸다. 자기와는 무척 다를 것 같은 그가 낯설면서도 왠지 끌렸다.

"배고파요. 우리 밥 먹으러 갈까요."

그가 말했다. 아이가 엄마에게 어리광부릴 때 마냥, 떼쓸 때 마냥.

별안간 젖을 먹이고 싶었다. 엄마처럼 가슴을 열어서 그를 품에 안고 등을 쓰다듬으며, 옴죽옴죽 젖꼭지를 빨게 하고 싶었다. 그녀는 꿈에서 깨어나듯 그를 올려다봤다.

손을 잡았다. 집 쪽으로 앞장서 갔다. 대문을 열자 마침 밥 냄새가 집 안에 가득했다. 그녀는 주뼛거리는 그의 손에 힘을 주었다. 마당을 가로질렀다. 현관문을 열고 거실로 들어섰다. 텔레비전에 눈을 팔고 계시던 할머니가 어리둥절한 얼굴로 일어났다. 엄마가 주방에서 나오다 두 사람을 보고 뚝, 멈춰 섰다.

"배고프다고 해서요. 괜찮지요, 엄마?"

어, 그래…… 엄마가 얼버무렸다. 할머니도 텔레비전을 끄고 굽은 허리를 뒤로 젖히면서 두 사람을 살폈다.

그제야 그녀는 자기 행동이 지나쳤음을 깨달았다. 이미 돌이킬 수 없다는 것도 알았다. 하지만 그를 이대로 보내서는 안 된다고 생각했다. 배고픈 채로 돌려보내서는 안 된다고.

얼마 지나지 않아 아버지도 귀가했다. 무슨 일인가, 얼른 해명해줄 것을 재촉하는 눈으로 두 사람을 번갈아 봤다.

"저…… 어떻게 됐느냐면 아빠. 그러니까요……."

그녀는 거실에 서서, 거실에 선 할머니와 아버지와 엄마에게, 자기 옆에 선 그를 소개하기 위해 입을 열었다. 아는 거라고는 이름밖에 없었다. 악기를 연주하는 사람이고 지금 배가 고프다는 사실뿐이었다. 막막해졌다.

"아버님, 전 조여생입니다. 고도 부여에서 왔습니다. 강물을 거슬러 올라갔다가 내려가는 길인데요. 길거리 연주를 하며 지내고 있습니다. 하늬 씨는 지난봄에 군청 앞 광장에서 처음 봤는데…… 그 뒤로 한순간도 잊을 수 없었습니다."

"그러닝게, 시방 우리 하늬와 사귀어보고 싶다는 거여?"

할머니가 아버지와 엄마의 눈치를 보면서 말했다. 불편한 분위기를 바꿔볼 심산인 것 같았다. 그녀도 불편했다. 아버지와 엄마도 그도, 이런 상황을 만든 자기도.

"우리는 매 순간순간 선택의 갈림길에 서 있어요. 그때마다 항상 자기에게 이로운 선택을 하지. 설령 그 선택이 타인을 위한 것이고, 내 죽음을 불러오더라도 말이오. 당연히 자기중심적으로 될 수밖에 없지 않겠소. 두 사람도 현명한 쪽으로 선택할 테지만…… 선택권이 없는 상황도 있습디다."

뜻 모를 말을 길게 하더니 아버지가 식탁으로 들어갔다. 오빠 자리로 그를 안내했다. 오빠가 마침 집에 없어서 다행이라고 생각하며 그녀는 엄마를 도왔다.

수저와 그릇들이 부딪치는 소리와 다섯 사람의 숨소리와 음식 씹는 소리만이 서로를 넘나들었다. 숨이 막힐 것 같았다. 그녀는 밥을 먹는 둥 마는 둥, 아버지와 엄마와 할머니와 그를 곁눈질했다. 조금 전 그가 한 말이 떠올랐다. 자기를 한순간도 잊을 수 없었다는 그 말이 오동실의 오동꽃처럼 가슴속 여기저기서 하염없이 흩날렸다.

"둘 다 어른인데 부모라고 어디 사귀는 것까지 간섭할 수 있나요. 하지만……."

그녀는 엄마가 무슨 말을 하고 싶어 하시는지 짐작했다. 사랑도 좋지만 먹고사는 걸 무시할 수 있겠어요, 할 것이다. 엄마는 자기의 감상성이 문제라고 늘 걱정했다.

"이상은 머릿속에 있으나 현실은 우리가 딛고 있는 이곳에 있으니까요."

아니나 다를까, 엄마가 오른손 검지로 식탁을 두드리며 현실을 강조했다. 그녀가 국어 교사 임용고시에 겨우 합격했을 때도 저렇게 식탁을 두드리며 말했다. 요즘 애들은 선생이 가르치려 드는 걸 싫어한다는데 걱정이구나. 이게 현실이야, 하면서. 그녀는 공연히 미안해 고개를 수그렸다.

"무슨 말씀인지 잘 알겠습니다, 어머님."

"엄마, 아직 우리는……."

말하다 말고 입을 다물었다. 우리는, 이란 말에 가슴이 먹먹해졌다. 그녀는 입안으로 밥을 몰아넣었다. 비어져 나올 것 같은 눈물을 막듯 그렇게. 사실은, 아직 우리는 아무 사이도 아니에요. 그냥 배고프다고 해서 같이 왔을 뿐이에요, 말하려 했다. 그 말은 해서는 안 될 것 같았다. 중요한 무엇이 있는 것 같았다.

"하늬야, 네 증조부님도 강물을 거슬러 오셨단다. 쫓기면서도 오동나무를 가져오셨지. 그게 번져서 마을이 온통 오동나무 숲이 된 거야. 봄이면 마을 어디서나 꽃향기가 넘실거렸잖니."

아버지가 또 향수에 젖어 말했다.

그녀는 아버지가 그를 허락한 것이라 짐작하며 마음을 놓았다. 오동나무보다도 증조부님보다도, 그가 고도에서 강물을 거슬러 왔다는 사실에 마음을 여셨을 거라는 생각이 들었다. 아버지는 종종 네 증조부님은 고도에서부터 강물을 거슬러 오셨단다, 힘주어 말하곤 했다. 거슬러 오르는 건 근원을 향하는 거라고 덧붙이면서.

"강을 따라가면 정말 고도가 나와요?"

집에서 나오자마자 그녀는 물었다.

"강을 따라가면요? 바다가 나오겠죠."

그가 곰살갑지 않은 표정으로 대답했다. 손을 잡았다.

그녀는 풋 웃고 말았다. 그의 손에 든 자기 손을 꼼지락거렸다.

"「錦江금강」에 나오거든요."

"금강?"

금강? 이라고 묻는 그의 목소리가 초가을 밤하늘에 맑게 퍼졌다.

"신동엽 시인이 쓴 서사시 제목이에요."

"신동엽…… 신동엽 시인…… 아 맞아요. 강변에 시인의 시비가 있어요. 읍내에 생가도 있죠. 시를 좋아하나 봐요?"

진지하게 물어왔다.

그녀는 걸음을 멈추고 서서 그를 올려다봤다.

"저희 아빠가 「錦江」에 나오는 주인공 이름을 따서 제 이름을 지으셨대요. 저희 증조할아버지가 그곳에서 오셨다니까 아마도……."

갑자기 목이 메어와 말을 멈췄다. 그에게서 자기 손을 빼냈다.

"신동엽 시인도 이 이야기처럼 멋진 시를 썼다는 거네요."

그가 다시 손을 붙들며 말했다.

그녀는 그가 자기를 마주 세우는 대로 섰다. 깍지를 끼고 가로등이 나른하게 반짝이는 벤치에 앉히는 대로 앉았다. 옆에 앉는 그의 얼굴이 가로등 불빛을 받아 아련해졌다.

"옛날, 하늘에 해는 있었지만 달은 없고 별도 없었대요. 그래서 밤이 되면 온통 어둠으로 가득 차서 물체를 판별할 수가 없었어요."

그가 나직나직 말을 시작했다.

"그런데 어느 날 밤 갑자기 뜨거운 달이 나타났어요. 네모나지도 않고 둥글지도 않으며 울퉁불퉁한 그것이 뜨거운 불꽃을 쏘아대니 곡식이 말라 죽고 사람과 가축이 편안하지 못했겠지요.

그때 큰 바위산 아래에 활 잘 쏘는 남편 야라雅拉와 옷감을 잘 짜는 아내 니어尼娥가 살고 있었대요. 니어가 야라에게 말했어요. "당신은 활을 잘 쏘니 달을 쏘아 떨어뜨려서 사람들을 구해주세요." 그래서 야라가 집 뒤의 산꼭대기에 올라가 활을 당겨 달을 쏘았으나 화살이 반쯤 날아가다가 떨어지면서 하나도 맞히지 못했어요. 야라가 한숨을 쉬는데 갑자기 등 뒤에서 커다란 바위가 문처럼 열리더니 수염이 하얀 노인이 걸어 나오는 것이었어요. 노인은 노래를 부르면서 그에게 일러주었어요. 남산으로 가서 호랑이를 잡고 북산으로 가서 사슴을 잡아 호랑이와 사슴의 고기를 먹으면 체력이 강해질 것이다. 또한 호랑이 힘줄로 활의 줄을 만들고 사슴의 뿔로 화살을 만들어 하늘의 달을 쏘면 달이 뱅뱅 돌 것이라고 말했어요. 야라가 집으로 돌아가 니어와 함께 호랑이와 사슴을 잡을 방법을 의논했어요. 니어가 머리카락을 뽑아 그물을 만들어 호랑이와 사슴을 잡았고, 노인이 알려준 방법대로 활과 화살을 만들어 달을 쏘았어요. 백 번쯤 쏘았더니 달의 울퉁불퉁한 부분들이 화살에 맞아 하늘 가득 무수한 별들이 되어 흩어졌어요.

달은 하늘에서 뱅뱅 돌면서 동그란 바퀴처럼 되었으나 여전히 뜨거웠어요. 야라가 무엇으로 그것을 가려야 할지 몰라 다시 집으로 돌아가 니어와 의논했어요. 그때 옷감을 짜고 있던 니어는 자신의 그림자와 문 앞의 계수나무, 그리고 풀밭 위의 양과 토끼 들을 옷감 속에 짜 넣고 있었어요. 야라의 모습만 아직 마저 짜 넣지 못하고 있었는데 니어가 야라의 말을 듣고 말했어요. "이 옷감을 달로 쏘아 달을 가려보세요."

야라가 산 위에 올라가 비단을 사슴뿔 화살에 묶어 달을 향해 쏘았어요. 옷감이 화살과 함께 날아가더니 마침내 달을 가렸고 달은 은은한 하얀 빛을 내뿜었어요. 사람들이 산 아래에서 달을 바라보며 모두들 시원하게 웃었어요. 야라도 달을 보았겠지요. 그랬더니 옷감 속의 니어와 계수나무, 하얀 토끼와 양 등이 점차 움직이기 시작하는 거예요. 달 속의 니어가 땅 위의 니어에게 손을 흔드니 문 앞에 서 있던 니어가 표표히 하늘로 날아가 달 속으로 들어갔어요. 그리고 두 명의 니어가 합쳐져 하나의 니어가 되는 거예요. 야라가 이 광경을 보고 급히 외쳤어요. "내려와, 니어! 왜 나를 옷감 속에 짜 넣지 않은 거야? 나 혼자만 여기 남겨두고!" 달로 들어간 니어의 마음이 조급해졌지만 니어는 마침내 방법을 생각해냈어요. 자신의 머리카락을 길게 잡아당겨 댕기를 땋았고 달이 산꼭대기에 올라갔을 때 니어가 머리를 낮춰 댕기를 산꼭대기에 드리웠어요. 그리고 야라에게 그 댕기를 잡고 올라오게 하니 야라는 원숭이처럼 매달려 달로 들어갔어요. 이때부터 니어는 달 속의 계수나무 아래에서 옷감을 짜고 야라는 풀밭에서 양과 토끼를 돌보았어요. 우리가 보는 달 속의 검은 그림자는 바로 야라와 니어 부부의 그림자[30]래요."

아름다운 이야기였다. 그녀는 깊으면서도 맑고 풍성하게 울리는 그의 목소리를 들으며 마침 떠오른 달을 도두보았다. 거기에 정말로 야라랑 니어가 있는 것 같았다.

---

30) '야오족 민간신화', 위안커 지음·김선자 이유진 홍윤희 옮김, 『중국신화사』 하권 p.528, 웅진지식하우스, 2013.

"하늬 씨, 나를 '야라'라 불러줄래요. 난 하늬 씨를 '니어'라 부를 거예요. 지금부터 야라랑 니어가 이렇게 손을 꼭 잡고……."

그녀는 '야라랑 니어'라 말하는 그가 좋았다. 두 사람이 가장 사랑스러울 때는 너와 나로 있을 때가 아니라 너랑 나랑 있을 때인 것 같다고, 오늘 수업 시간에 반 아이들에게 말했다. 너와 나는 왠지 문어체처럼 거리감이 드는 데 비해 너랑 나랑은 거리감을 싹 없애버리는 것 같다고.

니어는 야라의 목을 두 팔로 끌어안았다. 세상에 태어나 처음으로 낯선 남자의 입술에 자기의 입술을 포갰다. 서늘하면서도 나른한 감촉이 온몸으로 퍼졌다. 가슴이 콩콩거리고 살갗이 달아올랐다. 그녀는 그의 입속에 자기 혀를 밀어 넣었다. 텅 비어있었다. 넓고 깊은 공간에서 어쩔 줄 몰라 허둥댈 때 마침내 그의 혀가 헤엄쳐왔다. 그녀는 깨금발을 디뎠다. 그의 목을 두른 두 팔에 힘을 주었다. 뜨겁고 달게 감아오는 그의 혀를 마주 감았다.

5장

물의 문

1

전화 받으시라는 소리와 함께 책상에 놓인 내선 벨이 울렸다. 이상하는 들여다보고 있던 설계도면 모니터에서 시선을 거두고 수화기를 들었다.

"형, 근처에 와있어요. 바쁘세요?"

정치성이었다. 약속도 없었는데 어쩐 일인가 싶었다. 그는 대답 대신 시계를 봤다. 퇴근 시간이 가까워지고 있었다. 할 일이 아직 남은 채였다. 일을 미룰 수도 없고 멀리서 일부러 찾아온 녀석을 내치기도 서운했다. 그는 일단 녀석에게 사무실로 오라고 하고 전화를 끊었다.

오래전 조여생에게서 녀석의 전화번호를 받고도 잊어버리

고 있었다. 직장에 적응하기도 쉽지 않을뿐더러 예상했던 것보다 훨씬 치열하게 살아야 했다. 사오 년 동안은 그랬지 싶다. 일에만 파묻혀 지내던 어느 날 여생이에게서 연락이 왔다. 치성이 녀석이 결혼한다는 소식을 전했다. 그는 뜬금없이 정이도 아직 혼자구나, 생각하며 결혼식장에 갔다. 자기도 아는 기업의 회장이 녀석의 장인이라는 걸 알고 놀랐다. 벌써 딸아이도 있었다. 나중에 만났을 때, 한 회장 집에 가정교사로 있으면서 본의 아니게 일을 저질렀다고 녀석이 조잘거렸다. 그 뒤로 자주 만나는 편이다. 가끔 공연 입장권도 주어 연주회장에서 녀석의 연주를 관람하기도 한다.

곱상하게 생긴 녀석의 얼굴을 떠올리며 그는 다시 486하드디스크 컴퓨터 모니터를 응시했다. 캐드로 수문을 들어 올려 물을 나가게 하는 권양장치를 그리던 중이었다. 유압식 실린더를 수문에 장착 인양하는 장치로, 실린더로 작동하기 때문에 권양기실이 따로 필요 없어 육지 쪽이든 해상 쪽이든 경관을 확보하는 장점이 있었다. 금강하굿둑 갑문을 떠올리자니 빙그레 웃음이 났다. 성냥갑처럼 볼품없는 모양새를 볼 때마다 눈을 찡그리는 버릇까지 생겼다. 불과 십이삼 년 전 일인데도 기술이며 세상의 눈높이가 이렇게 달라졌구나 싶었다.

새만금 배수갑문의 기본설계는 네덜란드 회사에 맡겼다지만 실제로는 외화 절감을 위해서 우리 기술진이 직접 설계한

거나 마찬가지였다. 그가 진두지휘하다시피 했다. 그는 지금까지 금강하굿둑을 시작으로 아산이나 순천만 등 여러 갑문을 설계하는 데 참여해왔다. 이를 계기로 이번 신시와 가력배수갑문 설계에서 중요한 위치를 담당하게 된 것이다.

갑문은 외부로부터 들어오는 조수를 차단하고 강우 시 유역으로 유입되는 우수 등을 배수하는 기능을 한다. 하부 구조물로, 이상 조위에 따른 염해방지와 홍수조절도 담당하는 매우 중요한 시설물이다. 이 새만금의 갑문설계는 그야말로 최신 아이디어를 집결해놓은 것이라고 해도 과언이 아니다. 우선 갑문은 유압식으로, 유압탱크에서 수문을 여닫을 수 있도록 압력을 배출해 자동으로 조절할 수 있게 했다. 게이트의 토목구조물(피어)과 스킨플레이트 사이를 물이 새지 않게 지수止水고무를 사용하도록 했다. 국산이다. 애초에는 고무풍선처럼 말랑말랑한 네덜란드산이 추천돼있었는데 경도가 단단하고 동그랗게 생긴 국산 것이 더 효율적이라는 판단에서였다. 스킨플레이트 두께도 일정하게 하지 않았다. 수압하중이 가장 큰 아래쪽은 22mm, 중간부분은 20mm, 하중을 가장 적게 받는 상부는 16mm로 차등 적용해서 외관이 수려할 뿐 아니라 예산도 절감할 수 있었다. 수문의 크기는 문비 하나에 30m×15m이다. 50m부터 40m, 30m, 20m까지 시뮬레이션을 거쳐 결정한 크기다. 무게만도 하나에 485톤에 달해 운반이 거의 불가능하다는 문제가 대두되자 그는 동료들과 머리를 맞대었다. 결국 수문 하나를 16개로 조각내어 육상과 해상운반이 가능하게 만들 수 있었다.

지병으로 오래 앓다 돌아가신 아버지가 떠올랐다. 고등학교 일학년 때부터 가장이 된 그는 현역에서 면제받는 대신 기한이 긴 국가방위산업체에서 대체복무를 했다. 대학에서 기계공학을 전공하고 자격증을 여러 개 취득해놓은 덕분에 아버지가 진 빚을 모두 갚을 수 있었을 뿐만 아니라, 미국에서 도입한 CNC(computer numerical control, 컴퓨터수치제어) 밀링머신 같은 선진기술을 습득하는 기회도 얻었다. 아버지가 일찍 돌아가시지 않았다면 가능했을까. 이 자리에 있었을까. 가정할 때마다 기분이 묘해졌다.

"아직 안 끝났나 보네?"

녀석이 사무실로 들어서며 인사인 듯 물었다. 퇴근 시간에서 사십 분이나 지나 있었다. 그는 간이의자에 녀석을 앉으라 하고는 탕비실로 가 커피를 타다 주었다.

"종이컵 없어요?"

남이 쓰던 거라 찜찜한 모양이었다. 그는 녀석의 커피를 자기 자리에 두고 종이컵에 다시 타다 주었다. 녀석이 커피를 마시는 동안 하던 일을 마무리하고 책상에 어질러진 것들을 거듬거듬 정리했다.

"여생이한테 가는 길이에요. 바람도 쐴 겸 잘 계시나 궁금하기도 하고."

"조여생? 아, 이 근처 사는 모양이지."

"많이 떨어져 있죠. 여긴 전라도고 걔는 충청도 사니까. 걔네 집 주변에 갈대가 많아요. 요즘이 속청을 장만할 때거든요. 참, 선약 있는 거 아니죠."

그는 괜찮다고 대꾸하면서 아내와 아이들을 생각했다. 일곱 살 난 아들 승모와 네 살 난 딸내미 승주. 말썽꾸러기들 틈에서 쉬지도 못하고 치다꺼리하는 아내 정이. 주말을 함께 보내고 새벽에 내려왔는데도 무척 오래된 듯 눈에 밟혔다.

"어디로 갈까. 술도 못 마시는 사람 만나면 갑자기 메뉴선택에 장애가 생겨서 말이야. 초여름이라 생선회 먹기도 그렇고. 매운탕 어떠냐, 맛있게 하는 집 있는데. 아 참……."

"에이, 삼겹살이나 먹어요."

아니나 다를까, 녀석이 미간을 찌푸리며 말했다.

그는 자주 다니는 삼겹살집으로 가자고 말하곤 앞장섰다. 삼겹살에 소주가 빠지면 불행한 일이니 차는 두고 가기로 했다. 오륙 분 정도야 산책 삼아 걷는 것도 좋을 것 같았다.

시가지로 들어섰다. 사람들이 제법 많이 돌아다니고 있었다. 어디선가 노랫소리가 들리고 가끔 구호 외치는 소리도 들렸다. 그는 돌아갈까 생각하다 내처 걸었다. 자주 봐오는 풍경들이라 그러려니 하다가도 막상 앞을 지나치려면 여간 신경 쓰이는 게 아니었다.

한 남자가 앉아서 대금을 불고 다른 남자는 옆에서 장구를 쳤다. 이내 설운 몸을 싣고 하염없이 가는 여인아. 봄바람 꽃바람 속삭임도 역겨워 깊숙한 늪으로 덧없이[31]······ 한 여자는 서서 노래를 부르고 있었다. 무대 뒤에는 검정 바탕에 노란 글씨로 '새만금반대'라 쓰인 현수막이 걸려 있었다. 관람하는 사람들은 많지 않았다.

"새만금반대라, 구호가 군더더기 하나 없이 아주 심플한데요."

"너도 저런 데서 더러 피리를 불기도 하냐?"

녀석의 말에 그는 무심코 물었다.

"아이고, 부질없는 짓인 줄 알면서 그러시네. 의미도 없고. 한마디로 시간 낭비 돈 낭비 정력 낭비 아닌가. 형, 저런다고 설계 안 할 거예요?"

이유도 없이 한 방 얻어맞은 기분이 들었다.

"허긴, 네 말도 맞다."

그는 얼결에 수긍하면서 삼겹살집 문을 열고 들어섰다. 한갓진 곳에 자리를 잡고 앉았다.

---

31) 〈조각배〉 중 일부, 이동철 작사·김영동 작곡, 1982 영화 《꼬방동네 사람들》 주제곡.

녀석의 얼굴이 훤했다. 재벌기업의 사위 아니랄까 봐 거만한 티가 역력했다.

"여생이는 어떻게, 잘 지내지."

"말이 연주자지 여전히 백수죠 뭐. 제 와이프가 선생인 덕에 입에 풀칠하고 살지, 아니면 굶어 죽고 말았을 거야, 그 자식은."

"말버릇하고는…… 그것도 다 개 복이야. 너는 뭐 아니냐."

"내가 왜요, 형도 알다시피 난 잘 나가는 연주자 아닌가."

거들먹거리듯 녀석이 말했다.

종업원이 상에 반찬들을 놓았다. 가스레인지 위에 솥뚜껑으로 된 불판을 얹고 불을 켰다. 불판에 고기를 올리고 나가자 녀석이 집게를 집어 들었다.

"누가 아니랍니까. 한데 넌 생황인가 그건 왜 안 갖고 다녀, 불지 않는 모양이지?"

마침 조여생이 부는 생황이란 악기가 생각났다. 모양만큼이나 묘한 소리가 귀청을 울리는 듯해 그는 녀석에게 물었다.

"나하고는 안 맞는 것 같아요. 소리에 힘도 없고, 유약하게 느껴져서 싫더라고요."

"그래, 난 가끔 그 소리가 생각나던데."

삼겹살이 익어갔다. 두 사람은 하던 말을 중단하고 고기를 몇 점 먹었다. 그는 소주를 주문해 고기를 먹는 사이사이에 두어 잔 마시고 녀석은 콜라를 홀짝거렸다.

"생황소릴 들어봤다고요? 들을 기회가 많지 않을 텐데."

"아, 전에 세이재에서. 재작년엔가 하동지사에서도 들어봤지. 거기서 여생이를 만났거든. 우연히 걔가 연주하는 곳을 지나다 들었는데 소리 좋더라. 따뜻하고 맑고, 뭐랄까 반짝반짝 빛나며 흐르는 별…… 그래, 별들 같다고 할까."

"오! 형은 고 기계설계보다 시인이 더 잘 어울리겠는걸."

녀석이 상추에 삼겹살과 파절이, 마늘과 쌈장을 싸서 입에 욱여넣다가 도로 꺼냈다. 빈정대듯 영탄조로 읊조렸다.

그는 못 들은 척 소주를 마셨다. 다 좋은데 가끔 저러는 녀석의 태도는 대할 때마다 심기를 오비작오비작 헤집었다.

"세이재洗耳齋, 귀를 씻는 집…… 들을수록 멋진 이름이야. 한데 거기서 올려다보던 별들은 왜 그리도 희미하던지. 슬펐어. 까닭 없이 슬프더라고."

녀석의 말투를 흉내 내어 그도 영탄조로 말했다. 한심하다는 얼굴로 녀석이 쳐다봤다.

"노인네처럼 만날 때마다 한 얘기 또 하고 한 얘기 또 하고. 이제 딴 얘기 좀 합시다. 세이재가 뭘 어쨌다는 거야. 아니, 거기가 어디예요, 지금도 있다면 한번 가보고 싶네."

"이거 왜 이러시나. 난 지금 별 얘길 하는 거야. 거기서 올려다본 별은 왜 그리도 희미했느냔 말이지. 어려서 수제비 먹고 올려다봤던 별은 그토록 크고 밝았는데. 이상하잖아."

"어렸을 때 봤던 별은 형이 어린애였을 때니까 크게 보였던 거고, 세이잰가 뭔가에서 봤던 별은 어른 돼서 본 거잖아요. 그러니까 희미했겠지."

"아냐, 아냐. 네 말대로라면 지금 보는 별도 희미해야 하는데 그렇지 않아. 여기 별은 크거든. 주먹보다 크단 말이지."

"그럼 답 나왔네, 뭐. 서울은 인공불빛들이 많잖아요. 희미하게 보이는 건 당연하죠."

그는 녀석의 말에 아무런 대꾸도 하지 않았다. 연거푸 소주 두 잔을 자작해 마셨다. 녀석이 세이재 일을 끝까지 숨기려드는 게 속상했다. 그게 무슨 대단한 일이냐, 누구에게나 아킬레스건이 있지 않겠느냐 싶다가도 녀석이 저렇게 나올 때면 추궁해 들고 싶은 유혹을 뿌리치기 어려웠다.

본사에 있을 때였다. 방조제공사 입찰 건으로 내로라하는 건설회사 대표들이 한동안 사무실을 들락거렸다. 그는 녀석의 장인인 한 회장을 사장실에서 만났다. 사위와 잘 안다고 했더니 무척 반가워했다. 어떻게 녀석을 사위로 삼게 되었느냐고 묻자, 전에 거래처 사람들과 세이재라는 곳에 갔는데 녀석이 거기서 아르바이트로 대금을 불고 있더라고 했다. 용모로나 실력으로나, 요정에 있기에는 아까워 보여 가정교사로 불렀는데 딸내미를 훔쳐 갈 줄은 몰랐다며 껄껄 웃었다.

"너 지금 내가 취한 것으로 보이는 모양이구나. 그래서 일반적인 논리를 적용하는 거지. 넌 인마, 발상을 바꿔야 해. 상상력이 부족하다고. 그런 가슴으로 어떻게 피리를 부는지 이해가 안 간다, 난."

"악보대로 불면 되지, 상상력은 무슨."

녀석이 두런거렸다. 이쪽을 노려봤다. 그도 쳐다봤다. 씩씩대는 꼴을 보니 켕기기는 켕기는 모양이었다. 그는 다시 소주를 마셨다. 기분은 쓸쓸한데 술은 달았다.

"너 아까 그랬지, 잘 나간다고. 나도 그래, 나도 일류 설계사야. 여기저기 대형건설사에서 스카웃 제의도 들어오고. 네장인 회사에서도 왔었는데 거절했다니까…… 야, 정치성. 세상을 잘 살려면 말이지, 지조가 있어야 해. 지조는 어디에서오느냐, 바로 자기 자신을 사랑하는 데서 오는 거야. 자존감은 누가 높여주는 게 아니거든. 어떻게 생각해?"

에둘러 말하고 그는 피식 웃었다. 세이재는 그만 물어야겠다고 생각했다. 녀석이 저리도 몸을 사리는데 굳이 까발려서상처를 낼 게 뭔가 싶었다.

"형 충고대로 나는 상상력만 키우면 되겠네, 뭐."

불퉁거리는 녀석의 얼굴로 헐렁하고 스산한 표정이 스쳤다.

"호, 많이 키워서 네 아내랑 연주하는 데만 써라이, 딴 데쓰지 말고. 모르긴 몰라도 악기연주도 물이랑 사귀듯 해야 하는 거 아냐. 사랑하는 사람의 가슴을 쓰다듬듯 해야 나도 악기도 느낄 수 있지 않겠어. 사람이든 음악이든, 심지어 물건까지도 서로 간의 교감이 굉장히 중요하다고 봐. 그중에서도 자기 자신과의 교감은 중요한 정도가 아니라 필수지. 내 장담하는데, 그렇게만 한다면 넌 꼭 명연주자가 될 거다.”

다 같이 나이 들어가는데 가르치려 들다니. 그는 녀석을 바로보기가 미안해 공연히 물만 들이켰다.

소주를 한 병 더할까 하다 그만뒀다. 술도 마시고 밥도 먹었으니 오늘 일과는 마친 셈이었다. 그는 녀석을 보내고 숙소로 돌아왔다. 현관문을 열다 말고 허공을 올려다봤다. 별들이 환했다. 생황 소리처럼 말갛게 검은 하늘을 흘렀다.

2

출입국관리소에 근무하는 학교 선배 덕분에 이상하는 와인을 열다섯 병이나 갖고도 무사히 세관대를 통과했다. 선배 말에 의하면 선진국에서는 세 병, 후진국에서는 두 병 정도 가지고 들어올 수 있다고 하니 엄청난 양이었다. 넌 선진국에서 왔으니까, 하면서 선배가 두 병을 가져갔다 한 병은 돌려주었다. 그렇지 않아도 두 병을 드리려고 했는데 한 병이 늘어난 셈이 되었다. 정이는 친지부터 챙기고 그는 직장 상사부터 꼽아나갔다. 다 꼽고 나자 역시나 한 병이 남았다.

기분 좋게 출근했는데 비상이 걸렸다. 새벽에 물막이 공사 현장 안쪽 수면에서 죽은 숭어 떼가 발견되었다고 했다. 그는 현장으로 먼저 갔다. 도착하기도 전에 역겨운 냄새가 진동했다. 사체에는 파리들이 달라붙어 시커멨고 내장 썩은 물이 바닥으로 흘러나오고 있었다.

착잡한 기분으로 돌아섰다. 사무실 문을 열자 후끈, 열기가 밀려들었다. 그는 손을 휘저으며 후텁지근하고 눅눅한 공간으로 들어섰다. 하는 둥 마는 둥 건네는 직원들의 인사말에 건성으로 끄덕이며 자리에 앉았다.

"아이고, 오늘도 순탄하게 일하기는 글러버렸네."

전기과장 문용태의 말에 너도나도 한 마디씩 보태었다. 가뜩이나 공사에 차질을 빚고 있는데 또 일이 터질 게 뭐냐는 의견들이 태반이었다. 이런 날은 전화통까지 불날 것이 뻔했다. 업무가 제대로 될 리 없었다.

무엇인지 모를 것들이 안에서 부글부글 끓어오르고, 짜증과 불안과 긴장으로 버무려져 기분마저 꿀꿀했다. 그는 두 손바닥을 세게 부딪쳐 깍지를 꼈다. 앉은 채로 의자를 돌렸다. 방조제가 한눈에 들어왔다. 갑문을 설치할 자리와 최종체절 자리 부분만 비어있는 제방은 가느다랗게 토막토막 끊긴 채였다. 금방이라도 바닷물에 휩쓸려 사라질 것처럼 위태로워 보였다.

그는 컴퓨터를 켰다. 설계도면을 찾아 검토한 뒤 인쇄를 클릭했다. 서무과로 가 비치된 프린터에서 나온 도면을 들고 자기 자리로 돌아왔다. 다시 한번 꼼꼼히 확인하고, 첨부해 기안을 작성했다. 배수갑문 문비는 비상시 대처능력과 안정성이나 유지관리 같은 것들을 고려해서 유압식 곡선형으로 된 더블게이트로 결정했다. 미관도 염두에 두지 않을 수 없었다. 또 어도와 통선문도 만들었다. 선박 출입과 회귀하는 물고기 보호를 위해 필요불가결한 것이었다. 결재가 나면 후속 절차를 거쳐 내년이나 내후년에 가력도에 이어 신시도 쪽의 배수갑문 기전공사를 착공할 계획에 있었다.

이 새만금 간척사업의 시작은 1971년 '옥서지구 농업개발 사업계획'에서부터였다. 더 거슬러 올라간다면 1908년 '옥구 서부수리조합'을 효시로 볼 수도 있을 것이다. '옥구서부수리 조합'은 우리나라 최초의 수리조합으로, 은파관광지로 알려진 '미제지米堤池'가 그것이다. 김제 부안 군산 지역이 우리나라 최대 곡창지대이니만큼 그 이후 사업은 서남해안 간척자원조사와 외곽시설 실시설계로 이어져 오늘에 이른 것이다.

수십 년의 세월만큼이나 어마어마한 프로젝트인 새만금 간척사업. 다 끝나고 나면 1억 2천만 평에 달하는 땅이 새로 생긴다. 우리나라 국민 1인당 3평에 해당하는 면적이다. 갯벌이며 해양생물 서식지를 파괴하고 수질을 오염시키고, 어촌이 사라져 어업 소득마저 실종되는 대가로 이 땅을 얻게 된다. 얻어도 되는가. 정당한가. 그는 문득문득 회의가 일곤 했다. 십사오 년 전 금강하굿둑 갑문설계에 참여했을 때도 그랬다. 저수지라면 모를까 강을 막는다는 게 선뜻 이해가 안 되었지만 식량자원의 확보가 시급하단 말들이 많아 그런가 보다 했다. 하지만 시간이 지날수록, 하굿둑을 지날 때마다 자기가 참으로 엄청난 일에 동조했구나, 하는 자괴감을 떨칠 수 없었다.

배수갑문을 설계하거나, 하천이나 저수지를 돌아다니면서 가장 힘든 점은, 물은 이겨야 할 대상이고 또 이길 수 있다는 자만심을 꺾는 것이었다. 그는 시간이 갈수록, 미립이 좀 트였다고 자신하면서도, 자신하는 만큼 물이 두려웠다. 물은 다스리는 게 아니었다. 통제하는 것은 더더욱 아니었다. 물은 분명 정이의 가슴을 만지듯 정성을 다해 서로 교감해야 할 무엇이었다. 지난주에 일주일 동안 네덜란드 유리온실과 유럽의 여러 농업 선진지를 견학한 것도 다른 뜻이 있어서가 아니었다. 새만금에 첨단농업단지를 만들면 좋겠다 싶었다. 여러 문제점에도 불구하고 수리조합이 생기면서 천수답이었던 논을 모두 수리답으로 바꿀 수 있었듯이, 이 새만금 간척지에 관개시설을 제대로 갖춘 유리온실을 만들어 밭작물을 재배하게 되면 관리도 편리하고 수확량도 월등히 나아질 것은 당연했다. 품질도 물론이었다. 모두 물과 어떻게 관계를 맺느냐에 따라 달라질 것들이었다.

예상대로 환경단체와 주민들이 사무실 앞으로 몰려들었다. 꽹과리와 장구와 징들을 쳐가며 노래를 부르고 한쪽에서는 씻김굿으로 농성을 벌이기 시작했다. 그는 저들이 부르는 노래를 속으로 따라 부르며 일했다. 저들이 지르는 함성을 속으로 함께 지르며 점심을 먹으러 나갔다 왔다. 그가 할 수 있는 것은 거기까지였다. 저런다고 다 돼가는 방조제를 허물지는 못할 것이다. 오백 년 빈도의 홍수량에도 안전하도록 설계한 배수갑문, 천년 빈도의 파랑에도 끄떡없도록 쌓아 올린 방조제는 어쩌면 저들의 눈물과 한이 합해져 더 견고해질지도 모르겠다 싶었다.

"차장님, 멋진 구경거리가 생겼어요. 왜 물고기 사체 현장 있잖아요. 거기서 지금 어떤 또라이가 이상한 것을 불고 있대요. 아무도 없는데 혼자 불고 있다는데요."

토목과장이 무전기만 한 전화기를 들고 오면서 말했다. 새로 장만한 거라며 며칠 전에 자랑하던 휴대용 전화기였다. 그는 거기에서 눈을 떼며 물었다.

"무슨 일로? 왜 거기서 혼자 분다는 거야."

"그러니까 또라이라는 거죠. 가볼까요."

점심에 그는 바지락칼국수를 먹었다. 칼국숫집 주인이, 생명력이 강해 가장 오래 살아남는다는 바지락을 여기 바닷사람들은 '마지막 선물'이라 말한다고 했다. 그는 주인의 말을 되새기며 국수 가닥에 딸려오는 바지락 살을 곱씹었다. 먹을 때마다 쫄깃하고 고소하던 육질이 오늘은 왠지 서글프게 느껴졌다. 지금 토목과장과 물고기 사체 현장으로 가는 길도 그랬다. 자기 안에서는 지금 공사를 계속해야 한다는 당위성과 명분이, 중단해야 한다는 당위성과 명분과 대치하고 있었다. 둘은 똑같이 생명력이 강했다. 앞으로도 오랫동안 살아남아 서로 질기게 싸울 것 같았다.

현장에 당도하기 전부터 악기 소리가 들려왔다. 그는 단박에 생황이란 걸 짐작했다. 부는 사람도 조여생일지 몰랐다. 녀석 말고는 연주자를 본 적이 없으니 그렇게밖에는 짐작이 안 되었다.

구월 한낮의 뙤약볕에서, 시커먼 펄에서, 채 수거하지 못해 뒹굴고 있는 물고기 사체 앞에서, 악취가 코를 찔러 숨도 제대로 쉬기 어려운 상황인데도 녀석이 두 손으로 생황을 받쳐 들고 '세노야 세노야[32)'를 불고 있었다. 우수에 잠긴 표정이

32) 〈세노야 세노야〉, 고은 시·김광희 작곡·최양숙 노래, 지구레코드, 1971.

있다. 간절하게 무엇인가를 호소하는 눈동자로 물고기 사체와 바다를 바라보며 호흡했다.

손가락의 움직임에 따라 선율이 바뀌었다. 선율이 달라질 때마다 양쪽 볼이 미세하게 볼록해졌다 오목해졌다 했다. 마치 소리를 마중하는 것처럼, 소리의 소리를 듣는 것처럼 오래오래 눈을 감고 기다렸다. 소리와 교감하는구나. 그는 자기도 모르게 생각했다. 녀석은 간혹 오른손 검지를 관 사이로 넣었다 빼내곤 했다. 넣지 않을 때는 빙글빙글 돌렸다. 율동적이었다. 율동은 퍽 무거워 보였다.

토목과장 말과는 달리 꽤 많은 사람이 구경하고 있었다. 신기하게 쳐다보는 사람, 구슬픈 선율에 동한 듯 한숨을 쉬는 사람, 무심한 표정으로 바라보는 사람, 사람들. 녀석이 연주를 마치자 더러 박수로 환호했다. 그러곤 하나씩 둘씩 흩어졌다.

그는 고개 수그려 인사하는 녀석에게 주뼛거리며 악수를 청했다. 잘 지내시죠, 묻는 목소리가 천진하면서도 담박했다. 지금 모습만을 본다면 누구도, 조금 전까지 진지하고 무겁고 쓸쓸한 얼굴로 연주했을 거라고는 짐작하지 못했을 표정이었다.

"어떻게 여기서 연주할 생각을 다 했어?"

재작년엔가, 다 부질없는 짓이다. 저런다고 설계 안 할 거냐. 그는 정치성이 했던 말을 기억하며 물었다.

"이런다고 형님께서 설계를 중단하지는 못하시겠죠. 거의 다 돼가는 방조제를 허물지도 못할 거고요. 그냥, 위로하고 싶었어요. 죽은 물고기들을. 이렇게 다 죽어버린 갯벌을, 쫓겨나야 했던 사람들을요. 다시 살아나거나 돌아오지도 못할 텐데…… 제가 할 수 있는 일은 기껏 이것뿐이네요."

점심시간이 끝나간다며 토목과장이 팔을 끌었다.

"저기가 내가 있는 곳이야. 차 한잔 마시고 가."

그는 겨우 말했다.

녀석이 고개를 흔들었다. 말씀만으로도 고맙다며 악기 취구를 아래로 내리고 침을 털어냈다. 가방에 넣었다.

"줄 게 있어."

와인을 염두에 두고 다시 말했다. 내키는 사람을 만나면 주려고 책상 서랍에 갖다 둔 포르투갈 와인이었다. 그는 어리둥절 바라보는 녀석의 팔을 끌었다.

이런 사태를 대면하는 게 편할 수는 없었다. 그렇다고 자기가 하는 일이 부질없다는 생각은 들지 않았다. 그도 자기 일에 자부심이 있었다. 자긍심도 있었다. 그것은 당위성이나 명분과는 분명 달랐다.

3

지사장이 상에 올려둔 돼지머리 코에 돈을 질러 넣고 큰절을 했다. 시에서 온 의원과 기관장들도 차례로 절을 한 다음 수문 통로에 나란히 섰다. 족히 삼십 미터는 될 것 같은 기다란 통로에 의원과 기관장들이 꽉 들어찼다. 그들은 가위를 들고 서서 통수, 외치는 사회자의 신호에 따라 테이프를 잘랐다. 대기하고 있던 직원들도 권양기 스위치를 눌렀다.

쏴…… 여섯 개 수문에서 동시에 쏟아져 나온 물이 우르르 내달렸다. 몇 초 지나지 않아 첫 물은 보이지 않을 만큼 멀어졌다. 이상하는 문용태와 수로 난간에 서서, 교실에서 아이들이 쏟아져 나와 우당탕탕 운동장으로 달려 나가듯 정신없이 내닫는 물줄기를 건너다봤다. 사람들이 와, 하며 손뼉 치는 소리를 들었다. 앞으로 백팔십 일 동안 정읍과 김제, 부안 지역의 논에 이 물이 다 들어갈 거라며 왁자지껄 환호하는 사람들과 함께 웃었다.

"물이 저러크름 활달허게 내달리는 것을 봉게 올해도 풍년이오, 풍년!"

"아, 내년이면 이십일 세기 아닙니까. 새천년은 인자 대한민국 차례닝게요."

맞은편 수로 쪽에서 노인 한 분이 크게 외치자 누군가 화답했다. 사람들이 맞소! 지화자! 한 마디씩 보태었다.

"일원종시백파一源從是百派, 한줄기의 물이 백 갈래로 퍼진다."

쿨렁쿨렁 내달리는 물길을 쳐다보던 문용태가 큰소리로 읊었다.

1981년에 매년 4월 1일을 '물의 날'로 지정하면서 당시 동진농지개량조합에서 이곳 낙양 취입수문 기념비에 새긴 문구라고 했다. 통수식의 명칭도 그래서 '백파제百派祭'였다. 1925년 섬진강 상류의 운암제를 축조한 뒤 산을 뚫어 오늘날까지 옥정호 물을 호남평야에 공급해오는 것을 기념하기 위한 것으로, 올해 72회째라고 하니 유서 깊은 행사였다. 지사장이 하도 자랑하기에 그런가 보다 했는데 초대해주어 감사할 따름이었다.

"야, 섬진강댐에서 여기까지 온 물이 다시 정읍 간선으로 김제 간선으로, 거기서 다시 수천만 수억만 갈래로 갈라진단 말이지. 논이란 논에는 모두 들어가 벼를 키운다니 놀랍지 않냐."

"놀랍지. 새삼 물의 위력이란 게 엄청나다는 걸 실감하는 중이야. 무섭기도 하고 경외감이 들기도 하고…… 사랑스럽기도 하고."

그의 말에 문용태가 너스레 떨듯 받았다.

"여기들 계셨네요이. 모처럼 귀한 분들을 초대했는데, 가신 줄 알고 걱정했습니다."

지사장이었다. 음식이 차려진 곳으로 두 사람을 데리고 갔다. 기관장들에게 소개했다. 이장이며 마을 사람들에게도 일일이 인사를 나누게 했다. 그와 문용태도 그들과 통성명을 하고 명함을 주고받으며 치레를 했다. 지사장이, 새만금 배수갑문을 설계한 분들이라며 우리나라에서 최고라고 두 사람을 치켜세웠다. 백파제 통수식을 본 적이 없다고 해서 모셔왔다고 하자 그중 나이가 가장 많은 듯한 노인이 약간 데퉁궂게 대꾸했다.

"백파제 통수식을 첨 보신다고이. 그리갖고 어뜽게 수문을 맹글었으까. 물이 어뜽게 흐르는지 보지도 않고 맹근 것이 수문이 될 수 있으까?"

돼지머리 수육과 홍어회, 김치, 전 같은 음식들 앞에서 서성거리다 홍어회 한 입을 젓가락으로 막 집어 들던 문용태가 도로 내려놨다. 이거 죄송하게 됐습니다, 고개를 숙여 보이며 너털너털 웃었다.

"요 물은 말이오. 일천구백이십오 년에 쩌어기 운암제를 맹글면서부텀 흘렀지라. 고 다음에 산을 뚫어서 옥정호 물을 조 아래 동진강으로 보내기 시작했고요. 요 물은 너르기로 이름난 호남펭야로 흘른다요. 백파제는 고것을 기념허기 위해서 여기 동진지부허고 우리 지역주민들이 합세혀서 실시허는 통수식이랑게요. 일흔 번이 넘도록 제를 지내는 동안 크고 작은 애환이야 왜 없었겠소. 허지만 장장 삼천오백 리를 흘러서 호남펭야를 살찌게 허는 요 물에 비허든, 아매 못 헐 것이오. 대한민국의 통수식 중 요 백파제가 젤로 오래 되았고 또 규모도 가장 크다고 헙디다. 그러닝게, 일백팔십 일 동안 삼천오백 리를 흘르는디, 요 물이 기양 흘르기만 허겠소. 절대 아니지요. 고것을 알어야만 수문이고 갑문이고를 지대루 설계헐 수 있을 것이다, 그 말이오, 내 말은."

불과 몇 마디로 백파제의 역사와 의미, 수문을 어떻게 설계해야 하는지를 압축해 말했다. 농사에 대한 자긍심이나 자부심이 대단해 보였다. 평야에 사는 사람만이 가질 수 있는 목소리라는 생각이 절로 들었다. 그는 예예, 하며 고개를 주억거렸다. 문용태와 지사장도 연방 추임새를 넣어가며 노인의 말에 귀를 기울였다.

사람들과 풍물패가 어우러지면서 시끌벅적해졌다. 그곳을 빠져나오며 문용태가 한마디 했다.

"나는 전기도 무서운데 이제는 물도 무섭다야. 아까 그 노인네가 나를 겁쟁이로 만들어버렸어. 아무리 봐도 여기 사람들은 당당하다니까. 늙은이나 젊은이나 거칠 것이 없어요."

"야 문용태, 아까 통수문 앞에 쌓여있던 쓰레기들 봤지. 갈대풀이며 비닐이며 스티로폼, 나뭇가지들이 무시로 많았잖아. 철삿줄 같은 것까지 얽혀서 너저분하던데. 노인이 말한 그 애환이란 게 혹시 그런 것들 아닐까. 그럴 것 같지 않냐."

그의 말에 문용태가 뚱한 얼굴로 쳐다봤다. 연방 고개를 내둘렀다.

"난 말이지. 네가 그 관자놀이 점 덕을 톡톡히 본다고 생각해. 지금 그 말도 네 말이 아니라 점이 한 말 같아. 네 시선이 달라질 때마다 점도 같이 움직이거든. 매번 내 눈으로 확인한다니까."

심각한 표정으로 말했다.

그는 자기도 모르게 왼쪽 관자놀이 점을 만졌다. 문득 조여생의 말이 떠올랐다.

"오팔 년 개띠라 그렇대. 네게도 점이 많을 텐데?"

뭐라고? 되묻는 문용태에게 그는 배시시 웃었다.

지사장의 배웅을 받으며 두 사람은 문용태의 EF쏘나타에 올랐다. 낙양리 취입수문을 벗어나자마자 들판이 펼쳐졌다. 논에는 간혹 보리가 자라고 밭에는 파와 마늘과 양파들이 새파랬다. 가도 가도 끝이 없었다. 어쩌다 만나는 산은 거의 언덕 수준이었다.

신태인읍을 지나고 화호라는 곳을 지나고 백산을 지나 부안읍에 이르렀다. 청호저수지를 아래에 두고 계화면을 향했다. 얼마큼 가다 문용태가 돌연 차를 세웠다. 며칠 전에 가봤다면서 길을 모르겠다고 했다.

"엔터프라이즈로 바꿔라. 다이너스티나 체어맨으로 바꾸든가. 내비게이션이라나, 하는 것으로 길을 알려준다니 너 같은 길치한테는 딱 좋겠어."

툴툴거리는 그에게 문용태도 볼통거렸다.

"겨우 차장인 주제에 그 비싼 승용차를 어떻게 삽니까. 쏘나타쓰리를 타고 계시는 부장님께서나 사시지 그래요…… 에이 참, 온통 논뿐이니 방향감각을 잃는 건 당연한 거 아냐. 한데 여기 사람들은 어떻게 자기 논을 알아볼까."

몇몇 사람들에게 물어물어 겨우 찾았다. 계화전망대가 있는 조봉산은 청호저수지 바로 위에 있었다. 말이 산이지 야트막한 언덕만도 못했다.

동진강의 시작인 옥정호와 끝인 계화도의 청호저수지. 이들은 물만 연결된 것이 아니었다. 사람도 연결되어 있었다. 옥정호를 만들면서 운암제가 수몰됐을 때 운암면의 팔백여 가옥이 물에 잠겼다. 거기 살던 사람들은 집을 잃고 이리로 저리로 흩어지게 되었는데 수몰민의 이주정착지 후보로 선정된 곳이 바로 이 계화도 간척지라고 했다. 어쩌면 이주민들이 고향의 물을 자기들이 살게 될 곳으로 가져온 게 아닐까. 그럴지도 모르겠다며 그는 자기 생각에 동의했다. 강제로 떠나와야 했던 고향. 낯선 땅으로 옮겨 올 때 저 물이 함께하지 않았다면 여기에 정착하는 데 얼마나 어려움이 많았을까. 오래전 대청댐에 갔을 때던가. 돌아가신 정 사장에게서 들은 뒤로 계속 와보고 싶은 곳이었다. 내내 잊어버리고 있다가 새만금 배수갑문을 설계하게 되면서 다시 생각났는데 이런저런 이유로 이제야 오게 되었다.

농경지는 예상했던 것보다 훨씬 넓었다. 그는 거의 압도당하는 기분이 들었다.

"야, 이상하. 저기 청호저수지 물 말이야. 잘람잘람한 것이, 방금 낙양 취입수문에서 도착했나 봐. 우리는 시속 육칠십 키로로 왔는데 물은 한 팔십 키로쯤으로 왔나 보지."

문용태가 떠들어대며 전망대 앞에 차를 세웠다.

기념탑이 우뚝 솟아있었다. 십여 미터는 족히 되는 것 같았다. '계화도 농업종합개발사업 준공기념탑'이라 씌어있었다. 고 박정희 대통령의 글씨라고 문용태가 알려줬다. 한 바퀴 돌아가며 탑을 본 두 사람은 전망대로 올라갔다.

어느 쪽에서든 광활했다. 일직선 농로와 수로가 가로세로로 교차하며 끝도 없이 이어졌다. 가을이라면 황금물결에 취해 몸도 가눌 수 없을 것 같았다. 우리나라에 이런 곳이 있다니. 산비탈을 깎아 일군 밭뿐인 자기 고향과는 너무나 대조적이었다. 그는 연방 감탄사를 쏟았다.

"신세계다, 그 말씀?"

"야, 이거 지명도 들판도 상상외야. 모르긴 몰라도 여기서 보는 저녁놀도 디질나게 클 것 같구나야."

말투가 바뀐 것도 모르고 그는 말했다. 광활면에 갔을 때도 이런 기분이었다. 강원도 산골에서 중학교까지 다니다가 고등학교에 입학하려고 원주에 갔을 때도 그랬다. 처음으로 석유곤로를 사용할 때의 그 서름한 기분을 지금 여기에서 다시 느꼈다. 문용태가 놀린대도 전혀 언짢지 않았다.

한반도에 간척사업이 시작된 것은 고려 시대라고 했다. 『농지개량 30년사』를 보면 고려 1248년 고종 35년에 "안주安州에 제방을 쌓고 백성들로 하여금 농사를 짓게 하였으며, 강화에 처음으로 간척사업을 하여 군량미를 확보하게 하였다"고 되어있다. 이후 공민왕 때에도 해안이나 섬에 방조제를 쌓아 경지를 확대했다고 쓰여있다. 조선 시대에도 그런 식으로 농경지를 조성하였고 근대에도 여러 차례 간척이 추진되었다. 이계화도 간척은 1962년부터 시작된 제1차 경제개발 5개년 계획의 일환 사업이다. 식량의 자급자족이라는 대명제 하에서였다.

그는 남쪽 변산반도를 바라다봤다. 호흡을 깊고 길게 하면서 들판의 바람을 안으로 받아들였다.

"앞으로도 계속 간척사업을 벌일까. 사람이고 자연이고 강제로 죽이는 짓은 이제 그만해야 하는 거 아냐."

삽교가 고향인 문용태는 새만금 간척사업으로 얻는 것보다는 잃을 게 더 많을 거라고 종종 말해왔다. 왜 득보다 실이 많은 일을 몇십 년에 걸쳐서 하고 있는지 모르겠다며 고개를 젓곤 했다.

"글쎄, 명분과 실리가 언제나 맞아떨어지지는 않잖아. 이것도 이해득실만 따져서 될 일은 아닌 것 같아. 한쪽에서는 개발이 옳다고 하고 다른 쪽에서는 멈춰야 한다고 하고."

"내 말이…… 도대체 자연의 어디서 어디까지를 보존해야 하고 어디까지를 개발해도 되는 걸까. 어차피 문명과 자연은 양면을 가진 동전이다, 생각해야 할까. 왜냐면 우리 인간은 태어나면서부터 자연과 문명을 동시에 받아들여야 하는 운명이잖아. 실제로 완전한 자연도 없고 완전한 문명세계도 존재할 수 없잖아. 지금 내가 지껄이고 있는 이 '말'이 그 증거 아니겠어. '말' 자체가 인간의 이데올로기와 가장 밀접한 관계가 있을 뿐만 아니라 문명의 가장 앞에 있으니까 말이야."

"네 말도 멋진데…… 분명한 것은 우리 인간은 옛날로 돌아갈 수는 없다는 거야. 그러려면 너는 이에프쏘나타를 포기해야 하고 아파트를 포기해야 하고, 고 휴대전화기도 포기해야 하는데 가능하겠냐. 내 생각에는, 개발하더라도 인간의 환경을 자연환경에 최대한 맞추는 식으로 해야 할 거라고 봐.

개발을 최소화해서 함께 살아갈 방법을 모색해야겠지."

그는 날마다 사무실 앞에서 진혼굿을 하는 사람들을 떠올리며 자신 없는 목소리로 말했다. 솔직히 어떻게 해야 인간과 자연의 환경을 최대한 조화롭게 맞추는 일인지 알지 못했다. 그러면서 나불거리는 자신에게 자괴감마저 들었다.

"그건 그렇지. 원래로는 돌아갈 수 없으니까. 아니 원래가 어땠는지는 아무도 모르니까. 하지만 난 이 넓은 평야를 볼 때마다 강제로 떠밀려온 사람들이 안쓰럽거든. 풍요로운 마음보다는 울화통이 터질 것 같거든. 인간의 탐욕은 어디까지일까 짐작도 안 되거든."

"야, 그냥 보이는 대로 보면 안 되냐."

"이면을 들여다보지 않고 어떻게 진실을 알아? 이면이 본성인데. 본능에 더 가까운데…… 야, 그나저나 이렇게 풍족하니 진취적이지 않을 수 없겠네. 예술에 대한 감각도 다른 지역보다 뛰어날 수밖에 없고 말이지. 이 호남지역은 민중들의 의식도 일찌감치 깨어있었잖아. 아니면 강제로 떠밀려온 사람들의 원한이 만들어낸 무엇일까."

"이봐요, 문용태 씨. 지금 여기서 우리가 논해야 할 것은요, 고 예술 감각이니 민중 의식이 아니라 농업분야에 한해서예요. 좀 더 분명하게 가른다면 그대는 농업에 필요한 전기, 나는 농업에 관련된 기계."

그는 선을 그었다. 미리 입을 막지 않으면 조만간 이념논쟁에 빠져들 판이었다. 끄떡만 하면 이야기의 방향을 그쪽으로 몰고 가는 바람에 의도치 않게 열을 낸 적이 한두 번이 아니었다. 전에는 문용태의 성향을 잘 몰라 말려들곤 했는데 언제부턴가 논조가 어긋나는 것 같으면 자기도 모르게 먼저 선을 긋는 버릇이 생겼다.

"대학에 다닐 때는 기계의 구조만 연구했는데 우리 회사에 들어와 기계설계를 하면서 비로소 물에 대해 다시 생각하게 됐어. 입사하고 몇 년째더라, 충남 부여에 홍수가 났을 때 경험한 일은 물에 대한 인식을 완전히 바꿔놓았지. 물이 서서 오는 것을 두 눈으로 똑똑히 봤을 때의 느낌. 그거 느껴봤냐. 야, 거의 공포에 가까웠어. 아마 그때부터, 도대체 물은 우리 생명체에 무엇인가 고민하게 됐다니까. 지금도 모르기는 마찬가지지만."

"뭐긴 뭐야, 우리 몸의 거의 전부지. 칠십 프로가 물이라잖아."

문용태가 뚱한 목소리로 대꾸했다.

"우리 몸의 칠십 퍼센트가 왜 물이어야 하냔 말이야, 내 말은."

"그것은 우리를 맹글어준 삼신할매한테 여쭈시는 게 순서이지 않겠슈, 이상하 부장님."

할 말이 없을 때나 자기가 밀리게 되는 것 같으면 꼭 직함을 붙여 부르면서 사투리를 쓰는 게 문용태의 버릇이었다. 그럴 때마다 동갑이며 입사 동기인데도 낯설게 느껴지곤 했다.

"더 이상한 것은 물은 왜 순환하느냐는 거지. 생명체에 물이 칠십 퍼센트 이상이 들어있어서? 지구에 물이 칠십 퍼센트라서? 그것이 물의 순환과 무슨 관계가 있지."

그러게? 하면서 문용태가 차에 시동을 걸었다.

"과학적으로 접근하면 명확하잖아. 증발, 식물의 증산작용, 응결, 강수, 유수."

반문했다.

"그걸 누가 몰라. 한데 꼭 과학적으로만 접근해서 될 일도 아닌 것 같아. 안 그래?"

그는 문용태의 말에 이의를 달았다.

"호, 과학적으로 접근해도 안 된다면 예술적으로다가 접근해볼까. 아름다운 나의 애인들을 자랑하고 싶은데. 어디 보자…… 아이고야, 아쉽게도 시간 관계상 어렵겠다."

뚱딴지같은 소리에 그는 문용태를 멀뚱멀뚱 쳐다봤다.

"격포 쪽에 있거든, 내 애인들 말이야. 흘흘흘……."

자기가 말해놓고도 재미있는지 계속 클클대는 문용태에게 그는 눈을 흘겼다.

"너도 알라나. 금강하굿둑 조형물, 청룡백호상 말이야……

몰라?"

예술적으로 접근한다는 게 애인이고 조형물이라니. 갈수록
모를 말만 지껄이는 문용태에게 그는 은근히 비위가 상했다.

"처음 듣는 소식인데? 그리고, 너도 알다시피 난 공대생이
었어. 공부만 하던 대학생."

짜증 비슷하게 뱉었다.

"허어, 이상하 부장님. 소인 문용태도 공대생이었읍죠. 하
하하, 얼마 전에 말이야. 집사람이랑 격포 쪽에 갔다가 조각
공원 팻말이 있어서 들어가 봤거든. 바로 청룡백호상을 만든
분이 꾸며놓은 곳이더라고. 흘흘, 온통 처자들이 발가벗고 있
어요. 아름답고 우아한 몸매를 만천하에 드러내놓고 말이야.
야, 황홀지경…… 집사람이 자꾸만 눈을 흘기는데도 나올 수
가 있어야지. 팔을 꼬집는데도 고개가 자동으로 돌아가더라
니까. 그래서 다 내 애인으로 삼아버렸지. 흘흘흘……."

금강지구에는 잠깐 파견 나갔을 뿐이어서 그는 청룡백호
상을 알지 못했다. 본 적이 없으니, 조형미가 뛰어나다느니
위엄 있는 모습에도 감성이 꿈틀거린다느니 지껄여대는 문
용태의 말에 이렇다 저렇다 대꾸하지 못했다. 어떤 걸 두고
예술작품이라 말하는지도 솔직히 알지 못했다. 문득 정치성
의 대금과 조여생의 생황 소리가 떠올랐다. 치성의 소리가 말
끔하고 생김새만큼이나 세련됐다면 여생이의 소리는 소박하

면서도 탄성이 느껴졌다. 치성이 소리를 갖고 논다면 여생이 는 소리의 의중을 듣는 것 같다는 느낌을 받았다. 소리에 예 의를 갖추고 있다고 해야 할까.

문용태는 청룡백호와 나체조각상들 이야기로도 부족했던 지, 나중에는 자코메티니 에셔니, 그로서는 이름도 생소한 화 가들에 대해 열변을 토했다. 도대체 화가들 손은 어떻게 생겼 을까, 말하며 벽골제 앞에 차를 세웠다.

몇 미터 되지 않는 제방과 새로 단 것 같은 수문만 남아있 었다. 전에 왔을 때도 이랬나. 뭔가 달라진 것 같은데 알아낼 수가 없었다. 그는 안내문 앞으로 갔다.

본래 벽골제에는 다섯 개의 수문이 있었다. 그 명칭을 수여 거, 장생거, 중심거, 경장거, 유통거라 했는데 그중 장생거와 경장거를 1975년에 발굴조사하고, 1980년대에 수문 복원공 사를 통해 지금 모습으로 보존되어 있다, 라고 안내문에 쓰여 있었다. 오늘날 수리시설에서 자주 사용하는 갑문구조와 같 은 방식으로 수문을 통해 주변 농경지에 물을 공급한 것으로 보인다고 첨언했다. 발굴조사 당시의 사진도 함께 보여주고 있었다. 유적은 평지에 일직선으로 3킬로미터에 달하는 제방 이 잔존하고 있었는데 일제강점기에 동진농지개량조합에서 관개용 기간수로基幹水路로 개조하여 이용하는 바람에 그 원 형이 크게 손상되었다고, 그는 백과사전에서 읽었던 것도 기억해냈다.

지난 겨울방학에 정이랑 아이들과 국립부여박물관에 갔을 때였다. 백제금동대향로를 뚫어지게 올려다보던 승모 녀석이 제법 길어진 손가락으로 향로의 어딘가를 가리켜 보였다. "아빠, 아빠가 좋아하시는 물이 저기도 있는 것 같아요." 했다. 산으로 보이는 아래쪽 어느 지점인 듯했다. 그는 눈을 가늘게 떴다. 실제로 호수 같은 게 보였다. 물고기도 있었다. 문득 백제는 모든 게 신비에 싸여있구나, 생각했다. 이제 겨우 끈 하나가 풀리는 모양이구나. 벽골제를 보면서도 같은 생각이 들었다. 처음 봤을 때도, 지금도 마찬가지였다.

"야, 낙양 취입수문에서 달려온 물이 벌써 여기까지도 왔네그랴. 남실남실 좋구만."

제방 위로 올라간 문용태가 큰소리로 허풍을 떨었다.

"공원을 만들 거라고 하더니 어수선하네. 저 앞에다 문학관을 조성할 거래. 아리랑이라고, 조정래 선생이 쓴 소설인데 일제의 수탈과 폭압에 맞서 싸운 사람들 이야기지. 배경이 이쪽 지역이거든…… 야, 공허가 홍씨 부인[33]을 만나러 달려가던 길은 어디쯤일까."

일만 하는 네가 읽어봤겠냐, 하며 제방에서 내려왔다.

---

33) '공허'와 '홍씨 부인', 조정래 소설 『아리랑』에 나오는 인물.

그는 문용태의 말에 이의를 달지 못했다. 남아있는 수문을 통해서 내내 저수지의 면적과 제방의 높이 같은 것들을 추정하고 있던 참이었다. 안내문에 쓰여 있는 게 맞는 것 같기도 하고 뭔가 어긋나는 것 같기도 해서 한참을 고민하는 중이었다.

"한 번 읽어봐야겠구나. 길지 않지."

"어, 아주 짧아, 12권밖에 안 돼."

"아이고야, 토지만큼 길잖네."

그는 한탄조로 대꾸했다. 난데없이 정이가 읽고 있다는 박경리 선생의 소설이 떠오른 것이다. 사무실에 정리해둔 집기들까지 생각났다. 올 때는 겨우 가방 하나뿐이었는데 본사로 돌아갈 때가 되자 서너 개쯤으로 늘어나 있었다. 굳이 문용태의 말이 아니더라도 가방 속에 든 것들이 죄다 문명 아닌 게 없구나 싶었다.

4

일본 오사카만 주변에 있는 와카야마현의 기노카와 강과 효고현의 히메지시 하천에 있는 보洑들을 둘러본 이상하 일행은 오쓰시에서 하루를 묵었다. 오쓰시는 히에이산 동쪽 아래에 있는 도시였다. 시가현의 현청이 있고 서기 7세기 중반에 형성된 고도라고 했다. 곳곳에 신사와 절이 많아 여기저기 둘러보고 싶었지만 마음뿐이었다. 그는 종일 차를 타고 돌아다니느라 피로에 절어 저녁식사도 하는 둥 마는 둥, 방으로 들어가기 무섭게 뻗어버렸다.

아침에 일어나자마자 다시 차에 올랐다. 미에현 구와나시 장량천 하구역 관리소로 향했다. 기다리고 있던 관리소 기계과장의 안내로 나가라강에 설치된 보洑로 갔다. 가로등에 모두 철침이 박혀있었다. 전선에도 마찬가지였다. 어제 갔던 하천 주변 가로등에도 철침이 박혀있었던 게 떠올라 그는 어떤 용도냐고 물었다.

새들이 앉지 못하도록 한 것입니다. 관리소 기계과장이 대답했다.

"鳥が座ってないようなものです(Tori ga suwattenai yōna monodesu)."

목소리가 경쾌했다. 겨울 하늘로 한 줄기 차고 투명한 바람이 지나간 것 같았다.

하동지사에 있을 때던가. 기계 소리가 시끄러워 새들이 오지 않는다며 어떤 분이 사무실로 찾아왔다. 습지에 구조물을 설치하려면 암반에 닿을 때까지 광관파일을 돌려가며 박는 기초공사를 하게 된다. 파일이 암반에 닿게 되면 소리가 더 크고 날카로워질 수밖에 없는데 조류학자가 찾아왔을 때는 하필 그 시점이었다. 기계를 철거해달라고 했다. 날마다 찾아와 항의했다. 저 관리소 기계과장처럼 조류학자의 목소리도 무척이나 경쾌했다. 개개비 소리처럼 경쾌해서 결코 항의하는 소리로 들리지 않았다. 그는 조류학자에게 되물었다. "경복궁에 쳐놓은 부시나 논밭에 쳐놓은 그물들은 그럼 어떡합니까.""아니 그것과 이 기계소리는 다르잖습니까. 왜곡하지 마세요." 조류학자가 펄쩍 뛰며 되받아쳤다. "그거나 이거나 새들이 못 오게 하는 것은 마찬가지 아닙니까." 그가 따져 묻자 화가 났는지 가버렸다.

조류학자의 뒷모습 너머로 양식장이 눈에 들어왔다. 수많은 부표에 갈매기들이 앉아있었다. 파도에 쉽게 부스러져 미세한 알갱이로 바다에 부유하는 표식. 해양 플라스틱 쓰레기의 반을 차지한다는 스티로폼이 버젓이 표지판으로 쓰이고 있는 현실이나, 기계 소리와 부시와 그물이 무슨 차이가 있는가. 세상의 모든 것에는 이면이 있다는 사실을 상기하지 않을 수 없었다. 어느 쪽을 보느냐, 무엇에 더 가치를 두느냐의 차이일 뿐이지 옳고 그르거나 좋고 나쁨의 문제로만은 볼 수 없다는 것. 그는 그때 느꼈던 기분을 여기서 다시 느꼈다.

얼마 전 한 건설회사에서 4대강 정비사업을 구상한다며 자문해왔다. 우리나라 대표 강인 한강과 금강, 낙동강, 영산강의 하천을 정비하는 사업이라고 했다. 강을 준설하고 친환경보를 설치해 저수량을 늘리는 게 목표라면서, 그러자면 가까우면서도 우리와 지형이 엇비슷한 일본의 강과 저수지에 설치된 보들을 참고하는 게 좋겠다고 했다. 보를 만드는 일이 자기와 직접 관계되는 일은 아니었다. 강에 보를 만드는 것도 찬성하지 않으나 반면교사가 될 수도 있겠거니 싶었다. 그는 기꺼이 휴가를 냈다. 몸은 고달파도 오길 잘했다는 생각이 들었다.

미니버스 운전자가 지금부터 죽내가도를 달리겠다고 하면서 가메야마시 근방에서 갑자기 비좁은 길로 들어섰다. 맞은편에서 차가 오면 비킬 수 없을 정도로 좁은 도로였다. 죽내가도는 일본국도 1호로, 오사카에서 이상산二上山으로 건너가는 길이라고 운전자가 말했다. 최초로 사람이 개척한 길로, 문명과 문화와 종교와 온갖 문자와 발전된 기술이 들어온 성스러운 길이라 했다. 일본 학자들은 일본의 '실크로드'라 부른다며, 이 길을 개척한 사람들은 백제인[34]이라고 소개했다. 운전자는 한참을 달리다 고카시 근처에서 숙소가 있는 나라현으로 방향을 틀었다.

나라奈良 시가지로 들어서자마자 도로가 막혔다. 인도 한쪽

---

34) 최인호, 『잃어버린 왕국』 4 p.204~205 부분 인용, 열림원, 2003.

에는 좌판들이 늘어서 있고, 오가는 사람들의 표정도 들떠 보였다.

"여기도 혹시 데모하는 거 아냐."

일행 중 누군가 우스갯소리처럼 말했다.

"데모하는지도 모르죠. 여기도 사람 사는 곳인데."

옆 사람이 대꾸하는 소리를 들으며 그도 주변을 둘러봤다. 경찰인 듯싶은 제복 입은 사람들이 자동차가 들어오지 못하도록 도로를 막고 있었다. 일행은 차에서 내렸다. 멀리 신사 하나가 보여 모두 그쪽으로 어슬렁어슬렁 걸어갔다.

'大名行列保存會'와 '春日若宮おん祭'라고 쓰인 기旗를 든 사람들이 똑같은 복장을 하고 맨 앞에서 걸어왔다. 그 뒤에 '郡山藩'이라 쓰인 기를 든 사람과 같은 복장을 한 사람들이 따라왔다. 기의 글씨 위에는 문양이 찍혀있었다. 무엇을 상징하는지 궁금해, 구경하고 있던 현지인에게 물었다. 고개를 갸우뚱했다. 그는 자기가 알고 있는 일본말을 총동원해 또박또박 발음해 다시 물었지만 잘 모르겠다는 답변만 돌아왔다.

"이리 오~ 너라~, 이~ 휘~ 가세…… 이!"

"엥, 이게 무슨 소리야, 원님네가 오시나?"

일행 중 가장 나이가 지긋한 분이 장난치듯 말하며 소리 나는 곳으로 고개를 쑥 내밀었다. 아닌 게 아니라 텔레비전 사극에서 자주 듣던 소리와 비슷했다. 원님 행차에 아랫것들이

하는 소리. 몇 번을 들어도 그랬다. 뭔가에 홀린 기분으로 그도 행렬 가까이 다가갔다.

"이리 오~ 너라~, 이~ 훠~ 가세…… 이!"

소리에 맞춰 사람들이 걸음을 뗐다. 왼쪽으로 오른쪽으로 천천히, 절도 있게. 얼마큼 가다 들고 있던 것을 옆 사람과 바꿔 들고 걸었다. 행렬은 무척 길었다. 복장 또한 다양하고 든 것들도 다채로웠다. 행진하는 사람들도 인도에서 구경하는 사람들도 모두 즐겁고 행복해 보였다. 진지하고 지극해 보였다.

뜬금없이 봇도랑이 떠올랐다. 고향마을 앞으로 흐르던 수리조합의 복개 수로. 어렸을 때 여름철이면 그는 동네 조무래기들과 봇도랑에서 보내는 날이 많았다. 급물살에 휩쓸려가는 물고기도 잡고 바닥에 붙은 조개를 건져 고무신에 담아오기도 했다. 이래라저래라 가르쳐주지 않아도 수로를 흐르는 물 위로 고개를 내밀고, 채 일 센티미터나 튀어나왔을까 하는 수로 벽에 박힌 돌멩이를 붙잡거나 벽 틈에 손가락을 넣고 다리를 흔들면서 헤엄을 쳤다. 아득히 먼 곳에서 희망처럼 빛나던 수로의 아가리와 반들거리던 물. 끝까지 간 뒤 돌아서 보면 그토록 캄캄하고 무시무시했던 통로가 너무도 작아 어이가 없었다.

봇도랑은 일제강점기 때 일본 기술진이 만들었다고 들었

다. 몇십 년이 지난 그때도, 거의 백 년이 다 돼가는 지금도 튼튼했다. 시멘트 속에 든 돌멩이도 단단하게 붙어있었다. 그 많은 물을 흘려보내고, 자기를 비롯한 수많은 아이가 돌멩이를 잡고 헤엄치며 다녔는데도 여전히 견고했다. 당시의 기술력은 지금과 비교할 수 없을 정도로 미비했을 테지만 시멘트나 자갈 같은 재료들을 설계도에 명시한 대로 정확히 넣어서 만든 결과라고, 봇도랑이 떠오를 때마다 그는 생각하곤 했다. 지금 같으면 글쎄…… 모르긴 몰라도 시멘트도 부스러지고 자갈도 빠져나가고 말았거니 싶었다. 아스팔트 포장도로가 삼사 년이 채 지나지 않아 파이고 균열이 가는 바람에 사고로 이어지는 경우를 허다하게 봐왔기 때문이었다.

행렬의 맨 앞에는 노인이 그 뒤에는 장년이, 청년이, 소년이, 맨 뒤에는 꼬마들이 뒤따랐다. 장년 중에는 아기를 안은 사람들도 종종 눈에 띄었다. 저들은 '흐름'이 무엇인지를, 어때야 하는지를 아는 사람들 같았다. 일본에서 가업이 몇 대째 이어져 오고 있는 것과 저들의 행렬은 무관해 보이지 않았다.

어느 결에 기억은 만장으로 옮아갔다. 아버지 가시던 날은 눈부시도록 푸르렀다. 푸른 하늘 아래를, 단풍이 노랗게 물든 들판을 따라 흐르던 꽃상여. 아주 먼 길을 가는 아버지에게 하고 싶은 글귀를 써서 만장으로 들고, 아름답고 처연한 상여를 따라 유장하게 흐르던 동네 어른과 아이들……. 그는 불현듯 눈시울이 뜨거워 고개를 들었다. 때마침 푸른 하늘에 만장 같은 새들이 너훌너훌 날아갔다.

음식점에 가서 안 사실이지만 좀 전에 봤던 행렬은 깃발에 쓰인 대로 '가스가 와카미야온 마쓰리春日若宮おん祭'였다. 나라奈良에서 팔백 년도 넘게, 한 해도 거르지 않고 이어오는 축제라 했다. 그는 자기가 왜 봇도랑을 떠올렸는지, 왜 흐름을 생각했는지 비로소 이해가 갔다.

"이 부장, 이거 나라즈께 아닙니까."

맞은편에 앉은 일행 중 한 분이 장아찌 한 조각을 들고 물어왔다.

그제야 그는 식탁을 내려다봤다. 나라즈께가 맞았다. 구내 식당에서 종종 먹는 울외로 만든 장아찌였다. 다른 지역에서는 본 적이 없고 목포 근처와 새만금 지역에서나 접해본 음식인데 이곳 나라奈良에도 있었다.

"삼국시대에 주로 백제 사람들이 이쪽으로 많이 건너왔다고 하던데 그때 이 나라즈께도 건너왔을까요."

말하는 동안 뜬금없이 통수식이 떠올랐다. '백파제'라고 했다. 그때 칠십몇 회라고 했으니 올해는 한 팔십 회는 되지 않았을까. 물은 그냥 흐르는 게 아니라고 말하던 노인이 생각났다. 물이 왜 흐르는지 알아야 수문이고 갑문을 제대로 만들 수 있을 것 아니냐고 하던 노인의 목소리가 들리는 것 같아 그는 흠, 헛기침했다.

"이 지방 사람들이 남도로 건너가면서 장아찌도 가져갔을지 모르지. 건너오기만 했을라고, 건너가기도 했을 거 아닌가배."

누군가는 다르게 말했다.

"아, 이 나라奈良현의 '나라'가요, 우리나라의 '나라'에서 비롯됐다는 설도 있어요. 1920년대 독일학자가 밝혔다고, 어느 책에선가 읽은 것 같아요."

옆에 앉은 젊은 친구가 젓가락을 찢으며 이야기했다.

6장

여와의 갈대

1

오랜만에 야라가 악기를 가지고 나왔다. 笙을 새로 만들러 갔다가 허탕치고 온 뒤로 처음이었다. 아직도 풀이 죽은 얼굴로 그가 목서 아래 의자에 앉았다. 내게로 강으로 신림으로 시선을 옮겨가더니 지그시 눈을 감았다. 숨을 쉬었다. 깊게 들이마셨다가 길게 내쉬었다. 두 번 세 번 네 번 다섯 번…… 笙을 두 손으로 보듬고 취구에 입술을 댔다.

한숨처럼 소리가 났다. 고즈넉하게 갈대밭으로 내려갔다. 배 턱으로 강으로, 먼 신림으로 퍼져나갔다. 笙의 소리는 급기야 강물 위를 달렸다. 바다로, 멀고 먼 바다로 흐엉흐엉 흘렀다.[35]

가슴이 미어지는 것만 같았다. 이제 다시는 인갱이 관으로 악기를 만들 수 없다니 한 음 한 음이 더할 나위 없이 귀하고 소중했다. 내 심정을 아는지 어디선가 흰나비 한 마리 날아왔다. 꽃인 듯 笙 끝에 앉았다. 그가 부는 선율에 맞춰 날개를 팔랑팔랑 한들거렸다.

ㅡ 우리 아부지 소리는 머잖아 할아부지 소리보다 백배는 나아질 것이여.

나도 모르게 중얼거렸다. 내 할아버지 소리, 지금은 가고 없는 그 소리는 고적하고 풍성했다. 하늘하늘했다. 은풍하고 격조 높던 소리, 품어 안은 시간을 온 세상으로 흘려보내던 소리. 그에 비하면 지금 소리는 아직 어렸다. 차지고 단단했다. 땡글땡글해 낙낙한 맛이 덜했다. 그래도 처음보다는 한결 유유하고 자적해진 것이 모두 야라가 진심으로 애쓰는 덕분이었다.

ㅡ 지가 듣기에는 두 소리가 비슷비슷헌 것 같어유. 하늘하늘허구 느시렁 달보드레허구…… 어쩌면 소리 속에서 저런 꽃냄새가 날거나. 갈대님은 좋겠슈. 저헌테서는 밥냄새 김치냄새 된장냄새, 비린내와 누린내, 오줌냄새 똥냄새 방구냄새, 발꼬락냄새, 땀냄새. 뭣이냐, 고 밤꽃냄새 달거리냄새…….

ㅡ 조용, 조용. 거, 멋퉁머리도 없으면서 수다스럽기는.

---

35) 〈하마단〉, 황병기 작곡 2000, 원래는 12현가야금 연주곡.

이쯤에서 끊어야지, 내버려 뒀다간 허당의 설레발은 끝이 없었다. 귀가 따가울 지경으로 만들어버리는 고약한 습성을 가지고 있어서 목서도 절레절레 흔들곤 했다.

휴…… 한숨이 절로 났다. 대여섯 밤 전이었던가. 야라가 빈손으로 돌아왔다. 소리가 안 나더라고 그가 말했다. 갈밭에 바닷물이 스며들지 못하니 갈대가 가늘어질 수밖에 없었을 거라고, 이토록 가늘어진 관이 어떻게 소리를 품을 수 있겠느냐고, 도저히 악기를 만들 수 없다고, 장인이, 가져간 관들을 모조리 부숴버렸다고 니어에게 전했다. 관이 뽀개질 때마다 소리 같지도 않은 소리가 바닥으로 떨어졌다고. 떨어져 산산이 바스러져 버렸다고.

그 말을 듣는 순간 나도 모르게 내 푸른 줄기를 흔들었다. 너무도 얇아진 청은 바르르 떨뿐 소리 하나 제대로 걸러내지 못했다. 껍데기가 벗겨지도록 비벼대도 끈지끈지 놀았다. 도무지 낭랑해질 줄을 몰랐다. 바닷물이 오지 않으면서부터 이 사태는 예견된 일이었다. 그때부터 내 바탕은 단단해지기 시작했으니까. 어르신, 바닷물 좀 보내주세요. 수없이 탄원해도 하백 어른은 침묵뿐이었다. 생떼를 쓴다고 그 어른이야 어떻게 손을 쓸 수 있을까만 전처럼 푼더분해지고 싶었다. 물고기들과 게와 새들과 지렁이나 뱀, 물닭들이 내 바탕에서 시끌벅적 소란을 피우던 시절을 다시 살고 싶었다. 그들이 있어야 나도 살고, 내가 살아야 내 안에 들었을 항아의 목소리도 제대로 나올 수 있을 터였다.

야라가 笙을 내려놨다. 무릎에 올려놓은 채 가만히 이편을 건너다봤다. 아직도 앓는 듯 어두운 눈동자로 신림을 보는가 싶더니 강으로 내려갔다. 강물이 흘러오는 쪽에서 흘러가는 쪽으로, 골재채취선 쪽으로 옮겨 다녔다. 아침 해가 용머리산을 넘어올 때까지 되풀이 바라보다 안으로 들어갔다.

나는 새벽바람에 두런거리는 내 줄기들을 봤다. 가느다랗다 못해 황량하게 말라가는 그것으로는 장인 말대로 아무것도 할 수 없을 것 같았다. 그렇다면 지금의 나는 정말 나일까. 이전의 나와 다른데 나라고 말할 수 있을까. 어찌해야 할까. 내가 할 수 있는 것이라곤 기껏 인숭무레기처럼 줄기나 흔들어대는 일뿐인가.

아버지가 들려주신 이야기는 이제 전설이 되고 말았나 보다. 내 안에 항아의 목소리가 없으니, 꺼낸다고 하더라도 더는 항아의 목소리로 나오지 못할 테니. 몇 번을 생각해도 기가 막혀 나는 목서를 올려다봤다. 평소 같으면 맑고 밝은 얼굴로 생글생글 웃기까지 하련만 오늘은 가지를 축 늘어뜨린 채 말이 없었다.

노란 아침 햇빛이 강물로 쏟아졌다. 인갱이가 일시에 환해지는 듯싶었다. 다따가 차 소리가 들렸다. 읍내 쪽이었다. 햇

별도 작열하기 시작하는 산 아랫길로 트럭들이 들이닥쳤다. 두 대나 올라와 니어가 세워둔 차 옆에 나란히 섰다. 하나에는 용도 모를 기계도 실려 있었다. 이내 차 앞뒤에서 마스크와 모자를 쓴 인간들이 내렸다. 장갑을 끼고 무릎까지 올라오는 장화를 신고 있었다. 짐칸에서 낫과 예초기를 꺼냈다. 나뿐 아니라 목서도 어안이 벙벙해져서 그저 이파리만 건들거렸다.

한 인간이 트럭 짐칸에 실린 기계를 내려 내 북쪽 가장자리에 세웠다.

"날씨가 왜 이래. 어제는 그래도 숨 좀 쉬겠드만 오늘은 아침부터 조여 오는데."

"그러게. 바람이란 놈은 필요할 때는 안 불고…… 테레비에서도 태풍은 아직 멀었다고 지껄이던데, 웬일로 잘 맞추는지 몰라."

"한여름인데 더운 건 당연하죠. 눈에 땀 들어갈 텐데, 머리에 수건이라도 두르시는 게 좋지 않아요."

젊은 인간이 훈계조로 말하며 원형톱날을 끼운 예초기를 들고 내게로 들어왔다. 벌낫을 어깨에 메고 뒤따르던 중늙은이가 젊은 인간을 힐끗 째려봤다.

커다란 종이를 든 인간이 조수석에서 내렸다. 내 바탕과 종이의 그림을 몇 번이나 대조해가며 위치를 파악하는 것 같았다. 밭에 들어선 인간들에게 집 쪽과 강 쪽 어느 지점마다 세모꼴로 된 붉은 깃발을 꽂게 했다. 안으로 들어오면서 중간중간, 맞은편 끝에도 꽂게 했다. 모르긴 몰라도 깃발과 깃발 사이의 폭은 족히 열댓 자는 되는 것 같았다.

예초기와 벌낫을 든 두 인간이 깃발 안쪽으로 들어왔다. 내 줄기를 싹둑싹둑 베어내기 시작했다.

— 얼레, 이게 뭔 일이랴? 무슨 짓이여?

나는 새파랗게 소리쳤다.

미처 피하지 못하고 버둥거리던 지렁이가 낫에 잘렸다. 한쪽 집게발이 잘린 게가 아기작아기작 펄로 기어들다 나뒹굴었다.

"이봐요. 지금 뭐 하는 겁니까. 무슨 짓이에요?"

야라도 달려오며 소리쳤다. 얼굴이 붉게 달아올라 있었다. 니어도 어리둥절해진 얼굴로 뒤따라 나왔다.

벌낫으로 내 줄기를 베어내던 인간이 두 사람을 힐끔 쳐다보더니 낫을 팽개쳤다. 휑해진 곳에 합성비닐로 된 자리를 폈다. 널브러진 내 줄기들을 한 아름 안아 들고 가 자리에 쌓았다. 다른 인간도 따복따복 옮겨 쌓았다. 그새 내 줄기들이 그네들 키만큼이나 높이 쌓였다.

물이 고인 바탕에서 붕어와 베스들이 팔딱거렸다. 한꺼번에 변한 세상이 두려워 떠는데도 인간들은 환호했다. 커다란 자루에 물고기들을 잡아넣고 끈으로 단단히 묶는 것을 보면 그들은 그것을 즐기는 듯했다.

"오늘부터 공사를 시작합니다. 자전거도로 말입니다."

도면 든 인간이 대꾸했다. 잘 알면서 왜 그러느냐는 표정이었다.

"자전거도로라뇨? 마을사람 의견도 들어보지 않고 어떻게 마구잡이로 할 수 있죠."

"마을사람? 아, 오두막 하나도 마을인가요?"

야라의 말에 도면 든 이가 매실매실 대꾸했다.

"당신네 의견을 들었는지 안 들었는지, 그건 저희 소관 아닙니다. 저희야 공사 명령이 떨어져서 오늘부터 시작하는 거니까요."

둘이 실랑이를 하는 사이에 내 가운데는 점점 휑해갔다. 급기야 끝까지 관통했다.

한 인간이 기계를 끌고 와 비닐자리 앞에 세우자 다른 인간이 내 줄기를 한 아름 안아 기계에 넣었다. 이내 줄기가 잘려 나오면서 자리에 쏟아져 쌓였다. 인간들이 그것을 마대에 담아 끈으로 묶어 트럭에 실었다.

"어떻게 시퍼렇게 살아있는 것을……."

니어도 말을 잇지 못하고 울먹였다. 손에는 노란 비단실이 꿰인 바늘을 든 채였다.

"이런, 그리 말씀하시는 걸 보면 두 분은 아무것도 안 먹고 안 쓰는 모양입니다. 신선인 모양이에요. 그렇죠?"

도면 든 이가 입술을 비틀어 짜듯 대꾸했다. 그의 등을 토닥이더니 팔을 잡았다. 밖으로 데리고 나갔다. 그녀도 뒤따라 나갔다.

나는 훤히 드러난 가운데를 넋을 놓은 채 바라다봤다. 처음으로, 인갱이에 사는 내 속을 보게 되었다. 게 구멍이 짓이겨지고 토막 난 지렁이와 드렁허리들이 곰지락거렸다. 대가리와 몸통이 잘린 붕어와 동자개, 우여와 베스와 메기, 개구리들까지 내동댕이쳐진 채 눈을 멀거니 뜨고 죽은 모습은 처참하다는 말로도 부족했다. 어떻게 된 일인지 개개비도 몇 마리나 날개가 잘린 채 뒹굴고 있었다.

— 저 소리는 또 뭘까요.

목서의 탄식에 나는 귀를 세웠다. 역시나 차 소리였다. 지금 것보다 훨씬 큰 트럭 소리였다. 트럭에는 굴삭기도 실려 있었다. 굴삭기를 내리자마자 운전자가 바가지를 달았다. 어슬렁어슬렁 내 빈 곳으로 들어왔다. 남쪽 끝으로 가더니 대뜸 내 것들을 뿌리째 들어내기 시작했다.

"멈춰요. 그만두란 말이오."

야라가 다시 소리쳤다.

"미쳤어. 세상이 온통 미쳐 돌아가고 있어."

격앙된 목소리로 외치면서 도면 든 이에게로 갔다. 그만두지 못해요, 삿대질까지 했다. 도면 든 이가 그를 노려봤다. 한참을 노려보다 협박조로 말했다.

"아까도 말했을 텐데요. 이건 국가 일입니다. 계속 이러시면 공무집행방해죄로 고발할지 몰라요. 날씨도 열 받게 하는데, 조용히 끝냅시다. 예?"

"있을 수 없는 일이에요. 강변 말고도 길은 얼마든지 있잖습니까. 왜 가만있는 물고기들을 죽이고 갈대를 죽이냔 말이에요. 저것들도 인간이랑 똑같은 생명이에요."

"더불어 살려고 이러는 거 아닙니까. 조금 덜어낸다고 사라지는 것도 아니잖아요. 이 자전거도로도 시간이 지나면 자연스럽게 자연에 동화될 겁니다. 사람이 자연의 한 부분인데, 사람이 만든 것도 당연히 그러지 않겠어요. 조금만 참아주…… 아니 이런."

한동안 열을 내어 말하던 이가 입을 다물었다. 골똘하게 그를 쳐다봤다. 드디어 알겠다는 표정으로, 으시딱딱하게 말했다.

"그 유명한 달마선생 아닙니까? 허, 이거야 원. 이보세요, 선생……."

야라가 쳐들었던 손을 떨어뜨렸다. 당황스러운 얼굴로 고개를 숙였다. 푸, 한숨을 쉬면서 다시 고개를 들어 도면 든 이를 바라다봤다. 무겁고 쓸쓸한 무엇이 눈 속에 가득했다.

"아까 오면서 들으니 소문대로 제법이십디다. 자꾸 이러지만 말고 그 피리나 나불대시지요. 가뜩이나 덥고 짜증나는데, 피리소리로 시원하게 해주신다면 무지무지 고맙겠습니다만."

무겁고 쓸쓸한 무엇은 이윽고 이글이글 타올랐다. 야라가그 두 눈을 부라렸다. 두 손으로 도면 든 이의 멱살을 잡아챘다. 앙다물었던 입술을 벌려 낮고 차갑게 으르렁거렸다(나는이보다 더 적절한 표현은 찾을 수 없다).

"피리는 아무 데서나 나불대는 게 아닙니다. 아무 때나 나불대서도 안 되지요. 피리소리를 들을 자격 또한…… 누구에게나 있는 것도 아닙니다."

도면 든 이가 째려봤다. 픽픽 웃었다. 고개를 하늘로 젖혔다가 내리며 침을 찍, 뱉었다.

"나 같은 사람은 들을 자격이 없다? 고로 나불대지 않겠다? 허어, 내 살다살다 풍각쟁이한테 멱살 잡히기는 또 처음일세."

노골적으로 비아냥거렸다. 야라의 두 손을 거칠게 잡아뗐다.

아무도 그들의 낫을 막지 못했다. 예초기를 막지 못했다. 파쇄기를 막지 못하고 굴삭기도 막지 못했다. 자유자재로 움직이는 야라와 니어도 막지 못하는 걸, 붙박이인 나와 목서가막을 수 있을까.

— 이렇게 잘려도 살 수는 있습니다. 하지만 바닷물이 오지 않는 바닥에는 나를, 내 뿌리를 내릴 수 없어요. 벌써 소리도 사라지고 있잖소.

나는 급기야 울부짖고 말았다.

검누레진 채로 주눅이 들어있던 목서가 나를 내려다봤다. 줄기를 지탱하는 가지와 이파리들이 일제히 나를 향했다. 수천수만 개의 이파리가 모조리 눈이 되어 나를 바라다봤다.

— 항아의 목소리는 여전히 당신 안에 있어요. 지금은 비록 환멸에 가까운 시간을 살고 있지만 머지않아 당신의 공명통은 커질 겁니다. 당신이 잊어버리지만 않는다면 언젠가는 태곳적 몸짓으로 다시 살아날 거예요.

기품 있는 목소리로 달래었다. 강을 바라다봤다.

나도 부예진 시선을 강으로 옮겼다. 물이 오는 곳에는 아직도 골재채취선이 떠 있었다. 이제는 퍼 올릴 모래가 없는데도 서 있는 배는, 속이 텅 빈 채로 흐르는 강물 소리를 들을까. 흐느끼는 소리를 들을까. 내 절규를 들을까. 나와 강을 더 멀어지게 할 저 자전거도로는 강물을 막아 만든 두 번째 댐에서부터 시작된다고 했다. 거대한 대청호의 물과 저 자전거도로가 함께 달린다고.

— 그래요…… 나는 여와가 태어나기 전부터 있어왔어요. 항아의 넋이 달로 갈 때 나는 그의 목소리를 내 안에 담았어

요. 그 소리는 강의 소리였소. 바닷물 소리였어요. 그걸 아는 인간은 이제 저 인간밖에는 없습니다. 야라뿐이에요.

— 숙儵과 홀忽이 혼돈渾沌에 구멍을 뚫었을 때 혼돈은 죽었어요.[36] 당신도 알고 있듯이 대신 시간이 탄생했죠. 시간이 흐르면서 강물도 흐르기 시작했겠죠. 하백 어른은 신났겠지만 곤鯀과 우禹[37]가 강의 흐름을 자기들 유리한 대로 조절해 버렸어요. 그때부터 강도 하백 어른도 야위기 시작했을 거예요. 그뿐만이 아니죠. 들판에 채소 공장이야 자고이래로 있어 왔으니 더 말할 것도 없고, 마을마다 소 공장 닭 공장 돼지공장이 있다고 합디다. 커다랗게 만든 하우스에다 나무를 심어 복숭아나 사과 배, 감과 대추를 생산하는 공장도 있다고 하잖아요. 제 방식으로 살던 것들을 모두 지네들 맘대로, 씨앗까지도 새로 만들어 여기저기 양식하고 있으니, 이제는 온전한 푸나무도 짐승도 다 사라질 판이에요. 인간이 있는 한 사실 온전한 것을 기대하기는 어렵지요. 그러고 보니 옛날 인간들이나 지금 인간들이나 달라진 게 아무것도 없군요. 당신이 왜 자꾸 소년에도 미치지 못하는 인간이라고 말하는지, 그 까닭

---

36) '南海之帝爲儵. 北海之帝爲忽. 中央之帝爲渾沌 ~ 日鑿一竅. 七日而渾沌死', 『莊子』, 「應帝王 第七」 p.235에서 인용, 안동림 역주, 현암사, 2010.37)
37) 곤鯀과 우禹: 중국 신화에 등장하는 치수의 신으로, 『산해경』 『회남자』 『사기』 『귀장』 『장자』 등 여러 문헌에 나온다.

을 다시 한번 되새겨보게 됩니다. 성숙하지 못한 인간, 미개한 인간들이란 말이지요.

나는 새삼스럽게 목서를 바라다봤다. 수천수만의 이파리들 속에는 무수히 많은 역사가 담겨있고, 그 역사 속에는 여와가 내 줄기에 자기의 향기를 넣어 笙을 만들었다는 기억까지도 들어있을 터였다.

ㅡ 나도 야라가 내 열매를 챙기지 못하는 걸 안타깝게 생각합니다. 당신도 알다시피 내가 꽃만 피우고 열매를 맺지 못하는 것은, 서왕모[38]가 불사약을 만드는 데 쓰느라 내 꽃을 다 따버려서잖아요. 열매 맺을 겨를이 없었던 거예요. 가까스로 몇 알 맺어놓으면 여와가 笙을 만든다고 모조리 따서 쓰는 바람에…… 이제는 수많은 꽃을 피워도 열매 맺을 능력을 거의 상실해버리고 말았어요.

ㅡ 그래도 꽃을 피울 수 있으니 얼마나 다행입니까. 계속 피우다 보면 열매도 맺을 수 있지 않겠어요. 난 세상을 향기로 채울 줄 아는 당신이 정말 자랑스럽소.

내 말에 목서가 쑥스러운지 나뭇잎들을 비볐다.

---

38) 서왕모西王母: 정재서 역주 『산해경』에 나온다. 그 형상이 사람 같지만 표범의 꼬리에 호랑이 이빨을 하고 휘파람을 잘 불며 더부룩한 머리에 머리꾸미개를 꽂고 있다. 또 『회남자淮南子』, 「남명훈冥訓」 편에서는 서왕모가 예에게 불사의 선약을 주었다는 이야기도 보인다.

— 여와가 처음으로 내 줄기로 笙을 만들었을 때는 지금보다 갑절은 굵었다는 것을 나는 기억합니다. 한데 당신 말대로 곤과 우가 치수하면서부터 하백 어른이 야위어가고, 강에 빌붙어 사는 나도 말라갈밖에요. 이제는 언감생심, 笙을 꿈꾸겠소. 젓대 청으로 쓰기도 어렵게 돼버렸는데?

목서와 나는 하나 마나 한 것들을 몇 번이고 되풀이 말했다. 굴삭기와 트럭과 인간들이 간 것도 알아채지 못한 채 이야기에 빠져들었다. 야라와 니어가 떠난 것도 몰랐다. 그가 笙을 만들지 못하고 돌아온 것만큼이나 이번 일도 나나 목서에게 엄청난 충격이 아닐 수 없었다.

2

검은색 승용차 한 대가 산 아랫길로 올라섰다. 니어의 차 옆에 섰다. 이편에서 봐도 문을 열고 나오는 사람은 정치성이 확실했다. 야라도 본 모양인지 이 사람 저 사람에게 인사를 건네고 돌아섰다. 난조는 그에 이끌려 강으로 나왔다. 그가 골재채취선에 거의 스치듯 노를 젓는 바람에 바르르 고물을 떨었다.

난조는 채취선을 힐긋거렸다. 자기보다 몇십 배 크기도 하려니와 생긴 것도 괴상망측했다. 자기는 나무로 돼 있는데 저 배는 거의 철골로 된 것 같았다. 자기는 야라가 노를 저어야 만 강으로 나올 수 있고 말뚝에 끈으로 묶고도 모자라 몽깃돌 을 밑에 받쳐두지 않는다면 한곳에 머물지도 못하는데, 저 배 는 자기 마음대로 서기도 하고 움직이기도 하는 것 같았다. 소리도 요란했다. 시커먼 게 자기를 덮칠까 봐 밤잠을 설칠 때도 많았다. 몇 달 동안 저렇게 생긴 게 세 척이나 위아래 쪽 에서 모래를 퍼낸다며 부산스럽게 움직이더니 얼마 전에 가 고 저것 하나만 정박 중이었다.

야라에게서 악취가 심하게 났다. 바람이 불어도 가시지 않 았다. 난조는 그가 노를 저을 때마다 체머리를 흔들 듯 흔들 었으나 냄새는 좀처럼 사라질 줄 몰랐다.

며칠 전 아침부터였다. 강 건너편 북쪽 기슭에서 무언가 번 들거리는가 싶었다. 이윽고 물고기 비린내가 습한 바람을 타 고 날아들었다. 난조는 야라가 이끄는 대로 강으로 나왔다. 건너편에 채 당도하기도 전에 뒤집힌 물고기들이 물가를 따 라 빙빙 떠도는 게 눈에 들어왔다. 채취선 위쪽에서부터 아래 까지 기슭이 온통 허옜다. 숫자도 엄청나게 많았다. 그가 넋 빠진 얼굴로 주변을 서성거리고 있을 때 차들이 몰려왔다. 등 판에 무슨 연합, 무슨 단체, 어느 군청이라 쓰인 옷을 입은 사 람들이 우르르 내렸다. 물고기들을 일일이 살피던 파란 옷 하나가 말했다. 누치 끄리 참마자 빠가사리 숭어 쏘가리라고. 눈불개 강준치 메기도 있다고.

여성들은 페트병과 비닐봉지 같은 쓰레기들을 치우고 그와 남성들은 죽은 물고기를 자루에 담았다. 차면 묶어서 트럭에 실었다. 그러는 동안 몇몇 사람들은 죽은 물고기를 등지고 앉아 마스크를 미처 벗기도 전에 고개를 박았다. 토했다. 입을 막고 울먹였다. 죽은 물고기를 자루에 담아 묶고 차에 싣는 일을 반복하는 것처럼 그런 일도 조금 전까지 되풀이되고 있었다.

인갱이 앞에 당도한 난조는 야라가 말뚝에 줄을 묶을 때까지 되똥거렸다. 그가 장갑을 벗고 시든 목서잎색처럼 검누른 손으로 하얗고 기다란 정치성의 손을 잡고 악수할 때까지 건들거렸다. 나름대로는 반가움의 표시였지만 정치성은 거들떠보지도 않았다.

"야, 물고기 썩은 냄새가 이 정도구나? 숨쉬기도 어려워."

정치성이 코를 막으며 말했다. 그에게서 고개를 돌렸다.

"모래를 퍼내는 바람에 수심이 깊어졌거든. 참, 이따 점심 먹고 너도 거들래? 명인 정치성이 함께한다면 사람들도 무척 반가워할 텐데."

"아니, 난 이 세상에서 물고기 비린내가 제일 싫어. 특히 썩은 냄새는 더."

그의 청에 정치성이 단호하게 거절했다. 눈살을 찌푸리며 다시 코를 쥐었다 놨다.

두 사람이 배 턱 근처 커다란 우산 아래로 가 앉았다. 우산은 야라가 지난봄에 세워둔 것이었다. 그와 니어가 자기를 타고 내릴 때 요긴하게 쓰였다. 담소를 나누기에도 좋을 것 같았다.

어른과 예닐곱 살쯤 되는 아이가 자전거를 타고 지나갔다. 밭에 다녀가는 사람들이었다. 갈대 아저씨 말로는 논 예닐곱 마지기에 벼가 자란다고 했다. 스물댓 평이나 될까 한 밭에는 상추 쑥갓 치커리 오이 호박 가지 열무 고추들이 심겨있다고 했다. 반은 죽고 반은 살아남았는데 그것도 간당거린다며 뒷담을 갔다. 날마다 살펴도 시원찮을 판에 잊어버릴 만하면 겨우 상판대기 한 번 봬주고 만다고, 밭을 그냥 뒀더라면 다른 풀이라도 살 수 있었을 것 아니냐며, 이파리들을 치렁거리면서까지 흉을 봤다. 난조는 아이 자전거 바구니에 실린 까만 비닐봉지를 건너다봤다. 오이와 가지와 풋고추 같은 것들이 들려있었다. 아저씨 말대로 생긴 꼬라지가 말이 아니었다.

비탈길에 다다르자 아이가 자전거에서 내렸다. 몇 발짝 오르다가 상기된 볼을 씰룩거렸다. 먼저 올라간 아빠가 하나둘, 하나둘! 응원했다. 난조도 뱃전을 들썩여가며 힘을 실어 보냈다. 야라와 정치성도 낯꽃 핀 얼굴로 두 사람을 바라다보다, 그들이 모퉁이로 사라지자 다시 강 쪽으로 돌아앉았다.

"자전거도로가 생기니까 이곳에도 생기가 도네. 더러 사람들이 지나다녀서 너도 심심하지 않겠어…… 아, 아이는 아예 안 낳을 생각이냐?"

정치성이 물었다.

"왜, 안 생기데? 네가 문제 있는 거야, 아니면 하늬 씨가?"

다시 물어도 야라는 대답하지 않았다.

기다리다 혼잣소린 듯 정치성이 다시 이었다.

"그래, 속 편하게 그냥……."

"지천명이 돼가는데 무슨……."

빙긋 웃으며 야라가 말했다.

"말이 나와서 생각났는데, 그날, 새벽에 너한테 전화한 날, 사실 한 회장 집 앞까지 갔었어. 초인종을 누를까 말까 고민하다…… 다 부질없다 싶더라. 암튼 세이재 덕분에 인갱이는 찾았지. 너무 혹독한 대가를 치러야 했지만."

"언제 새벽?"

정치성이 되물었다. 기억을 되짚는 듯 눈을 가늘게 떴다. 한참을 있더니 아…… 했다. 잘생긴 얼굴로 당혹감 같은 게 지나갔다. 무슨 말인가를 할 듯 입을 벌렸다가 이내 다물었다.

두 사람 다 강물만 바라다봤다. 서로의 숨소리도 어쩐 일인지 서로의 호흡으로 들어가지 못하고 풀풀 바깥으로만 나도는 것 같았다. 난조는 멀어진 아이와 아빠를 바라다보다 이물을 돌렸다.

"너와는 상관없을까. 세이재에서 내가 겪었던 일이 너와는 아주 상관없는 일이었을까. 네가 미리 말해줬더라면…… 아니다, 다 지나간 일인데."

"가혹한 대가라…… 그게 어떤 건지는 모르겠지만, 야 조여생. 사실 난 널 소개하고 싶진 않았어. 마담이 하도 치근대는 바람에 하는 수 없이 상아회관에 같이 갔던 것뿐이야. 결정은 네가 하는 거지 내 몫은 아니니까. 네가 왜 그만뒀는지 내 알 바 아닌데 꼭두새벽부터 한 회장 집으로 전화한 건, 몇 번을 생각해봐도 무례한 짓이었어. 넌 부질없다며 편하게 돌아섰는지 몰라도 난 종일 아무것도 하지 못하고 널 기다려야 했으니까…… 참, 고맙다며. 인갱이를 찾게 해줘서 고맙다고, 언젠가 그러지 않았냐."

"그랬지…… 지나간 일을 왜 또 꺼냈는지 모르겠다."

야라가 체념하듯 말하곤 신림 쪽을 올려다봤다. 채취선과 죽은 물고기가 아직도 남아있는 강 건너편 쪽을 오래오래 응시했다.

물살이 서너 번이나 이물을 치도록 둘은 조용했다. 난조는 뱃전을 간질이는 물살에 건들건들 흔들리며 두 사람을 곁눈질했다.

"쌓인 것들을 깨끗하게 퍼내면 강도 개운하겠구나."

정치성이 먼저 입을 열었다. 말과는 달리 목소리가 실뚱머룩하게 들렸다.

"내장을 들어내면 죽지, 지금 저렇게."

"모래만 퍼내는데 왜 죽지? 청소하는 거 아냐."

야라의 대답에 정치성이 이상하다는 듯 되물었다.

"청소해서 돈까지 벌지."

야라는 계속 골재채취선 쪽을 바라다보면서 대꾸했다. 이기죽거리는 말투에 난조는 불안해졌다. 조바심에 갈대 아저씨를 보다 강물을 보다 했다.

"좋게 생각해. 강바닥에 쌓인 게 어디 모래뿐이겠냐. 이번 기회에 싹 걷어내면 좀 좋아."

"그럴듯한 발상이야. 한데 정치성, 강은 강 나름대로 삶이 있다고 생각 안 하냐. 침식과 퇴적을 하고 주변과 균형을 이루면서 스스로 흘러가. 그냥 구불거리는 게 아니거든. 강바닥의 모래와 돌들도 나름대로 정화능력이 있어. 누구나 아는 사실이지. 모래나 돌을 걷어내 버리면 수초들은 어디로 가야 할까. 너도 알지, 수초가 없으면 물고기들이 살 수 없다는 거. 물고기가 없으면 새들도 오지 않고, 새들이 오지 않으면……? 이건 가장 단순한 예일 뿐이야."

"그래서 보洑 같은 걸 만들어서 흐름을 조절하겠다는 거 아냐. 그리고 네가 말하는 먹이사슬이야말로 존재의 비극이지. 너, 두더지가 지렁이를 잡으면 한꺼번에 다 먹는 줄 알지. 아냐, 반만 먹는대. 반은 사육한대. 놀랍지 않냐…… 암튼 네 논리로 따지자면 갈대를 꺾지도 말아야 하는 거네. 꺾을 수 없는데 어떻게 악기를 만들어. 악기뿐이냐, 당연히 먹지도 말아야지. 먹으려고 죽이는 그 순간 생태계를 파괴하는 건데. 안 그래? 뭐, 비약하자면 그렇다는 거야. 어쨌든 이런저런 비극이 삶을 만들어가는 원동력 아니겠어. 인정할 건 인정해야지.”

“심각한 건, 강을 저수지로 만들어버리는 거야. 진작 만들어버렸지, 이십몇 년 전에. 그때부터 여기 갈대도 가늘어지기 시작했어. 물고기와 게들도 떠나버렸지. 쇠도 영영 만들 수 없게 돼버렸다고.”

“꼭 여기 갈대로만 만들어야 하는 건 아니잖아. 여기 갈대관만 고집하는 이유가 뭔데. 인갱이라? 야야, 내가 보기에는 여기 것이나 딴 데 것이나 아무 차이도 못 느끼겠더라. 솔직히 갈대관보다 죽관이 낫지 않데. 그냥 편하게 대나무로 된 거 사서 불어. 내 생각에는 대나무로 만든 생황 소리가 훨씬 힘차고 올곧고, 뻗어나가는 힘도 좋은 것 같더만. 더구나 튼튼하기까지 하잖아. 넌 이제 죽관으로 만든 소리는 잊어버렸지.”

“물은 흐르는 게 속성이야. 어떤 존재든 자신의 정체성을 잃어버리면 바로 죽음이라고. 정치성, 내가 박통에다 갈대관을 고집하는 이유를 몰라서 그렇게 말하는 건 아니지."

"너 설마…… 팔음八音[39]을 말하는 거냐?"

"물이 죽으면 모든 게 죽어. 너도나도 다…… 우리 인간은 강물도 모자라서 바닷물까지도 죽이고 있지. 우리나라 서해 의 갯벌은 세계 5대 갯벌 중 하나라고 하더라. 특히 새만금 에는 거의 이백 종에 가까운 어류가 살고 있었대. 바닷속에 서 사는 생물도 백오십 종이고 물에 떠서 사는 규조류(硅藻類, diatom) 종류도 무진장 많았대. 게다가 서해에서는 좋은 소금 도 많이 나온다고 하고…… 이제 그런 것들이 모두 위기에 처 해있고 더러는 죽어가고, 이미 많은 것들이 사라져버렸어."

"햐, 이 자식. 왜 이렇게 비관적으로 변했지? 살아있다 해 도 때가 되면 물이든 뭐든 다 죽어. 막말로 하굿둑을 막은 사 람들이, 4대강을 정비하는 사람들이, 새만금사업을 하는 사 람들이 너만큼 몰라서 그 많은 돈을 처들여가며 골머리를 썩 이겠냐. 너나 나보다 훨씬 더 심각하게 고민하고 조사하고 계 획해서 추진하는 거야. 봐라, 저 자전거도로를 낸 거 보면 모 르겠어. 얼마나 운치 있고 멋있냐고. 세상은 아직 살 만해."

---

39) 팔음八音: 아악연주에 포함되는 악기들은 진양의 『악서』에 의거하여 이론적으로 말하 면 여덟 가지 재료로 제작된 악기를 모두 포함해야 하는데, 그 여덟 가지 재료를 팔음八音 이라고 한다. 팔음은 금金·석石·사絲·죽竹·목木·혁革·포匏·토土이다. 송방송, 『동양음악개론』 p.39, 세광음악출판사, 1989.

야라가 두 팔을 벌렸다. 아니 너, 하는데 정치성이 말을 이었다.

"조여생, 생명이 사는 목적은 사는 것, 생존 자체야. 동물이나 식물도 마찬가지야. 그러니 생명을 가진 이상 이기적일 수밖에는 없지. 동식물도 생존에 필요한 것은 다 흡수하잖아. 특히 인간은 그것을 인식까지 하고 있어. 철저하게 인식하고 자기 방식대로 세상을 움직이게 한다고. 이게 다 곤과 우 덕분이라고 생각하지 않냐. 치수야말로 문명의 시작 아니겠어."

"동시에 최초의 환경파괴자이기도 하지."

"너 말 잘했다. 네가 애지중지하는 그 생황도 문명의 하나야. 인정하지…… 적절한 비유인지는 모르겠지만 반야심경에도 이런 말이 있잖아. 불생불멸 불구부정 부증불감. 생기거나 소멸하지 않고, 더럽거나 깨끗하지 않고, 불어나거나 줄어들지도 않는다고 했다고."

"정치성, 인갱이 갈대가 죽어가고 있어. 그게 심각하지 않다면 뭐가 심각한데. 내가 죽어야 심각해지겠냐? 그래, 나도 지금 죽어가고 있는 거나 마찬가지지."

"야, 무슨 말을 그따위……."

말하다 말고 정치성이 입을 다물었다.

언제 내려왔는지 니어가 서 있었다.

"잘 지내셨죠…… 야라, 식사 준비됐어요."

머뭇머뭇 두 사람의 눈치를 살피며 말했다.

야라가 정치성의 어깨를 치며 일어섰다. 핏대를 올려 아직도 불그레한 얼굴로 정치성도 일어났다. 난조는 갈대밭 새로 천천히 올라가는 세 사람을 물끄러미 올려다봤다.

– 난조야, 저 인간은 아무래도 싹이 틀렸다. 논리가 너무 가슴 아퍼.

내내 잠자코 듣고만 있던 갈대 아저씨가 불쑥 한마디 던졌다. 난조는 제 몸을 기우뚱했다. 내내 듣기는 했어도 도무지 무슨 말인지 제대로 이해하지 못해서였다.

햇볕이 뜨겁게 내리쬐는 강 건너편으로 자동차들이 달려와 멈췄다. 사람들이 내렸다. 모자를 쓰고 마스크로 입과 코를 가리고 고무장갑을 꼈다. 하나둘 자루를 나눠 들었다. 아침나절처럼 남성들은 집게로 죽은 물고기를 집어 자루에 담고 여성들은 비닐이며 부직포 같은 쓰레기를 주워 한쪽에 모으기 시작했다.

얼마 지나지 않아 야라와 정치성도 배 턱으로 내려왔다. 둘 다 밀짚모자를 쓴 채였다. 야라는 나무통에 죽관을 꽂은 24관 생황을 들고 정치성은 단소를 들고 있었다. 난조는 두 사람과 강으로 나갔다.

단소 소리가 물비늘처럼 파르랑파르랑 떨면서 강물과 함께 흘렀다. 둥글고 넓은 생황의 소리가 단소 소리를 감싸면서 허공으로 퍼져 올랐다.[40] 생황의 품으로 안기는 단소 소리가 예뻤다. 아기자기하면서도 부드러웠다. 난조는 강 가운데 둥둥 떠서 하늘을 고스란히 받아 안고 흐르는 강물과 두 사람이 내는 소리를 보고 들었다.

강 건너편 사람들이 허리를 펴고 이편을 바라다봤다. 음악이 끝나자 우, 손을 들어 환호했다. 난조는 그들에게서 환호성이 나는 게 신기해 물결 따라 이물을 힘껏 흔들었다.

때맞춰 야라가 새로운 소리를 시작했다. 나무와 바위, 작은 새들조차 세상을 느낄 수가 있다고. 그윽한 저 깊은 산속 숨소리와 바람의 빛깔이 뭔지 아느냐고…… 아름다운 빛의 세상을 함께 본다면 우리는 하나가 될 수 있다고,[41] 청아한 화음으로 가지가지 빛깔로 그윽하고 쌍그롬한 냄새로 세상을 깨웠다.

사랑 살랑 바람은 불고 머리카락 간질이고…… 숨은 어찌 쉬었었는지 심장은 어찌 뛰었었는지…… 세상에 처음 난 듯 모두 낯선 듯…… 그래 그래 그랬지 그대와 난[42]…… 정치성도 단소를 불었다. 무척 설레고 흥겨운 가락이었다. 단소 소

---

40) 〈달하노피곰〉, 이정면 작곡 2010, 원래는 배소와 생황 2중 협주곡임.
41) 〈바람의 빛깔〉 가사 일부, 애니메이션 『포카혼타스』 OST 중, 1995.
42) 〈첫 입맞춤〉 가사 일부, 이유로 작시·이대용 작곡, 포럼·우리 시 우리 음악 가곡 제4집, 2007 대한민국 가곡제 출품 곡.

리에 살을 붙이는 생황의 소리가 살랑살랑 바람을 일으켰다.

난조는 환호하는 사람들을 환호했다. 배 턱 우산 아래 앉은 니어를 환호했다. 흐뭇한 미소를 지으며 이편을 바라다보는 그녀를 향해 고물을 마구 흔들었다.

정치성이 갑자기 목덜미를 잡았다. 인상을 구겼다. 단소를 내려놓고 주무르면서 고개를 이리로 저리로 꺾듯 돌렸다.

"걱정할 거 없어, 못 견딜 만큼은 아냐."

전에도 이러지 않았어, 물으며 걱정스럽고 의아한 표정으로 쳐다보는 야라에게 정치성이 대꾸했다.

"야, 조여생. 지금도 아름다움에 중심이 있다고 생각하냐? 항아길인지 뭔지를 따라 아직도 신림을 헤매 다니는 거야."

정치성이 목을 다시 곧추세우며 물었다. 야라를 톺아봤다.

"'항아 길'이란 이정표만 보고, 나도 처음에는 아름다움이 신림에 있는 줄 알았어. 항아만 찾으면 되는 줄 알았지…… 억지를 무릅쓰고 말하자면, 아름다움은 여기 이 갈대관 속에 들어있는 것 같아. 갈대는 수관으로 빨아들인 물을 자기 호흡에다 묵서 향을 버무려 새로운 소리를 만들어내는 것 같아. 나는 그게 항아의 목소리 아닌가 생각하게 됐지…… 갑자기 그건 왜?"

야라의 대답에 정치성이 혀를 찼다. 추궁하듯 말했다.

"고깝게 듣진 마라. 있지, 네 말은 정말 뭔 소린지 알아들을 수가 없어. 네가 부는 소리도 그래. 대개는 괜찮게 들리는데 어느 땐 징징 짜는 것 같아. 어수선하고 난잡할 때도 있고. 아까도 그걸 어떻게 받아들여야 할지 몰라 짜증 났던 거야. 그 바람에 힘 주어 불었더니 열 나면서 목이 아프더라고. 넌 왜 악보를 무시하지. 아니면 악보에서 자유로운 거야? 아까 수제비 먹으면서 내가 함께 공연하자고 했을 때 거절한 것도…… 혹시 내 연주 스타일이 너랑 달라서 그랬냐, 답답해서?"

"무슨 소리야, 네 스타일이 왜 답답해."

정치성이 말하는 야라를 흘겨봤다. 이내 골재채취선 쪽을 건너다보면서 목을 주물렀다.

"자유롭다…… 글쎄, 어느 누가 악보에서 자유롭겠어. 더군다나 무시라니……."

야라가 노를 놓으면서 말을 계속했다. 어느 먼 곳을 향해 첫걸음을 떼듯 표정도 목소리도 찬찬하고 맑았다.

"뭐랄까, 이런 건 있는 것 같아. 악기를 불 때 있지, 너도 기억할걸. 날라리 선생이 나더러 손가락을 쫙 벌리라고 했잖아. 그게 공연한 말이 아니더라고. 손가락 새로 빠져나가는 소리를 감싸 안으라는 말이었더라고. 보듬으라는 의미. 오랜 세월이 지나서야 알게 됐지. 또 박자는…… 음, 그 한 박을 최대한으로 늘여 불거나 아니면 최소한으로 줄여 부는 거. 그러니까 정간보나 오선보에 놓인 음표의 공간을, 그 틈을 최대한 벌려 부는 거야. 아니면 반대로 최소한으로 좁혀 부는 거지.

음고音高도 마찬가지야. 비록 음표 안에서지만, 그 음표의 가장 높은 곳까지 치달아 올려 불거나 가장 낮은 곳까지 끌고 내려와 불려고 해. 음이 나타내려고 하는 최대치와 최소치의 율동을 표현하고 싶은 거지. 물론 생황은 정음밖에는 낼 수가 없어서 이건 거의 불가능에 가깝긴 해. 아무리 호흡으로 조절한다고 해도 한계가 있으니까…… 어쨌든 조금 더 신경을 쓴다면 음표 속에 든 수많은 경계를 염두에 두고 부는 것? 경계라고 하니까 좀 거창하게 들리는데, 음표 하나하나에도 삶이란 게 있을 거 아니겠어. 그 속에는 또 희로애락이 들어있고 역사도 있을 거고, 뭐 그런 것들을 염두에 두면서 불기는 하지. 좀 과장해서 말하자면, 음표의 0.1밀리미터의 폭이나 길이나 높이도 굉장히 중요하다는 생각이 들어. 그렇게 부는 게…… 음악을 만든 사람에 대한 예의 아닐까."

난조는 야라가 공책에 메모하면서 소리 내어 읽던 글귀를 기억했다. 음악에서 가장 중요한 것은 황黃 임淋 남南 이런 게 어디에 놓였나가 아니라 그것이 내는 진동, 음향, 파장이라고, 역사라고 썼던 글귀를.

"그런 게 어딨냐. 악보에 놓인 음도 제대로 불려면 정신없는데 음의 희로애락까지 본다고? 난 그냥 음표만 봐. 오선보나 콩나물 대가리에 그려진 음표만. 칸에 놓인 음표, 줄에 걸쳐진 음표만 본다고. 그래야 정확해. 음 속에 든 거? 작곡가가 음의 삶이라나, 희로애락까지 염두에 두고 곡을 만들었다고? 너, 너무 과장하는 거 아니냐."

"그럴까…… 그래, 네 생각도 맞겠지. 다 제멋대로 부는 거지 뭐. 불려나오는 음들도 다 제멋대로 허공으로 퍼질 테고. 한데…… 소리를 헹구고 또 헹구고 나서 불면 정말 비어있는 소리가 날까. 어둠이 밤마다 담채화를 그려내듯이, 밝음만으로는 도저히 불가능한 그림을 그리듯이 말이야."

야라의 목소리가 약간 격앙되어 들렸다.

난조는 휴, 강물에 제 한숨을 구겨 넣었다. 간지러운지 강 어른이 몇 번이나 파문을 일으켰다.

"짜식, 무슨 말을 하는 거야. 네 말은 도대체 못 알아들을 때가 많다니까. 사람들이 너한테 난장의 달마니, 초야의 명인이니 하던데 공연한 소리가 아니구나."

정치성이 하놀리듯 말했다.

"이봐, 제발 그런 소리 좀……."

말하는 야라를 외면하고 정치성이 먼산바라기를 했다. 죽은 물고기를 수거하던 사람들도 가고 없는 골재채취선 쪽을 오랫동안 바라다보면서 꿈을 꾸듯 말을 이었다.

"요즘도 가끔 어렸을 때가 생각나던데…… 늘 주정만 하던 우리 엄마와 언제나 노래를 흥얼거리시던 느네 엄마. 무엇이 두 분을 그토록 다르게 만들었을까. 우리 엄마는 당신을 늘 물짜다고 해. 요즘도 당신이 물렁나다면서 한숨을 쉬곤 하지. 당신 자신을 비하하면서 평생을 살고 계셔. 느네 엄만 어때, 지금도 고고하게 산 너머 남촌에는 누가 살길래, 부르시데?"

고백하는 정치성의 얼굴로 저녁 햇살이 스산하게 비쳤다. 난조는 일어나 집으로 걸어 올라가는 니어의 뒷모습을 건너다보다, 강 물결을 내려다보는 정치성에게로 눈길을 옮겨왔다.

"아버지가 입원하자마자 작은엄마란 여잔 떠나버렸어. 엄마가 그러더라. 제 년이라고 어디 맘 편하게 발 뻗고 잤겠냐고…… 마음은 달라지게 마련이란다. 변하면 언제든지 가라고, 이번 애가 그러더라."

야라가 눈을 끔벅거리며 정치성을 쳐다봤다. 한참을 보다 물었다.

"그러니까 또 딴 여잘 만난다는 거구나, 전번 여자완 헤어지고?"

고개를 끄덕이는 정치성을 물끄러미 바라다보다 말했다. 난조는 왠지 야라의 말이 쓸쓸하게 들렸다.

"정치성, 우리 몸은 말이야. 막힌 곳으로는 피가 흐르고 뚫린 곳으로는 공기가 통해. 그래서 혈액순환이 제대로 안 되면 몸이 차지고 공기가 통하지 못하면 장기에 말썽이 생기지. 무엇보다 뇌가 피곤해져. 강이 공연히 변질되겠냐…… 이게 세상 이친가."

"미친놈, 갖다 붙이면 다 말인 줄 알아. 노래를 즐겨 흥얼거리더라. 편안해, 소리가…… 느네 엄마처럼."

야라의 말에 정치성이 중얼거리듯 대꾸했다. 그의 말도 정치성의 말도 다 석양 같았다. 아닌 게 아니라 두 사람 다 어둑해진 신림을 등진 채였다.

"아직은 더러 쓸 만한 게 있을지 모르겠다. 아침부터 푹푹 쪄대는 통에 갈밭에 들어가면 금방 숨이 막힐 거야. 일찍 일어나야 하니까, 올라가자."

야라가 노를 저으며 말했다.

"더 이따 가지 뭐. 아까 잠깐 봤는데 여기 청도 틀려버린 것 같아. 아무래도 남도로 가야겠어. 너도 같이 가자."

정치성이 대꾸했다.

야라가 젓고 있던 노를 놔버렸다. 난조는 그 바람에 빙그르르 돌았다.

정신을 차리고 보니 배 턱이었다. 야라가 말뚝에 끈을 묶고 있었다. 손을 연방 떨었다. 난조는 어질어질해진 눈으로 용머리산 아래를 건너다봤다. 노란 불빛 하나가 함초롬히 간당거렸다.

3

야라와 니어의 걱정을 들은 듯, 두 사람이 가고 얼마 지나지 않아 비가 내리기 시작했다. 나뿐 아니라 갈대도 우쭐우쭐 줄기를 세웠다. 길바닥까지 축 늘어져 있던 사위질빵도 박주가리도, 하눌타리와 계요등도, 익모초와 멜라초까지도 대가리를 빳빳하게 세우고 비를 맞았다. 변소 지붕을 뒤덮은 박넝쿨도 신명 나게 빗물을 빨아들였다.

비는 밤 내 쏟아졌다. 낮에도 쏟아지고 새벽에도 쏟아졌다. 서너 밤이 지나도록 끊임없이 쏟아지다 수긋해지고, 쏟아붓다가 수긋해지기를 되풀이했다. 온통 캄캄했다. 집도 변소도, 갈대도 자전거도로도, 난조도 강도 제대로 보이지 않았다.

싸르르르…… 쉬…… 쒜쒜쒜엑…… 강에서 이상한 소리가 올라왔다. 쇠가 갈리는 소리, 물이 싸우는 소리. 맞바람이 펄럭거리는 소리. 혹시 저승의 소리가 저럴까. 공포심마저 불러일으키는 소리에 나는 좋지 않은 기분으로 사위를 두리번거렸다. 아까부터 집 뒤 용머리산 쪽에서도 낯선 소리가 들리고 있었다. 허당에게 물었으나 저도 잘 모르겠슈, 하곤 입을 다물어버렸다. 빗발이 거세어질수록 소리도 더욱 커졌다. 뚝뚝…… 터그덕터그덕…… 크엉크엉…… 따아악 따그닥 탁…… 흐르렁 흘……. 무언가가 빠개지는 것 같기도 하고 무너지는 것 같기도 하고 흘러넘치는 것 같기도 했다.

아침이 오고 밤이 오고, 다시 새벽이 올 때까지 나는 싱숭 생숭한 마음으로 빗줄기를 바라다봤다. 비는 용머리산에서 강으로 신림으로, 산돌림해가며 몰려다녔다. 밝은 동안에도 다시 어두워져도 그칠 줄을 몰랐다.

탕…… 쿠루룽 우당탕탕탕 쏴아…… 뭔가 무너졌다. 동시 에 콰르르 물이 쏟아졌다. 나는 이파리들이 솟구칠 정도로 놀 라고 말았다. 수관마저 멈춰버렸다. 집 뒤였다. 용수로가 터 져버렸다. 밤 내 들리던 소리는 바로 용수로가 터지느라 앓는 소리였던가 보았다.

용수로 물은 빗물과 시멘트 조각들을 대동하고 낭자하게 쏟아져 내렸다. 시멘트 조각에 맞은 작두펌프가 휘우뚱 넘어 지면서 펌프 아래 빨간 함지박을 쳤다. 산산이 부서져버린 함 지박 조각들이 물에 휩쓸려 떠내려갔다. 물살에 건들거리던 의자 두 개가 내 아랫도리를 후려치듯 붙들었다. 물은 곧장 위쪽 갈대밭을 휩쓸고 내려갔다. 자전거도로를 넘어서 아래 갈대밭으로 내닫더니 순식간에 강물에 섞여들었다.

강물은 쿨렁쿨렁 흘렀다. 아랫물과 윗물이, 서로를 물어뜯 을 듯이 감아 들었다. 곧추서다 떨어지고 솟구치다 무너지며 무수한 굽이를 이루었다. 난조는 어느새 반나마 물속에 잠겨 금세라도 말뚝에서 빠져나갈 듯 휘청거리고 아래 갈대밭도 물속에 잠겨버렸다. 자전거도로도 위쪽 갈대밭도 물로 흥건해졌다. 나는 갈대를 바로 볼 수 없었다. 물속에서 허우적허우적 줄기를 세우다가 도로 퍼져버리는 그를 부를 수도 없었다.

바람에 변소 문이 요란한 소리를 내며 떨어져 나갔다. 허당도 놀랐는지 방문을 한바탕 열었다 닫았다. 산에서 내려오는 물은 급기야 마당의 흙을 야금야금 할퀴어갔다. 점점, 위쪽의 갈대 머리가 물에 잠겨갔다. 나도 제대로 서 있을지 장담할 수 없는 지경에 이르렀다.

바다를 이룬 물과 부유물들이 한강을 이루며 흘러갔다. 찢을 듯 불어대는 광풍에 강물은 정신없이 내달았다. 쓰레기를 잔뜩 짊어진 채 굽이쳤다. 아무렇게나 휘둘려가는 것들에서 냄새가 올라왔다. 인갱이에서 살아온 이래로 이토록 더럽고 추하고 독한 게 있었을까 싶을 정도로 역겨웠다.

난데없는 인기척에 나는 그제야 야라와 니어를 생각했다. 이 무더기 비를 뚫고 어떻게 왔을까, 걱정하는데 다른 인간들이었다. 배를 타고 왔다. 비옷을 입고 우산을 쓴 인간들이 난조를 지나 농로 앞에 배를 고였다. 모두가 허벅지까지 오는 장화를 신고 고무장갑을 끼고, 하얀 입마개로 주둥이를 덮은 채였다. 그들이 위쪽 갈대밭 가운데로 올라왔다.

나는 갈대를 불렀다. 정신 차리라고, 있는 힘을 다해 불렀으나 갈대는 도무지 일어설 줄을 몰랐다.

"전부터 문제였다니까요."

"아, 양수장 펌프부터 스톱시켰어야지. 쏟아지는 비로도 논이 잠기는디, 배수도 션찮은 판에 양수가 뭐여, 양수가?"

"용수로가 터질 줄 누가 알았겠어."

"여가 문제가 아니라 갑문을 너무 늦게 열웅겨. 잘 묵고 잘 사니께 인제는 논밭뙈기가 필요 엄따는겨. 지네들은 밥 안 먹고 사남. 고기만 쳐먹는다는겨?"

"고것이 뭔 소리랴. 물베락은 우리가 맞었제, 워디 나랏님이 맞었간디. 다 쓸데없는 소리여. 심들 들이지 말드라고."

"용수로 물은 다 빠졌죠?"

"수문을 막어났으니까요. 그나저나 땜빵하는 데 얼마나 걸릴라나, 빗물이 빠지고 나면 논에 물을 더 보내야 할 텐데요?"

인간들이 두세두세 떠들었다. 눈으로 파고드는 빗줄기를 털어내듯 연방 고개를 흔들어댔다.

"여기도 모래가 많을 텐데 왜 그냥 뒀으까이."

자전거도로 아래 갈대밭을 가리켜가며 한 인간이 말했다.

"용수로가 터져서 그런 거지, 여기가 문제 있는 건 아니잖아요."

다른 인간이 대꾸했다.

"저니가 살기 전에는 저 갈대들을 단오 때허고 칠석 때 예초기로 싹 다 비어버렸는디, 이삼십 년 전부터는 그럴 수 없게 돼버렸다니께요. 아, 새만금만 막을 게 아니라 여기 인갱이도 요 갈대를 벼내고 메꾸면 제법 넓은 농지를 확보할 수 있을 텐데요."

무척이나 아쉬운 듯 그 인간이 구시렁거렸다. 주둥이를 가리고 있어서 몰랐는데 목소리가 귀에 익숙하다 싶어 살펴보니 갈바탕으로 여러 번이나 물고기를 잡으러 왔던 인간이었다. 갈대밭에서 양수장으로 가는 길에 있는 논밭 주인이기도 했다. 저 인간의 아이가 귀엽다며 언젠가 조랑조랑 자랑하던 난조의 말이 기억났다. 나는 강변을 내려다봤다. 난조를 바로 보지 못하고 말뚝에서부터 추어가며 봤다. 다행히도 줄에 묶여있었다.

"날마다 피리소리가 난다던데 저 집인 모양이죠."

"말혀 뭣 허겄슈. 언제던가 요 갈대에 농약을 쳤다가 대판 싸웠다니께요. 인저 죽기 살기로 덤비는데 못 해보겄더라구유. 갈대는 물을 정화헌다나 어쩐다나, 말로도 고집으로도 당할 수 없어서 인전 손이고 발이고 다 들었쥬 머."

그 인간의 대답이었다.

빗줄기가 무춤해졌다. 사위도 번해졌다. 그들은 갈대밭 머리에 서서 일없이 낫으로 이삭을 쳐냈다. 길머리를 기웃거리는 품이 무언가를 기다리는 듯했다.

얼마 지나지 않아 차들이 왔다. 석 대나 되는 트럭 짐칸에는 날카로운 쇠송곳이 붙은 롤러가 실려 있었다. 그들은 부리나케 트럭으로 달려가 롤러를 내렸다. 두 대는 자전거도로 아래쪽 갈바탕으로 끌고 가고 한 대는 위로 끌고 왔다.

롤러가 누르듯 갈대를 밀고 나가면 인간들이 뒤따라가며 위로 치켜든 갈대 머리를 낫으로 일일이 쳐냈다. 끝까지 밀고 난 뒤에 한 번 더 밀었다. 그들은 그것을 '완전수장'이라 말했다. 물이 다 빠져나갈 때까지, 그런 식으로 자전거도로 양편 갈대를 모두 '싹쓸이수장'했다.

그들이 떠나고 얼마 지나지 않아 다른 인간들이 왔다. 움푹 패고 가장이가 떨어져 나간 도로를 김이 풀풀 나는 아스팔트로 메우고 노변을 정리하는 둥 마는 둥 떠났다.

하늘이 빠해져도 흙탕물 속에 처박힌 갈대는 일어설 줄을 몰랐다. 나는 차마 마주할 수 없어 새파랗게 구멍 뚫린 하늘만 올려다봤다.

– 걱정마시오, 나는 죽지 않아요. 예전에 여와는 나를 태워 그 연기로 홍수를 멎게 했어요.[43] 나는 연옥에서 천국으로 오르는 지지대,[44] 나는 물고기들의 서식처와 산란처, 내 뿌리는

---

43) 유안 편저/안길환 편역 『회남자淮南子』 「남명훈覽冥訓」 p.292 "여와는 오색 돌을 다듬어 창천을 보수하고 큰거북의 다리를 잘라서 사우의 기둥을 세우고 흑룡을 죽이어 기주 땅을 수재에서 구해냈고 갈대를 태워 그 연기로 홍수를 멎게 했다." 참고. 명문당, 2001.
44) 단테 알리기에리/박상진 옮김 『신곡』, 「연옥편」 1곡 p.93~96 "이자에게 미끈한 갈대로 띠를 매어 주고 얼굴을 씻어 주어 모든 때가 말끔히 가시도록 해주어라!" 참고. 민음사, 2015.

더러운 물을 정화하는 힘을 가진 존재라오. 목서, 당신이 오기 전부터 나는 여기 인갱이에서 살아왔어요.

내 얼굴이 연민을 가득 담은 표정이었던가 보았다. 갈대가 외려 나를 달래려 들었다. 나는 그게 더 안타까워 몇 남지 않은 이파리를 흔들어 눈물짓고 말았다.

언제 왔는지 야라가 갈대밭가에 서 있었다. 허망한 얼굴로 예제없이 돌아보더니 펌프를 먼저 손봤다. 난조에게 내려갔다. 몇 번이고 돌아보며 살피고 올라왔다. 천만다행이라고 말하는 그의 표정은 떨어진 하눌타리꽃보다 더 창백했다. 니어도 망연자실한 얼굴로 내 주변을 뱅글뱅글 돌았다. 의자를 똑바로 세우고 뒹구는 함지박 조각 몇 개를 주섬주섬 자루에 담았다.

집으로 올라갔다 내려오는 야라의 손에는 24관 생황이 들려있었다. 밖에 나갈 때나 챙겨 들던 것인데 어쩐 일인가 싶었다. 터덜터덜 배 턱으로 내려가는 모습이 어둡지는 않았어도 발이 땅에 닿지 않는 듯 허청거렸다. 그가 다가가자 난조가 되뚱거리며 맞이했다. 이내 둘은 강 가운데로 나갔다.

갈대는 구부정해진 줄기를 일으키려 애쓰고 있었다. '바람에 흔들리는 갈대'요 '밀고자'는커녕 제 몸 하나도 추스르지 못하는 한낱 풀일 뿐이었다. 그 속 어디에도 항아의 목소리는 들어있지 못할 것 같았다. 나는 위로할 말이 떠오르지 않았다. 내 심정을 아는지 니어가 갈대 곁을 오가며 어쩌다 솟아오른 줄기며 이파리들을 두 손으로 사뭇 만지고 쓸고 쓰다듬었다.

저녁나절 바람이 인갱이 앞을 떠돌았다. 바람에 실려 생황 소리가 올라왔다. 소리는 강물 속에서 찰방거리는 햇살과 물결을 보듬고 흐느적거렸다. 외롭고 높게 울었다. 쓸쓸하게 울부짖었다. 인갱이를 세상 밖 어느 곳으로 떠나보내기라도 하듯 비장하게 통곡했다. 질풍노도가 되어 신림으로 오르는가 하면 강으로 낭자하게 쏟아져 내렸다. 고요하게 흐느끼는가 하면 격정적으로 굽이치며 절규했다.[45] 나는 야라가 왜 笙이 아니라 24관 생황을 들고 내려갔는지를 알 것 같았다. 억누를 길 없는 무엇을 부르짖고 싶었던가 보았다. 가슴속에서 속수무책으로 소용돌이치는 무엇을 끄집어내고 싶었던가 보았다. 그것들을 강물의 격류와 함께 흐르게 하고 싶었던가 보았다. 무던히도 휘뚜루마뚜루 출렁거리게 하고 싶었던 모양이었다.

자전거를 타고 가던 무리가 한꺼번에 멈춰 섰다.

"야, 풍경 끝내주네. 종주길 중에서 이 근방이 가장 멋지다고 다들 난리던데 빈말이 아니었구나. 한 폭의 동양화 같아."

45) 〈허무(虛無)〉, 손범주 작곡, 2000.

"저녁 해와 음악이 진짜 잘 어울린다. 저 사람 감각이 상당한데."

"와우, 난 잠깐 새벽인 줄 알았어. 소리가 너무 청아해서 말이지."

"우연이겠지 뭐. 어쨌거나 풍경 좋고 음악 좋고, 야, 날씨도 끝내주네."

왁자지껄 떠들었다. 너도나도 손전화기를 눈앞에 들었다. 신림과 강 가운데 뜬 난조와 생황을 안고 앉은 야라를 배경으로 사진을 찍어댔다.

"말 그대로 비단강이잖냐, 비단강. 이런 데 카페가 있으면 좋겠다. 가만, 저기 산 좀 봐봐. 여자 얼굴 아냐?"

"어디…… 에이 무슨, 새 같은데? 가운데 대가리가 있고 양쪽으로 날개가 넓게 펼쳐져 있잖아. 금방이라도 날아갈 태세로 보이는데."

"그래, 난 왜 여자 얼굴로 보이지…… 아, 뾰족한 봉우리가 새 대가리구나."

나는 그들의 말에 갈대를 내려다봤다. 무슨 말인가를 하고 싶었으나 소리가 나지 않았고, 기력이 없어 낼 수도 없었다.

― 혹시 말이오. 야라가 부는 소리는 이제 더는 봄의 소리가 아닌지도 모르겠다는 생각이 듭니다.

갈대가 이파리를 치렁치렁 늘어뜨린 채 겨우 말했다.

나는 안쓰럽고 따뜻한 마음을 담아 갈대를 내려다봤다.

─ 인간들이 박을 공명통으로 쓸 때는 봄으로 통했을 텐데 지금은 저것처럼 나무나 아니면 구리 같은 쇠붙이로 만든다지 않소. 인간들이 정해둔 것에 따른다면 나무는 초여름이고 쇠붙이는 가을이라던데…….

─ 지금 저것이야 나무통에 죽관이 꽂혀 있지만, 笙은 박통과 당신 줄기로 되어있어요. 여전히 봄의 소리예요. 그리고 지금도 그걸 따지는 인간이 있다면 나무나 쇠붙이로 만든 통에 대막대기를 꽂아 악기를 만들겠어요. 이보세요. 누가 뭐래도 당신의 소리는 항아의 목소리예요. 공연히 인간들이 가둬놓은 틀에 매이지 말아요.

나는 확신이 서지 않았음에도 불구하고 지껄이고 말았다. 힘이 빠졌지만 그렇게라도 위로하고 싶었다. 칙칙한 갈대를. 무겁게 처진 그의 마음을. 어둡고 왜소해진 그의 가슴을.

인간들이 사진을 찍어대는 통에 해가 가버렸다. 떠나는 그들이 저녁놀을 불러왔다. 겉만 보는 그들에게 나는 야유를 보내고 싶었으나 소용없는 짓이었다. 인간들이 우리의 말을 못 알아듣는 게 이토록 원통할 줄은 꿈에도 몰랐다.

돌아온 야라가 아무래도 난조를 손보는 게 좋겠다고 말했다. 삼판도 그렇고 노도 헐거워졌다면서, 니어더러 집으로 먼저 가라고 했다. 내일부터 하는 게 좋겠다는 그녀와 이대로 있겠다는 그가 옥신각신하는 사이에 날은 저물었다.

니어는 인갱이로 출근하고 인갱이에서 퇴근했다. 야라가 그러는 니어를 나무랐다. 나무라면서 야위어갔다. 겨우 떨어져 나간 변소 문을 달아놓았을 뿐 종일토록 의자에 멍하니 앉아있기 일쑤였다. 밤에도 새벽에도 초점 없는 눈으로 신림을 보고 강물을 보거나 갈대를 봤다. 내가 꽃을 피워도 맨송맨송한 표정으로 쳐다보거나 갈대가 몇 가닥 꽃을 피워내도 반기기는커녕 더 울적한 표정을 지었다. 집에도 가지 않고 밥도 제대로 먹지 않았다.

내내 그럴 줄 알았는데 어느 아침 니어가 출근하고 나서였다. 내가 마지막 꽃을 피워내느라 타울타울 애쓸 때였다. 야라가 연장을 들고 난조로 내려갔다. 쇠말뚝부터 자귀망치로 단단히 박았다. 이쪽저쪽으로 돌아다니며 측판을 확인했다. 선미판 한쪽이 덜렁거리는 모양인지 손에 들고 있던 연장들을 바닥에 내려놓고 못과 망치만 들고 선체로 올라갔다. 두 발로 구르고 흔들면서 밑판이 빠지지는 않았는지 살피고는 떨어져 나간 선미판 두 곳에 못을 박았다. 노우대와 노앞잔지며 노물 밑을 몇 번이고 손으로 만져가며 작동해봤다.

집으로 올라온 야라가 笙이 든 가방을 메고 다시 내려갔다. 말뚝에 묶인 밧줄을 풀었다. 난조 밑에 받쳐두었던 몽깃돌을 빼내고 선체에 올라앉았다. 노를 저었다. 건너편 배 턱에 난조를 대었다. 말뚝에 밧줄을 묶고 한참을 서 있더니 돌연 항아 길로 올라섰다.

　퇴근해온 니어가 내 옆에 섰다. 내 향기도 딘둥딘둥 외면하고 건너편에서 간당거리는 난조와 신림만 건너다봤다. 그녀의 표정은 어둡고 허랑했다.

7장

항아 길

1

회색 자동차에서 사람들이 내렸다. 목서 아래 앉아있던 야라가 일어났다. 일일이 악수를 청하는 것이 구면인가 보았다. 허당은 파랑색 남방에 청바지를 입고 스니커즈를 신은 젊은 남성과 흰색 티에 청바지 차림을 한 단발머리 여성, 연회색 체크무늬 콤비와 쥐색 바지에 갈색 단화를 신은 중년 남성을 바라다봤다.

잘 지내시느냐고, 전화를 받지 않아 찾아왔노라고 여성이 말했다. 이어 젊은 남성이 연말에 군민회관에서 환경 콘서트를 열 예정이라고 전했다.

"선생님을 메인 연주자로 초청하고 싶어서 왔습니다. 환경부와 문화체육관광부, 군청과 여러 환경단체에서 공동으로 주최하는 거라서, 굉장히 의미가 큽니다."

그가 한 손으로 의자 끝을 잡고 서서 목서에게로 향했다. 밑동에서부터 우듬지까지 추어가며 올려다보고는 살짝 웃는 낯으로 말했다.

"악기를 놓은 지 오래됐습니다. 폐를 끼쳐서는 안 되지요."

"별말씀 다 하세요. 선생님 연주를 듣고 싶다는 사람들이 제일 많았어요. 꼭 초대하겠다고 장담하고 왔는데…… 외면하시면 굉장히 서운해 할 텐데요."

여성의 말에 그는 더는 이렇다 저렇다 말하지 않은 채 입가에 미소만 물었다. 강 쪽을 내려다보다 난조를 보다, 신림으로 시선을 옮기는 것 같더니 위 갈대밭으로 가 머물렀다.

"주최 측에서도, 선생님 연주를 가장 중요한 이벤트로 생각한다고, 그걸 꼭 말씀드려줬으면 했습니다. 선생님의 연주를 듣고 싶다는 사람들이 가장 많다면서요. 무대에서 듣고 싶다는 사람들이 압도적으로 많다고 하던데…… 그것은, 에 또…… 선생님은 이미 많은 사람들에게 아이콘이나 일종의 상징 아니면 스승…… 뭐, 그런 이미지로 자리하고 계시는 것으로 생각하기 때문일 겁니다. 어디 금강이나 새만금뿐입니까. 여타 환경문제를 얘기할 때면 어김없이 선생님 성함이 거론되곤 하잖습니까…… 전번에 중앙정부에서 마련한 행사를 거절하셨다고요. 그 얘길 듣고 내심 잘하셨다고 생각은 했지만서도 궁금했습니다. 연주자라면 누구나 무대에 서기를 원할 텐데, 선생님께서 한사코 거절하시는 저의를 모르겠더라고요. 더군다나 중앙무대는 어디 아무나 서는 뎁니까."

말없이 지켜보던 나이 지긋한 남성이 입을 열었다. 몇 숨 쉬었다가 다시 이었다.

"아직 시간이 많이 남았으니 좀 더 생각해보고 결정하셔도 늦지 않습니다. 주최 측에서도 선생님이 결정하실 때까지 기다려달라고 미리 부탁하더군요. 에 또, 예전처럼 무작정 청하는 것은 아닌 모양입니다. 이제는 기부금도 제법 들어오고 정부에서 지원도 받고…… 해서 수고비도 넉넉히 챙겨드릴 수 있으니 꼭 성사시켜달라고 당부하는 것을 보면…… 에 또, 저희가 기획하는 무대를 보시게 되면 선생님도 굉장히 놀라실 겁니다. 아름답고 화려한 조명은 물론이고 음향시설도 최상으로 준비하고 있으니까요. 선생님 연주도 야외에서 들을 때와는 상상할 수 없을 만큼 품위 있고 멋있게 들리겠죠. 장바닥에서만 듣던 사람들은, 아마 모르긴 몰라도 감동을 넘어 충격을 받을 거라 장담합니다…… '초야의 명인'에 걸맞도록 저희도 최선을 다할 생각이니까요."

그가 갈대밭에서 시선을 거두었다. 따뜻하지만 결연한 표정으로 그 남성을 봤다.

"좋게 봐주시니 기분은 좋습니다만……."

말하며 살짝 웃었다. 신림을 올려다봤다.

"요즘에는, 글쎄요. 일시적으로 우, 일어났다가 사라지는 아이콘이라면 모를까 상징이 필요한 시대는 아니지 않나 싶군요. 검색하면 다 나오는데, 경험이나 경륜이 무슨 필요가 있냐고 생각하는 사람들이 많아요. 아시다시피 요즘 시대에 스승이 드문 이유이기도 하죠. 그래서인지는 몰라도 사람들 마음이 너무 피폐해졌어요. 외롭고 우울한 사람들이 너무 많아요. 이런 현상이, 세상살이가 정보만으로는 가능하지 않다는 걸 반증하는 것 아니겠습니까. 소통이나 교감이 그토록 중요하다는…… 아 물론, 옳거나 그르다는 게 아닙니다. 좋거나 나쁘다는 것도 아니에요. 흐름이니까요."

말을 멈춘 그가 숨을 들이마셨다. 내쉬면서 머리칼을 손으로 쓸어 넘겼다.

"이런 말씀이 여기에 합당한지 모르겠습니다만…… 세상이 살 만한 가치가 있느니 없느니 하는 말은 사실 건방진 표현이지 싶군요. 사는 일은 주어진 것이지 선택사항이 아니니까요. selection이 아니라 given. 동식물에 똑같이 주어진 것, 동등하게…… 그런 면에서 본다면, 삶이 상징일까요. 생활 아닐까요. 생활은 생명의 활동이고요. 모든 동식물의 생명 활동. 그러니 생명 활동이 어떻게 무대에 있겠습니까."

그의 목소리가 갈수록 힘이 빠졌다.

허당은 걱정스러워 그를 내려다봤다. 말을 멈춘 그가 눈을 지그시 감았다 떴다. 의자를 잡고 있던 손으로 이마에 맺힌 땀을 닦아냈다.

사람들이 어정쩡한 표정을 지어 보였다. 좀 더 생각해보고 결심이 서걸랑 연락해달라고 말하며 나이 지긋한 남성이 손을 내밀었다.

징검징검 걸어가는 남성 뒤를 젊은 남성이 헌들헌들 따라갔다. 길섶에 무더기로 핀 멜라초 꽃을 밟고 지나갔다. 꽃과 이파리들이 짓이겨지면서 길바닥 흙과 범벅이 되었다. 뒤따라가던 젊은 여성이 신발에 붙은 흙꽃을, 허리를 구부려 털어냈다.

"아무리 봐도 항아는 아닌 것 같아요, 팀장님. 달로 가던 항아가 산이 되다니, 그냥 그럴싸하게 꾸며낸 옛날이야기 아니에요."

젊은 남성이 신림을 올려다보며 말했다.

"더군다나 달마는 도통한 승려라면서요. 아무나 달마라고 하는 건 아닐 텐데."

"이 사람아, 별명은 별명일 뿐이야. 뭘 그런 데다 의미를 두고 그래."

문득 다시 말하는 젊은 남성에게 중년 남성이 대꾸했다. 무엇엔가 한껏 빈정 상한 듯한 목소리였다.

"여기도 어쩔 수 없이 쇠락해가네요. 강물도 그렇고 갈대밭도 그렇고…… 대금 청을 이맘때 준비한다고 들었는데 여기 걸로는 어림없겠어요."

짤랑짤랑 걸어가 그들 옆으로 나란히 선 젊은 여성이 한숨처럼 두런거렸다.

그들의 말이 또렷하게 들려왔으나 그는 말없이 의자에 엉덩이를 걸쳤다. 입을 꾹 다물고 차에 오르는 사람들을 건너다봤다. 멜라초에 가 머무르다 강물 쪽으로 몸을 기울였다. 오늘도 저리 앉은 채로 하루를 보낼 작정인가 싶었는데 도로 일어났다. 아궁이 쪽에서 자루를 하나 가지고 나오더니 자전거 도로로 내려갔다.

오래전, 인갱이가 홍수로 아수라장이 되었을 때부터였다. 사람들이 쇠못이 달린 로라로 밀고 다니며 갈대를 다 물속에 박아 버리고 나서였다. 나갔다가 얼마 만에야 돌아왔을까. 그 뒤로 그는 笙을 분 적이 거의 없었다. 밖으로 다시 나가지 않았고 난조鸞鳥를 타고 강으로 나간 적도 몇 번 되지 않았다. 저렇게 강변 근처를 돌아다니며 쓰레기를 줍는 일이 다반사였다. 아니면 진종일 목서 아래 앉아 강과 신림, 배 턱에서 간당거리는 난조와 갈대를 바라보다 저녁에 니어가 오면 그녀의 차를 타고 자는 곳으로 돌아갔다.

처음부터 낌새를 알아챈 것은 아니었다. 어느 날 허당은 그의 볼이 홀쭉하고 그늘이 져 있는 것을 발견했다. 갈대에게 인사라도 건네요. 아직도 많이 아파요. 목서가 대뜸 말했다. 인간들이 어제 깔아버렸잖아요. 야라처럼 갈대도 마찬가지예요. 목서 말에 허당은 그제야 그도 갈대도 내내 침묵해오고 있었다는 사실을 알게 된 것이다.

그런 갈대가 새 줄기를 밀어 올렸다. 당치도 않게 가늘고 초라해도 갈대의 노고가 한없이 존경스러웠다. 조만간 청을 만들 수 있을지 모르겠다며, 분명 그와 그녀도 반길 것 같았다. 목서도 고생하고 있었다. 허당은 잔가지들 새에서 새 이파리들이 뾰조롬히 나와 잠들어 있는 걸 지금에야 보았다. 주변이 일시에 환해지는 것 같았다. 이파리만으로도 달큰하고 청량하게 꾸밀 수 있다니.

– 애쓰시네유. 힘드시지유?

감격스럽고 미안해 한마디 했지만 목서도 침묵했다. 무르춤해진 허당은 괜스레 창문만 달싹거렸다.

자루를 지고 올라오는 야라의 몰골은 말이 아니었다. 머리칼은 아무렇게나 너풀거리고, 얼굴이며 팔뚝이며 다리에도 붉은 줄들이 어수선하게 그어져 있었다. 축 늘어진 흰옷에도 울긋불긋 풀이며 종이때기며 흙들이 달라붙은 채였다. 그가 우물가에 자루를 놓고 안으로 들어왔다. 모싯대와 벌금자리를 봉지에서 꺼내 싱크대에 놓았다.

밖으로 나가 자루를 쏟았다. 얼굴과 발을 대충 씻고는 우물

턱에 걸터앉았다. 담배꽁초와 종이, 플라스틱, 비닐봉지, 병 뚜껑, 은박 금박지, 낚싯줄과 납추 등으로 분류해나갔다.

산 아랫길로 차가 올라와 빈터에 섰다. 차에서 내린 니어가 으깨어진 멜라초를 보고 그 앞에 쪼그리고 앉았다.

"누가 다녀갔나 보네. 아이고, 이렇게나 많은데, 눈에 보였을 텐데…… 어 야라, 이게 무슨 냄새죠?"

일어서며 킁킁거렸다.

"어마, 이 상처들은 다 뭐야?"

그녀가 놀란 표정으로 다가왔다. 그가 분류한 것들을 내려다봤다. 그의 얼굴을 쓸어보고 팔뚝을 더듬어보고 종아리며 발을 살폈다. 옷자락에 얼굴을 대고 냄새를 맡는 것 같더니 인상을 찌푸렸다.

그제야 허당도 다른 냄새를 맡았다. 시궁창 냄새였다. 땀내와 물비린내까지 섞여들어 비위가 상했다. 자기 냄새와 비슷했다. 밥냄새 김치냄새 된장냄새, 비린내와 누린내, 오줌냄새 똥냄새 방구냄새, 발꼬락냄새와 땀냄새…… 한데 얽히고설키고 묶어서 쌓인 수만 가지 냄새들.

"아까 조 아래에서 미끄러졌는데…… 괜찮아요."

혼잣소리처럼 말했다. 그새 더 우묵해진 눈동자로 갈대밭을 건너다봤다.

"샤워부터 해요, 몸에 냄새 배기 전에."

말하며 그녀가 안으로 들어왔다. 방에 불을 켜고 앞치마를 걸쳤다. 따라 들어온 그가 팬티를 꺼내어 들고 욕실로 들어갔다.

그녀가 오랜만에 쌀을 씻어 뜨물을 받았다. 밥솥에 밥을 안치고 쌀뜨물에 된장을 풀었다. 벌금자리를 씻어 국을 끓인 다음 모싯대를 데쳤다. 국간장과 들기름으로 조물조물 무치자 금세 구수하고 향긋한 냄새가 집 안팎으로 퍼졌다.

"니어, 도림에 다녀올까요. 오동실이랑 물뿌랭이도 다녀왔으면 좋겠는데."

욕실에서 나오며 그가 말했다.

"오동실이 없어진 지가 언젠데 아직도…… 그래요, 가는 건 좋은데요. 지금 당신 몰골이 어떤 줄이나 알아요. 몇 번이나 말했죠, 몸만 상한다구요."

그녀의 말에 아무런 대꾸도 없이 그는 새 옷을 입었다. 식탁이 차려진 책상 앞 의자에 앉았다. 숟가락으로 밥을 뜨면서도 모싯대 나물을 집어 입에 넣으면서도 연방 긁었다. 긁는 대로 팔뚝이며 어깻죽지가 오돌토돌 불거지는 걸 불안하고 의심스럽게 지켜보던 그녀가 숟가락을 놓고 건너왔다. 그의 옷자락을 들쳤다.

"이거, 풀독 아니에요? 병원에 가는 게 좋지 않을까."

"오전에 공연기획사에서 다녀갔어요. 연말에 군민회관에

서 환경 콘서트를 열 거라고……."

당황스러운 얼굴로 그녀가 청하는데도 그는 무심하게 소식만 전했다.

"하겠다고 그랬죠?"

그녀가 묻자 고개를 흔들었다.

"지난번에도 거절하더니…… 무대든 장터든 광장이든, 다 받아들이기 나름 아니에요. 이제 벗어날 때도 되지 않았냐구요."

자리로 가 앉으며 그녀가 핀잔하듯 말했다.

그는 말없이 밥을 먹었다. 반이나 비웠을까, 수저를 놓았다. 빤히 쳐다보던 그녀도 숟가락을 놓고 일어났다. 이내 그릇 씻는 소리가 달그락달그락 들리고, 풀냄새가 은은하게 들어오는 방 안은 조금 스산하고 을씨년스러워졌다.

"시간이 더 필요한가 봐요. 세상을 직시할 시간, 나를 더 자세히 들여다봐야 할 시간, 심장 깊숙한 곳에서부터 올라오는 소리를 들어야 할 시간이……."

그녀가 그릇을 닦다 말고 돌아섰다.

"설마 조종弔鐘은 아니겠죠."

농담하듯 대꾸했다.

허당은 두 사람에게서 눈길을 돌렸다. 항아의 머리 위로 온 어둠별이 파랗게 빛났다. 그녀에게 말해주고 싶었다. 당신 주먹보다 더 큰 별이 가려 하고 있다고. 얼른 배웅하라고.

한 손으로 책상에 턱을 고이고 앉은 그가 어두운 창밖을 내다봤다. 나직하게 말했다.

"지난번에 남도에 갔을 때, 화가 하나가 그러더군. 가령 구름을 그릴 때 말이에요. 그리고자 하는 구름이 언제 생겼는지, 어디에서 생겼는지, 어떻게 생겼는지, 처음에는 어떤 모습이었는지, 어디 어디를 거쳐 여기까지 왔는지, 얼마나 걸려서 왔는지를 생각한 뒤에야 비로소 붓을 든다고. 새로운 그림을 시작할 때마다 매번 겪는 어려움이자 고통이라고."

말하곤 강팔라진 어깨죽지를 긁었다. 팔뚝을 긁었다. 그의 손길이 지나간 자리마다 붉은 반점들이 부풀어 올랐다. 더러는 터지면서 피가 났다.

"소리를 만드는 것도 비슷한 것 같아요. 어디에서부터 비롯된 소리인지 알려면 단전에 숨을 모아야 해. 단전 깊숙한 곳에서 올라오는 숨만으로 광활한 우주를 만들어내야 하는데, 솔직히 이제는 두려워요. 내가 제대로 소리를 내고 있는지, 설불리 笙을 들 수 없을 정도로 두려워…… 하긴 그냥 하는 것은 아무것도 없겠지. 당신이 아이들을 가르치는 일이나 수를 놓는 일도 대충대충 할 수 없듯이…… 그나저나 니어, 이제 笙을 만들 수 없게 되었으니 인갱이도 더는 인갱이가 아니겠지. 저 항아의 얼굴도 결국……"

"변할 것이다? 야라, 세상에 변하지 않는 건 아무것도 없어요."

그녀가 개수대에서 돌아서며 말했다. 계속 긁어대는 그를 응시하더니 응급실로 가자고 다시 말했다. 약국에라도 다녀오겠다고 했다. 막무가내로 고개를 흔들며 침상으로 가 눕는 그를 보고는 한숨을 쉬면서 고개를 절레절레 흔들었다.

"맞아, 세상 모든 것은 변하지…… 니어, 난 가끔 우리 육체가 자연의 한 세포, 우주의 세포 하나가 아닐까 생각해요. 우리 몸이 몇십 개 조의 세포로 이루어진 덩어리이듯 우리 하나하나의 몸도 우주 하나하나의 세포 아닐까. 마음도 그럴 것 같아요. 심장의 기능을 돕는 허구 장기를 심포心包라고 한다는데, 그 속에 마음이 있는 게 아니라 몇십 개 조의 세포가 곧 마음이지 싶어. 우리는 몇십 개 조나 되는 마음으로 이루어진 하나의 덩어리인 셈이지."

밖은 이제 캄캄해졌다. 인갱이가 적막에 휩싸였다.

"지난번에 장인이 조롱박과 갈대관들을 하나하나 장도리로 칠 때 소리가 바닥으로 떨어지는 것 같았어요. 눈에 보이는 것 같았어. 한데 그 소리는 다 어디로 갔을까. 오랫동안 생각해봤어요. 내가 내린 결론은 (그가 쓸쓸하게 웃었다) 이 세상의 숨이 되지 않았을까…… 말이 되나…… 세상도 기억이라는 하나의 숨에서 시작했는지 모르겠다는 생각이 들 때가 있거든. 하나의 숨이 물에 녹아 흐르면서 풀과 나무와 꽃이 되고, 사람이 되고, 짐승이 되고, 물고기가 되고, 새가 되지 않았을까. 곤충이 되고, 눈으로는 볼 수 없는 미생물이 되지 않았을까…… 이 책상이든 침상이든 조립한 것들을 해체하고 또 해체하고 나면 이미 아무것도 아니듯이, 우리 몸도 계속해서 쪼개고 나면 아무것도 안 남을 거 아니에요."

"맞아요, 미생물은 우리 생명체를 살리는 또 다른 생명체니까. 미생물이 없으면 우리는 먹어도 소화를 못 시키고 죽어도 썩을 수 없을 거야. 흙으로 돌아갈 수 없게 되는 거죠. 그러니까 삶과 죽음은 동시에 일어나는 게 맞나 봐요…… 아, 혹시 미생물들이 생명을 이루는 세포 아닐까. 당신 말처럼 마음을 이루는 세포 말이에요. 야라, 정말 그럴 것 같지 않아요."

"사실 우리 몸 안에서 흐르는 게 물만은 아니겠지. 물속에는 산이 있고 강이 있고 바다랑 하늘도 있고, 바람 나무 풀…… 온갖 것들이 함께 흐르겠지. 풀 속에서도 별들이 빛나고 해랑 달이 뜨고 지고, 바람이 불고 비가 내리고 눈이 오고……."

팔베개하며 그가 혼잣말처럼 말했다. 천정을 올려다보는 눈빛이 미세하게 떨리는 듯했다.

"어디를 가려고 나는 이 먼 길을 걸어왔을까. 무엇을 위해 한뉘를 타울거렸을까. 이렇게 허룩해지도록 무엇을 했지……."

수건에 손을 닦던 그녀가 궁금증이 가득 든 표정으로 돌아섰다.

"느닷없이 그게 무슨 말이에요. 당신이 왜 허룩해요. 나이는 들었지만 지금도 멋져요. (자기의 가슴께를 가리키며) 여기가 이렇게나 따뜻한데…… 야라, 당신 오늘 이상해요. 왜 갑자기 그런 말을 하죠, 다 살아버린 사람처럼?"

되물으며 물병을 들고 와 책상 위에 놓았다. 침상에 다리를 죽 뻗고 벽에 기대어 앉았다.

"가만 생각해보니까 당신 말도 그럴듯하군. 미생물이 세포라는 말, 마음이라는 말…… 니어, 오늘은 여기서 자자. 갈대 바람소리도 좋고 강물소리도 좋고……."

그의 목소리가 둔전거리듯 방 안을 맴돌았다.

─ 오메, 지두 멍청이 환영혀유.

허당은 탄성을 질렀다. 신나서 방 안을 두리번거렸다. 서늘해진 공기가 틈입하지는 않는지 방문과 창문을 살피고 커튼 자락도 단단히 여몄다. 많은 날을 독수공방으로 지나온 것에 대한 보상이라면 이보다 더한 무엇도 할 수 있을 것 같았다.

그녀가 처음 오던 날이 떠올랐다. 삶아 말린 갈대 줄기와 박을 배낭에 잔뜩 짊어지고 나갔던 사람이 옛날 笙은 버리고 새로운 笙을 들고 돌아온 날이었다. 분홍색 내리닫이를 입은 처자를 대동하고 와 의기양양하게 "니어, 아름다운 인갱이에 온 것을 환영합니다." 라고 했다. "야라, 정말 멋져요." 처자가 화답했다. 인갱이가 일시에 화사해졌다. 강물도 구름도 바람까지도 온통 발갛게 상기되고, 갈대와 목서와 심지어 난조까지도 반갑다며 눈물을 찔끔거렸다.

허당만은 그럴 수 없었다. 그러닝게로 이 사람의 이름이 야라라는 걸 그날 처음 알게 된 것이다. 십여 년간이나 항꼬네 뒹굶서도 모르고 지내왔는데 목서니 갈대니 저 작자들은 이미 알고 있었던 모양이었다. 알면서도 말 한마디 해주지 않다니. 다시금 생각해봐도 괘씸하기 짝이 없지만 다 지난 일이다. 지금까지 자기를 거쳐 간 여러 부부 중에서 유독 이 부부는 달랐다. 이십몇 년 동안이나 분홍과 연분홍 사이라면 더할 말이 있을까. 더군다나 니어가 오고 나서 자기도 통째로 말끔해졌다. 두 사람은 지붕을 새로 덮고 골방을 터서 방을 하나로 크게 만들어줬다. 벽지와 장판도 깔끔하게 바꿔줬다. 침상도 새로 만들고 욕실도 꾸몄다. 식기들이 새로 오고 아궁이도 번듯해졌다. 허당은 요대기에 수 놓인 달덩이를 볼 때마다 빙그레 웃곤 했다. 까짓 이름쯤이야 늦게 안 것이 무슨 대순가.

그녀가 자기 허벅다리에 그의 머리를 올리고 이마에 붙은 머리칼을 쓸어 넘겼다. 그의 옷자락을 들췄다. 손바닥으로 가

습파과 배를 쓸었다.

"야라 배는 똥배 니어 손은 약손……."

흥얼거렸다.

"고집불통 야라야, 병원에 가자. 가자가자 야라야, 얼른얼른 낫도록. 고집불통……."

뭐야, 하면서 그가 돌아누웠다. 그녀가 그의 등짝을 찰싹 두드렸다. 어깨를 쓸었다. 허리를 쓸며 계속 노래를 불렀다.

"멀리서 반짝이는 별님과 같이 의좋게 사귀고서 놀아봤으면…… 영원한 웃음 나라 달님의 나라 그곳에 나도 가서[46]……."

조금 전에 불렀던 것과는 다르게 소리가 높아지다 낮아지다, 굽이치다 평평하다 했다. 감미롭고 청아하고 조금은 애잔하게 방 안으로 퍼졌다.

"듣기 좋다…… 당신이랑 나랑 이렇게 오랫동안 함께 살아왔다는 게 꿈 같아. 니어, 이 비단강변에서 당신이랑 함께 숨 쉬고 있다는 사실이 정말 꿈속 같아."

"무슨 말을 하는 거예요. 당신, 오늘따라 진짜 이상해?"

말하는 그녀의 얼굴에 의문이 가득 찼다. 이내 골똘한 표정을 지으면서 그의 머리를 내렸다. 일어나 책상 서랍에서 책을 꺼내왔다. 중간쯤을 펴고 읽기 시작했다.

---

46) 〈별 보며 달 보며〉, 유성윤 작사·유병무 작곡, 1977.

"당신 말씀대로 정말 우리는 한 가지 목숨의 흐름일까요, 이 세상은, 宇宙에 있는 모든 生物은 한 가지 목숨의 江물일까요, 그래서 죽음도, 삶도 없는걸까요, 永遠한 바람만 있는 걸까요, 頂上을 향한. 당신도, 나도 한 가지 江물의 흐름 위에 돋아난 잠깐의 表情일까요[47]……."

가만히 듣고 있던 그가 몸을 일으켰다. 그녀에게서 책을 가져다 책상에 놨다. 그녀를 옴소롬히 보듬었다. 눕혔다. 그녀도 자기 위에서 내려다보는 그의 얼굴을 두 손으로 받쳐 들었다. 이마에 입을 맞췄다. 두 사람이 똑같이 눈을 감았다. 오래오래 서로의 혀를 탐닉했다.

그가 베개를 빼내어 옆으로 치웠다. 달덩이가 그녀의 머리를 받쳤다. 그가 혀로 그녀의 볼로 귀로, 길쑴한 목덜미로 내려가며 애무할 때마다 이불에 수 놓인 난조가 간당거렸다.

"야라, 내 강아지."

그녀의 말이 어찌나 달큰하게 들리는지 허당은 나른해진 눈으로 밖을 봤다. 어둠별은 가버리고 달마저 방 안에 들어와버린 밤하늘은 구름으로 덮여 깜깜했다. 강 건너편으론 이따금 지나는 차들의 불빛이 강물 속으로 들어와 번득였다. 그럴 때마다 졸고 있던 갈대와 목서가 꿈을 꾸듯 뒤척였다.

---

47) 「錦江」제25장 일부, 『신동엽전집』 p.290, 창작과비평사, 1975.

불과 몇 년 전까지만 해도 허당은, 저 혼자 흥분하며 날뛰던 그나, 그런 사람을 지극정성으로 어루만지던 그녀가 정신 나간 사람들인 줄 알았다. 죽어. 죽으란 말이야. 미치겠어. 아, 니어…… 흥분에 못 이겨 토로하듯 탄식할 때는 요것이 뭔 일이랴? 너무도 내팔스러워 문풍지만 떨어댔다. 그는 연거푸 낮게 짧게 음산하게, 죽어. 죽어! 뱉었다. 뱉어내며 그녀를 깔아뭉겠다. 두 팔로 목을 휘감고 그녀의 숨통을 조였다. 그녀에게 엉덩이를 바짝 들이밀면서 죽어버리라고! 짖으며 전율했다. 그녀가 고개를 돌리고 숨을 토해낼 때까지, 한쪽 다리를 빼내어 자세를 고쳐 누울 때까지 발악했다.

전 주인들은 안 그랬다. 다 똑같지는 않아도, 대개는 뜨겁고 열정을 담은 표정으로 서로를 탐했다. 절정의 순간에도 도란도란 밀어를 나누며 황홀감에 젖었다. 허당도 덩달아 달뜨곤 했다. 가슴이 퉁게거리고 간지러워, 그들이 침상을 삐걱거리거나 이불을 걷어차는 소리에 함께 신음했다. 그렇게 애새끼들을 까질러 놓고는, 좁아터져 못 살겠다고 투덜대다 보따리를 싸서 떠나버리긴 했지만, 좌우당간 그랬다.

허당은 그의 전사前事가 궁금했다. 감당 못 할 일을 당하지 않고서야 매번 그녀에게 죽일 듯이 사정할 이유는 없을 것 같았다. 모르긴 몰라도 그녀 또한 그 까닭이 궁금할 게 틀림없었다. 물어주기를 바랐다. 뭔지를 알아야 해결할 수 있을 게 아닌가. 하지만 그녀는 고백했다. 그를 안은 채로 야라, 쏟아요. 다 쏟아요. 당신 속에 든 것을 내게 다 쏟아요, 라고. 우리도 아이가 있었으면 좋겠어요, 라고. 그의 대답은 더 가관이었다. 사랑해, 니어…… 나도 우리 아기가 있었으면 좋겠어. 한데, 한데요…… 미안해. 니어, 미안해요. 숨을 고르면서 고백했을 때 허당은 어이상실, 말이 안 나왔다. 업세, 세상 곡헐 일이여. 저 지랄발광을 허여서 애새끼를 까질러? 하이고, 못 봐줄 일이제. 열만 뻗었다.

그가 그녀의 품을 파고들었다. 아이가 젖을 찾아 엄마의 가슴을 헤치듯 헤쳤다. 그의 뒤통수를 쓰다듬는 그녀의 손길은 사랑스러웠다. 지금까지 기억하고 있는 그 누구의 손길보다 따뜻했다.

그녀가 얇게 한숨을 지었다. 두 손으로 그의 얼굴을 감싸고 물끄러미 올려다봤다. 그도 팔을 침상에 괴고 마주 내려다봤다. 간절하게 무엇인가를 호소하듯이 바라보더니 그녀의 이마에 볼에 입을 맞추었다. 그녀의 입술을 헤집었다. 목덜미로 가슴팍으로 내려가며 이불 속에 든 다리를 빼내었다. 다리에 말려있던 이불이 해딱 뒤집혔다. 책상에 놓인 책을 덮쳤다. 책이 튕겼다. 책에 기습당한 병이 나가떨어졌다. 유리 조각들에 찔린 허당은 방바닥에 그만 눈물을 쏟고 말았다.

2

크고 값비싸 보이는 검은색 세단이 빈터에 섰다. 이내 차문이 열렸다. 새 차만큼 훤칠한 정치성이 허우대를 휘저으며 이쪽으로 걸어왔다.

"오, 어쩐 일로 올 때마다 얌전히 계실까. 전활 안 받아서 신림에 들어갔나, 또 장바닥을 헤매 다니나 그랬네?"

말하며 옆에 앉는 정치성에게, 야라가 손을 내밀었다. 부신지 눈을 껌벅껌벅했다.

"다이어트 하냐. 올 때마다 늘씬해지는 것 같아. 잘하는 거야, 인마. 말은 안 했지만 넌 좀 뚱뚱했잖어. 나이 들수록 비곗살보다는 근육이 붙어야 한다잖아. 봐라, 난 아직 건재하지?"

정치성이 옷소매를 걷어 보이며 말했다. 툭 불거진 팔뚝 근육을 보고 야라가 피식 웃었다.

"어쩌려고 무작정 왔어."

나무라듯 말했다.

"무작정이라니, 네가 전활 받아야 말이지. 어떻게, 생각 좀 해봤어?"

뭘 말하느냐는 듯 야라가 뜨막한 눈으로 정치성을 봤다.

"너 혹시 결정장애 있는 거 아니냐. 이번 기회는 정말 놓칠 수 없다니까. 난장의 달마가 중앙무대에 진출할 수 있는 마지막 기회라고 누차 말했잖아. 내가 얼마나 정성 들인 건데?"

"이 사람아, 제발 그런 말 좀 안 할 수 없어…… 그 일이라면, 지난번에 말했잖아."

하소연하듯 말하는 야라의 말에 정치성이 실망스러운 표정을 지었다. 두 손을 들면서 일어났다. 어깨를 들썩이며 아니…… 말하다 말고 뭔가를 찾듯 여기저기를 둘러봤다. 의자에 다시 앉았다.

"어째 악기가 안 보인다? 안 분 지 오래됐다더니 진짜인 모양이지. 뭐, 공연까지는 시간 넉넉해. 천천히 연습해도 될 거야. 참, 오면서 보니까 여기 갈대도 엉망이더라. 이제 은청도 만들기 어렵겠어. 은청이라면 여기가 짱이었는데. 야, 목서가 피었구나. 냄새 죽인다……."

주절거리는 정치성의 말에 야라가 무겁게 고개를 끄덕였다.

"진짜, 요즘엔 왜 안 나가고 처박혀만 있는 거야. 지난번에 왔을 때도 몇 달 동안 안 나갔다고 그랬잖아. 이젠 네 와이프가 밥을 먹여주겠대? 야, 넌 네 와이프 같은 사람 만나서 진짜 행운이다. 잘 만난 줄 알어, 인마."

저 비아냥거리는 말투는 영 못 고치는 모양이었다. 나는 마침 누레진 이파리 하나를 정치성의 눈언저리로 떨어뜨렸다. 깜짝 놀라며 정치성이 나를 노려봤다. 나는 모른 척 또 하나를 뒤통수로 던졌다. 움직일 때마다 옷 속으로 파고들 것이었다. 등을 타고 내려갈 터였다. 따갑고 군시러운지 정치성이 사뭇 손바닥으로 등을 두드렸으나 옷 속에 든 게 나올 리 없었다.

"길을 잃어버렸어. 잃어버리고 말았어."

"길, 무슨 길?"

체념 섞인 야라의 말에 정치성이 표정 없는 목소리로 되물어왔다. 바지 벨트를 풀어 옅은 회색 와이셔츠 자락을 끄집어냈다. 이파리를 털어내고 매무새를 가다듬었다.

웃음이 났다. 나는 꽃 이파리를 정치성의 머리에 하나씩 하나씩 떨어뜨렸다. 이렇게나마 골탕을 먹이는 것도 재미가 쏠쏠했다.

"아름다움의 중심으로 가는 길."

"뭐가 아름다움의 중심으로 가는 길이야? 아, 그 뭐냐……항아길. 강 건너에 있다는 길 말이지. 그러니까 아름다움에 중심이 있다는 생각을 여직 못 버렸다 그 말이네. 나 참, 아직도 현실을 똑바로 인식 못하는구나. 완전 딴 세상에 살고 있어, 조여생."

정치성이 의자에서 일어났다. 짙은 감청색 바지 주머니에 한 손을 질러 넣고 내 주변을 어슬렁거렸다. 어처구니없다는 표정으로 몇 번이나 야라를 힐끗거렸다.

"아니, 음표의 일생이라나, 희로애락까지 염두에 두고 분다는 사람이 항아길인지 뭔지를 잃어버렸다는 게 말이 돼. 네 말대로라면, 음표 속에 든 일생인지 희로애락인지가 아름다움의 본질 아냐. 그 안에 길인지 뭔지가 들어있다는 거 아니냐고. 한데 잃어버리다니. 신림에 있다는 길이 왜 갑자기 없어져. 누가 파내버렸대? 앞뒤가 안 맞는 거 아냐.”

“갈대 속에 있는 것 같다고 전에도 말했을 거야. 그러니까 내 말은…… 갈대가 저리되고부터 내가 부는 笙에서도 소리가 제대로 안 난다는 거지. 아무리 불어도 안 나. 흐름을 멈춰버린 것 같아.”

“네 말은 그러니까, 물의 흐름과 아름다움이 어떤 연관이 있다는 거야?”

“그게…… 하긴 똥물이든 꽃물이든 이미 순수한 물은 아니지. 세상에 맹물이 어디 있을라고. 순수라는 말은 그냥 우리 이상 속에서나 존재할 따름인데. 아름다움도 마찬가질 텐데, 지금까지 내가 미련한 생각을 해왔나 봐.”

정치성이 멈춰 섰다. 눈을 부라렸다. 야라가 정치성을 마주 보다 강으로 고개를 돌렸다. 더는 말하지 않았다.

나는 정치성의 말대로 흐름과 아름다움이 어떤 연관이 있을까. 연관이 있다면 그것은 무엇일까 곰곰이 생각하기 시작했다.

－ 줄기가 가늘어져서 나는 이제 항아의 목소리를 낼 수 없

어요. 야라 말은 아마 그 의미인 것 같소만. 아까 길을 잃어버렸다고 했잖소.

갈대가 조심스럽게 말을 걸어왔다.

– 당신 말에도 일리가 있기는 해요. 하지만 당신 줄기가 가늘어졌다고 해서 항아의 목소리가 안 들어있는 것은 아니잖아요. 야라가 말한 뜻은 그게 아닌 것 같아요.

– 그럼 뭘까. 당신도 들어서 알듯이 내 줄기로 만든 笙에서는 대나무 생황보다 훨씬 아름다운 소리가 났어요. 정교하고 농밀하고 그러면서도 뼈조차 없는 소리가 났어. 한데 지금은 제대로 안 나요. 야라가 아무리 불어도 예전과는 달라졌어요.

갈대의 말을 듣고 보니 정말 그랬다. 멀쩡하던 악기가 소리를 제대로 내지 못하고 있었다.

"어쩌면…… 아름다움은 물의 기억일지 모르겠다 싶어."

야라가 힘겹게 말했다. 어눌하고 자신 없는 말투였다.

"뭐, 물의 기어억?"

반문하며 정치성이 의자에 앉았다. 얼굴에 조소가 가득했다.

"지구상에 사는 동물은 약 70%가 물로 되어 있잖아. 식물은 50~70%, 수중생물의 경우에는 80~99%가 물이 차지해. 지구도 지표면 70% 이상이 바다로 둘러싸여 있고. 호수와 강과 빙하, 토양과 암석 속에 든 지하수와 대기 중에 들어있는 수증기까지 합한다면 지구의 대부분이 물로 구성된 셈이지.

왜 물로 돼 있을까. 물은 왜 순환하지."

"그게 지금 물이 아름답기 때문이라는 거야? 어이, 조여생 씨. 물은 물일뿐이야. 아름다움과는 아무 관계가 없어요."

"그럼 흐름이라 말할까. 목숨을 가진 것들의 몸속으로 흘러 들어가 구석구석으로 스며드는 것. 마침내 그만의 목소리로 눈빛으로 살갗으로 되살아나는 것, 피어나는 것. 그게 아름다움 아닐까. 한데 갈대가 바닷물을 만나지 못하고 있어. 물의 기억을 잃어버리고 있는 것 같아. 그래서일 거야, 갈대가 푸석거리는 건. 내 笙이 소리를 잃어가는 건…… 요즘엔 자꾸 그런 생각이 들어."

기운이 빠지는지 숨을 길게 쉬었다. 머리칼에 있던 내 꽃잎 하나가 야라의 고갯짓에 팔랑 떨어져 내렸다.

"너도 소식 들었을까. 지난봄엔가, 뉴질랜드에서는 지구상에서 가장 먼저 강에 인권을 부여했대. 북섬에 있는 황거누이 강에 인간과 동등한 법적 권리와 책임을 주는 법안을 통과시켰다는 거야. 부여했다는 말이 좀 거만하게 들리긴 하지만 아무튼 그랬다더라고. 앞으로 그 강을 해치거나 더럽히면, 사람을 다치게 한 사람을 처벌하듯 똑같이 처벌한다는 거지. 마오리족은 그 강을 지키기 위해 장장 백육십 년을 정부와 싸워왔다고 하더라고. 그들에게 황거누이 강은 기억하고 보존해야 할 귀중한 보물 '타옹가'래."

"에이, 강이 무슨 사람이냐, 인권을 부여하게. 아니 뭐, 그건 그렇다 치고…… 뭘 그렇게 어렵게 생각해. 그냥 악보대로 불어. 그러면 되잖아. 악보대로 안 불어서 문제지, 악보대로 부는 게 왜 문제가 되는데."

정치성이 열을 내어 말했다.

그 말이 야라가 했던 말 중에서 어떤 것과 닿아야 하는지 나는 감을 잡을 수 없었다. 다음 말을 기다리고 있자니, 정치성이 갑자기 주머니에서 전화기를 꺼내었다. 화면을 켰다. 빙긋 웃으며 글자판을 누르기 시작했다.

"마오리족 창조의 노래를 보면 '테 코레'라는 말이 나와. '우주적인 공空'을 말하는 거래. 테 코레, 테 코레 투아 타히, 테 코레 투아 루아, 테 코레 누이, 테 코레 로아, 테 코레 파라, 테 코레 휘휘아, 테 코레 라웨아, 테 코레 테 타마우아. 우리말로는 공, 첫 번째 공, 두 번째 공, 광대한 공, 멀리 뻗은 공, 건조한 공, 소유 없는 공, 기쁜 공, 단단히 묶인 공[48]이라고 한다는군. 아름답지 않아."

정치성이 귀 기울이지 않고 있다는 걸 모르는지 야라가 계속해서 말을 이었다.

---

48) 필립 프런드/김문호 옮김 『창조신화』 「수생신화」 p.70 인용. 아래 "어둠과 빛이 온다." 이하도 인용함. 정신세계사, 2005.

"어둠과 빛이 온다. 밤, 매달린 밤, 떠다니는 밤, 신음하는 밤, 고통스러운 잠의 딸, 새벽, 변함없는 낮, 밝은 낮, 그리고 화이투아(공간)……."

나는 갈대를 향해 눈을 찡긋했다. 나도 야라의 말에 동의한다고, 당신도 그러느냐고 묻자 갈대가 대답했다. 오랜만에 청아한 소리로 화답했다. 신림 쪽에서 아련하게 내려오는 바람을 담아, 내 흰 꽃잎을 스치는 영롱하고 해사한 햇살을 담아, 동그랗게 여러 화음으로 조화를 이루며 노래가 되어 강으로 내려갔다. 소리는 보이지 않아도 분명 강물로 흘렀다. 아름답고 따뜻하게 흘렀다. 도도하게 흘렀다.

"바로 저거야, 정치성. 저 소리라구."

야라가 소리쳤다. 눈동자를 키웠다. 어찌나 소리가 큰지 나도 갈대도 놀랐다.

정치성은 못 들은 모양이었다. 계속 전화기만 들여다봤다. 히죽히죽 웃으며 양쪽 엄지로 글자판을 눌러댔다. 갈대의 노래는커녕 야라의 말에도 귀 기울일 여유가 없어 보였다.

"가버렸어. 저렇게 가는 게 아닌데."

야라가 중얼거렸다. 덩둘해진 눈동자로 강물을 봤다.

이제는 해만 강물 속에서 둔전거렸다. 둔전댈 때마다 잔물결이 붉게 노랗게 파랗게 하얗게 퍼져나갔다. 가끔 물결 소리가 올라왔다. 나는 갈대의 노래인가 싶어 귀를 세웠으나 물만

이 차랑차랑, 난조에 가 부서졌다.

"도림에 갔었어. 요양원에도 들렀는데…… 모신 뒤로는 네 얼굴을 못 봤다면서 간호사가……."

"네가 거길 왜 가?"

야라의 말이 채 끝나기도 전에 정치성이 버럭 화를 냈다. 전화기를 바지 주머니에 넣었다.

"왜, 나는 가면 안 되는 데냐."

"그간 공연 준비하느라 정신없이 바빴던 거야."

좀 누그러진 투로 정치성이 대꾸했다. 생각난 듯 차로 가 팸플릿과 관람권이 든 봉투를 가져왔다. 야라에게 건네며 협연이라고 전했다.

"나 아니면 안 된다고 지휘자가 그랬대. 나 아니면 안 된다고."

피실피실 웃으면서 보태었다.

"당연하지. 최고 명인을 못 알아볼 리 있나."

말하며 야라가 팸플릿을 넘겼다. 협연자 명단을 훑어보면서 고개를 끄덕이고는 관람권을 안에 끼우고 의자 아래에 내려놨다.

"미루 엄마가 어머닐 붙들고 잘못했다고 빌던데. 막 울면서…… 속상하더라."

"모르면 잔말 말고 있어. 너 같으면 노망든 늙은이를 집에 그냥 두겠냐. 아무거나 입에 처넣고 이불에다 방바닥에다 똥오줌을 갈기는데 그걸 누가 봐, 누가 치우고? 안 당해본 사람은 말할 자격 없어."

"너무 심하게 말한다, 그래도 어머닌데."

"어머니? 젊어서는 술 처먹고 주정이나 부리더니, 이제 늙어서는 똥인지 된장인지 구분도 못하고 처먹어대. 그게 어머니라는 인간이야."

금방이라도 멱살을 잡을 듯 삿대질까지 했다.

열을 내는 정치성에게 야라가 손을 내밀었다. 팔을 붙들어 의자에 앉혔다. 팸플릿과 관람권을 챙겨 들고 집으로 들어갔다. 되돌아 나오는 그의 손에 물병이 들려있었다. 병을 받아든 정치성이 벌컥벌컥 물을 마셨다. 얼굴을 훔쳤다. 숨을 깊게 들이마시면서 충혈된 눈을 깜빡거렸다.

"지금도 널 기다리고 있는 것 같더라. 네 아내가 말이야. 뭐랄까…… 자기결정에 책임을 지기 위해 고군분투, 이게 맞나. 그런 모습이었어. 내가 택했으니 책임져야지 누구한테 떠넘기겠느냐고 하는 걸 보면…… 이봐, 정치성. 그만 돌아가는 게 좋지 않겠어. 더 늦기 전에 손잡아. 그게 최선 아닐까."

"듣자니까, 이제 막말까지 서슴없구나? 내가 지금 별거라도 한다는 거야 뭐야."

"한집에 살면서도 각자 사니 별거지 다른 게……."

"이 새끼가 근데."

정치성이 일어섰다. 물병을 바닥에 던졌다. 야라의 멱살을 잡아챘다. 일으켜 세웠다. 따귀를 올려붙일 듯 손을 높이 쳐들었다. 눈을 부라리며 한참을 보다가 툭, 손을 떨어뜨렸다.

"이맘때면 참게에 통통하게 살이 오르지. 그걸 잡으려고 우리 같은 인간들이 어떻게 하는 줄 아나. 제 똥을 퍼다가 논 사방 귀퉁이에 뿌려둔다는구만. 그러면 게들이 몰려든다는 거야. 미끼인 줄도 모르고 덤벼들었다가 똥에 걸려드는 거지. 인간들이 어디 먹고살기 위해서 그럴까. 즐기는 거지. 군림하기 위해서 세상에서 가장 더럽고 독한 제 똥을 서슴없이 미끼로 쓰는 거라고…… 우리 인간만이 이렇게 지구의 사이클을 깨고 있어. 너도나도, 인간이지."

야라가 말했다. 쓰러지듯 의자에 앉았다. 신림을 올려다봤다. 강으로 시선을 내렸다. 난조로, 아래 갈대밭으로, 농로로, 자전거도로로, 위 갈대밭으로, 내게로, 정치성에게로 추어드는 얼굴에 식은땀이 맺혔다. 모든 힘을 소진한 듯 눈을 감았다. 추운지 몸마저 옹송그렸다.

3

야라가 걸을 때마다 사드락사드락 풀 스치는 소리가 났다. 낮보다 더 크고 예리하면서도 음산하게 들렸다. 난조는 밧줄을 잡아당겼다. 물결이 일렁이자 물고기들이 물을 박차고 일어났다 가라앉았다. 그때마다 수초도 흐느적거렸다.

건너편 도로로 자동차들이 지나갔다. 강 건넛마을의 불빛들이 깜박였다. 그믐으로 향해 가는 지샌 달과 반짝이는 별들, 자세히 봐야 보이는 미리내가 흑청색 하늘을 가로질렀다. 목서 향이 내려왔다. 산국과 구절초 냄새가 져가는 목서 향에 섞여 쌍그롬했다. 난조는 살콤, 냄새에 취해 물결 따라 뱃머리가 수그러드는 것도 알아채지 못했다.

용머리산 자락이 둥그렇게 내려와 휘도는 북쪽 비탈에 야라가 섰다. 이내 위쪽 갈대밭으로 접어들었다. 그가 지나갈 때마다 갈꽃들이 중심을 잃었다가 똑바로 서곤 했다. 가끔 새들이 지나가고, 그럴 때마다 밤은 더 깊어졌다. 어디선가 빨래 터는 소리가 들렸다. 펄럭이다 잠잠해지고, 잠잠한 듯 다시 펄럭였다. 싸아 쏴아…… 뒷산의 소나무도 밤바람에 휩쓸렸다.

풀벌레 소리가 유난히 크게 들렸다. 굵은 소리 가는 소리, 높은 소리 낮은 소리, 풍성하게 울리는 소리와 왜소한 소리,

낭랑한 소리 탁한 소리. 낙낙하게 들리는가 하면 서두는 듯 들리는 소리. 젊은 소리와 나이 든 소리. 수선스러운 소리와 조용한 소리. 난 체하는 소리와 기어드는 소리…… 난조는 가을귀가 되어 소리에 집중했다.

풀벌레들의 소리와 피리 소리가 닮은 듯했다. 단소나 생황처럼 맑고 높은 소리가 많은 걸 보면 작은 덩치와 잘 어울리겠다 싶었다. 생김새가 저마다 다르듯 공명통도 다 다르게 생겼을 것 같았다. 소리의 모양이나 색깔이 제각각인 게 그랬다. 곧게 뻗어나가는가 하면 돌돌 말리는 듯한 소리, 딱딱 부러지거나 느슨한 소리, 파문처럼 둥글게 멀리 퍼지는가 하면 제자리를 계속 맴도는 것 같은 소리도 있었다. 니어가 딸꾹질할 때처럼 꼴락, 하다 다시 이어지는 소리도 들렸다. 한 음, 두세 음, 서너 음을 내는 것도 있었다. 소리에 강약을 주거나 장단을 주는 소리도 들렸다. 앞소리는 크고 뒤로 갈수록 조용해지는 소리, 강약강약 일정하게도 약강약강 어긋나게도 노래하는 소리. 끝을 길게 뻗어내는가 하면 뭉툭하게 끊어버리는 소리. 어디선가, 야라의 휘파람처럼 쓸쓸하고 높고 푸른 소리가 들려왔다. 탱글탱글하면서도 여리고 느슨한 소리가 말뚝 가까운 곳에서 들렸다. 난조는 가만가만 이물을 흔들었다.

쏴아 쏴아, 쏴쏴사…… 갈대밭에서 바람이 일었다. 가늘고 긴소리와 굵고 거친 소리가 한데 모여 이상야릇한 울림을 만들어냈다. 갈대바람소리와 솔바람소리 틈새로 또 다른 소리가 끼어들었다. 난조는 근들거리는 선체를 똑바로 했다. 야라도 고개를 들었다. 귀를 팽팽하게 세우며 고개를 한쪽으로 틀었다.

강물 소리였다. 강바닥에서부터 올라오는 소리인 듯했다. 야라가 언젠가 공책에 썼던 것처럼, 강물 속에는 수수만 년 동안 쟁여온 그리움 같은 것들이 함께 흐르는 것 같았다. 그리움 속에는 헤아릴 수조차 없이 무수히 많은 기억이 차곡차곡 쌓여서 이 밤 강물에 풀어져 흐를 터였다. 기억 속에는 또 수많은 사람과 푸나무들과 짐승들과 하늘과 땅과 물과…… 바람은 그것들을 모조리 풀어 강물에 쏟아붓고, 강물은 바람에 젖어 바람에 실려 바다로 흘러가고 있을 것이라는 생각이 들었다. 전에는 이 모든 소리가 노래로 들리는 것 같다고 야라는 공책에 썼었다. 언제부턴가는 울음소리로 들리기 시작한다고 썼다. 난조는 조금은 애상에 젖어 이물을 곰지락거렸다.

바람은 제가 닿는 모든 것들에 소리를 만들어내었다. 강바람소리, 산바람소리, 계곡바람소리, 솔바람소리, 갈대바람소리, 목서바람소리, 바자울바람소리, 문풍지소리들…… 문득 서로 다른 높이와 굵기와 길이와 빛깔로 들리는 소리에 난조는 귀를 곤추세웠다. 가슴을 후비듯 호소하는 소리, 잔잔한 울림으로 다독이는 소리, 축 처진 채 느릿느릿 흐느적거리는 소리, 때로는 낭랑하게 허공으로 퍼지다가 아득하게 멀어지는 소리, 휘이 휘이 무엇인가를 내쫓는 것 같은 소리. 바람은 어떻게 제가 가 닿는 것들에 따라 모두 다 다른 소리를 내는지.

난조는 야라를 불렀다. 소리를 헹구고 헹구어내면 마침내 비어있는 소리가 난다고 그는 말했다. 그가 부는 笙의 소리가 그랬다. 그 소리를 듣고 싶어 불렀으나 갈대밭에서 나올 줄을 몰랐다. 걷다가 휘청거렸다. 지금 세상은 온통 소리로만 제 존재를 드러낼 뿐 어느 것도 제대로 보이지 않았다. 혹시 소리에 걸렸을까. 그가 걷다 또 휘우듬 섰다.

파랑파랑…… 갈대 아저씨가 목을 가누었다. 느릿하게 소리를 시작했다. 간절하게, 밤을 노래했다. 세월을 노래했다. 바람을 보듬어, 전혀 다른 소리를 빚어내었다. 여러 배음倍音을 이끌며 우아하게 날았다. 허공으로 퍼지는가 싶으면 순식간에 강으로 내려오고, 강물과 섞여드는가 했더니 어느새 밭으로 돌아가 굼틀굼틀 어둠을 걷어내었다. 기어이 야라의 몸마저 휘어 감았다. 아직 기운은 없지만 본래 소리와도 한참이나 멀었지만, 저 밑 어디에서부터 올라오는 도도한 선율은 변함없는 듯했다. 난조는 아저씨의 노래를 들으면서 생각했다. 살아야겠다고, 한 번 더 살아봐야겠다고 결심하는 것 같다고. 얼른 일어나야 하지 않느냐며 자신을 달래는 것 같다고.

아무리 잘 들어준다고 하더라도 아저씨의 노래에는 많은

것들이 빠져있는 것 같았다. 그게 무엇일까. 듣는 내내 고민해도 난조로서는 알아낼 방법이 없었다. 다만 소리가 텅 비어 있는 듯했다. 야라가 '비어있는 소리'라고 했던 것과는 다르게 아무것도 보듬지 못하는 혼잣소리, 너무도 왜소해져 버린 소리.

목서도 노래했다. 몇 송이 남지 않은 꽃을 마저 피워내며 향기롭게 달콤하게 갈대 아저씨의 선율 속에다 자기의 향을 뿌려 넣었다. 강 어른이 아저씨 노래에 장단을 맞추듯 찰랑…… 찰랑…… 뱃전을 두드렸다. 그때마다 난조도 헌들…… 한들…… 뱃머리를 흔들었다. 흔들면서 지샌 달과 함께 부서졌다.

야라가 두 손으로 허공을 한 움큼 떴다. 달빛을 잡았을까. 갈대의 노래를 잡았을까. 두 손바닥을 우두커니 들여다보다 깊숙한 곳으로 들어가는 그의 얼굴에 달빛이 해반닥 스쳤다. 지금도 짐칸에 있을 텐데…… 난조는 고리 공책을 기억했다. 그가 가끔 노를 놓고 하늘과 신림과 강과 갈대 아저씨를 보면서 공책에 펜으로 끼적이던 문장들. 짐칸에는 언젠가 봤던 부분이 펼쳐져 있었다. 그가 끼적이며 읽던 소리를 기억하면서 난조는 공책을 구구다봤다.

'내 안에는 무엇이 있을까.

오장육부가 있다. 오장육부에는 내가 먹거나 마신 음식물이 들어있다. 음식물 속에는 내가 알지 못하는 곳에서 온 것들도 있을 것이다. 물과 물이 맺어준 관계들이. 공기와 접촉해서 만든 이루 헤아릴 수조차 없는, 영양소라거나 찌꺼기라 부르는 그것들이 내 장기를 따라, 핏줄을 따라, 공기를 따라 돌다가 똥오줌으로 나온다. 방귀로, 눈물로, 땀으로, 숨으로 나온다. '나' 밖으로 나온 그것들은 '너'에게서 나온 그것들과 가이아의 몸속에서 섞인다. 지구에서 섞인 그들은 태양계의 몸에서 섞이고 태양계는 은하의 몸속에서 섞이고 은하는 또 다른 은하계와 섞이고 은하계는 미루어 짐작할 수도 없는 거대한 우주의 몸속으로 섞여들 것이다. 섞여서 은하의 몸으로 태양의 몸으로 지구의 몸으로, 다시 내 몸으로 들어와 흐를 것이다.

'나'와 '너'를 구분해주는 것은 무엇일까. 공기일까. 우리가 숨 또는 호흡이라 말하는 것. 숨과 숨의 틈, 그 사이가 '나'이고 '너'일까. 공기가 없다면 결코 나와 너를 구분할 수 없을 것이다. 나무와 짐승을 구분할 수 없고, 산과 바다를 구분할 수 없고, 하늘과 땅을 구분할 수 없을 것이다. 태초가 그랬을 것이다. 숙과 홀이 혼돈에 구멍을 뚫기 전의 태초가. 공기가 생기기 이전의 상태가. 물이 흐르기 이전의 상태가.

그렇다면 공기를 공기로 부르게 하는 것은 무엇일까. 소리

일까. 소리의 울림이 공기를 가르고 너와 나를 구분할 수 있게 하는 원초적 힘일까.

내게서는 끊임없이 소리가 난다. 호흡하는 소리, 심장 뛰는 소리, 말하는 소리, 음식물 내려가는 소리, 음식물 섞이는 소리, 오줌 되는 소리, 똥 되는 소리가. 뼈를 세우는 소리 살을 만드는 소리, 마음 짓는 소리 마음 스러지는 소리, 생각이 쌓이는 소리 생각이 허물어지는 소리가. 네게서도 소리가 난다. 나무에서도 물에서도 구름이나 태양과 별과 달에서도 소리가 난다. 놓인 입장이나 상황에 따라 다 다르게 나는 소리라 하더라도 그 소리는 모두 태초와 연결돼 있을 것이다.

내 귓속에서 들려오는 이명耳鳴은 혹시 지구 도는 소리일까. 우주가 움직이는 소리일까. 그러니까 나와 지구가 연결되는 소리, 우주와 내가 연결되는 소리일까.

자기 소리가 없는 존재는 없을 것이다. 새도 풀도 나무도 벌레도 짐승도, 강물에도 고여있는 호수의 물에도 높고 낮은 산에도 항아에도, 다 제 고유한 소리가 있을 것이 틀림없다. 흙에도 바위나 철鐵에도 고유한 소리가 있다. 가이아에도 은하에도 당연히 고유한 소리가 있을 터이다. 그게 바로 그들만의 중심음 아니겠는가.'

'수천수만의 색채를 가진 소리. 내가 부는 笙의 소리는 오랜 옛날 어떤 이가 불렀던 소리와 마주치며 검푸른 어둠에 색칠한다. 그의 푸른색과 나의 푸른색은 놀랍게도 조화롭다. 이는 중심음이 같지 않으면 불가능한 일이다.

아니, 터(공간 혹은 장소)보다 그 안에 깃든 숨들의 울림이 분위기를 좌우한다는 사실이 더 놀랍다. 인갱이의 갈대로 엮어 만든 笙은 그것을 잘 아는 것 같다. 음악에 있어 중요한 것은 '임' '남' '황' '태' '중'이 어디에 놓였냐가 아니라 그것이 내는 진동, 음향, 파장 그리고 역사일 테니.'

'끝 모를 우주에 한 점으로 서 있는 나. 이 방황하는 나가 중심인가. 방황 자체가 중심인가. 모를 일이다. 모를 일이다.'

난조는 글자들에서 눈을 뗐다. 인갱이가 회청색으로 밝아왔다. 달은 신림에 가까워지고 해를 품고 있을 용머리산은 컴컴해졌다.

아라가 내려왔다. 슬픔은 지붕이 없다는 듯[49] 배 턱으로 와 섰다. 외투를 벗었다. 웃옷을 벗고 바지를 벗었다. 신발과 양말도 벗었다.

삐죽삐죽 솟거나 머리통에 달라붙은 머리칼, 넙대대한 뼈

49) 김행숙의 시 「사랑하는……」 부분 인용, 『에코의 초상』 p.131, 문학과지성사, 2014.

가 다 드러난 이마와 움푹 들어간 눈, 푸르게 빛나는 눈동자. 홀쭉하게 팬 볼과 턱관절을 뒤덮은 텁석나룻, 경련하는 입술과 울근불근 솟아난 목뼈마디. 흉골과 견갑골에 연결된 빗장뼈와, 복장뼈에 달라붙은 열두 쌍의 갈비뼈, 갈비뼈 아래로 등뼈에 달라붙은 듯 깊고 어둡게 패인 복강. 뼈뿐만 아니라 힘줄과 핏줄까지도 고스란히 드러난 팔뚝과 손등, 비쩍 말라 비틀어진 손바닥과 손가락. 뼈대만이 불거진 허벅다리와 아슬아슬하게 상체를 지탱하고 있는 무릎뼈, 골반에 걸쳐진 팬티 조각. 각목 같은 정강이뼈와 옆에 기댄 종아리뼈, 금방이라도 으스러질 것 같은 발가락들. 이 모든 것들을 겨우 가린 살가죽. 살가죽 위에 난데없이 도드라진 팥알만 한 유두 두 개.

그런 몰골로 야라가 신림을 올려다봤다. 목서를 돌아봤다. 집과 갈대밭을 오래오래 건너다보더니 말뚝에 묶인 밧줄을 풀고 몽깃돌을 빼내었다. 난조는 그가 이끄는 대로 건들건들 강 가운데로 나갔다.

야라가 노를 놓았다. 얼핏 그의 얼굴로 먹구름이 지나갔다. 절망은 아닌 듯했다. 체념도 아니었다. 그것은 까마득히 멀고 깊은 곳으로 가려는 결연한 몸짓으로 보였다. 그가 이제 고물로 올라섰다. 笙을 보듬듯 머리 위로 두 손을 모았다. 활처럼 허리를 구부리고, 하늘의 소리를 보듬어 지상으로 길어 내릴 때처럼 자기의 모든 것을 강물 속으로 던졌다. 어찌나 미끈하고 아름답던지 강 어른도 고스란히, 소리도 없이 그를 받아들였다.

야라를 받아들인 건 그러나 강 어른이 아니었다. 강물 위에서 느시렁거리는, 사방팔방으로 벌어졌다가 순식간에 오므라든 지샌 달만이 알 일이었다.

불현듯 신림이 흔들렸다. 항아도 흔들렸다. 집도 목서도 갈대도, 인갱이가 통째로 흔들렸다. 난조는 흔들리며 흘렀다. 강 가운데를 벗어나 둥그런 파문이 몇 겹이고 일다가 사그라지는 곳으로, 집이 멀어지는 곳으로, 목서가 작아지는 곳으로, 갈대 아저씨가 얄브스름 보이는 곳으로, 항아의 얼굴이 일그러지고, 목서 향이 더는 들리지 않는 곳으로 허위허위 떠밀려 흘렀다.

갈대 아저씨라면 이렇게 무작정 강물에 끌려가진 않을 텐데. 아저씨에게는 뿌리가 있어서 그걸로 물을 꽉 잡을 수 있다던데. 나는 야라가 없으면 아무것도 할 수 없는데. 그가 없으면, 나는, 나는 어떻게 되는 거지⋯⋯?

야라! 소리치면서 니어가 갈대밭을 달려 내려왔다. 강물로 뛰어들었다. 난조는 뱃머리를 돌렸다. 달이 일렁이는 강 가운데를 가리켜가며 뒤뚱거렸으나 그녀는 어떤 사람의 손에 끌려 돌아나갔다.

갈대도 목서도, 집도 이젠 안 보였다. 항아도 사라져버렸다. 인갱이가 사라지자 온통 처음 보는 것들뿐이었다. 물의 끝이 보이지 않는 걸 보면 여기가 바다일지 모르겠다는 생각이 들었다. 난조는 뱃머리를 흔들었다. 수그렸다. 아무리 깊숙이 수그려도 야라는 보이지 않았다. 공책만 쏟고 말았다. 거무튀튀한 물 위로 둥둥, 공책이 흘렀다. 흘러 모퉁이를 휘돌았다. 난조는 공책이라도 잡으려 함께 돌았다. 돌다가 기슭에 부딪혔다.

돌연 세상이 고요해졌다.

4

눈을 뜨자마자 하늬는 가슴팍을 눌렀다. 야라와 함께 한 이십여 년의 세월이 와락, 달려들었다. 처음 만나던 날과 어제와 그제, 언제인지도 모를 여러 날이 정처 없이 떠돌았다.

정처 없다는 말이 뜨겁게 가슴을 짓눌렀다. 몸이 사는 곳도 유동한데 마음속에 무슨 정처가 있을까. 변변한 줄거리도, 일정한 흐름도, 일관된 정서도 펠 수 없을 것 같은 마음에 어떻게 정해진 곳이나 일정한 때가 따로 있을 수 있을까. 그녀는 황급히 이불을 젖히고 일어났다.

주차장으로 내려가다 도로 올라왔다. 택시를 불렀다. 검푸른 빛깔이 풀어지듯 하는 이른 새벽, 가끔 자동차의 불빛이 박명을 뭉개며 지나갔다. 그녀는 택시 뒷자리에 앉아 조수석의 머리 받침대를 두 손으로 잡고 앞을 응시했다. 공연히 어수선해지는 마음에 동조하고 싶지 않은데, 불길함을 기분 탓으로 돌리고 싶은데 기억은 자꾸 엉뚱한 곳으로 뻗어나갔다.

지난 초여름이었던가. 그녀는 동료 교사들이랑 갯벌에 갔다. 호미질에 찍히는 갯지렁이와 게들을 외면하면서 돌멩이를 들추고 시커먼 개흙을 뒤집어가며 바지락을 캤다. 비린내와 개흙 내에 자기도 모르게 인상을 쓰면서도 재미있었다. 신기했다. 그녀는 종아리에 달라붙는 파리들을 털어가면서 부지런히 손을 놀렸다. 간혹 끼룩끼룩 날아가는 갈매기와 가까운 산에서 우짖는 뻐꾸기를 따라 흥얼흥얼 노래도 불렀다. 바지락을 가득 채운 통을 들고 집으로 갔다. 준비해간 바닷물을 함지박에 붓고 바지락을 쏟았다. 햇빛이 들지 않도록 신문지로 덮어뒀다가 대여섯 시간쯤 지나 신문지를 들췄을 때, 껍데기를 열고 나와 흰 몸을 죽 늘여 서로를 보듬고 있던 바지락들.

고기도 생선도 거의 먹지 않는 그에게 어쩌자고 그것을 보여줬을까. 지나는 투였지만, 바지락에게도 기억이 있을 거라던 그의 말이 계속 가슴을 후볐다. 나 혼자 있게 해줘요. 생각해봐야 할 것들이 너무 많아. 엊저녁에 그는 말했다. 그 말속에 바지락도 들어있을까. 연관이 없을 거라 도리질해도 그 일은 계속해서 엉기듯 달라붙었다.

택시가 다리를 건넜다. 신동엽 시비 쪽으로 돌았다. 강둑을 달렸다. 멀리 하얀 양수장이 보였다. 하늘은 아직 회청색이었다. 강물도 거무죽죽했다. 그녀는 도착하자마자 빈터에 택시를 서게 했다. 차비를 계산한 뒤에, 자기도 모르게, 잠깐 기다려줄 수 있느냐고 물었다. 기사가 고개를 끄덕이며 시동을 껐다. 늦지 않았으면 좋겠다고 했다. 그녀는 건성으로 대답하고 갈대밭을 지나쳐 올라갔다.

목서 향이 마중 나왔다. 너무도 진해 어지럼증이 일었다. 그녀는 실눈을 뜨고 서서 목서 쪽을 바라다봤다. 달빛을 받은 꽃잎들이 아른아른 흔들렸다. 달빛 조각처럼 반짝였다. 그가 의자에 허리를 수그리고 앉아 바닥에 떨어져 내린 달 조각들을 줍고 있는 것 같았다. 야라, 부르며 달려간 그녀는 빈 의자를 붙들고 섰다. 의자와 주변 땅바닥에는 희누런 꽃잎들만 지천으로 널려있었다.

방에도 욕실에도 그는 없었다. 변소에도 없었다. 진작 따서 삶았어야 할 박 덩이들만이 변소 벽에 매달려 우중충했다. 그녀는 돌아섰다.

난조가 강 가운데 떠 있었다. 그가 난조 가운데 서 있었다. 알몸인 듯했다. 손을 흔드는 것 같았다. 흔들던 손을 머리 위로 올리는가 싶었다. 笙을 보듬을 때처럼 두 손을 가슴팍으로 모았다. 멀리서 봐도 우수에 찬 얼굴이었다. 간절하게 무엇인가를 호소하는 것 같았다. 그의 몸이 뜨거워지는 모양이라고 그녀는 생각했다. 점점 달아올랐다. 어느새 격렬해진 몸을 이편으로 돌렸다. 순간 그의 몸에서 빛나던 무엇이 날아왔다. 자기의 가슴을 뚫고 지나갔다. 자기 안에 든 그를 쑥 빼갔다. 그녀는 가슴을 움켜잡았다. 한 발짝 내디뎠다. 움찔 떨면서 다시 한 발짝 내디뎠다.

그가 두 팔을 위로 올리고 허리를 수그렸다. 쑤욱, 강물 속으로 들어갔다. 새벽달을 잡듯, 항아가 개밥바라기별을 삼킬 때처럼 소리도 없이, 훌쩍.

"안 돼, 안 돼…… 야라…… 야라…… 안 돼요!"

그녀는 중얼거렸다. 가슴팍에 두 손을 모으고 서서 자꾸만 중얼거렸다.

두 손을 들었다. 허청허청, 손을 까불었다. 걸었다. 우뚝 섰다. 그녀는 다시, 손을 까불었다. 갈대밭으로 강기슭으로 배턱으로, 손을 까불며 달려 내려갔다. 물속으로, 물살에 휘청거리며 난조 쪽으로 허우적허우적 걸어갔다. 걸어가다 엎으러졌다.

아침 햇살이 항아의 머리를 비추면서 올라왔다. 이내 강물을 훑듯이 쏟아져 내렸다. 난조가 노랗게 흔들리며 파문을 보

냈다. 여기라고. 그가 들어간 곳은 바로 여기라며 물결을 일
으켰다. 그녀는 그리로 갔다. 허리까지 어깨까지 목까지 차오
르는 물을 두 팔로 헤치며 갔다. 강물 속에 든 모든 것들이 출
렁거렸다. 출렁이며 하얘졌다. 신림도 항아도 강도 갈대밭도
집도 용머리산도, 온통 하얘지더니 순식간에 사라져버렸다.

그녀는 택시 기사에게 끌려 나왔다. 정신 차려요. 얼핏 기
사가 외치는 것 같았다.

"내 참, 사람이 물에 빠졌다니까요. 좀 전에요. 예…… 여기
요?"

택시 기사가 누군가와 통화를 했다. 조금만 기다리라고 했
다. 새벽부터 이게 무슨 일인지 모르겠다며 투덜거렸다. 얼마
지나지 않아 사람들이 몰려왔다. 구급차까지 동원해온 그들
이 물속으로 들어갔다. 그녀는 기사의 손에 잡힌 채 자맥질하
는 그들을 멀뚱멀뚱 쳐다봤다.

항아가 아침 해를 받아 갑자기 빛났다.

"안 돼요, 야라!"

그녀는 화들짝 놀라며 울부짖었다. 돌아서서 그가 뛰어들
었던 곳을 향해 몇 번이고 소리를 질렀다. 손을 휘저었다. 구
조요원 둘이 양쪽에서 그녀의 팔을 잡았다. 집으로 끌고 갔
다. 어딘가로 전화를 걸었다. 도림 같기도 하고 오동실 같기
도 했다.

택시 기사가 떠났다. 엄마와 오빠가 오자 분주하게 자맥질하던 사람들도 떠났다. 별안간 인갱이가 적막해졌다. 그녀는 동그래진 눈으로 사위를 둘러봤다. 갈대밭으로 내려갔다. 자전거도로로, 아래쪽 갈대밭으로, 강기슭으로, 배 턱으로, 물속으로. 그녀는 물결에 건들거리며 난조에게로 걸어갔다. 오빠가 달려와 팔을 잡아챌 때까지, 기슭으로 끌려 나올 때까지. 난조마저 떠나고 없는 텅 빈 강을 보며 그녀는 악을 써댔다.

'시간이 필요해요, 나를 직시할 시간이. 더 자세히 들여다봐야겠어요. 심장 깊숙한 곳에서부터 올라오는 소리를 들어야 할 때 같아요.'

'야라, 설마 조종은 아니죠.'

'지난번에 남도에서 만난 화가 하나가 그러더군. 그리려고 하는 구름이 언제 생겼는지, 어디에서 생겼는지, 어떻게 생겼는지, 언제 시작되었는지, 어디를 거쳐 왔는지, 얼마나 걸려서 왔는지를 생각한 뒤에야 붓을 든다고. 소리를 만드는 것도 이와 비슷하지 않을까. 어디에서 비롯된 소리인지 알려면 단전에 숨을 모아야 해. 단전 깊숙한 곳에서 올라오는 숨만으로 광활한 우주를 만들어내야 하는데, 솔직히 이제는 두려워요. 내가 제대로 소리를 내고 있는지. 섣불리 笙을 들 수 없을 정도로 두려워요'

'야라, 당신 혼자서 빛나는 것보다, 아름다운 것보다 나랑 둘이서 만들어내는 화음이 더 좋다고 했잖아요. 당신이 치성 씨랑 만들어내는 화음도 말할 수 없이 멋져요. 만약 우리에게 아이가 생긴다면 세상은 지금이랑은 완전히 다를 거야. 훨씬 풍성하고 장엄하고 생기발랄할 거야. 그러면 당신이 내는 소리도 더, 아름다움과는 또 다른 위대한 어떤 것으로 존재하게 될 거예요. 왜 아이를 낳을 수 없다고 생각하죠? 아이를 안 낳는다고 해서 땅을 딛고 선 이 사실이 변할까요.'

'미안해요, 니어…… 난 아이를 낳을 수 없어요. 대신 절대적인 아름다움을 찾고 싶어. 알갱이를 찾고 싶어. 불순한 것은 범접하지 못하는, 오로지 아름다움으로만 똘똘 뭉쳐진 알갱이를 찾고 싶어요. 난 그게 항아의 소리라고 생각해. 니어, 우리 인간이 아름다움을 추구하는 것은 어쩌면 우주의 중심으로 가려는 몸부림인지도 모르겠다 싶어요. 우리 인간이든 짐승이든 푸나무든 모두 우주가 뿜어내는 기운에 의해 살고 있으니까.'

'이 세상에 백 퍼센트 순수함은 없어요. 만약에 있다면 거기엔 아무것도 살 수가 없어요. 아름다움도 당연히 없겠죠…… 아름다움이 과연 항아에만 있을까요. 야라, 아름다움은 지금 여기, 당신이 딛고 서 있는 이 지상에 있다고는 생각 안 해봤어요? 아름다움은 원래 있는 게 아니잖아요. 인간이 만들어낸 거잖아요.

당신이 笙을 연주하기까지의 과정, 한 곡을 제대로 불기까지의 그 지루하고 긴 시간이 없다면 아름다운 음악은 탄생하지 못해요. 그림도 마찬가지겠죠. 화가는 팔레트에 여러 색을 합하고 섞어서 자기가 원하는 색깔을 만들어요. 그 색깔로 그림을 그리죠. 그 팔레트는 얼마나 지저분해 보일까요. 작업복은 또 얼마나 더러워 보일까요. 하지만 그런 과정, 그런 행위들이 없다면 결코 아름다운 그림은 탄생할 수 없잖아요. 항아리의 모습이 저토록 아름답게 보이는 것도, 당신이 말하는 대로 핵심이 있어서가 아니라 여러 산자락의 도움이 절대적이에요. 난 당신의 그 핵심이라는 말에 동의하지 못해요.'

'난 가끔 밤에서 새벽으로 옮겨갈 때의 느낌이 궁금해. 목서나 갈대처럼 온몸으로 서 있는 생명은 밤에서 새벽으로, 아침으로, 낮으로, 저녁으로, 다시 밤으로 바뀌는 변화를 어떻게 느낄까. 당신은 궁금하지 않아요.

이 세상의 모든 존재, 자연물이든 사람이든 좌우대칭인 존재는 아무것도 없다고 하던데. 이렇게 균형을 제대로 잡지 못한 채 살아가는 까닭은 지구가 한쪽으로 기울어져 있기 때문 아닐까. 그래서 태생적으로 지구상의 모든 존재는 어느 한쪽으로 쏠려 있는 거야. 몸뿐 아니라 마음도. 보고 듣는 것도, 생각도 그럴 것 같아요. 모두가 사시斜視라고. 니어, 그래서 사람

들이 아름다움에 더 집착하는지도 모르겠어요.'

야라와 나눴던 대화들이 떠올랐다. 언제인지, 어디서 했는지도 기억나지 않는 말들이 뒤죽박죽 엉겼다. 들쑥날쑥 떠올랐다 사라졌다.

절대적인 아름다움을 찾고 싶다고 말하기 전에 야라는 "미안해요, 니어."라고 말한 뒤 오랫동안 침묵했다. 침묵하고 난뒤에야 말했다. 아이를 낳을 수 없다고. 대신 절대적인 아름다움을 찾고 싶다고. 그 침묵은 무엇을 말하려던 것일까. 무엇을 말하고 싶었을까.

그가 강물 속으로 들어간 것은, 강에 뜬 달을 잡으려 했던 것은 강이 아름다움을, 갈대와 봉황의 아름다운 노래를 싣고 흐르는 유일한 존재라고 생각해서였을까. 아니면 강을 따라, 아름다움을 타고 영원히 흐르고 싶었을까. 강은 아름다움을 흐르게 하는 유일한 존재라고 했다. 아름다움의 필수요소는 물이라고, 물의 기억이라고 그는 말해왔다.

그녀는 그가 벗어두고 간 옷가지들을 움켜잡았다. 혹시 야라에게는 아이를 낳고 싶지 않은 까닭이 따로 있었을까. 그래서 낳을 수 없다고 말했을까. 전에는 아이가 있었으면 좋겠다고 생각한 적도 있었다. 자기도 남들처럼 엄마가 되고 싶었으나 둘이서도 관계는 충분히 꽉 찼으므로 금방 잊고 지냈다.

자기가 왜 갑자기 집착하는지 모르는 채로 그녀는 거기에 매달렸다. 어쩐지 그것이 자기에게서 '야라'를 빼앗아가는 것 같았다. '니어'도 빼앗아갔다. '니어'가 없는 '야라'는 존재할 수 없듯 '야라'가 없는 '니어'도 더는 존재할 수 없다는 사실에 진저리를 쳤다. "니어, 당신이랑 나랑 이렇게 오랜 세월을 함께 살아온 게 꿈만 같아요." 금방이라도 그의 목소리가 들려올 것만 같았다. 그는 '당신이랑 나랑'이란 말을 자주 했다. '당신과 나'란 말보다 듣기에 더 부드럽고 더 따뜻하고 더 밝았다. 둘 사이를 이어주는 견고한 끈 같았다. 그랬다. 그가 "당신이랑 나랑"이라고 말할 때마다 그녀는 깊은 유대감을 느꼈다.

'조종弔鐘'이 쳤다. 둔중한 망치가 되어 머리를 때렸다. 덩그렁덩그렁, 머리를 빠갤 듯 울리는 종소리. 균열 내는 종소리. 집요하게 파고드는 종소리. 부루 울어대는 종소리. 그녀는 옷가지들을 떨어뜨렸다. 머리를 틀어쥐었다. 자다 깬 사람처럼 눈을 들었다. 갈바람이 불어오면서 개밥바라기가 인갱이를 기웃거렸다. 그러다 홀연 사라져버렸다.

8장

비단강 달빛여행

1

조여생의 소식을 접했을 때 정치성은 잘못 온 문자인가 생각했다. 발신번호도 낯설고 소식도 그랬다. 처음 얼마간은 확인할 엄두를 내지 못할 정도로 까닭 모를 두려움마저 일었다. 순간순간 떠오르는 놈의 얼굴을 지우고도 싶었다. 비쩍 마르고 허공에 뜬 듯한 몰골로 나타나 빙긋이 웃곤 하는 놈.

한 달이 다 되어서야 그는 신하늬에게 연락했다. 어깨에 닿는 생머리를 하나로 묶은 그녀가 카페로 들어섰다. 전보다 야윈 듯했다. 예쁘지는 않지만 단아한 분위기는 여전했다. 자기를 단속하려는 것 같은 인상으로 자리에 앉는 모습을 쳐다보다 그는 흠, 헛기침했다. 자기도 모르게 요모조모 뜯어보고 있었다는 자각이 들었다. 무심코 그랬다. 언제부턴가 여자를 볼 때마다 생긴 버릇이었다.

"육칠 년 전엔가 이쪽 지역에 홍수가 났었어요. 집 뒤로 지나는 용수로가 노후가 됐던가 봐요. 폭우가 쏟아지자 그것까지 터져버렸어요. 위아래 갈대밭이 다 물에 잠겨버렸죠. 자전거도로도, 논도, 밭도 다…… 아수라장이 돼버렸어요. 논밭 주인들이 갈대 때문이라고 민원을 넣는 바람에, 사람들이 롤러로 갈대를 모두 수장시켜버렸어요. 그 뒤로 남편은 거의 제정신이 아니었죠. 신림으로 남도로 방황하다 이삼 년이나 지나서 돌아왔는데, 그 뒤로는 거의 밖에 나가지 않았어요. 잘 먹지도 않고 제대로 자지도 못하고, 악기도 손에서 놔버리고…… 자꾸 말라가서 혹시 병이 생기지는 않았나 검진까지 받았는데…… 그러다가 그날은…… 인갱이에 그냥 있겠다고 해서 혼자 두고 집에 갔거든요. 새벽에 일어났는데 느낌이…… 부랴부랴 택시를 타고 갔더니 배가…… 강 가운데 있는 거예요…… 물속으로…… 들어가 버렸어요. 꼭…… 헤엄치는 사람처럼…… 머리부터…… 날렵하게……."

눈물을 흘리느라 그녀가 말을 제대로 잇지 못했다.

그는 탁자에 놓인 티슈를 건넸다. 그녀의 말을 듣다 보니 자기가 찾아간 날로부터 얼마 지나지 않아 사달이 난 것 같았다. 그렇지 않아도 두고두고 그때 일이 켕겼다. 나름대로는 화해한답시고 '비단강 달빛여행'에서 함께 연주할 것을 청했는데 그것은 이제 실패하고 말았다. 앞으로 기회조차 없게 돼 버렸다.

실감이 나지 않았다. 어디선가 불쑥 다가올 것만 같았다. 없는 곳은 아니잖아. 난 인갱이를 찾을 수 있어, 하면서 해맑게 길을 가던 놈이 지금도 또렷하게 떠올랐다. 그는 그 얼굴을 잊을 수 없었다. 한시도 잊을 수 없었다.

그녀가 아까부터 옆에 놓고 만지작거리던 악기 가방을 탁자에 올려놨다. 지퍼를 열어 보였다. 24관 생황이었다. 그도 내내 의아해하던 참이었다.

"오래되긴 했어도 소리는 괜찮은 것 같아요."

하면서 이쪽으로 밀었다.

"저한테 주시는 겁니까. 아니 전⋯⋯."

필요 없어요, 라는 말을 그는 얼른 삼켰다. 이상한 일이었다. 반갑거나 고마운 마음보다는 난감한 생각이 먼저 들었다. 놈이 싫어서가 아니었다. 놈의 유품이어서 그런 것도 아니었다. 그에게는 생황에 대한 거부감 같은 게 있었다. 무엇 때문일까 여러 번 고민하기도 했으나 흐지부지 잊은 채 살아왔다.

"배워보려고 했는데, 전 소질이 없는 모양이에요. 가방에 넣어두는 것보다는 계속 불면서 관리도 해야 할 거고⋯⋯ 치성 씨라면⋯⋯."

"갈대관으로 만든 것도 있었죠? 놈이 무척 아꼈을 텐데요."

갈대관으로 만든 생황은 중심을 잡아주느니, 한쪽으로 치우쳐서는 살기 어렵다느니 거들먹거리던 놈의 말을 떠올리며 그가 물었다.

"그것은 제가 보관하고 싶어서……."

"그럼요, 그래야지요…… 이거 제대로 불 수 있을지 모르겠습니다. 저도 실은 어렸을 때 말고는 불어본 적이 거의 없어서요."

일단 건네받았다. 악기를 살피고 가방에 넣었다. 옆자리에 내려놓으면서부터 누구에게 떠넘기지, 고민하기 시작했다.

"무덤도 없겠네요, 못 찾았으면?"

그녀가 대답 대신 고개를 끄덕였다. 또 한참을 훌쩍거렸다. 티슈로 눈물과 콧물을 닦고 나더니 나직하게 말했다.

"두 분은…… 지음知音이셨지요."

그는 송곳에 찔린 것처럼 눈을 홉떴다. 어려서부터 지금까지 놈을 자기의 지음이라 생각해본 적은 단 한 번도 없었다. 그냥 친구였다. 솔직히 말하자면 친구보다 경쟁상대로 경계해왔다는 게 맞을 듯했다.

"인갱이에 오시면 두 분은 항상 배를 타고 강에 나가셨잖아요. 함께 연주하는 소리를 들을 때마다 질투가 났어요. 서로를 무척이나 사랑하는구나. 내가 들어갈 틈이 없구나……요즘도 그런 날들이 자주 생각나요."

인정하기 싫어도 받아들여야 할 부분이기는 했다. 놈의 연주에는 배려가 배어있었다. 아무리 제멋대로 부는 것 같아도 놈의 선율 속에는 상대방을 감싸고 다독여주는 따뜻함이 가득했다. 그러니까 그녀의 말은 반은 맞는 셈이었다.

놈을 경쟁상대로 생각하게 된 것은 피리를 불면서부터였다. 초등학교 삼학년 특별활동 시간이었다. 그는 언제나 선생님이 가르쳐주는 대로, 악보에 나온 그대로 진지하게 정성을 다해가면서 한 음 한 음 연습했다. 반면에 놈은 제대로 불지도 않고 장난만 쳤다. 선생님에게 머리통이나 어깻죽지를 얻어맞기 일쑤였다. 하지만 평가시간이 되면 상황은 달라졌다. 날마다 연습하는 자기보다 놈은 월등하게 잘 불었다. 악보에 나온 것보다 멋있게 불 때도 많았다. 중학교에 가서도 고등학교 때도 자기보다는 놈이 항상 플러시를 더 받았다. 인갱이를 찾아간다며 도림을 나서던 놈을 본 순간, 알 수 없는 쾌감이 온몸을 훑고 지나가던 것을 그는 지금도 기억했다.

이제야 깨달았다. 자기가 생황을 거부하게 된 것은 바로 그 때문이었다. 놈이 불지 않는 악기를 분다면 애써 격돌하지 않아도 된다는 것을 그는 본능적으로 알았다. 놈도 자기처럼 단소와 대금으로 연주를 시작했으나 생황을 알고부터는 그것만을 고집했다. 한 가지 음보다 두세 음이 나는 게 덜 외롭게 느껴진다는 거였다. 소리가 투명하면서도 텅 비어있다는 거였다. 자기의 호흡으로 소리가 나는 게 아니라 우주 어딘가에서 내려오는 것 같다는 거였다. 어린 그로서는 그게 무엇을 의미하는지 몰랐고 알고 싶지도 않았다. 그냥 놈과 부딪칠 일이 없으니 편할 뿐이었다.

"아, 학교는 계속 나가시죠?"

국어 교사라고 했던가, 사회 교사라고 했던가. 중학교라고 했는지 고등학교라고 했는지도 아리송했다. 분명 초등학교는 아닌 것으로 기억이 됐다.

"몇 달 휴직했다가, 재작년에 퇴직했어요."

"그럼 생활은 어떻게……?"

놈은 뼈대만 튼실했다 뿐이지 뜯어먹을 살 같은 것은 없었을 텐데. 학교는 계속 나가야 하지 않을까. 다른 방도가 있나. 궁금해하며 그는 그녀를 바라다봤다.

"자연환경해설사라고, 작년부터 백마강변을 오르내리며 활동하고 있어요. 주로 자전거 답사팀에게서 연락이 와요. 처음에는 강 주변의 자연환경과 역사유적을 중심으로 안내하기 시작했는데 언제부턴가 훼손되어가는 강을 고발하고 있더라고요. 모르긴 해도…… 남편 영향을 좀 받았겠지요."

그는 고개를 끄덕거렸다. 아이들과 상대하는 것도 피곤할 때가 많다. 자기도 학교에서 제자랍시고 가르치다 보면 뿔따구 날 때가 한두 번이 아니다. 그런 면에서라면 새로운 사람들을 만나는 일도 괜찮을 듯했다.

카페 앞에서 헤어졌다. 그녀가 자전거 타고 가는 모습을 물끄러미 지켜보다 그는 차 안으로 들어왔다. 조수석에 생황 가방을 놓았다. 연주기획자에게 먼저 전화를 걸었다. 함께 연주할 사람이 사고를 당했다고 사실대로 말했다. 새 파트너를 알아보고 싶진 않다고 덧붙였다.

"함께 연주하실 분이 조여생 선생님이라고 하셔서 저도 무척 기대하고 있었어요. 어떻게 돌아가신 지 사 년이 돼가도록 모르고 있었을까요."

기획자가 '모르고 계셨을까'가 아니라 '모르고 있었을까'라고 말한 걸 보면 자기를 비난하는 것 같지는 않았다. 함에도 그는 책임을 통감했다. 어떻게 만나지도 않고 혼자 결정해버렸느냐고 질책해도 대답할 말이 없었다.

"뜻밖의 소식이라…… 상의하고 연락드리겠습니다."

기획자의 말에 그는 알겠다고, 기다리겠다고 하고는 전화를 끊었다.

교수님, 저거 생황 소리 맞죠. 혹시 달마선생? 와, 드디어 만나는구나. 남도에 청을 채집하러 갔을 때였던가. 제자 놈들이 와자하게 떠들어대며 소리 나는 곳으로 달려가던 게 떠올랐다. 그놈들이야 장바닥에서 생황 소리가 들리니 지레짐작했을 테지만 그는 가까이 가지 않고도 놈의 연주란 걸 단박에 알아차렸다. 얼핏 눈감땡감 아무 데로나 뻗대나가는 것 같아도 조금만 집중해서 들어보면 알 수 있었다. 놈의 소리는 둥글고 섬세하게 반짝였다. 강 물결처럼 잔잔하게 일렁였다. 햇살이 화사하게 퍼지듯 소리가 수천수만 개로 빛나며 부서졌다. 놈 말마따나 높고 광활한 우주 어디에서부터 쏟아져 내려오는 것 같았다. 아무나 낼 수 있는 소리가 아니었다. 장바닥에 쏟아버리기에는 너무도 아까운 소리였다. 와, 대박! 탄성을 지르며 바구니에 지폐를 놓는 제자를 본 순간 그는 그 녀석의 따귀를 갈기고 싶은 충동을 억눌러야 했다.

놈은 풍각쟁이를 자처했다. 말 그대로 놈의 무대는 항상 장바닥이었다. 젊어서는 몇 번 응하더니 아예 무대에 서려 들지 않았다. 정식으로 리사이틀을 열어본 적도 없었다. 그 아까운 소리를 왜 방치했을까. 번듯한 무대에서 연주한다면 별명이 아니라 정식으로 명인 소리를 들었을 텐데. 아무리 생각해봐도, 지금도 놈을 이해하기 어려웠다. 가만…… 남도에서 놈을 만난 것이 인갱이에 오기 전이었던가, 뒤였던가. 그는 명확하게 떠오르지 않는 기억을 더듬으며 차에 시동을 걸었다.

요양원으로 향했다. 서너 달 만이지 싶었다. 지난 사 년 동안 몇 번이나 방문했나 따져보다 짜증이 밀려와 그만뒀다. 그놈의 치매가 방문 횟수만큼 좋아진다면 얼마나 좋을까. 썩을 봄바람. 그는 열어뒀던 차 창문을 올렸다. 어디선가 무슨 꽃

냄새가 오장을 긁는 것 같았다.

승강기에 감지기를 대고 3층을 눌렀다. 사랑방 역할을 하는 큰방에는 치매 환자들과 요양보호사들 몇이 화투를 치거나 그림을 그리고 있었다. 텔레비전 소리가 어찌나 큰지 귓구멍이 터질 것 같았다. 노모가 안 보였다. 안내데스크로 가는데 담당 간호사가 먼저 알아보고 인사를 했다. 방금 큰며느님 아니 사모님이 다녀가셨다고, 연락 못 받으셨느냐고 물어왔다. 그는 받았다고 얼버무렸다. 물으나 마나 한 것들을 물었다. 잘 드시느냐, 지금도 옷에 쉬를 하시느냐 등등을.

"사모님이 기저귀는 매주 사 오세요. 드시는 건, 치매환자들은 대개 무작정 입에 넣는 게 문제라…… 어르신도 그렇죠, 뭐. 요즘엔 자주 화를 내면서 욕을 하세요. 아까도 사모님께서 된통 혼나고 가셨어요. 머리끄덩이까지 잡히셨다니까요."

그랬느냐고 혹시 다친 데는 없느냐고, 그는 자기가 누구를 염두에 두고 묻는지도 모르는 채 물었다.

"어르신이 교수님을 엄청 기다리세요. 우리 큰아들이 집에 데려다줄 거라면서 옷 보따리를 어찌나 꽁꽁 싸매시는지…… 들어가 보실래요."

대답 대신 쓸데없는 말만 늘어놓은 간호사가 담당 요양보호사를 불렀다. 그는 요양보호사를 따라 노모 방으로 갔다. 간호사 말대로 속이 뜯긴 침대 모서리에 보퉁이가 하나 놓여

있었다.

시선이 보퉁이에 가 있는 것을 알았는지 요양보호사도 사설을 늘어놨다.

"큰아드님 오시면 갈 거라며 하루에도 몇 번씩 확인하고 싸고, 확인하고 싸고 그러세요. 아까도 마을 어른 몇 분이 다녀가셨는데, 보자기를 끌렀다가 다시 싸면서 그러시더라고요. 여생이 어매, 우리 교수 큰아덜 오믄 하냥 갑시다. 아이고, 지달려. 차비는 내가 낼 텡게 조께만."

"어디 가셨나 봐요?"

듣기 거북해 그는 요양보호사의 말을 자르듯 물었다.

"참, 오전에 목욕하시고…… 약사님 아니 사모님이 고생 많으셨어요. 어찌나 소란을 피우시던지. 지금 만화영화 보고 계실 거예요. 그리 가보시겠어요."

"여기서 기다리겠습니다. 바쁘실 텐데 그만……."

요양보호사를 보내고 그는 방 가운데 우두커니 섰다. 조금만 일찍 왔더라면 마주쳤겠구나, 생각하니 아찔했다. 보자마자 마치 당신 아들이 살아오기라도 한 듯 손을 붙들고 눈물 콧물을 짰을 놈의 어머니. 자기를 둘러싸고 온갖 치레를 늘어놓았을 마을 노인네들. 상상만 해도 난감한 상황이 아닐 수 없었다.

거의 매주 다녀간다는 나경이의 의도도 궁금했다. 나를 사랑해서? 개 코는 무슨, 자기 같으면 진작 헤어져 버리고 말지 이런 개고생은 안 할 것 같았다. 지금도 널 기다리고 있는 것 같더라. 자기가 선택한 일에 책임지기 위해 고군분투하는 모습이 안쓰럽던데. 언젠가 놈이 했던 말이 문득 떠올랐다. 고군분투라니, 붙이면 다 말인 줄 아나 보지. 미친놈…… 그는 그 말을 방금 듣기라도 한 것처럼 입을 비쭉거렸다.

"이 벼락맞을 놈이. 여가 어디라고 들어와, 들어오기를. 얼렁 안 나가?"

그는 퍼뜩 고개를 들었다.

"도, 도둑이야. 아이고 나 죽네, 이 상녀러 새끼가…… 이보쇼, 여그 도, 도둑, 도둑이 들어왔다끼요."

다짜고짜 욕설부터 퍼붓는 노모의 목소리는 독기로 가득했다. 보퉁이를 움켜쥔 손에도 눈에도 볼에도, 온통 독기뿐이었다.

그는 어정쩡하게 서서 낯선 어머니를 바라다봤다. 달려온 요양보호사가 노모를 달래느라 진땀을 빼는 동안 할 수 있는 것은 어깨를 으쓱하거나 한숨을 쉬거나 그도 아니면 혀를 차는 일뿐이었다.

"흐미, 얼굴에 껌딱지가 붙었고만. 보기 숭헌디이?"

언제 그랬냐는 듯 노모가 장난스럽게 말을 걸었다. 가까이 다가왔다. 물끄러미 바라다봤다. 히이, 웃으며 얼굴 가까이 손을 내밀었다. 그는 획, 고개를 돌려버렸다. 뒤로 한 발짝 물러났다. 노모는 어려서도 그랬다. 술 취한 눈으로 우두머니 바라보다 얼굴에 껍딱지가 묻었다고 둘러대곤 했다. 그가 주춤거리는 사이에 폭, 두 팔로 감싸 안고 흔들었다. 아이고 내 새끼, 하면서 연방 볼에 쪽쪽 입을 맞추곤 했다.

"잘 계셔요, 선생님들 힘들게 하지 마시고…… 또 올게요."

그는 잠시 휘청했던 마음을 추스르며 말했다. 방을 나오는데 안에서 노모가 물어왔다.

"치성 아부지, 우리 치성이는 언제 온다고 헙디. 혹시 아요?"

2

신동엽 시비 앞에 당도하자마자 남자 회원 한 사람이 자전거를 세우는 둥 마는 둥 화장실로 걸어갔다. 예상대로 여자 회원 하나가 그쪽을 가리키며 말했다.

"어머, 화장실이 시야를 가려요. 왜 하필 바로 앞에다 설치했을까?"

여자 회원들이 그러게, 하면서 동조하는데 반해 남자 회원들은 뭐, 어때서? 하는 표정들이었다. 하늬는 성인 답사팀을 안내할 때마다 매번 비슷한 풍경이 연출되는 게 흥미로웠다.

"보기 안 좋은가요? 그럼 이렇게 생각해볼까요. 모든 생명의 궁극적 목적은 불멸일 겁니다. 달리 말하자면 생존과 번식이죠. 생존을 위해서라면 잘 먹고 잘 싸야 합니다. 저 화장실은 혹시 배설의 문제에 대해 사유할 것을 권하는 게 아닐까요."

회장이 피식피식 웃으면서 말했다.

"당연하죠, 싸지 못하면 죽습니다. 실제로 며칠 동안이나 못 싸서 의식을 잃고 응급실에 실려 간 사람을 나도 봤거든요. 관장을 하고 나더니 평소와 똑같지 뭡니까. 야, 싸는 일이 이토록 중요하구나, 실감했다니까요."

나이 든 남자도 능청스럽게 말하며 회장의 말에 동의했다.

"어, 시원하다…… 저기에 화장실을 만든 사람도 그 심오한 뜻을 간파했을 겁니다. 제가 화장실 안에서 내린 결론을 말씀드리자면, 배설은 생존을 위한 본능이고 본능은 아름다움과는 하등 상관없다는 거였습니다."

화장실에서 나온 남자 회원이 시침을 떼며 맞장구쳤다. 물휴지로 손을 닦아냈다. 그 말에 여자 회원 몇이 깔깔깔 웃었다.

이십 년도 더 된 문학 동아리라더니 허물없는 사이로 보였다. 문학은 말할 것도 없고 정치나 사회문제에 대해서도 해박한 것 같았다.

"나무다리로 연결된 곳이었죠. 전 그곳이 참 인상 깊었어요. 새벽도 나름대로 근사하겠지만 저녁놀이 강물에 비칠 때면 도원이 따로 없겠다 싶던데요.”

그녀는 소리 나는 쪽을 돌아다봤다. 인갱이를 말하는 것 같아 귀를 세우고 기다렸지만 더는 들려오지 않았다. 물살이 참 좋더라, 물이 탁해서 속상해도 강폭이 넓어서 큰 배도 나다닐 수 있을 것 같다, 하류 쪽에 황포돛배 선착장도 나름대로 운치 있더라, 같은 말들만 오갔다.

“하굿둑이 생기기 전까지만 하더라도 만조가 되면 바닷물이 여기 백마강까지 올라왔답니다. 수심이 깊어서 쌀을 백 석이나 실을 수 있는 큰 배도 다녔다고 해요. 쌀 한 석이 팔십 킬로그램이죠. 백 석이면…… 팔 톤인가요. 저기…….”

말하며 그녀는 남쪽 강 가운데 하중도를 가리켰다.

“저 섬 이름이 전에는 합도蛤島였다고 해요. 앞에 넓은 평야 보이시죠. 구룡평얀데요. 그리로 금천이 흘러요. 금천 하류도 예전에는 조개강蛤川으로 불렸다고 하고요. 강이고 샛강이고 재첩이 많아서 그런 이름이 나왔을 텐데…… 또 여러분도 잘 아시는 홍길동의 저자 허균은 가림(임천)군수로 보내달라는 청탁을 하는데요. 이유가 그곳의 게 맛을 잊지 못해서였답니다. 그의 시문집 ‘성소부부고惺所覆瓿藁’에 나오죠. 백마강에는 또 종어宗魚라는 물고기가 살았다는데 일제강점기 때는 부여 임천 수령들이 승진하기 위해서 그 물고기를 진상품으로 올렸다는 말이 나왔을 정도로 크고 맛도 좋았답니다.[50] 지금은 오폐수로 샛강이 모두 썩어버렸어요. 이 금강도 상류 쪽에 두 개나 되는 댐이 있고 하구에는 둑과 배수갑문이 막고 있잖아요. 또 백제보를 비롯한 여러 보狀가 생기면서 그 많고 귀한 물고기들이 거의 사라지고 말았습니다."

신동엽 시비가 건립된 시기, 시비에 새겨진 '산에 언덕에'가 오래전 작곡가 오동일 선생에 의해 가곡으로 처음 만들어졌고[51] 이후로 여러 가요와 가곡으로 새로 태어났다는 것을 더했다.

「錦江」은 갑오농민전쟁과 4·19혁명 당시 민중이 자유와 민주주의를 위해 어떻게 저항했는지를 서정적으로 보여주고 있습니다. 민중의 거대한 흐름을 금강이라는 자연적 흐름과 동격으로 놓고 보았죠. 당연하지 않습니까. 오늘 해설사님의 안내를 받으면서 백마강을 돌아보는데, 시인이 느끼셨을 것을 저도 아주 조금은 맛본 것 같습니다. 특히 백제보를 보면서 여러 생각을 하게 됐어요. 해설사님도 줄곧 강조하셨던 것처럼 세상 모든 것은 흐릅니다. 흐름이 멈추게 되

---

50) 《21세기부여신문》 2020년 11월 26일 자, 이진현의 『부여 역사 산책』 83 '백마강의 물고기들' 참고.
51) 〈산에 언덕에〉, 신동엽 시·오동일 작곡(1970년), 『韓國歌曲200曲選』〈下〉, 세광출판사, 1983.

면 끝이죠. 그래서 흐름은 곧 자유 아닐까, 오늘 제 나름대로 생각해봤습니다."

회장이 굵고 울림이 큰 목소리로 말했다. 회원들의 생각은 어떤지 궁금하다고 묻자 사십 대 후반 정도나 됐을까 하는 남자 회원이 손을 들었다. 약간 긴 얼굴과 팔다리가 인상적이었다.

"저는 시인이 왜 아나키즘적 시각을 갖게 되었는지를, 이 금강을 통해서 짐작할 수 있었습니다.「錦江」도 그렇고 여타 다른 시들에서도 그렇구요. 흐름이라는 게 다분히 그런 측면이 있고 사람살이도 마찬가지 아닐까 싶습니다. 개인의 자유와 평등, 정의 같은 게 제대로 실현되려면 몸도 마음도 잘 흘러야 합니다. 그래야 부패하지 않을 테니까요."

"큰 틀에서 생각하고 고민하는 게 맞는다고 저도 생각합니다. 자연과 생명살림이라는 큰 틀, 그것이 강의 정체성을 회복하는 지름길 아닐까요."

"맞습니다. 내 안의 강물이 제대로 흘러야 당신에게 가는 강물도 잘 흐르겠죠. 그래야 나와 당신의 강물이 만나 더 큰 강을 이룰 수 있고요. 흐름이란 것이, 서로 간의 교감 말고 또 뭐가 있겠습니까."

그중에서 가장 젊은 듯 보이는 남자 회원의 말에 회원들이 와, 경탄하며 손뼉을 쳤다.

"참 멋진 말이네, 교감…… 사실 저는 「錦江」을 완전히 이해하지는 못한 것 같아요. 아마 신하늬와 인진아의 러브스토리가 없었다면 애저녁에 덮고 말았을지 모르겠어요."

여자 회원 중에서 가장 나이가 많아 보이는 사람이 수줍은 얼굴로 끼어들었다. 그러자 여자 회원들이 한마디씩 거들었다.

"맞아요, 두 인물이 없었으면 시가 너무 뻣뻣하고 억셌을 것 같아요."

"러브스토리 없는 세상을 상상이나 할 수 있을까. 사랑도 본능인데, 그렇지 않습니까."

"수업시간에 듣던 러브스토리가 최고였는데."

나중에는 남자 회원들까지 가세해 담소로 이어갔다.

점심을 함께 먹자는 그들의 요청을 사양하고 그녀는 인갱이로 향했다. 산모퉁이를 돌았다. 갈대밭 앞에 당도해 자전거에서 내려 걸어 올라갔다. 비탈진 양지에 멜라초가 피어있었다. 그녀는 자전거를 세웠다. 헬멧과 장갑을 벗어 장바구니에 담고 노란 꽃 앞에 앉았다. 손끝으로 건드리자 꽃송이들이 일제히 쫑긋거렸다. 재재재재, 수다스럽게 나풀거리는 꽃송이들 너머로 목서가 보였다.

습관처럼 올려다보며 그녀는 일어났다. 이그드라실. 야라에게는 저 목서가 우주수宇宙樹, 세계수世界樹였는지 모르겠다는 생각이 문득 들었다. 그는 항상 목서 아래에서 笙을 연습하고 책을 읽고, 신림을 보고 항아를 보고 흐르는 강물을 봤다. 사유하고 고민하고 갈등했다. 어쩌면 그는 목서의 말을 다 알아들었는지도 모르겠다. 신림의 소리를, 강물 소리를, 갈대 소리를 귀담아들으며 빙긋빙긋 웃었던 것처럼, 목서꽃이 흩날릴 때면 그는 향기를 호흡하다 말고 고개를 약간 틀어 목서에게 귀를 갖다 대곤 했다.

그녀는 목서 아래에 자전거를 세웠다. 난조가 떠나고 없는 텅 빈 강으로 바람이 불어갔다. 물비늘이 일었다. 희고 노랗게 반짝거리는 저기 어디쯤에서 그가 손짓하는 것 같았다. 그녀는 햇살을 받아 놀롤해진 볼을 쓸다 말고 허망한 표정을 지었다.

근처 강바닥을 다 뒤졌어도 그를 찾지 못했다. 물살이 급하지 않은 곳이라 했다. 금세 찾을 수 있을 거라 예상했던 구조대원들이 그만 포기하는 게 좋겠다고 했을 때는 한낮이 훌쩍 지난 뒤였다. 그녀는 아무렇게나 고개를 끄덕거렸다. 어느 것도 실감할 수 없는 채로 한두 달이 지났다. 엄마도 오빠도, 시부모님까지도 학교는 당분간 쉬는 게 좋지 않겠느냐고 물어왔다. 멍한 얼굴로 아이들을 마주해야 할 일이 두려워 그녀도 동의했다.

어쩐 일인지 차 안에만 들어가면 눈앞이 캄캄해져 운전대를 잡을 수가 없었다. 몇 날을 실랑이하다 그녀는 집에서부터 걸어서 인갱이로 왔다. 목서 아래에 우두커니 서서 강물과 신림 능선을 바라다보다, 항아가 개밥바라기를 삼키면 소스라치듯 놀라곤 했다. 다시 걸어서 집으로 갔다. 날이 갈수록 살은 보타갔다. 혼자 두고 갈 수 없었던 엄마가 오빠를 불렀다. 말리다 지친 오빠가 자전거를 사 왔다. 가슴팍에 명찰을 달듯, 프레임에 하얀 페인트로 '인갱이'라 써주었다. 추우면 방에 들어가 있으라며 장작도 패 뒤꼍에 쌓아두었다. 그녀는 비칠거리며 자전거를 타고 왔다. 저녁 해가 기울고 개밥바라기 별이 항아의 입속으로 들어가고 난 뒤로도 오랫동안 갈대밭에서 움직일 줄을 몰랐다.

그가 떠나고 일주기가 가까워지던 어느 날, 그녀는 꿈에서 깨어나듯 눈을 들었다. 어느 것도 예전 같지 않았다. 신림도 강물도 인갱이도 목서도 갈대도 자기도, 다 늙어있었다. 갑자기 배가 고팠다. 그녀는 커다란 양푼에 밥을 펐다. 고추장을 잔뜩 넣고 비빈 다음 한 숟가락을 떠 입에 넣었다. 마저 삼키기도 전에 또 한 숟갈을 입속으로 몰아넣었다. 우물거렸다. 삼켰다. 캑캑댔다. 가슴을 두드렸다. 눈물을 흘렸다. 그녀는 훌쩍거리며 손바닥으로 눈물과 콧물을 훔쳐냈다. 입 주변에 묻어있던 고추장 물이 볼로 콧방울로 시뻘겋게 번졌다. 그녀는 계속 밥을 퍼 입속에 욱여넣었다. 양푼이 바닥을 보일 때까지, 밥알이 한 톨도 남지 않을 때까지. 그러곤 돌연 갈대밭가에 고개를 처박았다. 먹은 것들을 게워냈다. 눈물과 콧물과 고추장 물로 너저분해진 얼굴을 들었다.

손바닥으로 얼굴을 쓸어내며 그녀는 흙바닥에 철퍼덕 앉았다. 그가 곁에 있었으면 좋겠다며 흐느꼈다. 눈동자를 들여다보고 얼굴을 만지고, 그의 숨결이 자기의 숨으로 들어오는 걸 느낄 수 있으면 좋겠다고. 가슴속이나 기억 속에서가 아니라 그의 몸뚱이가 실제로 여기에 생생하게, 자기 앞에 있었으면 좋겠다며 통곡했다.

갑자기 얼굴이란 말이 떠올랐다. '얼'은 영혼을 나타내고 '굴'은 통로를 말한다고 한 그의 말이 생각났다. 얼마나 외로웠을까. 얼마나 쓸쓸했을까. 얼마나 허퉁했을까. 결심하기까지 얼마나 깊은 고통 속에서 몸부림쳤을까. 뒤죽박죽 엉겨드는 생각에 그녀는 울음을 그쳤다. 자기는, 그가 외로움을 덜 수 있도록, 쓸쓸함을 덜어내도록, 고통을 줄이도록 도와준 게 아무것도 없었다는 사실을 깨달았다. 그의 '영혼의 통로'가 그토록 야위어가는 것도 몰랐다는 사실을 깨달았다.

자전거를 타고 인갱이에 오거나 게워낼 때까지 밥을 먹거나, 그녀는 그 짓을 되풀이했다. 엄마와 오빠가 병원으로 끌고 가지 않았더라면 지금도 그러고 있을지 모르겠다. 의사는 일을 가지라고 했다. 전에는 해보지 않은 새로운 일을 찾아보라고. 오빠가 자연환경해설사 수강증을 내밀었다. 일주일에 사 일을, 늙으신 엄마와 함께 다녔다. 움푹 팬 눈으로 앉아, 동작이 큰 강사가 강의 근원에 대해, 강을 따라 올라오는 물고기와 새들에 대해 강의하는 걸 듣다 돌아오곤 했다.

세월이 약이겠지야. 조금만 기다려보자. 엄마가 말했다. 결국 엄마 말이 맞았다. 시간이 지날수록 그녀는 자기가 회복되어가는 것을 느꼈다. 강의가 끝나갈 무렵이 되자 거무스레 팼던 볼이 하얘지고 눈동자도 한결 또렷해졌다. 그녀는 학교를 그만뒀다. 이제 돌아가셔도 괜찮다고 엄마에게 말했다. 정말 괜찮으냐고 몇 번이나 물어오자 걱정하시게 해서 죄송하다고, 그간 애쓰셨다며 도리어 엄마를 위로했다. 아버지 대신 운전기를 돌리는 오빠에게도, 어차피 하는 거면 기꺼이 하라고 당부까지 할 만큼 마음의 여유도 생겼다.

그녀는 강물을 응시했다. 그가 뛰어들었던 자리에는 파란 하늘이 들어가 있었다. 흰구름을 머리에 인 신림이 그 속에서 굼실거렸다. 바람이 불자 구름은 흩어지고 신림만 파랗게 우뚝했다. 그녀는 자전거 바구니에서 봉지를 꺼내어 들고 방으로 들어갔다.

벽 모서리에 쳐진 거미줄을 걷어내었다. 방바닥을 쓸고, 침상과 책상을 닦고 방바닥을 걸레로 닦았다. 닦다 말고 그녀는 악기 가방을 찾았다. 방을 다 뒤지고 났을 때야 정치성이 생각났다. 맞아. 그랬지, 중얼거렸다.

두 사람에게는 말이 필요치 않아 보였다. 오직 악기만이 가교인 듯했다. 笙과 단소로, 각자 서로의 마음을 듣고 말하고 어루만지는 것 같았다. 그녀는 어려서부터 함께 해왔다는 두 사람을 가끔 시샘했다. 지금도 정박 중인 강 건너 모래채취선을 보면 그때 생각이 절로 났다. 그는 강을 거대한 신이라 했다. 강바닥을 긁어내고 모래를 빼앗아가는 것은 신을 죽이는 짓이라 했다. 정치성은 치수는 요순시대부터 있었다고 반박했다. 두 사람이 잡은 줄은 팽팽했다. 그녀는 밥상을 차려 줄 사이로 끼어들었다. 두 사람은 반색하며 줄로 젓가락을 만들어 서로에게 건넸다. 땀을 흘려가며 밥을 먹었다. 마당에 멍석을 깔고 누웠다. 누가 먼저랄 것도 없이 별을 헤아렸다. 그가 일어나 악기를 들자, 전에도 이 자식 엄마한테 밥값을 치렀거든요, 거들면서 정치성도 단소를 꺼내 들었다.

笙의 소리가 둥글둥글 퍼졌다. 언젠가 자기가 유튜브 동영상으로 들려줬던 노래였다. 저 바람 부는 초원에 내 마음 속 누군가 있네. 바람아 조용히 불어 그의 슬픈 노래 들어보렴[52]…… 악보가 있었으면 좋겠다고 해서 인터넷을 뒤졌지만 찾을 수 없었던 노래였다. 포기하고 말았는데 저리도 아름

---

52) 〈Анирг Үй Тэнгэр, 寂靜的天空(고요한 하늘)〉, 중국어 가사 일부. Daiqing Tana & Haya band, 2009.

답게 연주할 수 있다니. 그녀는 어두운 밤하늘을 도두보았다. 그의 가슴속에서 만들어내는 소리와 손가락으로 꿈틀꿈틀 뭐우는 소리가 어둡고 깊은 밤하늘로 가 별이 된 듯 반짝거렸다. 전반부가 거의 끝나갈 무렵 단소가 수줍게 소리를 얹어왔다. 笙은 이내 단소 소리를 가만가만 쓰다듬었다. 어느 순간 두 소리가 얼크러졌다. 격정적으로 설크러지다 별안간 떨어졌다. 그것도 잠깐, 둘은 서로를 다시 불렀다. 아련하고 애절하게 부르며 가까워졌다. 멀어졌다. 그런 순간마다 니어는 야라의 가슴팍이 그리웠다. 큼지막한 야라의 손길이 그리웠다. 니어는 얼굴을 붉히며 지공을 덮었다 뗐다 하는 야라의 손가락을 흘깃거렸다. 지공을 막지 않은 오른손 검지를 동글동글 돌릴 때면 자기도 모르게 야라의 곁으로 다가앉곤 했다.

그녀는 갈대밭으로 내려갔다. 새파랗고 여린 줄기를 한참 동안 내려다보다 지난번에 베어둔 묵은 갈대를 안아 들었다. 날이 따뜻해지니 방이 눅눅했다. 군불이라도 때 두면 보송해지려나 싶어 아궁이에 갈대를 밀어 넣고 불을 지폈다.

고구마와 커피로 점심을 먹고 있는데 핸드폰이 진동했다. 두 시간쯤 후면 금강문화관에 도착할 거라는 답사팀의 전화였다. 그녀는 마저 먹고 문단속을 했다. 펌프를 작동해 함지박에 물을 그득 받아두고 인갱이를 나섰다.

이따 만나기로 한 팀은 미대생들이라고 했다. 대청댐이 아니라 강의 발원지에서부터 자전거를 타고 오는 중이라고. 하굿둑까지 사백 킬로미터를 완주하고 나면 그들은 어떻게 달라질까. 그녀는 운전기를 돌리고 있을 오빠를 떠올리며 강변길을 달렸다. 오빠도 한때 화가였다. 오동실을 그린 그림들이 지금도 용담댐 문화관에 걸려 있을 것이다.

신동엽 시비를 지나 백제대교를 건넜다. 수북정 앞에서 부산서원 쪽으로 올라갔다. 서원을 돌아 왕흥사지 앞을 달렸다. 그녀는 강 건너 부소산을 올려다보면서 내처 달렸다. 지금 이 강물은 오동실의 옛날을 알까. 오동꽃이 흩날리던 정자천의 물을 알까. 방구들과 지대석으로, 시멘트 길과 아스팔트 도로로, 변소와 동네 우물로, 느티나무 밑동과 오동나무 둥치로 차오르던 물. 마침내 오동실의 모든 것을 집어삼키던 물을 기억할까. 그녀는 강에서 올라오는 칙칙한 냄새에 얼굴을 찡그리며 백마강교를 건넜다.

금강문화관 앞에 자전거를 세웠다. 답사팀은 아직 도착하지 않은 모양이었다. 그녀는 기다릴 겸 전망대로 올라갔다. 한참 동안 강물을 내려다보다 손을 들었다. 허공에 죽 선을 내리그었다. 몇 번을 더했다. 아래쪽을 둥그렇게 해 笙의 울림통을 그려보았다. 가지고 간 노트를 꺼내어 연필로 다시 그렸다. 몇 장에 걸쳐 그려봐도 마음에 드는 게 없었다. 오히려 야라를 그리는 일은 걱정했던 것보다 쉬웠다. 큰 듯한 얼굴과

짙은 눈썹, 얄브스름하게 반쯤 감은 두 눈, 길고 반듯한 콧날, 코를 감싼 광대뼈, 미세하게 볼록해졌다 오목해졌다 하는 볼, 다소곳하게 笙의 취구에 대던 입술. 그녀는 그가 악기를 안은 모습을 떠올리며 새 종이를 꺼내 들었다.

초로의 사내가 이편을 보는 듯했다. 눈이 마주치자 살풋 웃어 보였다. 그녀는 민망해서 종이를 얼른 가방에 넣었다. 머뭇머뭇하다 승강기 쪽으로 걸어갔다.

연꽃 만나러 가는 바람 아니라…… 한두 철 전 만나고 가는 바람 같이[53]…… 웬 노래가 떠올랐다. 노래를 떨쳐내기라도 하듯 그녀는 서둘러 계단으로 내려갔다. 섭섭하게 섭섭하게 그러나 아조 섭섭지는 말고…… 어디 내생에서라도 다시 만나기로 하는 이별이게…… 노래는 계속 따라왔다. 그녀는 어느새 노래에 발을 맞춰 걷고 있었다.

낯이 익었다. 어디서 봤더라, 기억을 더듬어봤지만 또렷하게 닿는 게 없었다. 그녀는 따라오는 사내를 힐끔 바라다보다 공도교로 향했다.

"이상하입니다. 지난번에 신동엽 시비 앞에서 뵈었죠."

옆으로 와 나란히 걸으며 사내가 자기를 소개했다.

---

53) 〈연꽃 만나고 가는 바람 같이〉 중 일부, 서정주 시·김주원 작곡, "섭섭하게" 이하도 같은 노래에서 인용함. 2012년 제4회 세일 한국가곡 콩쿠르 작곡 부문 1위 수상곡.

그녀는 자기의 기억이 맞았음을 알고 앞에 섰다. 고등학생들을 인솔하고 아마 '백마강변'인가 하는 시를 낭송하던 중이었을 것이다. 한 남자가 비석 뒤편으로 가더니 천천히 시비 앞으로 돌아 나왔다. 매화도 피었지, 싶었다. 그녀는 무슨 일이냐고 묻듯 이상하를 봤다.

예순 남짓 돼 보였다. 편백나무 속살 같은 얼굴이었다. 중키였다. 약간 통통하면서도 균형이 잘 잡힌 몸매였다. 짧게자른 숱 많은 머리칼과 머리를 받친 목덜미가 단정하고, 전체적으로 둥근 얼굴에 넓지도 좁지도 않은 이마가 따뜻하게 빛났다. 짙으면서도 부드럽고 가지런한 눈썹과 잔잔하면서도힘 있는 눈빛. 모든 에너지가 거기에 집중해 있는 듯했다. 곧고 넉넉한 콧날과 옆으로 단정하게 벌어진 입술은 이성적이었다. 둥글면서도 각진 턱이 그것을 말하고 있었다. 그녀는그의 왼쪽 관자놀이를 응시했다. 팥알만 한 점 하나가 어떤표정을 지으며 이편을 살피는 것 같았다.

3

제방도로 쪽 언덕에 커다란 조각상이 하나 있었다. 정치성은 주차장에 차를 세우고 그리로 먼저 올라갔다. 백호상이었다. 제방 쪽을 보고 있었다. 호랑이상을 중심에 두고 강 쪽에 는 시설명과 시행청, 시행주, 설계자, 감독자 이름 등이 새겨 진 비가 있고 그 옆에는 시공회사와 임직원의 이름들이 새긴 비가 따로 서 있었다. 왼쪽에는 '금강지구 대단위농업개발사 업'에 대한 안내문과 평면도, 사업개요를 써놓은 커다란 게시 판이 세워져 있었는데 처마가 길게 돌출되어 촌스럽기 짝이 없었다.

그는 '본 사업은 금강하구에 제방을 막아 담수호를 조성하 여 그 물을 금강연안 평야지대의 농업용수와 공업용수를 공 급하고 하구둑을 이용하여 도로 및 철로를 부설함에 따라 서 남해안 종합개발사업에 이바지하게 되었다. 1983년에 착공하 여 1990년에 완공하였다…… 본 사업은 이곳 주민의 오랜 숙 원 사업으로 이 지역은 물론 서남해안의 발전 및 개발에 크게 기여할 것이다.' 쓰인 안내문을 읽었다. 1990년 완공…… 그 제야 게시판이 왜 그리도 촌스러운지 이해가 됐다.

주차장으로 내려왔다. 강물은 거의 암록갈색에 가까웠다. 낮게 내려앉은 구름 때문에 주변까지 우중충해 보였다. 제방 도로로 자동차들이 달리고 가끔 기차도 지나갔다. 둑의 반을 차지한 배수갑문은 군산 쪽에 있었는데 네모로 반듯반듯한 것이 융통성이라곤 눈곱만치도 없어 보였다. 그는 갑문 왼쪽 으로 시선을 돌렸다. 강 건너편으로 산이 보이고 산 아래에 둥글고 긴 탑이 보였다. 철새조망대인 모양이었다. 그 너머 멀리 강을 가로질러 다리 하나가 지나갔다. 아래에는 섬이 넓게 펼쳐져 있었다.

연주기획자가 금강하구에 있는 조류생태전시관 앞 주차장이 무대라고 했을 때 그는 꽤 넓은 곳인가 보다 기대했다. 와서 보니 형편없이 비좁았다. 공연장을 주차장에 꾸미든 공원에 꾸미든 운동장에 꾸미든 상관은 없지만 자기 이름값이 이것밖에 안 되나, 싸구려로 대접받는 건 아닌가 싶은 생각에 기분이 묘했다. 물론 장소의 넓고 좁음이 이름값에 비례하지는 않을 것이었다. 알면서도, 강기슭에 가느다랗고 푸르딩딩하게 서 있는 갈대들과 그 아래 너저분하게 버려진 종이컵과 페트병과 담배꽁초들을 보자니 속이 상하고 마음마저 뒤숭숭해졌다.

차 문을 열다 말고 들판을 건너다봤다. 주차장 너머로 펼쳐진 드넓은 논에 벼들이 찰랑거렸다. 공연 날 어쩌면 황금빛 들판을 비추는 달을 바라보며 연주할 수도 있겠다 싶었다. 그는 주머니에서 핸드폰을 꺼내어 공연일의 음력 날짜를 확인해봤다. 보름은커녕 반달도 안 되는 날이었다. 마침 기차가 지나가며 부웅, 기적을 울렸다. 황금빛 들판이면 뭐하나, 조명으로 다 가려버릴 텐데. 기적소리도 음향시설이 다 먹어버리겠지. 초승달마저 져버릴 테고…… 은근히 신경질이 났다.

그는 차 안으로 들어왔다. 이상하에게 전화를 걸었다.

"어떠냐. 세기의 연주가 나올 만하겠어?"

장난치듯 묻는 형에게 그는 내가 그쪽으로 갈까요? 볼멘소리로 되물었다.

"다 밉상인데 그거 하나는 기특하단 말이야. 역시 전문가는 전문가야."

연주가 있을 때마다 공연할 장소에 미리 가보는 게 그에게는 습관이 되어있었다. 시간이 허락하는 한 여러 차례 방문했다. 한참을 머무르며 공연장의 공기와 친해지기를 기다렸다. 그러고 난 뒤에 무대에 서면 지기처럼 편안하고 아늑해서 소리를 내기가 한결 자유로웠다. 형이 기특하다고 말하는 게 그것이겠으나 오늘은 아니었다. 이토록 못마땅해 하는 자신이 서름서름할 정도였다.

안 그래도 줄 게 있어서 사무실로 가려던 참이었는데 차 한 대로 움직이면 되니까 그쪽으로 오라고 했다. 그는 내비게이션에 주소를 입력하고 바로 출발했다.

정년퇴직한 형은 요즘 한 엔지니어 회사에서 일하고 있다. 옥구인가 하는 지역의 저수지와 하천의 실태 파악이라나 현황조사라나, 그런 걸 한다고 들었다. 할 만큼 했으면 됐지 무슨 또 일이냐고 했더니 너는 정년이 없어서 좋겠구나, 했다. 왠지 쓸쓸하게 들렸다. 이삼 년 전에 병으로 아내를 먼저 보낸 뒤 얼마 전까지만 해도 일과 관련된 사람 말고는 만나지 않는 눈치였다. 일에만 매달리는 것 같았다. 저장해뒀던 에너지가 따로 있었던지, 전보다 더 힘차고 추진력도 강해진 듯 보였다.

사무실로 들어서자 형 혼자 있었다. 기다리고 있었다며 악수를 해왔다. 그는 들고 간 악기 가방을 먼저 건넸다.

"24관짜리에요. 17관은 있으시니까…… 새것은 아니지만 연습하기 좋을 거예요."

"이런, 등록한 지 얼마나 됐다고……."

고맙다고 말하기는 쑥스러운지 형이 퉁명스럽게 대꾸했다. 열어보지도 않고 책상 한쪽으로 밀어놨다.

"이 나이에 뭘 새로 배운다는 게 쉽지 않더라고. 그건 그렇고, 음이 왜 차례로 안 돼 있는지 모르겠어. 하모니카처럼 도레미파솔라시도 이렇게 순서대로 돼 있다면 지공 누르기가 쉬울 텐데 말이야. 모양 때문일까. 그거 외우는 게, 악기 소리 내는 것보다 배는 힘들어."

"덕분에 치매는 안 걸리시겠네, 뭐."

그때까지도 기분이 풀리지 않아 그는 시무룩하게 대꾸하고 말았다.

"어이 녀석, 뭐 먹을까."

"뭐 아무거나. 생선은 빼고."

형이 나오다 돌아섰다. 주뼛주뼛 생황 가방을 열었다. 악기를 꺼내더니 요리조리 돌려가며 살폈다. 키를 만지작거리다 싱긋 웃었다. 어색하게 취구에 입을 댔다. 숨을 내쉬자 휘잉, 소리가 나왔다.

"아이고, 그 정도면 충분해요. 소질 있으시고만."

그는 일부러 과장 섞어 말했다.

이 다리는 한 번도 안 가봤을 걸, 하면서 형이 동백대교를 건넜다. 바로 장항으로 연결되는 다리였다. 날이 끄느름해서 산뜻한 것을 먹고 싶었는데, 송림 근처에 삼계탕 잘하는 집이 있다며 그리로 갔다. 파란 함석지붕을 한 허름한 집이었다. 넓은 주차장에 승용차들이 빽빽하게 들어차 있었다.

"여생이가 요 앞 송림에도 왔어. 오래전이지…… 소식을 듣는데, 어째 내가 꼭 잘못한 것 같은 기분이 들더라. 암튼 이상해."

자리에 앉자마자 형이 먼저 말문을 열었다.

"그러실 필요 뭐 있어요, 제각기 다른데."

그는 형의 심정을 알 것 같았다. 만날 때마다 그놈 집 앞의 갈대를 수장했네, 가늘어졌네, 골재채취선이 둥둥 떠다니네, 고자질했으니.

"형도 그러는데 나는 오죽했겠어요. 아버지 때와는 다르더라고요. 죽음이 나를 확, 할퀴고 갔다고 해야 하나, 느닷없이 죽음에 납치당했다 풀려났다고 해야 하나…… 암튼 뭐라 말할 수 없는 기분에 한동안 사로잡혀 있었다니까요. 지금까지 내가 죽음과 함께 숨 쉬고 있었구나, 구체적으로 느껴본 것은 이번이 처음……."

말하다 말고 그는 형의 표정을 살폈다. 아내와는 같은 마을에서 나고 자랐다고 들었다. 서로에게 두 사람은 첫사랑이라고 했다. 자기가 볼 때도 서로를 위하고 아끼고 사랑하는 게 눈에 보일 정도였다. 그런 사람을 잃은 형에게, 자기가 너무 호들갑을 떤 것 같아 미안해졌다.

"자, 멋진 여자랑 팔짱 끼고 오시지요. 소원입니다요."

장난스럽게 말하며 그는 주머니에서 관람권이 든 봉투를 꺼내 건넸다.

"이걸 드리려고 그 머나먼 길을 달려온 거라고요. 내 취지를 깊이 새겨들으셨으면 좋겠네."

너스레를 떨자 형이 배시시 웃었다.

"그나저나 얼마큼 배워야 무대에 설 수 있나."

마침 들어온 삼계탕의 한쪽 다리를 젓가락으로 뜯어 오물거리며 형이 혼잣소린 듯 물었다. 표정이 심각했다. 그는 이걸 어떻게 해석해야 할지 잠깐 헷갈렸다.

"오래 배우지 않아도 되지."

"나 참, 고기나 뜹시다. 형한테도 날로 먹으려는 심뽀가 있었네, 그랴."

그는 닭고기가 놓인 형의 앞접시를 자기 앞으로 가져왔다. 비닐장갑 낀 손으로 모가지를 비틀어 뽑아 자기 그릇에 놨다. 사태를 파악하지 못하고 멀뚱멀뚱 쳐다만 보는 형 앞으로 다시 접시를 밀었다. 어렸을 때부터 닭 모가지는 항상 자기 차지였다. 연습을 게을리 할 때면 어머니가 백숙이나 삼계탕을 끓여주곤 했는데, 피리를 잘 불려면 목을 먹어야 한대서 아버지 것까지 채뜨려 먹곤 했다.

비가 쏟아지기 시작했다. 점점 거세졌다. 바람까지 창문을 때리고 하늘마저 컴컴한 게 예삿일 같지 않았다.

"아, 어머니는?"

"잘 지내신답니다. 먹고 싸고 소리 지르고, 먹고 싸고 소리 지르고…… 물론 잠도 주무실 테고."

연방 바깥 동정을 기웃거리며 묻는 형에게 그는 지겹고 짜증 섞인 목소리로 대꾸했다. 좀 전에 갔던 공연 장소까지 떠올라 부아가 났다.

"미루 엄마가 매주 간다나 봐요."

그는 닭 모가지를 입에 문 채로 볼통거렸다.

"너도 이제 딴 여자들 그만 만나. 지금까지 만난 여자만 해도 몇 명이냐. 그럴 시간 있으면 미루 엄마한테 신경 쓰라니까…… 그나저나 비가 너무 많이 오는데."

"여러 명 만난 게 뭐 그리 중요해요. 오직 단 한 사람을 못 만나고 있는데?"

불뚝 소가지를 부렸다. 길바닥에 침을 뱉듯 모가지뼈를 앞 접시에 틱, 뱉어냈다.

형이 눈을 뚱그렇게 뜨고 쳐다봤다.

"오직 단 한 사람은 이놈아, 매주 네 어머니를 찾아가는 미루 엄마야. 철딱서니 없기는…… 모가지 아프다는 거 순 거짓 말이지. 한 번 된통 혼나봐야 정신을 차릴라나."

"아니 무슨 말을 그렇게……."

마침 형의 핸드폰이 진동했다.

"어이구, 이 형님 안부가 궁금했던 모양이지…… 오 그래, 천하의 문용태도 딸내미를 빼앗기는구만…… 카톡으로? 음, 축하해…… 그래그래, 그때 보자고."

입사 동기라고 형이 말했다. 딸이 결혼한다는 소식을 전해 왔다며 전화기를 상에 내려놨다. 놓자마자 다시 진동했다.

"예…… 저수조라뇨? 아니, 거긴 침수될 만한 지역이 아닌 데…… 그래요, 알겠습니다. 바로 가겠습니다."

전화기를 들고 일어났다. 그도 젓가락을 놓았다. 주차장으로 가는 사이에 옷이 다 젖어버릴 정도로 비바람이 장난 아니었다. 시야마저 컴컴해졌다.

이번에는 형이 금강하굿둑 쪽으로 차를 몰았다. 좀 전에 들렀던 주차장이 전면에 보이는가 싶더니 이내 둑으로 올라섰다.

"주차장 한쪽에 백호상이 있었을 텐데."

형의 말에 그는 고개를 끄덕거렸다.

"건너편에는 청룡상이 있어. 나도 나중에 알았는데 이 하굿둑이랑 갑문 완공 때 세운 조형물이더라고. 수호상인 셈이지. 그런데 몇 년 전에는 이것을 두고 말들이 많았다고 하데. 철거하자고 말이야. 두 조형물 때문에 이쪽저쪽이 갈등한다나 어쩐다나…… 용호상박이란 말이지. 똥 누러 갈 때 마음 다르고 누고 나올 때 마음 다르다더니…… 지금은 조용한 걸 보니 잘 해결이 된 모양이야. 그럼, 그래야지. 허허허……."

말하곤 형이 웃었다.

그는 순간적으로, 자기 사고가 너무 비좁다는 걸 깨달았다. 좌청룡 우백호 남주작 북현무, 이렇게 확장할 수도 있었을 텐데, 청룡을 유추하기는커녕 백호의 의미조차 알려고 하지 않았다. 매사 이런 식이었다. 이것과 저것의 관계나 인연을 염두에 두지 못하는 너무 편협한 사고. 소리가 제대로 뻗어나가지 못하는 이유도 혹시 이 때문일까. 안 그래도 요즘 자기 소리가 너무도 빈약하게 들려 의기소침해 있던 참이었다.

아…… 공연히 공연장소를 탓하고 있었구나. 소리가 빈약해진 것 때문에 너무 예민해 있었어. 그는 자기도 모르게 형을 쳐다봤다. 버릇없이 굴었던 게 미안하고 면목이 없었다.

쏟아지던 빗줄기가 무춤해졌다. 둑을 지나치면서 형이 왼편을 가리켰다. 용 조형물이었다. 얼핏 봐도 상당히 화려했다. 여의주를 움켜쥔 발도 비늘마저도 극적으로 보였다. 백호가 오히려 인자해 보일 정도였다.

"유체역학이라고, 흐름의 문제를 역학적으로 다루는 학문이야. 거기에 베르누이 방정식이란 게 있어. 강폭의 감소는 유속의 증가를 뜻한다는 건데, 홍수가 나면 물이 흐르는 속도가 빨라지고 물 높이도 높아지잖아. 그런 것을 방정식으로 만든 거지."

비가 다시 쏟아졌다. 형이 와이퍼를 빠르게 작동했다.

"이렇게 비가 쏟아지면 말이지, 이 베르누이 방정식과 홍수 났을 때가 떠올라. 윗물이 아랫물의 뒷덜미를 거머쥐면서 올라탔다가 곤두박질치는 모습 말이야. 쓰레기들까지 물살에 출렁거리면서 달리는데, 거의 악마 수준이거든. 모든 것을 집어 삼켜버리는 악마 말이야."

말하며 형이 삼사 킬로미터쯤 직진하다 우회전했다. 몇백 미터를 더 가자 신축아파트 공사장이 나타났다. 그 근처 나지막한 시설물 앞에 커다란 물웅덩이가 있었다. 물이 넘쳐 주변 도로까지 흥건했다. 형이 한쪽에 차를 세웠다. 구두를 벗어 뒷자리에 놓고 장화로 갈아 신었다. 우비를 걸쳤다. 사무실 주차장에 두고 가라면서, 시동도 끄지 않고 나갔다. 곧바로 검붉은 물웅덩이로 걸어 들어갔다.

형을 만나고 올라가는 길에 신하늬한테 들러 관람권을 주려고 했다. 비도 오는데 굳이 그럴 필요는 없을 것 같았다. 우편으로 보내거나 연주회 당일에 줘야겠다고 생각하며 그는 그대로 차 안에서 밍기적거렸다.

종아리까지 올라오는 물속을 헤치며 형이 여기로 저기로 돌아다녔다. 연신 어딘가를 기웃거렸다. 기다란 철봉 같은 것으로 쑤시고 손으로 만져보고, 발로 밟거나 눌러보고는 했다. 몇 차례나 되풀이하다 누군가를 불렀다. 그러는 사이에 비가 그쳤다. 얼핏얼핏 푸른 하늘도 보였다. 그는 그제야 차 창문을 열고 시동을 껐다.

얼마 지나지 않아 트럭 한 대가 웅덩이 근처로 와 섰다. 사람들이 짐칸에서, 자기는 이름도 용도도 모르는 커다란 기계와 전선이 감긴 보빈 하나를 내렸다. 두 사람이 보빈에 감긴 전선을 풀어가며 가까운 상가로 들어갔다 나왔다. 형이 손짓하자 옆에 선 사람이 기계를 물웅덩이 가까운 곳에 놓고 작동했다. 쉬잉…… 뭔가 갈리는 소리가 났다.

얼마 지나지 않아 거짓말처럼 웅덩이 물이 빠져나가기 시작했다. 사람들이 환호했다. 형의 얼굴도 환하게 밝아졌다.

"저 밑에 우수저류조 공간은 비어있었어요. 이 관로가 막혀있어서 물이 여태 빠지지 못한 겁니다. 우수관로 이거, 일제강점기 때 만들어진 거 아닙니까. 이물질을 좀 보세요. 이게 다 그때부터 쌓인 거예요. 백 년 동안 동맥경화에 시달려온 셈이죠."

물이 빠져나가자, 형 말대로 관로 앞에 쓰레기들이 잔뜩 드러났다. 비리고 역겨운 냄새가 차 안까지 들어왔다. 사람들이 눈살을 찌푸리면서 손으로 삽으로 그것들을 긁어냈다. 외발리어카에 담았다. 함께 거들던 형이 웬 스프링노트 하나를 건져 올렸다. 안에 종이는 몇 장 남지 않고 비닐로 된 양쪽 표지도 한쪽 끝만 매달린 채 달랑거렸다.

"아이고, 저렇게 큰 게 막고 있어서 물이 더 못 나갔구먼."

누군가 혀를 차듯 말했다.

"맞는 말씀이에요. 한데 이것도 어딘가로 가려다 막혀서 못 나갔겠죠."

형도 맞장구쳤다. 노트를 외발리어카에 던졌다.

그는 차에서 나왔다. 속옷가게로 가 내의와 양말을 샀다. 다시 겉옷가게로 갔다. 남방과 바지를 사서 차 안에 두고 키를 빼 들고 나갔다.

"형, 차에 새 옷 놔뒀어요. 그 꼴로 타지 말고 갈아입어요…… 갈게요."

땀을 뻘뻘 흘리면서 이물질을 걷어내고 있던 형에게 키를 건넸다.

"어, 여태 안 갔어? 보고만 있었던 거야? 이런 녀석하고는."

그는 돌아 나오며 피식 웃었다. 손을 흔들었다. 나한테는 첫사랑인데 이이한테는 내가 첫사랑인지 아닌지 모르겠네. 맞아요, 첫사랑? 묻던 형의 아내가 생각났다. 이런 사람하고는, 하면서 쑥스러워하던 형의 표정도 떠올랐다.

지금까지 자기한테는 첫사랑은커녕 사랑하는 사람조차 없었다. 나경이는 결코 첫사랑이 아니었다. 사랑도 아니고 애인도 아니고, 딱 아내라는 위치에만 있는 그런 사람. 지금까지 그는 첫사랑이 될 '오직 단 한 사람'을 찾아왔다. 여태 찾지 못했다. 지금 만나는 여자도 별 볼 일 없었다. 그저 자기 배경에나 관심 있을 뿐 사랑에는 눈길조차 두지 않는 것 같았다.

스산한 마음으로 그는 집 앞에 주차했다. 아내 방과 이 층 딸아이 방에 불이 켜진 걸 확인하고 지하로 내려갔다. 문 앞에 우두커니 서 있다 돌아섰다. 일 층 현관문을 열고 거실로 들어섰다. 어디로 가야 할지 몰라 방황하는 사람처럼 그는 침침한 거실을 서성거렸다. 주머니에서 관람권이 든 봉투를 꺼내 들었다. 미루가 먼저 전했을지도 모르겠다고 생각하며 아내 방문 앞에 섰다. 주춤주춤 문을 두드렸다.

반응이 없었다. 올라오면서 불빛을 확인했는데, 안에서 텔레비전 소리도 나는데. 그는 다시 문을 두드렸다. 불렀다.

"미루 엄마, 안에 있어…… 나경아."

무반응이었다. 언제나 이런 식이었다. 그렇지 않으면 짧고 단호하게 대답했다. 말투도 항상 뻣뻣했다. 저…… 아랫것을 대하는 듯한 태도에 그는 속이 부글부글 끓고는 했다. 화딱지가 솟구쳤다. 마음 같아서는 문짝을 부수고 들어가고 싶었지만 마침 이 층 딸애 방에서 기척이 들렸다.

돌아섰다. 다시 돌아서서 문짝에 봉투를 던졌다. 봉투와 관람권이 어둠 속에서 두서없이 날렸다. 세상사 별거 아니구나 싶었다. 뼛속 깊숙한 곳으로 허전하고 허망한 무엇이 들어와 박히는가 싶었다. 별안간 목으로 통증이 엄습했다. 전에는 느껴보지 못한 격렬하고 무시무시한 통증이었다. 그는 거실 바닥에 주저앉았다. 무릎걸음으로 기었다. 신발을 신는 둥 마는 둥 현관을 나섰다. 겨우 큰길까지 나갔으나 택시는 좀처럼 오지 않았다.

4

이상하가 말했다.

"제가 싫지 않다면 거절하지 마세요. 하늬 씨가 혼자든 아니든 상관없습니다. 서로 존중하고 서로의 생각을 교류할 수 있는 사이라면, 전 더 바랄 게 없습니다."

하늬는 대답하지 않았다. 탁자 쪽으로 얼굴을 수그린 채 머그잔만 만지작거렸다. 지난봄에 공도교까지 따라왔을 때 관광객으로 착각했던 게 잘못이었다. 그때 명함을 주고받지 않았더라면 이런 일은 일어나지 않았을 것이다. 설령 전화나 문자를 해와도 반응하지 않았다면 오늘 같은 일도 생기지 않았을 것이다. 몇 달 동안 너무 안이하게 생각했던 걸 후회하고 그걸 무마하려고 나왔는데 늦어버린 건 아닌가 싶었다.

"참, 그때도 성함이 궁금했습니다. 무척 신선하게 들렸거든요. 그래서 하늬 씨가 제 가슴속에 깊이 각인됐을 겁니다."

고개를 들었다. 그녀는 다 식어버린 커피를 한 모금 마셨다. 어색하고 침울해지는 기분을 어쩌지 못하고 미소를 지었다.

"이름 때문에 스트레스 많이 받았어요. 저 어렸을 때만 해도 한글 이름이 흔치 않았거든요. 혹시 「錦江」이라는 서사시 읽어보셨나요?"

그의 얼굴에 당황스러운 기색이 역력해졌다. 관자놀이 점도 얼굴이 발긋해지면서 다갈색으로 바뀌는 것 같더니 얼굴색이 돌아오자 다시 까매졌다.

"핑계 같지만 수리水理나 기계설계에 관한 거라면 모를까, 시나 소설은…… 이거 미안합니다. 꼭 읽어보겠습니다."

"제가 엄마 배 속에 있을 때 나온 시라고 해요. 거기에 신하늬라는 남자 인물이 나오는데요. 아버지가 아이를 낳으면 이름을 똑같이 짓자고 하셨대요. 딸이든 아들이든 상관없이 하늬로 하자고."

"신하늬, 하늬…… 시에 나오는 인물은 어떤지 모르겠지만, 이렇게 사람과 이름이 잘 어울리는 분은 오랜만에 봅니다."

그녀는 어색하게 웃으며 그를 쳐다봤다. 더 앉아있기도 불편했다.

"나가실까요, 부소산 그늘이 좋던데."

마침 그가 먼저 청했다.

그녀는 여기서 그만 헤어지는 게 좋겠어요, 말하고 싶었다. 입 밖에 내지 못하고 머뭇거렸다. 미적거리다 마지못해 일어났다.

그의 차를 타고 부소산 아래로 갔다. 주차장에서 나와 부소문화재책방과 부소갤러리가 있는 건물 옆길로 걸어 올라갔다. 그녀는 건물 쪽을 연방 호기심 있게 바라다보는 그에게 말했다.

"전에는 국립부여박물관이었어요. 김수근 건축가의 설계라고 해요. 국립청주박물관도 그분의 작품이라고 하죠. 아래는 부풍관이라고, 객사구요."

그가 고개를 끄덕거렸다.

"책방 건물이 무척 특이해서요. 커다란 기와집 같기도 하고 오래된 움집 같기도 하고…… 전에 왔을 때는 이 건물이 아니었던 것 같아요. 지붕이 넓고 평평한 것으로 기억이 되는 걸 보면. 제 아이들과 백제금동대향로를 보러 왔었거든요.”

“아, 지금 박물관은 저 건너편 금성산 아래에 있어요. 향로가 발굴되기 전이라니까, 이관한 지 삼십 년 가까이…….”

말을 마저 이을 수 없었다. 그녀는 자기도 모르게 호흡을 깊게 했다. 신혼 때 어느 한 날이 떠올라서였다. 야라가 박물관으로 손을 끌었다. 북적거리는 관람객들 사이를 비집고 들어가더니 무언가를 가리켜 보였다. 백제금동대향로였다. 그녀는 향로 앞에 오도카니 섰다. 새로운 세상이 펼쳐진 듯했다. 아름다운 선율도 들려왔다. 환한 세상으로 이끄는 소리를 깊게 호흡하며 그녀는 야라의 손을 꼭 잡았다. 향로만 생각하면 그날이, 그 소리가 지금도 들리는 듯해 가슴이 미어졌다.

서복사지를 지나 고란사 쪽으로 올라가던 그가 멈춰 섰다. 무언가를 가리키기에 봤더니 연리지 소나무였다. 의미를 부여하는 것 같아 민망해진 그녀는 소나무를 지나쳐 평평한 곳으로 올라섰다. 강물이 보이고, 바람도 선들선들 불어와 쉬어 가기에 좋은 위치였다.

물색이 너무도 칙칙했다. 지난주였던가. 한 환경단체에서 금강하굿둑까지 자전거 종주를 한다며 백마강 안내를 부탁해왔다. 수북정에서였을 것이다. 강물을 본 그들이 누군가를 죽일 놈 살릴 놈 해가며 욕설을 퍼부었다. 그녀는 그때 생각이 나 공연히 속이 상했다.

"강물이 좀 그렇지요."

그가 말했다.

"무엇이든 고이면 썩으니까요. 보洑를 개방했다고는 해도…… 글쎄요, 하굿둑은 여전히 막혀 있잖아요."

그녀는 되받아 말하곤 돌아 내려왔다. 사자루 쪽으로 발길을 돌렸다.

"하굿둑 막을 때는 먹고 살기에 힘들어 그랬다니 이제는 터야 맞겠지요. 그래야 모든 것이 원활하게 흐를 테니까요."

다시 그가 말했다. 입사해서 처음으로 참여한 일이, 메인은 아니어도 금강하굿둑 설계였다고. 명함에도 쓰여 있다면서, 새만금 배수갑문 설계에도 참여했다고 고백하듯 말했다.

"먹고 살려고 막은 곳이 여기에도 있더라고요."

무책임하고 야속한 마음마저 들었다. 자기가 듣기에도 빈정거리는 투가 역력한 목소리로 그녀는 이어 말했다.

"이 부소산 북쪽에 뒷개라는 마을이 있는데요. 백제시대의 나성이 시작되는 곳이에요. 그 일대에 월함지라고, 백제시대 때 연못이 있었는데 1960년대에 나성을 무너뜨리고 그 흙으로 연못을 모두 메워버렸다고 해요. 먹을 양식이 부족해서 논으로 만들었다는 거죠. 궁남지도 마찬가지래요. 전에는 무척 넓었는데 일부를 논으로 만들어서 지금처럼 규모가 작아졌다고 하거든요."

안타깝다는 듯 그가 저런, 하면서 걸음을 멈추었다. 이내 천천히 강 건너편이 훤히 보이는 곳으로 걸었다.

"그런 일이 다시 있어서는 안 될 텐데…… 어쨌거나 어느 시대건 적당한 개발은 필요할 겁니다. 저기, 뭔가를 지으려고 하는 모양이지요. 아니면 빈터인가. 풍수에 대해 잘은 몰라도 꽤 괜찮아 보이는데 아깝군요."

강 건너 넓은 터를 건너다보며 말했다. 무심을 넘어서 거의 무관심에 가까운 투였다. 그녀는 점점 틀어지는 심기를 어찌 지 못하고 대답했다.

"왕흥사지에요. 백제의 위덕왕이 먼저 죽은 당신의 왕자를 위해 지은 절이었다고 해요. 십몇 년 전에 사리기가 발굴돼 떠들썩했죠. 백제금동대향로를 발견했을 때처럼…… 사리기 는 동제 은제 금으로 된 세 개의 병으로 돼 있었어요. 저도 박 물관에 가서 여러 번 봤는데 무척 섬세하고…… 볼 때마다 경 건한 마음이 들더군요."

"아, 그래요. 터를 저렇게 둔 것을 보면 조만간 복원할 모양 이죠."

언젠가는 복원하겠죠, 하며 그녀는 걸음을 옮겼다. 이만 헤 어졌으면 좋겠는데 어떻게 해야 할지 난감했다.

"아까 말씀하신 거요. 적당한 개발, 그건 인간의 이기적인 생각 아닐까요. 자연을 있는 그대로 놔두는 게 인간과 자연 모두를 살리는 길이라고, 저는 그렇게 생각하는데…….”

속생각을 털어놓고 나니 개운하긴 했다. 그녀는 자기 목소리에 힘이 실린 것을 느끼며 그의 눈치를 봤다.

“치수는 인간이 생기면서부터 있었습니다. 자연 그대로라는 말은 그때부터 이미 의미를 상실해버린 거나 마찬가지 아닐까요.”

“제 말은…… 그러니까 자연 그대로라는 말은, 자연이 자연스럽게 생성하고 소멸하도록 두자는 의미예요. 인간이 간섭하지 않는 것이 생태계를 보전하고 복원하는 최선의 길이라고 생각해요.”

“당연한 말씀입니다. 하지만 아까도 말했듯이 인간이 생겨나면서부터 자연은 자연스럽게 살거나 죽지 못하고 있어요. 인간이 치수治水와 치목治木을 포기한다면 모를까 그건 불가능한 일이라 봅니다. 또 지금처럼 계속해서 쓰레기나 오폐수를 버리는 한, 자연을 자연 그대로 내버려두는 것은 보전이 아니라 방치하는 꼴이 되고 말겠죠.”

어찌 된 영문인지 오기가 생겼다. 그녀는 그의 말에 반박하듯 말했다.

“뉴질랜드에는 황거누이 강이 있다고 해요. 누구나 그 강을 해치거나 더럽히게 되면, 사람을 해친 자에게 하는 것처럼 똑같이 처벌을 받게 된대요."

"맞아요, 저도 생각납니다. 몇 년 전에 신문에서 읽은 것 같아요. 마오리족이 자신들이 신성시하는 그 강을 지키기 위해 정부와 백육십 년을 싸워왔다는 기사였어요. 만약 우리가 이 금강에 인격을 주려고 한다면 백육십 년이 아니라 그 두 배는 걸리지 않을까요. 왜냐면 황거누이 강은 인공이 거의 가미되지 않은 산악지대와 초지를 따라 흐릅니다. 반면에 금강은 그렇지 못하죠. 마오리족처럼 신성시하는 것 같지도 않고요. 금강뿐 아니라 한강 낙동강 섬진강 영산강도 다…… 아, 하늬 씨랑 저랑…… 그래요, 금강에 인격을 부여하는 일을 우리가 시작하는 건 어떨까요. 백육십 년이 아니라 삼백이십 년이 걸려서라도 목적을 이루게끔 기틀을 마련하는 것도 좋을 것 같군요."

"전 뉴질랜드에 가보진 못했어요. 말로만 들어서……."

그녀는 그의 제안에 이렇다 저렇다 답을 못했다. '하늬 씨랑 저랑'이라는 말을 되새기며 허공을 올려다봤다. 야라가 자주 쓰던 표현이었다. 다른 사람에게서 듣자니 가슴이 뜨끔거리고 무언가 치밀어 오르며 목울대를 눌렀다.

"애초 그대로 존재하는 것은 이 세상에 아무것도 없습니다. 끊임없이 변해왔죠. 시시때때로 변합니다. 어느 순간도 멈춰 있는 게 없어요. 저도, 하늬 씨도요. 갑자기 생각났는데, 망초

아시죠. 지역에 따라 여러 이름으로 불리잖습니까. 망초와 개망초를 군이 구분할 필요 없이 담배풀, 풍년초, 계란꽃, 지붕초 등으로요. 개망초가 외국으로 나가서 안개꽃이 되어 돌아왔다는 우스갯소리가 있어요. 그만큼 개망초를 토종으로 알고 있는 사람들이 많다는 거죠. 이것은 귤이 회수, 양자강을 건너면 탱자가 된다는 말과도 상통한다고 생각합니다. 무엇이든 존재 자체가 사는 목적이에요. 자기가 처한 환경에 적응해야 삽니다. 귤도 살려면 탱자가 될 수밖에 없지 않겠어요."

"그래도 우리 고유종을 보호하고 개체 수를 늘리는 게 맞는다고 생각해요. 고유종이 제대로 살아야 우리 생태계도 복원이 되고 자연환경도 유지되는 거잖아요."

"맞습니다. 하늬 씨도 외래종 하면 베스나 황소개구리를 먼저 떠올리실 텐데, 그놈들은 우리 한국의 토종생물이 아니죠. 우리 토종 물고기나 개구리를 포식하는 놈들이에요. 그래서 놈들을 잡아 없애야 한다고 사람들은 말합니다. 한데 베스나 황소개구리들이 자발적으로 이 땅에 들어왔을까요. 인간이 데리고 왔습니다. 베스는 자원조성용으로, 황소개구리는 식용으로…… 아, 베스를 말하다 보니 잉어가 생각났는데요. 양식어류 중에서는 이 잉어가 아마 가장 오래된 물고기일 겁니다. 흔히 민물고기의 왕이라고 하죠. 과거급제나 진급을 기원하는 민화도 많다고 하고요. 한데 미국에서는, 우리가 베스

때문에 골치를 앓듯이 잉어 때문에 애를 먹고 있답니다. 관상어로 가져갔던 것이 야생으로 나가 그곳의 환경을 파괴하고 생태계를 교란하고 있는 모양이에요."

그가 한 아름은 너끈히 될 것 같은 소나무들 사이에 섰다. 이쪽을 바라보는 그의 얼굴에 얼핏 그늘이 지나갔다.

"식물도 마찬가지 아닙니까. 백일홍이니 매리골드니 금계국이니 코스모스도 다 토종이 아니죠. 특히 금계국은 제가 다니던 학교 뒷산 공동묘지 근처에 많이 피어있었어요. 시체꽃이라 불렀죠. 전 그게 이름인 줄 알았고 우리 고유 꽃인 줄 알았습니다. 또 편백나무도 일본이 원산으로 알고 있습니다만. 언젠가 휴양림에서 목격한 건데요. 이 편백나무를 심겠다고 수백 년 자라온 우람한 참나무며 소나무들을 베어내고 있었어요…… 음, 이건 다른 층위의 문제로 봐야 할 텐데…… 아메리카나 유럽에서 우리나라로 온 사람들, 동남아나 중앙아시아에서 온 많은 사람도 우리 고유종이 아닙니다. 하늬 씨나 제가 정말 고유종일까요. 대체 고유종이 있기나 할까요. 어쨌든, 그 사람들이 어디에서 여기로 왔든지 간에 우리나라 사람들이랑 그렁저렁 어우러져 살고 있지 않습니까. 제 말은 사람이나 동물이나 식물이나, 생물이라는 넓고 큰 틀에서 본다면, 지구의 틀에서 본다면, 볼 줄 안다면 하등 다를 게 없다는 겁니다. 어떤 것은 좋고 어떤 것은 나쁘지 않습니다. 무엇은 옳고 무엇은 그르지도 않아요. 그냥 존재하죠. 그냥 움직이면서 살고 있을 뿐입니다."

"무서운 말씀이네요. 좀 두렵고 섬뜩해요."

핑크뮬리도 생태계 교란식물이라는 사실이 문득 떠올랐다. 외래식물 중에서도 토착 식물과의 경쟁에서 이길 가능성이 있는 식물을 교란식물로 지정한다는데 핑크뮬리도 그럴 가능성이 있어 2급으로 지정되어 있다는 것이다. 그토록 부드럽고 예쁜 풀도 교란식물이 될 수 있다니, 기사를 읽으면서도 의아했었다. 그녀는 그의 약간 뒤쪽에서 모시풀이 우거진 그늘을 지나 마닐라 삼 매트가 깔린 언덕길로 올라섰다.

"하늬 씨, 환삼덩굴이나 가시박 아시죠. 환삼덩굴은 우리나라가 원산지고 가시박은 북아메리카가 원산으로 귀화식물이라고 하더라고요. 둘 다 다른 식물을 덮거나 걸고 올라가면서 자라죠. 칡이나 담쟁이나 며느리밑씻개…… 또 뭐가 있을까요. 청미래, 머루, 등나무, 인동초, 새삼 같은 것도 다 다른 나무나 풀들을 덮거나 말면서 자라는 덩굴식물입니다. 그런 식물에는 우리 고유종이라는 타이틀이 붙어있죠. 똑같은 덩굴식물인데 가시박은 생태계 교란종으로 분류하고 있어요. 수박이나 오이 같은 것들과 접목하려고 들여왔으면서, 다시 말해 우리 인간이 필요해서 들여와 놓고도, 단지 외래종이고 아무 데서나 잘 자란다는 이유만으로 교란종으로 분류해버린단 말이죠."

몇 발짝 앞에 서서 기다리던 그가 말했다.

이사 와서 수십 년을 사는 옆집 아저씨를 두고, 마을 사람들은 말끝마다 타지에서 온 사람이라고 한다며, 아버지가 간혹 역정을 내시곤 했다. 그의 말을 듣고 있자니, 그녀는, 오동실을 떠나 다른 마을에서 사는 아버지나 그들도 지금은, 예전에 옆집 아저씨처럼 '타지에서 온 사람'이라는 말을 들으며 살고 계시겠구나, 하는 생각이 절로 들었다.

"재작년엔가 계룡산에 오르다가 조그마한 암자를 지나치게 되었어요. 여름이었죠. 등에 통을 짊어진 스님이 마당을 돌며 무엇인가를 분무하고 있습디다. 여쭤봤더니 제초제래요. 다소 논란을 무릅쓰고 말한다면, 그 스님이 임진왜란 때 무기를 들었던 스님들이랑 뭐가 다를까요. 어떤 게 같을까요. 마당을 마당으로 유지하려는 것과 나라를 나라로 지키려는 것만 다릅니다. 살생을 저질렀다는 점에서는 똑같지 않습니까. 아까도 말했듯이 이건 옳고 그름의 문제가 아니에요. 좋고 나쁨의 문제도 아닙니다. 깨끗하고 더러움의 문제는 더더욱 아니죠."

"아니 그건……."

말하다 말고 그녀는 그를 똑바로 올려다봤다. 이토록 이상한 논리로 말하는 사람은 처음 봤다. 어떻게 휴정이나 사명대

사와 한낱 제초제 뿌리는 스님을 동격에 놓고 말할 수 있을까. 어떻게 마당과 나라를 똑같이 생각하지.

"어떻게 생각하실지 모르겠는데요. 제 남편은, 물은 달에서 울고 있는 항아의 눈물이라고 했어요. 제 육신을 그리워하며 흘리는 눈물이라고요."

그녀는 문득 야라가 그리워져 말했다. 맥락에 어긋난다는 생각도 미처 하지 못했다. 야라는 한 번도 남을 탓한 적이 없었다. 오히려 자기 자신을 탓한 나머지 그리도 빨리 가버렸는지 몰랐다. 왜 갑자기 뚱딴지같은 말을 하느냐고 물어도 하는 수 없었다.

"재미있는 말이군요. 옛날이야기처럼 신기하고 아득하게 들려요."

그의 목소리가 아까와는 다르게 밝았다. 억양도 약간 달라졌다. 그녀는 의아해하다 덧붙여 말했다.

"하늘에 살았던 여신이래요. 남편을 따라 지상에 내려왔는데 불사약을 먹고 달아나다 넋은 달로 가고 육신은 산이 되었다고 해요."

"항아, 여신…… 언젠가 읽거나 들은 이름 같군요. 제 아이들이 어렸을 때 간혹 동화책을 읽어주곤 했는데 거기에 나와 있을까요. 아니면 함께 불렀던 동요에 있나. 아이들한테 물어봐야겠는데요."

고개를 갸웃거려가며 생각에 잠기는 모습이 자못 심각했다. 갑자기 그의 얼굴에 야라의 얼굴이 겹쳐졌다. 그녀는 뜨악한 기분이 되어 그에게서 고개를 돌리고 말았다.

"요즘 악기를 하나 배우고 있습니다. 나이가 들어서 손놀림이 어눌하고 악보 보기도 어렵긴 합니다만, 이 생황이란 악기는 여러 음이 서로를 보듬는 느낌이 참 좋아요. 따뜻하고 낭랑하고, 신비롭기도 하고."

느닷없이 그도 화제를 바꾸었다. 생황을 배우다니, 충격까지는 아니더라도 상당히 놀라웠다. 그녀는 걸음을 멈추었다. 사자루 앞이었다. 둘은 공교롭게도 양쪽 두 나무가 허공에서 만나는 지점 아래에 서 있었다. 옆을 지나치던 사람이 어라 하트모양이네, 하면서 올려다봤다. 하트보다는 악수하는 것 같지 않아. 같이 걷던 사람이 정정하면서 지나갔다.

곧고 기다란 손가락으로 머리칼을 빗어 넘기던 그가 가까운 벤치로 가 앉았다. 그녀가 옆에 앉자 라벤더색 남방 주머니에서 반으로 접힌 종이봉투 하나를 꺼내었다.

"연주회 관람권이에요. 친한 동생이 출연한다면서 주던데, 괜찮다면 함께 가실까요."

연주회 제목이 '비단강 달빛여행'이었다. 그녀는 재차 놀랐다. 정치성이 얼마 전에 초대권을 보내려 한다며 문자로 주소를 물어왔다. 비단강 달빛여행 연주회라고 했다. 자기는 단소와 대금을 불고, 대금독주 때는 자기 딸이 춤을 출 거라 써 보내왔었다.

"제 남편 친구도 거기서 대금을 연주할 거라 들었어요. 초대권을 보내준다고 하던데……."

"그래요. 야, 누굴까. 우리가 서로 아는 사람일까요."

그도 내심 놀라는 눈치였다. 놀라움을 농담으로 넘기며 정치성에 대해 말했다. 단소와 대금을 분다고. 사십여 년 전에 처음 만난 뒤로 지금까지 서로 왕래한다고. 아끼는 동생이라고.

그녀는 자기도 모르게 그를 빤히 쳐다봤다. 입을 벌렸다. 나쁜 짓을 하다 들킨 아이처럼 이내 두 손바닥을 마주 대고 고개를 수그렸다. 입술을 잘근잘근 깨물었다. 어리둥절한 표정으로 바라보는 그를 외면하고 불쑥 일어났다.

식사라도 하고 가자는 그의 청을 거절했다. 인사도 건성으로 하고 말았다. 금강문화관에 당도하자마자 그녀는 자기 자전거에 올랐다. 인갱이로 달렸다. 목서 아래에 자전거를 세우고 나오다 다시 가 가방을 꺼내 들었다.

집 안을 대충 훑어보고 방에서 수틀을 가지고 나왔다. 목서 아래에 앉았다. 멍하니 강물과 신림을 건너다보다 그녀는 생밑그림 주변을 틀로 고정했다. 다갈색 비단실을 바늘에 꿰었다. 공명통을 자련수로 할까 입십자수로 할까 내내 고민해놓고도 아무렇게나 징그기 시작했다. 자련수도 아니고 느낌수도 아닌 애매한 모양이 만들어지고 있었으나 그녀는 계속 같은 모양으로 바늘을 꽂았다 뺐다 했다. 어떤 곳은 너무 치밀하고 어떤 곳은 너무 상그러워 도무지 어울려 보이지 않았다. 조악해 보이기까지 했다.

눈물이 났다. 앞이 어룽거릴 때마다 바늘을 천에 놓고 눈물을 훔쳤다. 코를 훌쩍이다 침을 삼켰다. 목서를 올려다보거나 강을 건너다봤다. 그녀는 몇 번을 그러다 수틀을 건너편 의자에 던지듯 놓았다.

"야라"

불렀다. 한숨을 쉬었다.

저녁 햇빛이 갈대꽃들에 닿았다. 꽃자루에 붙은 긴 흰털이 눈부시게 반들거렸다. 야라의 탄성이 금방이라도 들려올 것만 같았다. 새파란 가지 끝에 피어난 갈대꽃을 보고도 그는 탄성을 질렀다. 곧 피어날 목서꽃 봉오리를 보고도 탄성하고 바람의 방향이 달라져도 탄성을 질렀다. 별이 총총해도, 달이 떠도 환성을 질렀다. 강 물결의 높낮이와 소리의 크기에 따라 그의 탄성도 달라졌다. 그는 달이 뜬 저녁에 갈대꽃과 강과 어둑한 신림을 향해 笙을 부는 걸 유달리 즐겼다.

"생황을 배우고 있대요."

그녀는 무심코 두런거렸다.

"당신도 아는 분인가요. 너무나 진지하게 다가와요. 폭풍우 같아요. 맞아요, 난 지금 폭풍우에 휘말린 게 분명해요. 당신과는 아주 다른 시각을 갖고 계시는 분 같았어요. 난 그분의 생각을 받아들이기 어려워요. 나에 대한 호감도, 자연을 바라보는 시각도…… 어떻게 우리 고유종과 외래종을 똑같이 생각할 수 있어요. 감히 사명대사와 제초제 뿌리는 스님을 동격에 놓다니 경악할 일……."

중얼거리다 말고 그녀는 일어섰다. 잊고 있었던 일 하나가 갑자기 떠올랐다.

이십 년도 더 전쯤이었을까. 초가을 저녁이었다. 그녀는 부여시외버스터미널 하차장 앞에서 야라를 기다리고 있었다. 흰 티와 청바지를 입고 긴 생머리를 늘어뜨리고 서서, 버스가 도착할 때마다 내리는 사람들을 기웃거렸다. 여러 대의 버스를 보내고 무심코 고개를 돌렸을 때 한 동남아 청년이 눈에 들어왔다. 줄곧 지켜보고 있었던지 눈이 마주치자 주춤주춤 다가왔다. 수줍어하는 목소리로 "From Indonesian?" 물어왔다. "No, I'm Korean." 순간적으로 섬이 나 그녀는 호통치듯 대답하고 말았다. 지금 생각해도 어처구니가 없지만 하늬씨나 제가 정말 고유종일까요, 묻던 그분의 말에 전 고유종이 확실해요, 라고 대답할 수 없다는 것을 그제야 깨달았다.

"곰곰이 생각해보면 그분의 생각이 옳지 않은 건 아닌 것 같아요. 당신도 그랬죠. 곤과 우 이후로 자연은 자연이 아니게 됐다고. 자연은 선하거나 악하다고 말할 수 없다고. 그분도 그렇게 생각하는 것 같았어요. 아니 확신하는 것 같았어요. 어떡하면 좋아요, 야라."

그녀는 종이가방을 들고 버스에서 내리던 야라를 계속 생각했다. "새만금에 갔는데 마침 아는 분을 만났어요. 치성이와 각별하게 지내는 형님인데 그 형님이⋯⋯." 하면서 笙이 든 가방과 함께 차 뒷자리에 그것을 놓았다. 와인이었다. 호리병 모양의 도자기 속에 든 술을, 아깝다며 오래오래 시간을 들여 마시고 난 그는 빈 병에 진달래도 꺾어다 꽂고 갈대꽃 서너 줄기도 꽂아두곤 했다. 그녀는 집에 있는 포르투갈 포도 주병이 바로 눈앞에 있기라도 하듯 시선을 고정했다. 그분이 그분일까. 설마⋯⋯ 아니겠지, 부인하며 고개까지 저었다.

5

평평한 듯 솟은 이마와 원만하게 뻗은 콧날, 도톰한 턱선과 길쑴한 목덜미까지 다시 봐도 하늬는 신림이었다. 그러니까 빨래가 펄럭이던 그곳이 인갱이임에 분명했다. 상록수가 하나 있었는데. 두껍고 타원형으로 된 이파리가 달려있었지. 인갱이에서 하늬랑 조여생이⋯⋯ 아, 여생이 말이었구나. 대청댐 물이 항아의 눈물이냐고 물었어. 그래, 그랬어.

몇 번이고 스치는 연상에 머리가 아팠다. 멍한 채로 이십여일을 보냈다. 아무것도 생각나지도, 생각할 수도 없었다. 제엄마 기일이라며 승주가 전화를 해왔을 때야 이상하는 서울집으로 올라갔다. 아이들이 차려놓은 제사상 앞에 앉았다. 정이의 영정사진으로 퍼져 오르는 향연을 응시하다, 음복하시라는 승모의 청에 놀라며 그는 자리에서 일어났다.

무작정 일에 매진했다. 접근이 어려워 다른 직원들이 꺼리는 현장만을 일부러 돌아다녔다. 사진을 찍고 점검한 내용을 노트에 기록했다. 사무실로 돌아와서는 찍은 사진들을 프로그램에 저장하고 기록한 내용을 평가서로 고쳐 썼다. 좋아하는 술도 마시지 않았다. 서점에 가 『신동엽전집』을 사와, 예전에 기술사 자격증을 공부할 때처럼 그는 일과 「錦江」을 읽는 데만 집중했다. 가끔 생황을 안은 채 우두커니 앉아있기도 했다.

해풍이 불어오는 송림 앞바다로 해가 지고 있었다. 바닷물도 소나무도 모래밭도, 무작정 새빨개졌다. 저녁 해가 차차로 바다를 떠나고 수평선이 검붉게 너울거리는 모습을 보며 그는 목적 없이 걸었다. 그러다 조여생이 생황을 불었던 장소에서 서성이고 있는 자신을 발견했다. 동그랗고 말갛게 들리던 여생이의 소리. 저물어가는 바다와 붉어지는 하늘을 보듬는 것 같던 소리. 소리의 결을 따라 하염없이 생각에 잠기던 얼굴. 처음으로 생황을 배우고 싶은 마음이 들었던 게 그때였을 것이다. 녀석처럼 그도 자기의 숨을 세상으로 보내고 세상의 숨을 자기 안으로 받아들이고 싶었다.

우뚝 섰다. 설마 했지만 확인해봐야 마음이 놓일 것 같았다. 그는 정치성에게 전화를 걸었다. 세 번째 했을 때에야 녀석이 받았다.

"혹시 나한테 준 악기 말이다. 그거 여생이가 갖고 있던 거냐?"

"왜요, 악기 어디에 이름이 씌어있어요, 난 못 봤는데?

녀석이 심상한 목소리로 되물었다. 그는 아니라고 느낌이 그렇다고 말하고 말았다.

"형, 지금 연습 중이라 통화 오래 못해요. 연주회 끝나고 한 번 봐요. 안 그래도 소개해드릴 사람이 있어요. 아, 걔가 쓰던 거라고 찜찜하게 생각하실 필요 없어요."

"찜찜해서 그러는 게 아니라…… 아무튼 알았다."

뭐라 말할 수 없는 심정으로 그는 전화를 끊었다. 신하늬에게 문자를 보냈다. 수북정에 가 있겠다고, 지금 출발한다고. 꼭 만나야 한다고 다시 보내고 차에 올랐다.

여러 소리가 한꺼번에 나는 게 싫어서 생황을 불지 않는다고, 언젠가 치성이 녀석이 말했던 게 생각났다. 그는 한꺼번에 여러 소리가 나는 게 좋아서 배우게 되었다. 어느 음에도 뼈가 없는 것 같으면서도 모든 음마다 다 뿌리가 깊은 소리. 어쩌면 여생이의 소리에서만 받은 느낌이었는지 모른다. 저같은 사람이 이런다고 방조제가 허물리겠어요. 그냥 위로하고 싶었어요. 죽은 물고기들, 쫓겨난 사람들을요. 자기가 할 수 있는 일은 그것뿐이라던 녀석. 사람들은 녀석을 달마 선생이라나, 하고 부르던데 자기가 보기에는 그저 평범한 사람이었다. 굳이 수식을 붙이자면 소리에 예의를 갖출 줄 아는 생황 연주자였다.

구절초와 쑥부쟁이만 바람에 나풀거릴 뿐 수북정에 그녀는 없었다. 그는 편액들을 올려다보다 마루에 걸터앉았다. 정자 앞에는 너럭바위가 있고 그 아래로 강물이 흘렀다. 강 건너 읍내와 연결된 다리 두 개가 왼편으로 지나갔다. 하나는 인도고 하나는 차도였다. 차도에서 자동차 소리가 시끄럽게 올라왔다. 다리가 생기기 전에는 퍽 운치가 있었겠다, 생각하며 그는 주차장 쪽을 돌아다봤다. 손을 비볐다. 조급하게 마음먹어선 안 돼. 기다릴 것. 무조건 기다릴 것. 자신을 달래고 있을 때 멀리서 그녀가 걸어 올라오는 게 보였다.

시원한 바람이 불어왔다. 그녀가 볼에 붙은 머리카락을 떼어내며 주뼛주뼛 옆에 앉았다. 말없이 구절초를 응시했다.

"지난번 전망대에서요. 종이에다 뭘 그리시는 것 같던데,

궁금했습니다."

말한 대로였다. 종이 위를 오가던 그녀의 손가락이 어른거리
릴 때면 혹시 생황을 그렸을까, 상상했다. 그때마다 그는 자
기 앞에 놓인 악기를 보듬곤 했다.

"수를 놓고 있어요. 그때는 구상하느라……."

쑥스러울까. 그녀가 말을 다 잇지 못했다.

"야, 요즘에도 수를 놓는 분이 있구나. 어떤 그림인지 궁금
해지는데요."

그는 새삼스러운 기분으로 횟대보를 떠올렸다.

어렸을 때 큰방 아랫목 벽에는, 소나무 가지에 앉은 황새
그림이 수 놓인 횟대보가 둘러쳐 있었다. 어머니가 시집올 때
만들어오신 거라 들었다. 어린 그는 봇도랑에서 돌아오면 마
루에 축축한 옷을 벗어버리고 알몸으로 방에 들어갔다. 반닫
이에서 속옷을 꺼내 입고 횟대보를 들추어 바지를 내려 입곤
했는데 들출 때마다 황새가 쪼아댈 것 같아 어찌나 무섭던지,
고추를 감싸 쥐고 주춤주춤 도망 나오기 일쑤였다.

"전 가정이 있어요. 선생님도 그러시죠."

대답 대신 그녀가 말했다. 조심스러우면서도 다부진 목소
리였다.

"압니다. 하늬 씨가 유부녀였다는 건 저도 알아요."

네? 그녀가 되물었다. 의혹에 찬 표정으로 마주 봤다.

그는 정치성과 자기의 인연에 대해 좀 더 상세하게 말했다. 조여생과 자기의 만남에 대해서도 말했다. 생황이 자기에게 와 있는 것만 빼고 거의 다 얘기했다. 그것은 아직 말할 단계가 아닌 듯했다.

그녀의 눈동자가 커졌다. 마침내 입을 다물지 못하고 빤히 쳐다봤다.

"하늬 씨, 사십오 년 전에요. 제가 열아홉 살 때였는데요. 한 동네 사는 여자애가 어느 날 제 손목에 자기 손가락을 얹더라고요. 한참 동안 가만히 있더니, 니 맥박소리는 이상해. 왜 둥그덕 덕, 덕둥그덕 덕 뛰지. 엇박자야. 내껀 두근두근 정박으로 뛰는데, 그러데요. 그때부터 전 그 애를 사랑하게 됐습니다. 한데…… 가버렸네요 …… 며칠 전에 삼 주기였어요."

고백하고 나니 기분이 착잡했다. 얼굴도 동그랗고 눈도 동그랗고, 콧방울도 입술도 동그랗던 정이에게 안쓰럽고 미안한 마음이 없는 것은 아니지만 승모아빠, 산 사람은 살아야지 하던 그 말에 마냥 기대고 싶었다.

"지난봄에 제 맥박소릴 들었습니다. 사십오 년 만에 다시 들었어요. 저기 시비에서, 하늬 씨가 시를 낭송하실 때요."

당혹해하는 그녀를 외면하고 그는 강 건너편에 있을 신동엽 시비를 가리켰다. 시비는 보이지 않고 앞을 가로막은 간이화장실만 아령칙했다. 화장실 앞에는 둑이 있고 아래 둔치는 운동장이었다. 운동장 앞에 우쭐우쭐 서 있는 포플러나무들과 나무 앞으로 불룩한 모래톱. 비좁은 물길에 비하면 둔치나 모래톱이 너무 넓었다. 저것들을 조금만 준설해 물길을 넓혀주면 좋을 것 같았다. 준설보다는 썩어있는 것들을 걷어내기만 해도 될 것이다. 홍수에 대비해 두세 개의 층으로 만들어 둔치를 가꾼다면 자연환경에도 사람에게도 여러모로 이롭지 않을까. 사실 강보다 지천들을 먼저 살펴야 한다. 여기저기 널린 쓰레기들을 치우고 쌓인 토사물들을 제때제때 홍수위까지 올려둬야 탈 없이 물이 흐른다. 하천 기반시설이라는 것이 물을 제대로 흐르게 하려는 목적 외에 별거 있나, 생각하며 그는 그녀를 바라다봤다. 마침 인도로 쓰는 다리 난간에 조명이 켜졌다. 불빛을 받은 강물이 발갛게 파랗게 굼실거렸다.

"百濟, 옛부터 이곳은 모여 썩는 곳, 망하고, 대신 정신을 남기는 곳, 錦江, 예부터 이곳은 모여 썩는 곳, 망하고, 대신 정신을 남기는 곳……."

23장이던가, 끄트머리 부분을 읊듯 말한 뒤 겸연쩍게 웃었다. 암기라면 자신 있었는데 이제는 젊었을 때처럼 수월하지는 못했다. 가슴으로 와 닿는 몇 줄을 겨우 외웠을 뿐이었다.

"읽느라…… 애쓰셨겠네요."

그는 칭찬하듯 말하는 그녀를 쑥스럽게 바라다봤다.

"물처럼 이리저리 흐르듯 외우고 낭송하면 좋을 텐데 이제는 그게 잘…… 아, 물은 물론 직류죠. 다만 산과 들과 부유물에 부딪혀 구불구불하게 흐르는 것처럼 보일 뿐이에요. 이것을 인간은 자연의 원래 모습이라고 말하는데, 자연에 원래 모습은 없습니다. 원래 모습을 알 수 없다는 게 맞는 말이겠죠. 다만 물에도 길이 있다는 것. 물길을 만들어줘야 제대로 흐를 수 있다는 것. 「錦江」에서 말하는 게 이것 아닐까요."

내처 읽고 난 소회까지 말했다. 그녀가 끄덕끄덕하기에 그는 다시 이었다.

"흐름을 방해하는 것은 다른 누가 아니에요. 바로 우리 자신이죠. 「錦江」 16장에서 신하늬도 말하듯 '우리의 內部가 더 문제입니다. 알맹이가, 속살이, 씨알이 싱싱하면 신진대사에 의해 外形은 변질됩니다. 외부로부터 다스려 들어오려 하지 말고 우리들의 내부'부터 점검해야 하지 않을까요. 우리 마을에 우리 지역에 쓰레기소각장을 설치하는 것은 반대하면서 아무 데나 마구 버립니다. 그것들이 대부분 하천으로 유입되고, 하천에 토사물이 적체되는 것을 버려두면 저렇게 섬이 생기죠. 얼핏 아름답게 보입니다만, 저는 저대로 두는 것만이 진정한 생태계보전은 아니라고 생각합니다. 토사물 속에는 모래나 흙만 있는 게 아니라 쓰레기도 포함된 경우가 꽤 있거든요. 지천이나 강이 범람하는 원인은 주로 홍수에 의해서지만 저렇게 쌓인 토사물로 인해서 강의 수위가 높아지는 것도 무시할 수 없어요."

그녀도 수긍하는 눈치였다.

"네, 선생님 말씀도 맞아요. 세상이 원래 모습으로 돌아갈 수 없다는 것은 누구나 알지요. 하지만 지난번에도 말씀드렸 듯이, 자연이나 환경을 인위적으로 강제적으로 관리하거나 조작하는 것은 인간의 권리가 아니라고 생각해요. 엄청난 업 보를 낳는 일이에요. 저 어렸을 때만 해도 여름밤이면 엄마 를 따라서 개울로 목욕을 하러 다니곤 했어요. 이제 그런 실 개천은 어디에도 없죠. 우리가 필요해서 만든 댐이나 보 때 문에 다 말라버렸어요. 이 금강만 하더라도 상류에 댐, 중류 와 하류에 댐과 보, 바다와 만나는 최 하류에는 거대한 둑이 있잖아요. 이렇게 겹겹이 길을 막으면 물은 어디로 흘러야 할 까요. 역류해오지 않을까요. 사실 이미 그러고 있죠. 위협해 오고 있어요. 우리 몸속으로 잠식해오고 있어요. 콜레라가 그 증거잖아요. 원인은 다르겠지만 페스트와 사스, 메르스 그리 고 코로나19도 마찬가지 아닐까요. 모두 야생동물에서 비롯 된 것이라고 하던데. 페스트는 쥐벼룩에서, 사스와 메르스와 코로나19는 박쥐 같은 야생동물의 코로나바이러스에서…… 이렇게 감염병이 드물지 않게 유행하는 건, 혹시 종種 간의 장 벽이 무너지기 시작했다는 신호 아닐까요…… 지나친 상상일까요."

"종 간의 장벽이 무너지는 신호라…… 귀여운 발상이군요. 천진난만한 상상이에요. 허허허…… 하니 씨, 누구나 다 물은 흘러야 한다고 생각할 겁니다. 그래서 보나 하굿둑을 없애야 한다는 말들이 나오기 시작하는 거 아니겠어요. 기껏, 한 십 년 된 보를 없애는데도 지역주민들과 이렇게 갈등이 심각한데 삼십 년이나 된 하굿둑과 갑문을 없애려면 살펴야 할 것들이 무척 많을 겁니다. 해수유통의 타당성을 가장 먼저 검토해야겠지요. 농업용수를 어떻게 공급할 것인가, 바닷물로는 농사를 지을 수 없으니까요. 또 삼십 년 동안 하천의 생태계도 많이 바뀌었잖습니까. 거기에 대한 모니터링도 필요할 테고…… 이건 다른 층위의 문제인데, 지난번에도 말씀드렸지요. 우리는 봄이 되면 도로변에 꽃을 가꾸고 나무를 심습니다. 산에 조림도 하죠. 건물을 지을 때도 조경을 해야 허가가 납니다. 취지는 좋습니다만 이것도 물을 가두는 것만큼이나 자연환경과 생태계를 변형시키는 주요 원인이 아닐까 생각합니다. 제가 보기에 진정으로 자연을 보호하고 생태계를 복원하는 길은 휴지 덜 쓰기, 일회용품 덜 쓰기, 오폐수나 쓰레기 아무 데나 버리지 않기 같은 아주 작고 사소한 것들을 실천하는 게 먼저고 또 아주 중요하다고 생각합니다."

너무 앞서고 있는 것은 아닌가 싶었다. 이것도 서로의 가슴으로 흐르는 하나의 길이려니 싶기도 했다. 서로의 가장 깊은 곳으로 흐르며 교감하는 것. 교감…… 그는 왠지 가슴이 뭉클해졌다.

"그러려면 먼저 사회구조를 개선하는 게 순서겠지요. 나는 일회용품을 쓰고 싶지 않은데 비닐봉지를 쓰고 싶지 않은데, 암암리에 강제되어있는 시스템들이 산재해 있으니까요. 차를 안 탈 수 없고 텔레비전을 안 볼 수 없어요. 휴대전화기가 없으면 소통도 불가능해요. 심지어 우리가 먹는 것들도 거의 공장에서 나오잖아요. 소 공장 닭 공장 돼지 공장, 채소나 과일은 비닐하우스로 둘러쳐진 공장에서 생산하구요. 이런 것들은 이미 우리 일상에 너무나 깊숙이 침투해있어요. 생태계를 복원하는 길에서 너무 멀리 왔어요. 두려울 정도로 심각하죠."

"소 공장 돼지 공장 닭 공장…… 듣고 보니 적절한 표현이군요. 사실 환경오염을 유발하는 게 화학가스만은 아니죠. 가축에게서 나오는 가스도 어마어마해서 공기를 오염시키는 주범 중 하나니까요. 아, 하늬 씨가 공장 운운하셔서 생각났는데…… 국도1호선을 타고 가다 보면, 어디냐…… 전북에서 충남 경계인 것 같던데, 야산에 짓다 만 아파트가 여러 동 있습니다. 중단된 지 이삼십 년은 됐을 거예요. 들어가 보지는 않았습니다만 몰골이 어찌나 험악한지, 우리 인간의 욕망을 그린다면 저렇겠구나, 저도 모르게 생각하게 됩니다. 어쨌거나 하늬 씨가 말씀하시는 그런 공장들도 바로 우리가 만들었습니다. 그것들을 먹고 있는 우리가요. 내 이기심이 드러난 게 그런저런 시스템이나 기기들 아닙니까. 사실 이렇게 말하는 저도 고기를 먹고 차를 타고 다닙니다만……."

"죽느냐 사느냐 기로에 서 있는데 어떻게 그런 한가한…… 그런 생각으로는 아무것도 할 수 없어요. 시도조차 할 수 없다구요."

답답하다는 듯 그녀가 토로했다. 푸, 한숨을 쉬었다. 그는 빙긋 웃으며 뾰로통해진 그녀를 바라다봤다.

"하늬 씨, 모든 것은 나로부터 출발합니다. 이 엄연한 사실을 잊어서는 안 되지요……. 난지도에 꽃이 핀다고 사람들은 좋아하던데, 그곳이 지금의 청계천과 무엇이 다를까요. 겉을 바꾼다고 속이 바뀌는 건 아니잖습니까. 지금부터라도 대안을 모색해야 한다고 생각합니다. 잘못된 점을 고발만 할 게 아니라, 무조건 훼손하지 말라고만 할 게 아니라 함께 고민하면서 방안을 만들어가는 게 훨씬 빠르고 유익하지 않겠어요. 아까 하늬 씨도 말씀하셨듯이 우리가 쓰는 거의 모든 것들이 다 자연생태계의 흐름에 반하는 것들 아닙니까. 아파트, 자동차, 빌딩들, 도로, 전자기기들, 우리 몸으로 들어가는 음식물까지도요."

그는 더 앞질러 가고 말았다. 공연히 미안해졌다. 이런 말들을 하려고 만나자고 한 것은 아닌데 왜 갑자기 물 이야기는 꺼내서 심기를 불편하게 했을까.

"하늬 씨, 칡넝쿨이 제멋대로 뻗어서 과실수나 채소들의 생육을 저해하고 있어요. 자연환경을 보존하고자 그것들을 그대로 놔두고 사는 사람이 과연 있을까요. 아시는지 모르겠지만 수상도시 베네치아에서는 조수를 막기 위해서 '모세 프로젝트'를 진행하고 있다고 들었습니다. 베네치아 앞에 석호가 있는데 그 세 군데 석호에 10층 높이의 가변 인공장벽을 세우는 겁니다. 평상시에는 해수면 아래 가라앉도록 했다가 아쿠아 알타acqua alta 같은 높은 조수가 밀려오면 이동식 갑문에 공기를 채워 그 부력으로 벽이 해수면 위로 올라오도록 해서 수문을 닫는 방식이라고 하죠. 자연환경을 망가뜨린다며 반대하는 사람들과 프로젝트를 둘러싼 비리들이 드러나는 바람에 오랫동안 차질을 빚다가 작년엔가, 한 시간가량 시험 가동했는데 일 미터가 넘는 조수를 차단하는 데 성공했다고 합니다."

그는 달이 뜬 자그마한 부여 읍내 전경을 바라다보며 말을 이었다.

"물은 왜 흐를까요. 왜 순환할까요. 수리학水理學을 공부하면서부터 의문을 가졌습니다. 우리가 일반적으로 알고 있는 것 말고, 과학적으로 해명되지 않은 부분들이 분명 있을 것 같거든요. 가령 우리 몸은 왜 70%가 물로 돼 있을까. 식물은, 동물은 왜 70%에서 심지어 90% 이상이 물로 되어있을까. 왜 바닷물은 지구의 70%나 될까. 이상하지 않습니까."

그는 속으로 자신을 나무랐다. 그녀에게 만나자고 연락할 때는 두 사람만의 인연을 만들고 싶다, 말하려 했다. 한데 왜 곧장 가지 못하고 뱅뱅 돌기만 하는지 모를 일이었다.

"이걸 알면 자연을 이해하고 보호해야 하는 이유도 자연스럽게 알게 되지 않을까 싶은데, 그래서 죽기 전에 이 의문을 꼭 풀어야겠다고 결심했는데 아직도 깜깜하기만 합니다."

"오래 사세요. 선생님께서 풀지 못하시더라도 다른 누군가 꼭 밝혀내겠죠. 한데 과학자들이 정말 신의 존재 여부도 알아낼 수 있을까요."

웃을 듯 말 듯 표정을 지으며 그녀가 말했다.

"과학자들이 신의 존재여부를 밝혀낼 수 있을진 몰라도…… 하늬 씨…… 우리 두 사람이 얼마나 크고 유현한 울림을 만들기 시작했는지는…… 결코 알아내지 못할 겁니다."

그는 성큼 다가갔다. 머리칼을 쓸어 넘기던 그녀가 덩둘한 얼굴로 쳐다봤다.

"우린 젊지 않아요. 앞으로 가기에도 바쁘지 않겠어요. 하늬 씨랑 저랑 둘만의 길을 만들어가면 좋겠어요. 당신이랑이면 아름다운 길을 만들 자신, 있습니다."

그녀가 눈을 동그랗게 떴다. 놀란 듯했다. 그는 자기가 한 말을 더듬어보다 그녀의 손을 잡았다. 빼내려고 하는 걸 더 꼭 붙들었다. 그녀가 이쪽으로 고개를 돌렸다. 반들거리는 볼을 훔쳤다. 무언가를 말할 듯 입술을 벌리더니 이내 다물고 강으로 시선을 옮겼다.

"가을 태풍이 올 거라는 예보가 있죠. 달이 저리 맑은 걸 보니 이번 태풍도 얌전하고 우아하게 지나갈 것 같습니다. 아, 하늬 씨…… 수는 언제쯤 완성되나요."

다다음 주면 끝날 것 같다고 그녀가 대답했다. 그는 그녀의 손을 잡은 채 일어났다.

"흘러가는 강물…… 열두 개의 寶石을 쪼개고 들어가면, 자리하고 있을 이슬 젖은 仙女의 안마당, 지나간 바람과 내일의 하늘이 사이좋게 드나들고 있을 투명한 하늘……."

「錦江」 10장의 끄트머리를 외우며 그녀의 손바닥을 펴 자기 가슴에 댔다. 둥개듯 빼내는 그녀의 손을 잡아 다시 가슴에 대고 그녀를 응시했다. 그녀에게 둥그덕 덕, 덕둥그덕 덕둥…… 신하늬를 마중하는 이상하의 심장소리를 들려줬다.

가장 오래된 생

가을 홍수에 이 골짝 저 골짝에서 내려온 시냇물이 개천으로 모여들고, 이 개천 저 개천의 물은 비단강으로 쏟아져 나왔다. 물이 넘치고 흘러 멀리까지 퍼져서 (이제는) 양쪽 강기슭의 소와 말을 구별할 수 없을 정도였다.55)

─ 갈대를 이리 짓밟아놓고 어딜 가시오?

서털구털 울부짖는 소리에 하백은 눈을 치떴다. 어느새 인갱이 앞이었다. 목서 말마따나, 갈대가 불어난 물에 제 줄기들을 곧추세우느라 파들파들 떨고 있었다. 구시렁거리지도 못하는 걸 보니 어지간히 고통스러운가 보았다.

---

54) 돌장: 한국의 전통음악에서 쓰이는 용어로 되돌아드는 장章, 즉 반복되는 장. 변미혜 외, 『국악용어사전』 p.33, 민속원, 2012.
55) '秋水時至. 百川灌河. 逕流之大. 兩涘渚崖之間. 不辯牛馬', 『莊子』 「秋水 第十七」 '황하'를 여기서는 '비단강'으로 바꾸었다.

– 갈대양반. 거, 뿌리나 단단히 붙들어 두시오.

마지못해 한마디 하다 하백은 목서 향에 사레들렸다. 재채
기가 났다. 어깨까지 들썩이며 몇 번이나 쏟아도 냄새는 좀체
사라지지 않았다. 강물만 쿨렁거렸다. 물결이 일었다. 이쪽저
쪽 기슭으로 몰려다니는가 싶더니 처박혀있던 골재채취선을
냅다 후려쳤다. 채취선이 뒤뚱뒤뚱 떠밀려 강 가운데로 나왔
다. 육중한 몸뚱이가 연방 널뛰기하다 인갱이 배 턱을 덮쳤
다. 자전거도로 앞까지 올라섰다가 위쪽 갈대밭에서 쏟아지
는 물에 밀려 도로 내려왔다. 물속에 들어와 있던 신림이 얼
쑹덜쑹 흔들렸다. 급기야 흙탕물에 짓뭉개졌다. 하백은 미안
한 마음에 힐끔 신림을 건너다봤다.

금천에서, 북고천과 염창천에서 쏟아지는 물에 쓰레기까
지 휩쓸려 나왔다. 골재채취선을 중심으로 흩어졌다 모였다,
뒤집히며 출렁거리며, 부유하는 섬이 되어 고성진 앞을 흘렀
다. 하백은 이들을 따돌리려 삼의당 계단으로 올라섰다. 제방
림을 휘, 돌아 화수천 물과 함께 고다진으로 흘렀으나 논산천
물에 밀려오는 부유물에 막혀 더는 나아가지 못했다.

쓰레기들은 연방 물의 덜미를 잡아챘다. 먼저 가려 날뛰었
다. 어찌나 우격다짐으로 덤비는지 떼어내기도 버거울 지경
이었다. 하백은 옥녀봉 아래 기슭에서 숨을 골랐다. 귀퉁이에
쓰레기들을 밀어버리고 물만을 모아 황산대교를 지났다. 용

두산 앞 하중도를 넘어 나르메 앞으로 들어설 때였다. 거센 물살에 강변 파고라가 픽 쓰러졌다. 지붕으로 기둥으로 벽체로 조각조각 흩어지면서 폐타이어와 수많은 페트병과 범벅이 되었다. 하백은 그것들을 가르고 따돌리면서 성당포구를 지나 대붕암 섬으로 밀고 들어갔다. 칠산천에서 휩쓸려 나온 캠핑카도 강으로 들어서자마자 쓰레기들에 얻어맞으며 나뒹굴었다. 채취선과 서로 밀고 밀리고, 뒤집고 뒤집히며 소용돌이치다 섬을 덮쳤다.

하백은 유왕산 건너편 갈대밭으로 올라 들었다. 삭신을 잠시 부렸다. 빗줄기를 멈추고 원당천 물과 함께 휘돌아 웅포대교로 향했다. 뒤뚱뒤뚱 따라오던 캠핑카가 느닷없이 교각에 부딪혔다. 나자빠지면서 찌그러지고 패이고 찍혔다. 너덜거리는 채로 교각 밑을 파고들더니만 산산이 부서져 물살에 떠올랐다. 엎더지며 곱더지며 물의 덜미를 거머쥐었다. 앞으로 넘어와 쑤셔 박혔다. 가로막으며 냄새를 쏟아부었다. 하백은 역겨운 냄새에도 코를 막을 겨를이 없었다. 흐르다 멈추고, 너훌너훌 솟았다 엎어지면서 가까스로 시음리 앞을 지날 때였다.

— 풍채 좋소이다. 염주[56]를 만나러 가신다고요?

---

56) 염주鹽主: 바다의 신 또는 소금의 신. 상상으로 만듦.

풍백[57]이었다. 커다란 부채를 들고 있었다. 부채를 따라 바람이 천 갈래 만 갈래 찢어져 날리고 강 물결도 요동을 쳐 댔다.

하백은 휘날리는 희고 긴 머리채를 쓸어 잡았다. 처지려는 몸뚱이를 다잡으며 능글능글 웃었다.

— 염주가 나를 기억이나 할지 모르겠소.

짐짓 목소리를 굵고 힘차게 내어 대꾸했다. 구부정한 어깨도 활딱 젖혔다.

— 알아보기는 할 겁니다만…….

— 뭐, 나도 소문은 들어 알고 있습니다. 좀 아프다고요.

— 좀이라뇨, 소문보다 훨씬 심각합니다.

말하며, 갑자기 왔을 때처럼 풍백은 또 불현듯 돌아섰다. 바람 갈기가 한데 모이면서 폭풍으로 몰아쳤다. 폭풍은 천둥 번개를 불러와 세상을 찢어대고 와락와락 찢어지는 세상 속으로 장대비가 퍼붓기 시작했다.

— 이거야 원…… 환대 고맙소이다.

하백은 풍백의 뒤통수에 대고 허풍스럽게 외쳤다.

거센 빗줄기가 순식간에 신성리를 덮쳤다. 대가리만 간신히 물 위로 나와 있던 갈대들이 불어난 물속에 잠겼다. 뿌리

---

57) 풍백風伯: 바람의 신.

뽑힌 것들이 천방지축 따라왔다. 하백은 빗줄기를 잠깐 쉬게 하고 곰개나루를 휘돌았다. 단상천과 광암천으로 역류해 들어갔으나 타이어며 함지박이며 트랙터 같은 것들에 막혀 건너편 나포 논바닥으로 떠밀리고 말았다.

"가을 저녁에 듣는 '청성곡'[58]입니다. 자, 언제나 반듯하고 중후한 연주자, 우리 시대 최고의 명인 정치성님을 모십니다. 여러분, 환영해주십시오."

둑 쪽이었다. 그곳은 아직 환했다. 높고 맑은 피리 소리가 볼고족족한 저녁놀 속으로 낭자하게 퍼졌다. 풀벌레처럼 낭랑하면서도 신경질적이고 까다롭게 우짖는 소리를 들으며 하백은 금강대교로 향했다. 드넓던 섬은 이미 물에 잠긴 채였다. 모처럼 유유히 지나려 했으나 하안에 처박혔던 쓰레기들이 우, 일어나며 물결을 타고 올랐다.

소리는 어느새 바뀌어 들렸다. 너울너울, 낭창낭창 흐느끼는 소리[59]가 세상의 저녁을 떠돌기 시작했다. 소복 입은 여자가 무대로 나왔다. 때마침 서쪽 하늘의 구름이 벌어지면서 꼬부랑달이 얼굴을 내밀었다. 달을 안듯이 두 팔을 구부린 채로

---

58) 〈청성곡〉, 가곡 「태평가」의 반주곡 중 대금의 선율을 장2도, 혹은 1옥타브 위로 바꿔서 독주곡으로 연주하는 음악. '청성淸聲자진한잎' 또는 '요천순일지곡堯天舜日之曲'으로도 불림.
59) 〈항아의 노래〉, 원장현 작곡, 2002.

여자가 피리 소리를 따라 나붓나붓 돌았다.

"인간의 봄날은 짧았습니다. 사랑도 잠깐이었지요. 당신 어깨 위에 하염없이 날리고 날리던 꽃잎은 이제 다 어디로 갔을까요[60]……"

강은 이제 한눈에 다 볼 수 없을 만큼 드넓어졌다. 하백은 의기양양하게 다시 양팔을 치켜들었다. 장대비와 폭풍을 앞세우고 둑을 향해 나아갔다. 천둥을 울리며 기운차게 돌진했다.

춤추던 여자가 얼결에 비를 안아 들었다. 마파람을 안았다. 하얀 풀치마자락을 펄럭이며 커다랗게 나선형으로 돌았다. 겁에 질린 얼굴로 하늘을 봤다. 피리 불던 사내가 목을 부여잡고 바닥에 주저앉자 여자가 아빠, 소리치며 다가서다 섬광에 멈칫했다.

"여러분, 대피하십시오. 두려워하지 마시고 겁먹지 마시고, 도우미들의 안내를 받으세요. 어서 안전한 건물로 들어가세요."

― 우릉! (미루야, 아빠, 여보, 내 손 잡아,)우르르……꽈당…… (진정하십시오, 여러분. 떨지 마십시오. 괜찮아…… 서둘러, 하느씨…… 괜찮아요? 자, 이쪽으로 내 손…… 조명을 비추고 있……) 번쩍, 꽝 우르르르르 쾅, 콰당! (걱정 말아…… 서둘러,

---

60) 원장현 작곡 <항아의 노래>에 실린 정상일의 시 일부.

아니 저쪽으로, 차, 미쳤어?) 우르릉 쿵!

피하라고 반복해대는 방송이 아니라도 인간들은 우왕좌왕 몰려나갔다. 논으로, 밭으로, 도로 건너 주차장으로, 기후변화교육센터로, 약국으로, 해물짬뽕집으로, 편의점으로, 다방으로, 해물칼국수집으로, 당개산으로, 먼 마을로 우르르 우르르 미친 듯이 흩어져갔다.

오성산 앞을 휘돌아온 하백은 화산천과 길산천에서 온 물과 함께 망월리로 도삼리로 세력을 넓혀나갔다. 공연장으로 도로로, 철로 교각으로 몰려갔다. 사십 개 철로아치를 통과해 바다로 나갔다. 동시에 제방을 밀었다. 힘껏 밀었다. 필사적으로 가격했다.

"갑문 열어, 갑문…… 갑문!"

아득하게 들려오는 인간들의 아우성에 하백은 고개를 들었다.

둑 앞에는 쓰레기들 천지였다.

스티로폼이며 플라스틱 상자들, 비닐과 부직포와 방수포들, 페트병과 캔과 유리병들, 곤포에 싸인 짚더미며 쇠기둥들, 세탁기와 냉장고와 컴퓨터와 탁자들, 널빤지와 파이프들, 갈대 같은 풀과 나무들, 불어 터진 채로 떠다니는 개와 소와 닭들, 개개풀어진 소똥 개똥 사람 똥들, 트랙터와 오토바이와 자전거들…….

비닐에 칭칭 감긴 골재채취선은 흡사 목이 졸린 채 고통스러워하는 거대한 괴물 같았다.

쓰레기들은 사생결단으로 덤벼들었다. 하백이 물결을 일으키면 물결에 올라타고 둑을 치면 뒷덜미를 물어뜯었다. 제무게에 못 이겨 나동그라지다 일어나고, 다시 물결을 타고 오르다 연거푸 나가떨어졌다. 끝도 없이, 맹목적으로 덤벼드는 부유물을 도저히 막을 도리가 없었다. 하백은 분노에 부들부들 떨었다. 부랴사랴 물결을 치켜들었다. 쓰레기들의 멱살을 잡고 흔들었다. 물살 따라 올랐던 쓰레기들이 중심을 잃고 도로로 나자빠졌다. 다시 올라왔다가 나가떨어졌다. 지나던 자동차들이 시커먼 부직포와 비닐들에 얻어맞고 뒹굴었다. 강으로 곤두박질쳤다. 더러는 좌우로 뒹굴다가 가라앉고, 떠올라 출렁이다 갑문 아래로 쑥 빠져들었다.

그제야 눈앞에서 벌어지고 있는 사태가 명확히 보였다. 하백은 쓰레기들의 멱살을 놓았다. 재빨리 몇 걸음 뒤로 물러섰다. 멱살을 다시 잡을 것인지 이대로 둘 것인지 망설였다.

무언가 머리를 친 것은 그때였다.

— 인간들이 나더러 수마水魔라더니, 너희들은 인마人魔로구나. 인간이 만든 악마. 호호호호, 인마, 야 인마! 이제야 그 뜻을 알아보다니, 호호호!

깨달은 것이 신통한 듯 하백은 음흉하게 낄낄거렸다. 쓰레기들을 향해 외쳤다.

— 야, 인마들아. 이 싹둥방머리 없는 것들아. 그렇다면 너희끼리 싸워봐. 악마들끼리 어디 한번 싸워보라고.

두 팔을 휘저었다. 파도를 일으켰다. 맹렬하게 솟구치는 방수포와 비닐과 패널과 기둥들을 갑문 가까이 잡아당겼다. 물비늘이 조금도 보이지 않게 될 때까지, 유리병이며 심지어 담뱃갑까지도 모조리 쓸어왔다. 무서운 속도로 불어나는 쓰레기들, 커다랗게 퍼져가면서 뒹굴고 앞으로 고꾸라지고 다시 솟구치는 악마의 몸뚱이를, 하백은 둑과 갑문으로 몰았다. 방수포와 비닐들을 갑문 기둥과 날개벽 틈으로 몰아넣었다. 쑤셔 박았다. 기세등등하게 후려쳤다. 롤러에 끼여 끽끽 신음하던 비닐들이 검은 연기를 뿜으며 녹아들었다. 열 받아 뜨거워진 물과 쓰레기들이 회오리를 일으키자 애먼 물고기들이 허공으로 튀어 올랐다가 내처 떨어졌다. 하백은 젖 먹던 힘을, 죽을힘까지도 다 그러모았다. 천둥 번개를 불렀다.

번쩍, 하늘이 쪼개지는가 싶었다. 세상을 집어삼킬 듯한 굉음이 지축을 흔들었다. 돌산 아래 변전소가 순식간에 불길에 휩싸였다. 막 올라가던 스무 개의 갑문이 모두 섰다. 조명이 꺼졌다. 가로등도 꺼졌다. 변전소 불길마저 빗줄기에 사그라지자 세상은 암흑천지로 돌변했다. 둑으로 들어선 자동차 불빛들만 희번덕희번덕 서성거렸다. 곡哭하듯 경적을 울려댔다.

무엇인가 강바닥에서 꿈틀거렸다. 곰지락곰지락 올라오는가 싶더니 휭, 휘이잉…… 비명을 지르며 사라졌다.

눈 깜짝할 사이였다. 하백은 순간, 날개벽 아래를 지탱하고 있던 돌망태의 망들이 죄다 끊어진 것을 발견했다. 이때다 싶었다. 돌덩이를 허물어뜨리자 물이 밀려들었다. 밀려드는 물의 압력을 이기지 못한 날개벽 쪽 흙이 물러지기 시작했다. 하백은 무른 흙 속으로 비닐과 방수포들을 짓이겨 넣었다. 흙을 헤치며 갑문과 날개벽 틈을 삐끔 벌렸다. 빠끔 벌렸다. 뻐끔 벌렸다. 마침내 좌악, 벌렸다.

쿠르릉, 쏴 쏴 쏴아……!

강물과 쓰레기들이 노도怒濤가 되어 바다로 쏟아져 나갔다. 둑 위를 지나던 자동차들이 영문도 모르고 우수수, 물속으로 소코라졌다.

— 흐하하하하! 야 인마들아, 어떠냐. 이래도 나를 이기겠다고? 이겨보겠다고?

하백은 일진광풍을 일으키며 포효했다.

파도를 따라 높이 솟구쳤던 골재채취선이 철로 가운데로 나가떨어졌다. 속도를 미처 줄이지 못하고 들어선 하행선 기차가 채취선에 부딪혔다. 둘은 동시에 갑문을 치면서 강으로 바다로 나동그라졌다. 상행선 기차도 끼익, 끼익 달려들면서 처박힌 하행선 객차 꽁무니를 들이받았다. 날개벽을 쳤다. 뇌

성벽력에 화답하듯 우르르 쾅쾅 콰당, 진저리를 치며 철로 아래로 치렁치렁 널브러졌다. 날개벽에 맞닿아있던 20번 권양기가 중심을 잃고 19번 권양기 쪽으로 쓰러졌다. 충격을 이기지 못한 19번 권양기도 고꾸라졌다. 대가리를 잃은 와이어로프들이 번갯불에 가닥가닥 해반닥거렸다.

용호상박하듯 양쪽 기슭에서 사이렌이 울부짖었다. 얼마 지나지 않아 그마저도 조용해지고 철벙철벙, 쏴아쏴아, 세상을 치는 쓰레기들과 물소리만 빼곡 들어찼다.

거대한 쓰레기하치장으로 변해버린 바다 입구에 염주가 서 있었다. 밀려든 저녁 미세기 위였다. 백발을 나부끼며 한 손은 코를 움켜쥐고, 다른 손은 지팡이를 짚은 채 빗줄기를 고스란히 맞으며 이편을 바라다봤다. 풍백의 말은 안타깝게도 사실이었다.

— 도대체, 어찌 된 영문이오, 염주…… 상태가, 허, 무척, 심각하구려.

숨이 턱까지 차올라 말이 제대로 나오지 않았으나 하백은 염려스러운 마음과 궁금증이 가득 든 목소리로 다급하게 물었다.

— 당신 몰골은 왜 그러시오?

염주가 되물어왔다. 목소리마저 매가리가 없었다. 세상을 집어삼킬 듯 카랑카랑하던 힘은 온데간데없었다.

— 내가, 어째서요.

— 저 속에서 기억을 가려내라고요. 해괴하게 생긴 저것들 속에서 말이오?

지팡이로 어지럽게 떠다니는 것들을 일일이 가리켜가며, 염주가 질책하듯 반문했다.

— 오, 나도 저것들을 떼어내고 싶었소만 도저히 안 됩디다. 어쩔 수 없었다는 것을 이해해주셨으면 좋겠소.

하백은 마지못해 대답했다. 이 치욕스러운 상황이 억울하고 분했으나 말 그대로 어쩔 수 없는 일이었다.

— 세상에…… 당신은 엄청난 일을 저질렀구려. 가끔 소식을 듣긴 했어도 이런 몰골일 리 없다고 기대했소만.

— 이보시오, 염주. 당신은 처음 볼 테지만 내 물은 삼 년(삼십 년) 전부터 이래왔소. 물고기들이 죽어가도, 갈대며 수초들이 쪼그라들어도 내가 할 수 있는 방법은 없었어요. 죽기살기로 몸부림쳐봐도 도무지 인마人魔들을 이길 재간이 없었습니다. 눈코를 어디에 둬야 할지 나도 난감하구려.

창피하고 고통스러웠다. 그래도 당당하게 말했다. 하백은 자기가 하는 일, 바다로 물을 흘려보내는 일에 자긍심을 갖고 있었다. 삼 년(삼십 년) 동안 제대로 하진 못했어도 자긍심만은 간직하려 무진 애를 써왔다.

— 염주, 그래도 내 물속에 든 기억을 가려낼 수 있겠지요?

당신이 기억으로 소금을 만들고 나면 물은 하늘로 올라갈 것입니다. 하늘의 기운을 받고 내려와 다시 '산 것' 속으로 들어가 숨으로 흐르겠지요. 이 일은 끝없이 되풀이하면서 우주를 이루어오고 있지 않소.

— 허어, 당신도 보다시피 나도 아프오. 나도 오 년(오십 년) 전부터 소금 만들 자리가 줄어들기 시작했어요. 뭍을 만든다고 인간들이 개펄을 자그마치 1억 2천만 평이나 없애버렸어요. 어디 여기뿐입니까. 제 땅을 조금이라도 더 넓히려고 온 바다를 엉망진창으로 만들고 있잖소. 소금밭만 사라진 게 아닙니다. 나한테도 저토록 요상망측한 것들이 넘쳐나고, 그것들을 먹은 물고기와 해초들이 죽어가고 있어요. 예전에는, 인간들이…….

염주가 고개를 갸우뚱했다.

— 방금 인마라고 했소? 인마, 인마…… 거참, 부를수록 어울립니다그려. 그 인마들이 딴에는 낭만을 찬양한답시고, 편지를 병에 담아 바다에 띄웠잖소. 예전에는 몇(십) 년이 걸리더라도 받을 자에게 제대로 전달이 됐지마는, 지금은 오염으로 찌든 병들이 여기저기 떠다니는 통에, 편지 병인지 쓰레기인지 구별할 수도 없게 돼버렸습니다. 인정하고 싶지 않으나 나도 이제 능력을 상실해가고 있나 보오. 물에서 기억을 가려내지 못하는데 어떻게 소금을 만들겠소. 소금은 생명의 기억

말고는 그 어떤 것으로도 만들 수 없다는 것을, 하백, 당신도 잘 알지 않소.

하백은 넋 나간 얼굴로 염주를 건너다봤다. 그제야 비바람을 멈추었다. 인마는 인간이 아니라 인간들이 만든 악마를 말하는 거라고 정정해주고 싶었으나 상황이 상황인지라 말도 꺼내지 못했다.

— 염주, 당신이 물에서 기억을 가려내지 못한다면 물은 하늘로 오를 수 없어요. 무거워서 오를 수 없다는 건 당신이 더잘 알지 않소. 그리되면 당신이나 내게 계속 쌓이게 되고, 급기야 뭍으로 넘어들 수밖에 없어요. 세상은 다시 잠기고 말 거요. 물바다가 될 거란 말이오.

— 당신 말대로 우주는 하나의 숨에서 시작했어요. 기억이라는 하나의 숨에서. 우주가 숨을 제대로 쉬는 것, 당신이나 내가 바라는 것은 이것뿐이오. 허나, 하백. 모든 것에는 정도가 있어요. 당신과 나는 이미 그 도를 넘어서버린 것은 아닌가…… 심히 우려스럽소.

냉엄한 표정으로 염주가 고백했다. 지팡이 짚은 손을 부르르 떨었다. 계속해서 바다로 굽이쳐 나가는 더러운 강물과 쓰레기들을 건너다봤다.

별안간 쌩, 냄새가 스쳤다. 헤부치는 바람을 타고 무언가 지나갔다.

루…… 소리가 울렸다. 하늘에 꽃이 하나 떴다. 루로…… 소리가 퍼졌다. 꽃이 두 개 떴다. 루로예…… 소리가 흔들리자 꽃이 세 개나 떴다. 라라…… 예예…… 리[61]…… 소리가 풍성해질수록 꽃들도 무장무장 피어났다. 검고 광활한 하늘이 금세 황백색 꽃밭으로 변했다.

목서꽃이 흩날렸다. 어지러운 바닷물로, 칙칙한 강물로 사뿐사뿐 내려앉으며 윤슬처럼 반짝였다.

반짝이는 꽃잎들 위로 무언가 흘렀다.

고대…… 하백은 보았다. 笙을. 세상의 가장 먼 곳에서, 가장 깊은 곳에서, 가장 오래된 곳에서 온 생을. 두개골에 제 가슴뼈들을 박아 목뼈로 숨을 들이마시고 내쉬고, 지골로 늑골 구멍을 열었다 막았다 하는 생을. 소리 낳는 생을. 소리 잣는 생을. 소리 삼는 생을. 난조鸞鳥, 그 일엽편주에 부르돋듯 올라앉는 생을.

새로 삼긴 생을 태우고, 난조가 윤슬 위를 미끄러졌다. 둥실 떠올랐다. 천원지방을 도닐었다. 고요하게 나닐었다. 연방 굼닐며 구름을 지쳤다. 젖힌 구름 속에서 달이 나왔다. 어위어 길을 열자 난조는 오색 길로 접어들었다. 어린 달 가운데

---

61) '루 로 예 라 리', 생황의 구음. 서유구 지음·임원경제연구소 옮김.
『임원경제지 유예지3』 권6 「방중악보 4.생황자보」 p.336, 풍석문화재단, 2018.

로 표표히 날아가 앉았다.

　― 아미월蛾眉月이구먼.

하백이 말했다.

　― 쪽달이오…… 잘도 가는구려.

염주가 정정했다.

물은 왜 순환할까. 어려서부터 궁금했다. 지구에도, 이 세상에 존재하는 모든 생명 속에도 물이 70% 이상이나 들어있다는 사실이 신비롭기 짝이 없었다.

물속에는 혹시 생명의 기억이 들어있지 않을까. 물은 산 것의 몸속을 흐르다 때가 되면 기억을 바다에 내려놓고 하늘로 오르고, 바다는 흘러든 기억으로 소금을 만들고, 생명은 음식물과 함께 소금을 먹고…… 이렇게 끊임없이 순환하는 게 아닐까.

전북 정읍시에서 남쪽으로 내려가다 보면 왼편으로 내장산 서래봉 능선이 아련하게 펼쳐진다. 시나브로 여자의 옆얼굴로 바뀌어 가는 모습이 자연스럽고 아름답다.

그때부터였을 것이다. 아름다움이란 자연스러움이고, 자연스러움은 물처럼 흐르는 무엇이라 생각하게 된 것은.

결코 독단적이지 않으며, 끊임없이 꿈틀거리는 생명이라 여기게 된 것은.

그리고 '인갱이'

부여의 자그마한 마을. 앞으로 비단강이 흐르는 곳. 벚나무가 당산나무처럼 서 있는 곳. 백제시대에 절이 있었다는 곳. 언제 가도 쓸쓸하고 적막한 곳. 옛날이야기를 서리서리 품고 있을 것 같은 곳 인갱이.

물, 아름다움, 인갱이. 이 세 가지로 빚은 게 『소년의 강』이다.

＊'2장 항아' 중 3은 충남 부여군 충남국악단의 이국도 감독께서 들려주신 에피소드를 토대로 한 것이다. 『아버지의 첫 노래』를 준비하면서 인터뷰를 요청했는데 흔쾌히 받아주셨다. 그때 동영상 촬영에 응해주신 류정화 완함연주자께도 이 자리를 빌려 감사 인사를 드린다.

2021년 찔레꽃 피는 날
이 강 원

소년의 강

초판 1쇄 | 인쇄 2021년 5월 13일
초판 1쇄 | 발행 2021년 5월 20일

지은이 | 이강원
펴낸이 | 권영임
편　집 | 윤서주
디자인 | 여현미

펴낸곳 | 도서출판 바람꽃
등　록 | 제25100-2017-000089(2017. 11. 23)
주　소 | (03387) 서울시 은평구 연서로22길 16-5, 501호(대조동, 명진하이빌)
전　화 | 02-386-6814
팩　스 | 070-7314-6814
이메일 | greendeer@hanmail.net / windflower_books@naver.com

ISBN　979-11-90910-02-6　03810

ⓒ 이강원

값 15,000원

"본 도서는 충청남도, 충남문화재단의 후원으로 발간되었습니다."

 충청남도　충남문화재단